嗜血法医 ^第2_季

DEXTER IN THE DARK & DEXTER BY DESIGN

[美] 杰夫·林赛（Jeff Lindsay）著　李颂 译

湖南文艺出版社
HUNAN LITERATURE AND ART PUBLISHING HOUSE　博集天卷 CS-BOOKY

图书在版编目（CIP）数据

嗜血法医. 第 2 季 /（美）林赛（Lindsay, J.）著；李颂译 .
— 长沙：湖南文艺出版社，2014.12
书名原文：Dexter in the dark & dexter by design
ISBN 978-7-5404-7020-3

Ⅰ . ①嗜…　Ⅱ . ①林…　②李…　Ⅲ . ①长篇小说 – 美国 – 现代
Ⅳ . ① I712.45

中国版本图书馆 CIP 数据核字（2014）第 269177 号

著作权合同登记号：图字 18-2014-210 18-2013-274

DEXTER IN THE DARK
Copyright © Jeff Lindsay 2007
DEXTER BY DESIGN
Copyright © Jeff Lindsay 2009
This edition arranged with The Nicholas Ellison Agency through
Andrew Nurnberg Associates International Limited

上架建议：外国文学·悬疑小说

嗜血法医. 第 2 季

作　　者：〔美〕杰夫·林赛
译　　者：李　颂
出 版 人：刘清华
责任编辑：薛　健　刘诗哲
监　　制：刘　丹　张应娜
特约编辑：谢晓梅
营销编辑：李　颖
版权支持：文赛峰
版式设计：李　洁
封面设计：吕彦秋
出版发行：湖南文艺出版社
　　　　　（长沙市雨花区东二环一段 508 号　邮编：410014）
网　　址：www.hnwy.net
印　　刷：北京京都六环印刷厂
经　　销：新华书店
开　　本：700mm×1000mm　1/16
字　　数：395 千字
印　　张：23.5
版　　次：2014 年 12 月第 1 版
印　　次：2014 年 12 月第 1 次印刷
书　　号：ISBN 978-7-5404-7020-3
定　　价：36.80 元
（若有质量问题，请致电质量监督电话：010-84409925）

嗜血法医第2季
DEXTER

目录
CONTENTS

Part 1
莫洛克的信徒

• DEXTER

Part 2
黑夜行者的危险岔路

嗜血法医第2季
DEXTER

Part 1
莫洛克的信徒

DEXTER
IN THE DARK

Chapter

乐善好施的有钱人 *1*

那是一轮什么样的月亮呢？它没有散发清辉。哦，它没精打采地咕哝着，边缘模糊，活像只廉价的赝品。这种月亮不具备那种能把食肉兽吸引到愉快的夜空并进入连斩带切、大卸八块的极乐境界的魔力。这种月亮只会害羞地在干净的窗玻璃外扑打翅膀，然后落在一个女人身上，她正满心欢喜、扬扬自得地倚在沙发一角，谈论鲜花、夹鱼子酱的小面包和巴黎。

巴黎？没错。我以月亮的名义起誓，她用一种像抹得很薄很匀的糖浆的声音，又一次说起了巴黎。黑暗的复仇者只能屈居房间一角，和可怜的头晕目眩的德克斯特一样做出倾听的样子，朦胧的月光照着他的椅子。

唉，这月亮一定是蜜月的月亮，夜晚的客厅里张扬着婚姻的彩旗，神气活现，庄严神圣。长着大酒窝的德克斯特要结婚了，他将和可爱的丽塔所代表的好运气成为一体，从此洪福齐天。而丽塔，她是那么长盛不衰地热爱着巴黎。

结婚，巴黎的蜜月……这些字眼儿真的能和我们的切肉机魅影联系到一起吗？

真有这种可能？我们看见一个突然清醒过来的满脸假笑的血腥杀人狂出现在教堂的神坛上，打着弗雷德·阿斯泰尔①式的领结，穿着燕尾服，把戒指套在戴

————————
① 美国著名舞王。

着白手套的手指上，台下众人感动地抽着鼻子，气氛融洽。穿着马德拉斯^①格子短裤的恶魔德克斯特要么呆呆地瞪着埃菲尔铁塔，要么在凯旋门前大口大口地吞咽牛奶咖啡，或者与丽塔手牵着手沿着塞纳河溜达，抑或在罗浮宫里心不在焉地观赏每一样华而不实的小破玩意儿。

当然，我想我会去毛格街^②拜一拜，那儿可是连环杀手的圣地。

还是让我们稍微严肃一点儿，德克斯特在巴黎？度蜜月？有哪个具备德克斯特午夜气质的人会琢磨这么正常的事情？可我此刻就在这里，忍受着丽塔那眼巴巴的期待，不知道自己能不能挺过去。

好了，德克斯特能挺过去，一部分原因是他必须保持甚至升级换代他所需要的伪装，可不能让世人看穿他的真相。他必须小心翼翼，才能不让大家看出来他其实是被黑夜行者所驱使。那黑夜行者用丝一般柔滑的嗓音在阴暗的后座低语，并不时爬到前座夺过驾驶权，带我们进入不可思议的主题公园。不，绝对不能让羊儿们看出德克斯特是混在其中的狼。

所以我和黑夜行者一起努力，从头到脚煞费苦心地伪装。在过去几年，我们推出了谈恋爱的德克斯特，为的是打造一个乐呵呵的正常形象给大家看。这个魅力十足的作品需要丽塔作为女友，这个安排怎么看怎么完美，因为丽塔和我一样对性不感兴趣，却又希望有一个善解人意、体贴周到的绅士陪伴。德克斯特真的很善解人意，不过不是什么人性啊、浪漫啊、爱啊之类的啰唆玩意儿。德克斯特理解的是那致命的底线，即如何在迈阿密多如过江之鲫的坏蛋候选人中找到最恶贯满盈的家伙，让他接受最终的裁决，荣登德克斯特那朴素的名人堂。

这并不能保证让德克斯特成为一个迷人的伴侣，魅力是需要多年时间才能锻炼出来的，需要很高的水平。好在可怜的丽塔被悲惨的暴力婚姻摧残过，她分不出蛋黄酱和黄油的区别。

一切顺利。有两年时间，德克斯特和丽塔作为迈阿密社交圈的一景，人见人爱。可是随后，一系列事件发生了，尽管在明眼人看来其中不乏可疑之处，德克斯特和丽塔仍然阴差阳错地订了婚。我越想让自己摆脱这扯淡的命运，越发现它是把伪装升级换代的自然途径。成了婚的德克斯特简直太不像他自己了，没人能

———————————

① 即金奈，以前称为"马德拉斯"（英文为"madras"），南印度东岸的一座城市。

② 出自爱伦·坡小说《毛格街凶杀案》。

认出他来。这是一个大大的飞跃，是伪装的新境界。

而且，还有两个孩子。

说来也怪，一个只热衷于人类活体解剖的家伙会真的喜欢上丽塔的孩子。我发现孩子们比他们的父母要有趣得多，而我总是对伤害孩子的人感到怒不可遏。事实上，我有时会专门找寻这些人。当我找到他们，确定他们真的干了并继续干着那些勾当，我会让他们没法儿再干下去。

所以，丽塔有两个从上一次噩梦般的婚姻里留下来的孩子，这个事实我一点儿也不讨厌，尤其是我渐渐看出他们需要德克斯特独特的指引，才能让他们那黑夜行者的雏形被保护在一个安全而温暖的汽车后座上，直到将来他们学会独自驾驶。大概是因为在他们那嗑药成瘾的亲生父亲那里受到了精神乃至肉体上的创伤，科迪和阿斯特都像我一样转向了黑暗的一面。现在他们将成为我的孩子，既是法律上的，也是精神上的。我将引导他们，这一点让我觉得生活还是有奔头的。

也许丽塔被老电影洗过脑，想象着一个神气活现、不知深浅的金发女郎和一个罗曼蒂克的黑发男子在埃菲尔铁塔周围追逐嬉戏，背景里播放着现代音乐，他们还一边嘲笑那些脏兮兮的叼着高卢香烟、戴着贝雷帽的巴黎人，这些巴黎人都带着一种怪有趣的敌意。要么她就是听过雅克·布雷尔[1]的唱片，认定自己的灵魂被打动了。谁知道呢？无论如何，丽塔一心认为巴黎是浪漫之都，这想法牢牢地嵌在她的脑子里，不做开颅手术拿不出来。

除了没完没了地论证到底是吃鸡还是吃鱼、到底是喝红酒还是泡酒吧之外，还有一大堆关于巴黎的死心眼儿的滔滔不绝而又不知所云的长篇大论。比方说，我们当然可以玩儿整整一个星期，这样才有足够的时间去看杜伊勒里公园[2]和罗浮宫，或许还可以加上在法兰西喜剧院上演的莫里哀的喜剧。我真为这么详尽的旅游攻略喝彩。从我这儿说，很久以前当我知道巴黎在法国以后，我对巴黎的兴趣就完全消失了。

幸好，正当我绞尽脑汁地想怎么才能不伤和气地告诉丽塔这一切的时候，科迪和阿斯特无声无息地进来了。他们不像大多数七到十岁的孩子那样进房间时弄得震天响，这两个孩子被他们亲爱的生父毁得厉害，后遗症之一就是你永远都不

---

① 比利时歌手，自己作词、作曲并演唱，在法国成名。
② 曾是法国王宫，位于巴黎塞纳河右岸。

会看见他们进进出出——他们好像是渗进来的。这会儿明明不在，下一刻他们就静静地站在你身边，等着被你发现。

"噢，"丽塔说道，"你们干吗不……"

"我们想和德克斯特玩儿踢罐子。"阿斯特说道。科迪在一旁使劲儿点头。

丽塔皱起眉头："也许我们早该谈谈这个事儿，你觉不觉得科迪和阿斯特该换个方式称呼你？我也不知道该叫什么，不过，德克斯特，这好像有点儿……"

"叫 mon papere（老爸）好吗？要么叫 Monsieur le Comte（伯爵先生）？"①我问道。

"我不愿意，行吗？"阿斯特嘟囔着。

"我只是觉得……"丽塔说。

"叫德克斯特挺好，"我说，"他们都习惯这么叫了。"

"这样听上去不太礼貌。"丽塔说。

我低头看看阿斯特："给妈妈看看你们可以很尊敬地叫'德克斯特'。"

她翻翻眼睛，说："拜——托——啦。"

我冲着丽塔微笑："看见了吧，她才十岁，说不出任何表示尊敬的话。"

"啊，是啊，可是……"丽塔继续说。

"没关系，他们挺好，"我说，"不过巴黎的事儿……"

"咱们走吧。"科迪说。我惊讶地看着他，四个完整的音节对他来说不亚于一场演说。

"好吧，"丽塔说，"如果你真的这么想……"

"我几乎从来不想，"我说，"那会阻碍大脑的正常运作。"

"说不通。"阿斯特说。

"不用说得通，事实就是这样。"我说。

科迪摇着头。"踢罐子。"他说。

我沿袭科迪惜字如金的风格，二话不说跟着他向院子跑去。

当然，即便有着如丽塔所描绘的那种辉煌计划，生活也不全是庆祝和享乐，还有大把的工作要去干。过去两周，我致力于给一幅全新的作品添上最后画龙点

---

① 此处德克斯特故意说法语，戏谑丽塔对巴黎的狂热。

睛的一笔。这次处于我关注焦点之中的是一个年轻的男人,他继承了一大笔钱,并把这笔钱用在了很讨人厌的杀人嗜好上,让我都巴不得自己也很有钱。他叫亚历山大·麦考利,不过他管自己叫"赞德",这在我看来有些幼稚,但或许这正是关键所在。他是个彻头彻尾的多金嬉皮士,从来不干正经事儿,全情投入,耽于享乐。如果他在挑选受害者时的品位稍微好那么一点儿,都能让我感觉开心点儿。

麦考利家族的钱来自他们养的很多的牲畜。赞德频繁出入城里的贫困区,向无家可归的穷人施舍钱财。据某篇煽情得催人泪下的报道说,他偶尔还会挑个把穷人带回自己在农场的家,给他们工作干,以示鼓励。

当然,对于慈善精神,德克斯特总是欣赏的。但实际上,我之所以对它感兴趣,是因为这类善行往往警示着有某种邪恶的勾当藏匿在特蕾莎修女的面具之下。我并不怀疑在人性深处有善,也不怀疑人们对同类的慈爱关怀。我肯定它们的存在,只是我从来没见过。因为我既没有人性也没有心,所以只好依靠经验判断。而经验告诉我,爱始于家庭,也往往被扼死在那里。

所以,当我看见一个除了年轻、富有、漂亮之外,别的方面都显得挺正常的人为被这个世界欺压和淘汰的人们挥霍钱财时,我很难被这种表面上的利他精神所打动,不管那看上去多么美好。毕竟,我自己就很善于装出一副可爱而无辜的样子,我们都知道那不是真的,对吧?

我用自己的标准观察赞德,很开心地发现他并没什么特别之处,除了格外有钱。他继承来的钱让他变得有些不拘小节。我发现一些数据详尽的税单,表明他在农场的房子闲置着。显然,不论他把那些脏兮兮的朋友带去了哪儿,都不可能让他们过上健康幸福的农场生活。

更合我意的是,我发现不管他们随新朋友赞德去到何方,都是光着脚的。在赞德位于科勒尔盖布尔斯的可爱的家里,有一个专门的房间,在那里赞德保存着一些纪念品,用非常复杂而昂贵的锁保护着,我花了整整五分钟才鼓捣开。保存这些东西对一个坏蛋来说是件很愚蠢、很冒险的事儿,我非常懂得这点,因为我自己就在这么做。不过即使某天哪个勤奋的调查员发现了我的纪念品小盒子,他也只能看到一些载玻片,每片上面存着一滴干涸的血滴,除此之外一无所有,没人能够证明这些血滴和任何罪恶的勾当有关。

赞德可没这么聪明。他保留了每个受害者的一只鞋,他满心以为一大笔钱和上了锁的门就能保住他的秘密。

真够呛。难怪坏蛋们都名声不好，这简直太傻了。鞋吗？这么不圣洁的玩意儿？我尽量对别人的癖好保持宽容和理解，可这回有点儿过分了。一只带着汗味、黏糊糊、二十年高龄的球鞋能有什么魅力？而且就那么把它放在光天化日之下，简直是侮辱。

当然，或许赞德认为万一被逮住，他能花钱买到世上最好的法律服务，到头来肯定只需做做社区服务了事儿。有点儿讽刺的是，整件事情正是以服务社区为幌子开始的。可有一件事儿是他没想到的，那就是他不是被警察逮住，而是落入德克斯特手里。对他的审问只会在黑夜行者的交通法庭①里进行，不会有律师在场——尽管我希望有一天能逮住个把，一经裁决，不得上诉。

不过，一只鞋真的算证据充足吗？我不觉得赞德无辜。即便在我盯着鞋看的时候，黑夜行者并没有在一旁高唱咏叹调，我也很清楚这些藏品的意义。如果让他由着性子来，他还会收集更多的鞋子。我相当有把握他就是坏蛋，而且非常渴望和他来一场月夜倾谈，给他一些尖锐的忠告，但我必须绝对肯定——这就是哈里准则。

我总是遵循哈里定下的严谨规则。我那做警察的养父，他教我成为今天谦虚谨慎的我；他教我怎么让犯罪现场保持整洁，那种整洁只有警察才能做到；他还教我用同样一丝不苟的精神来挑选舞伴。哪怕有一丝不确定，我都不能把赞德叫出来一起跳舞。

那么现在呢，凭他那些鞋子展品，世上没有法庭能证明赞德有罪，顶多说他有不大卫生的恋物癖而已。可是世上也没有一个法庭能像黑夜行者那样给出专家级的证词，用那柔和而急迫的内心低语发出采取行动的指令，而且，他从来没有失误过。有他在耳边喁喁说着，我很难保持平静和不偏不倚。我迫不及待地想把赞德找来，跟我跳那最后的舞蹈。

我很确定自己的想法，但也清楚哈里会怎么说。光想是不够的，最好亲眼看到尸体，以确保万无一失。赞德已经煞费苦心地把它们都藏了个严实，让我找不着。没有尸体，怎么想都没用。

我重新审视自己的研究结果，想看出他可能把尸体藏到了哪里。他家是不可

---

① 美国的轻罪庭，是集交通事故处理、立案诉讼及保险理赔于一身的一站式机构。

能的。我去过那儿，除了看到一个鞋子博物馆以外没发现其他线索，而黑夜行者通常很善于辨认出收藏尸体的地方。另外，房子里没有放尸体的地方——佛罗里达的房子没有地下室。他的房子左右还有人家，他不可能在后院挖坑或扛着尸体进门而不被察觉。与黑夜行者进行一番短暂的交谈后，我相信一个把纪念品收藏在核桃木展示柜里的人会把残局收拾得很干净。

农场里的房子有很大的可能性，我去那里快速地查看过，却一无所获。那里年久失修，连门前的车道都长满了荒草。

我继续深挖。赞德在茂宜岛①有一个公寓，可那太远了。他在北卡罗来纳州有几英亩地，有点儿像藏尸体的地方，可是带着尸体驱车十二个小时不大可能。他持有一个公司的股份，那个公司打算开发佛罗里达角南端的叫多罗屿的小岛。但公司所在地自然不可能，太多闲杂人等游来逛去，会随手翻腾出点儿什么。我还记得自己前些年有一次试图在多罗屿上岸，看到那里有荷枪实弹的警卫四处巡逻，闲人免进。一定是另外的地方。

在赞德的众多资产中，只有一样似乎有点儿意思——他的船，一艘四十五英尺长的香烟船②。我凭以前和某个坏蛋打交道的经验，知道船是丢弃废物的得力工具。只需将尸体拴上重物，从船舷上翻过去，就可以跟它挥手说拜拜了。干脆利落，不慌不忙，不留痕迹。

这让我没办法拿到证据。赞德的船停在椰树林区最隐秘的私家港口，叫皇家海湾游艇俱乐部。他们的保安措施非常严密，光凭万能钥匙和微笑，德克斯特可混不进去。那是给顶级富豪提供全套服务的海港，在你驾船归航后连系船帆的绳套都为你清洗干净并上光打蜡。你甚至不用劳烦自己给船加满汽油，只需事先打个电话，一切就会安排妥当，甚至驾驶舱里冰镇香槟都准备好了。还有容光焕发满脸笑容的武装警卫日夜待命，他们对贵宾们彬彬有礼，对胆敢爬上栅栏的不速之客则会拔枪射击。

船无法接近。我完全确定赞德就是用它来丢弃尸体的，连黑夜行者也这么认为，这更有说服力，但就是没办法上船。

想象中的情景让人难受和沮丧：赞德带着他最新的战利品，战利品被整齐地

————————————
① 夏威夷群岛第二大岛。
② 一种细长的大马力摩托赛艇。

绑着放在镶金边的冰柜里；他得意扬扬地给码头管家打电话，吩咐给船加满油，然后两个咕咕哝哝不知所云的保安将冰柜抬上船，毕恭毕敬地挥手道别。我却不能上船，不能证明这一切。没有明确的证据，哈里准则不允许我往下进行。

即便我有十足的把握，又能怎么样呢？我可以在他下次作案的时候把他当场抓住。可没法儿确切知道那是什么时候，也不能一直盯着他。我得不时去上班点个卯，还得在家里做足样子，做所有为维护正常形象该做的事情。这样的话，之后几周的某一天，如果惯例还管用，赞德会给码头管家打电话让他备船，然后……

然后码头管家会将他的船务活动清楚地记录下来，因为管家是富人俱乐部的敬业雇员。比如加了多少汽油，喝什么牌子的香槟，用了多少玻璃清洁剂，他会把这些信息归入一个名为"麦考利"的文档，存进电脑。

于是突然间我们回到了德克斯特的世界，黑夜行者在耳边咝咝地肯定着，催我来到键盘前。

德克斯特是谦虚的，他甚至过分自谦。他十分清楚他的非凡天才的限度，不过即便我的电脑探索技巧有限，这极限迄今还没出现过。我坐下来开始工作。

不到半小时，我就侵入了俱乐部的电脑，找到了记录。果不其然，那里有着无比详尽的服务记录。我查阅着赞德最热衷的一个位于利伯蒂市郊的叫"世界同心神圣之光"的慈善组织董事会的记录。2月14日，董事会愉快地宣布魏顿·艾伦将从藏污纳垢的迈阿密移居到赞德的农场，在那里洗心革面，变成一个诚实的劳动者。2月15日，赞德驾船出航，用掉了三十五加仑汽油。

3月11日，蒂龙·米克斯被赐予相同的好运。3月12日，赞德驾船出航。

如此下去。每当一个幸运的流浪汉被挑中去过那快乐的田园生活后，赞德便在二十四小时之内预订出海服务。

尽管仍没亲眼看见尸体，但哈里准则是在制度的空隙之中建立，在绝对公正而不是绝对完美的法律的庇护下实施的。我肯定，黑夜行者也肯定，这便足够让大家满意了。

赞德将会有一个不一样的月夜航行，而他的钱并不总能确保他不在阴沟里翻船。

于是和以往的许多夜晚一样，当月光在它欢快而嗜血的孩子们身上拨响那狂躁的琴弦时，我哼着小调，准备痛痛快快玩儿一场。全部功夫已经做足，现在是德克斯特的游戏时间。通常只需片刻我便可以带齐那几件简单的玩具，出门去会那位有钱的捣蛋鬼朋友。可是，对一个正被结婚的阴影笼罩的人来说，什么都不再简单。我开始怀疑是不是从此都没有一件简单事儿了。

我将搬出自己那位于椰树林区市郊的小安乐窝，搬进丽塔在南端的三居室的家，据说这是明智的选择。当然，除了明智之外，这对一个魔鬼来说很是不方便。在新体制下我将一点儿隐私都没办法保留。我当然需要隐私。每个勤奋投入、懂得负责的怪物都有他的隐私，有些事情我可不想在光天化日之下让除我以外的人看见。

比如对未来的游戏伙伴所做的研究，以及那只让我感觉无比亲切的小木头盒子，那里面装着四十一片载玻片，每一片载玻片正中是一滴干了的血滴，每一滴血代表一个落入我手心的禽兽，我不会在身后留下一堆腐烂的尸体，这些载玻片便代表了我全部的人生秘密。我不是一个邋里邋遢、不修边幅的杀人狂，而是一个极度整洁的杀人狂。我总是非常小心地处理我的垃圾，即便是最冷酷、最难对付的对手也没法儿拿我的小载玻片当证据，证明我是坏蛋，即便我的确是。

可是，解释这些载玻片会引发一连串问题，最终还是免不了感觉别扭，即便是对一个贤惠的妻子。要是碰上那些拼命要置我于死地的复仇者就更可怕了。最近就有这么一位，一个叫多克斯的迈阿密警官。虽然从理论上讲他还算活着，但我已经开始用过去时态想他，因为他在最近的一次倒霉历险中失去了双脚和双手，还有舌头。他已经没法儿让我恶有恶报了，但我深深地知道下一个像他那样的人迟早会出现。

所以隐私是一件很重要的事情，我并没跟任何人炫耀过我的私生活，迄今为止，还没有人见过我的小盒子。可我以前没有未婚妻为我打扫房间，更不曾有两个好奇的小孩对我的一切物品兴趣盎然。他们嗅来嗅去，想多学点儿本领，好变得更像他们阴险的老爸德克斯特。

丽塔似乎对我需要一点儿私人空间表示理解。不然她不会把她的缝纫室让出来，把它变成"德克斯特的书房"，这是她的叫法。最后这间房将用来放置我的电脑、几本书、一些CD，还有我那装着载玻片的花梨木小盒子。可我怎么可能把它放在那儿呢？对科迪和阿斯特解释起来很容易，可是怎么跟丽塔解释呢？还是我该把它藏起来？在书架后面弄个暗道，曲径通幽，连接着我的黑夜勾当？要么把它放在一罐刮面霜的下面？总之，这是个问题。

迄今为止我都没想出必须保留我的公寓的理由。我还有几样研究所需的工具在那儿。切肉刀具和密封胶带，这些都能用我热衷钓鱼和修理空调机很容易地解释过去。办法会有的。此刻我感觉到冰冷的手指在我的脊背上指指戳戳，让我急切地需要和一个被宠坏了的年轻人会一会。

我走进书房，找到一个深蓝色尼龙健身包，我一直留着它，以便在正式场合用来装我的刀和胶带。我把它从柜子里取出来，再把我的玩具放进去：一卷新的密封胶带、一把切肉刀、手套、丝质面具、一卷急救尼龙绳。一种强烈的期待感在我的舌头上聚集。万事俱备。我感觉到血管兴奋地闪耀着金属光泽，狂野的音乐开始在耳内轰鸣，黑夜行者的脉搏律动在驱使我，让我冲出去。我转过身——

两个表情严肃的小孩正抬着头，眼巴巴地看着我。

"他想去。"阿斯特说。科迪一边点头一边看着我，大眼睛一眨也不眨。

了解我的人都说我伶牙俐齿反应敏捷，但我在脑海里回放一下阿斯特刚刚说的话，想把它照别的意思理解，然后我能做的只是发出一些很像是人类语言的声音："他……这……那……嗯……啊？"

"他想和你去，"阿斯特好像是对着一个智障的仆人，耐心地说道，"科迪今晚想和你一起去。"

仔细一想，便不难发现这个问题迟早会来，而且我在期待这一刻的到来。但那是将来，而不是现在。可他们就站在那里，我不由得深吸一口气，思考着他们两个。

德克斯特尖锐闪亮的复仇者灵魂是从童年经历中锻造而成的。那重创是那么残酷，我必须彻底地把它隔绝在外。它把我变成了今天的我。眼前这两个孩子，科迪和阿斯特，也被类似的经历吓坏了。他们被粗暴的瘾君子生父野蛮地对待，直到永远地告别童真的阳光和棒棒糖。正如我智慧的养父在养育我的过程中所认识到的那样，已经没办法改变这一切。蛇一旦出壳，就不能再放回蛋里。

但是可以训练，我就是被哈里训练出来的。他教我只捕获别的黑暗捕食者，披着人皮在城里作恶的魔鬼和杀人狂。我有着不可遏制、永远无法改变的杀戮欲望，但哈里教会我只去找出并处置那些按他严格苛刻的警察标准裁定的该杀之人。

当我发现科迪也和我如出一辙，我便发誓按照哈里的方式，把我所学的东西向这孩子传授，用黑色的正义抚养他长大。但这是个无比复杂的庞大工程，牵涉很多解释和教导。哈里花了近十年才把所有内容塞进我的脑子，然后才允许我从事比处置流浪动物更复杂的项目。我还没有开始对科迪进行训练。即便知道科迪迟早会成为另一个我，我也真心想帮他，也不能在今晚。因为今晚，月亮在窗外殷切地召唤我。

"我不……"我说，打算什么都不答应。但他们抬头看着我的冷静神情是那么可爱，我说不下去了。"不，"我最后说，"他还太小。"

他们迅速交换了一下目光，仅仅一下，但内容丰富。"我跟你说过他会这么说。"阿斯特说。

"你说对了。"我说。

"可是德克斯特，"她说，"你说过要教我们的。"

"我会，"我说，感到阴凉的手指在慢慢上升，划着我的脊梁骨，并加大气力戳着，催促我快点儿出发，"但不是现在。"

"那是什么时候？"阿斯特追问道。

我看着他们两个，心情复杂，既不耐烦，想夺门而出去从事我的切削工作，又想用一大块柔软的毯子把他俩包裹起来，再杀退一切胆敢靠近他们的东西。我任凭这种复杂的感觉在心头啮咬，很想拍拍他们俩的小脑袋瓜。

这就是父爱？

"今天不是周末，"我说，"到你们睡觉的时间了。"

他们看着我，好似我是个叛徒。

"现在你对我们说的是大人话。"阿斯特说，带着令人闻风丧胆的十岁孩子的冷笑。

"可我就是大人呀，"我说，"而且我想为你们做个好的大人。"我一边说，一边咬紧牙关克制升腾的欲望。

"我们还以为你和他们不同。"她说。

"我简直没法儿想象自己还能怎么不同。"我说。

"不公平。"科迪说。我定睛看着他，他像一头黑色的小兽抬起头，对着我咆哮。

"对，不公平，"我说，"生活里没有什么公平。'公平'是脏话，拜托你别对我用它。"

科迪死盯了我一阵儿，他那种失望的样子我还从来没见过，我拿不定主意是揍他还是给他块饼干。

"不公平。"他重复道。

"听着，"我说，"我知道这个。这是第一课。正常孩子第二天有课的时候要按时上床睡觉。"

"不正常。"他强调，把下嘴唇噘起来，能拴一头驴。

"说对了，"我告诉他，"所以你得让自己看上去正常。还有，你们必须听我的，不然我就不教你们了。"他不像被我说服了，但表情缓和下来。"科迪，"我强调，"你得信任我，你必须按我的方式做。"

"必须？"他说。

"对，"我说，"必须。"

他凝视了我很久，然后转头看看姐姐，她也看着他。这简直是绝妙的非语言交流。我敢说他们正进行着一场复杂难懂的对话，但他们一声不出，直到阿斯特耸耸肩，转向我。"你得保证。"她对我说。

"好吧，"我说，"保证什么？"

"保证你会教我们。"她声明。

科迪点头："马上。"

我深深吸了口气。"我保证。"我说。他们互相看了看，又看看我，走了。

我一个人站在那里，带着满满一包玩具，准备去赴一个迫在眉睫的约会，心里的紧迫感却多少委顿了些。

家庭生活就是这样？如果是，别人是怎么侥幸活下来的？为什么人们会想要一个以上的小孩？为什么会想要小孩？像我这样有重要使命等着去完成，可突然间被这么搅和一下，几乎想不起本来要干什么了。即便性急如黑夜行者，此刻也变得安静，好像也被这一切弄糊涂了。我费了半天劲儿才打起精神，从头昏眼花的德克斯特老爸变回冷静的复仇者。我发现很难恢复那种镇静机警的状态，很难。事实上，我连汽车钥匙放在哪儿都想不起来了。

最后我找到了钥匙，蹒跚地走出书房，对丽塔说了些衷心的废话，走出门，终于融入了黑夜。

我跟踪了赞德很久，对他的行迹了如指掌。每个星期四的晚上，他都要去"世界同心神圣之光"，大概是去检查牲口状况。朝神职人员微笑九十分钟，略略听一下布道之后，他会写一张支票给牧师。牧师是个大个子黑人，前美国国家橄榄球联盟的球员，他会微笑着感谢赞德。然后，赞德会静静地从后门出去，开上他那辆朴素的SUV①，神态谦恭地回家。行善之后的贞洁感令他通体发亮，熠熠生辉。

可是今夜，他不再是一个人开车。

今夜德克斯特和黑夜行者将和他一路同行，带领他走上一个崭新的旅程。

但得冷静小心地靠近，几个星期的秘密跟踪，成败在此一举。

我把车停在离丽塔家几英里的达德兰德旧商场前，再步行到旁边的地铁站。即使在高峰时段，车上通常人也不多，三三两两的人不会注意到我——一个穿着时尚的黑色外套，带着一个健身包的人。

过了城中心后的第一站，我下了车，走过六个街区去完成我的使命。此刻，在这条街上，我坚硬如钢，光华内敛。橙红色的街灯尽管耀眼，也冲刷不去我内心的漆黑夜色。我一步步走着，夜色愈加浓重了。

教堂坐落在一条并不繁忙也不冷清的街道上，那里原先是一排店面房。有一小群人聚集在那里，这并不奇怪，因为那里会分发食物和衣服，只要你耽误几分钟酗酒的时间，听上一段好牧师的说教，听他告诉你为什么你会下地狱。我绕过去，走到停车场后面。

我在停车场四周绕了一圈。看上去还算安全，看不见一个人，也没人坐在车里打盹儿。只有教堂背后高墙上那扇小窗户能看到这里，窗户上镶着毛玻璃，那是厕所。我慢慢靠近赞德的车，一辆蓝色道奇"拓远者"SUV，面朝里停在教堂后门旁边。我试试门把手，是锁上的。停在它旁边的是一辆老克莱斯勒，牧师的座驾。我挪到克莱斯勒那边，远远地开始等待。

我从健身包里取出一个白色丝绸面罩，套在脸上，把露出眼睛的位置调整好，然后拿出一卷能承受五十磅重量的渔线。万事俱备，接下来将上演那黑色的舞蹈——

科迪会记得刷牙吗？他最近老是忘记刷牙就上床睡觉，丽塔又舍不得把他拉起来。可是现在让他养成良好的习惯是很重要的。刷牙很重要。

我轻轻甩了一下渔线，任它落在我的膝盖上。明天是阿斯特学校拍年刊照片的日子。她最好穿上去年复活节时穿的那套衣服，拍出的照片会很好看。她是不

---

① 即 Sport Utility Vehicle，运动型多用途汽车。

是已经把衣服准备好了？明早不会忘记吧？当然，她照相的时候肯定不会笑，但至少得穿漂亮些。

我蜷缩在这黑夜里，手里握着渔线，随时准备出击，满脑子想的居然是这些？难道这就是闪亮崭新的婚姻生活将给德克斯特带来的一点儿预演？

我小心地吸气，感觉到一种与 W.C. 菲尔兹①的深刻共鸣。我也无法和孩子们打交道。我闭上眼睛，感觉自己体内充满黑夜的气息，又徐徐将气吐出，那冷酷的镇静感又恢复了。慢慢地，德克斯特向后隐退，黑夜行者重新占据了上风。

说时迟，那时快——

后门咔地打开，里面涌出震耳欲聋的喧嚣，一个很可怕的声音在唱着"靠近您行走"，那声音能叫死而复生的人再去死一回，怪不得赞德受不了出来了。他在门旁停了一下，转身向屋里高兴地挥手并傻笑，然后门被关上，他朝车的方向走来。他现在是我们的了。

赞德摸出钥匙，车锁弹起。我们也来到了他的身后。在他反应过来之前，渔线从空中呼啸而过，套上他的脖子。我们猛地拉紧渔线，他站立不稳，双膝跪地，呼吸停顿，脸色发黑。这样就对了。

"不许出声，"我们冷静地吩咐道，"按我们说的做，不许发出一点儿声音，这样你能多活一会儿。"我们稍微拉紧一下渔线，让他明白他已经落入我们的掌控之中，必须听话。

赞德向前倒下，脸朝地，这是我们最希望看到的姿势。他现在不再傻笑了，哈喇子从嘴角流下。他去抓渔线，但我们紧紧地拉着，不让他伸进一根手指。当他快要昏过去时我们稍稍松开一点儿，只够他痛苦地喘上一口气。"站起来。"我们温和地说，把渔线向上一拉，示意他该怎么做。慢慢地，赞德扶着车站了起来。

"好，"我们说，"到车上去。"我们用左手抓着渔线，打开车门，让他坐进去。然后将渔线绕过门柱，坐进他身后的座位，再用右手握住渔线。"开车。"我们用阴沉而冰冷的声音命令道。

"去哪儿？"赞德问，他此刻的声音被渔线勒得嘶哑微弱。

我们再次把渔线拉紧，提醒他别擅自说话。感觉他接到这个信息后，我们再次放松。"西边，"我们说，"别再说话，开车。"

---

① 美国著名喜剧演员，说过一句有名的话："永远不要跟孩子和动物一起工作。"

他启动车子，渔线又紧了几次之后，我们驱使他向西开上了海豚高速公路。有一阵儿赞德乖乖地按照我们的吩咐做。他不时从后视镜里看看我们，但渔线微微一紧，他便立刻变得俯首帖耳。最后我们带他上了帕尔梅托高速公路，向北而行。

"听着，"他突然说道，我们正经过机场，"我有很多钱。你想要什么我都能给你。"

"是，你能给，"我们说，"你马上就要给了。"他没听懂我们想要什么，因为他稍稍放松了一点儿。

"好吧，"他说，声音仍然显得粗哑，"你要多少钱？"

我们在后视镜中和他死死对视。我们缓慢地拉紧套在他脖子上的渔线，好使他明白。"全部，"我们说，"我们要你的全部。"我们稍稍放松了渔线。"继续开。"我们命令道。

赞德继续开着。剩下的路程他变得非常安静，但看上去没想象的那么害怕。当然，他一定不相信这一切会真的发生在自己身上，那不可能。像他这样一个永远被金钱严密地包裹和保护起来的人，每一样东西他都支付得起。接下来他会谈价钱，然后给自己买条生路。

他会的，最终他会找到出路，但不是用钱，也永远摆脱不了这根渔线。

开了不多久便到了事先选好的目的地海厄利亚出口，我们一路上都很安静。当赞德减速拐弯下高速时，他从镜子中害怕地瞥了我一眼。陷阱中困兽的恐惧在增长，他宁愿咬断自己的腿以求逃走。他的恐慌好似一道火热的光，让我和黑夜行者都变得兴奋而强壮。"你不是……那儿，那儿没有……我们去哪儿？"他结结巴巴地说，虚弱而可怜，比任何时候都更像人。这让我们很生气，使劲儿拉了绳套一下。用力过猛，以至于他的头倒向肩膀，我们不得不稍稍放松一点儿。赞德已经把车开到了弯道尽头。

"向右。"我们说，他照做了。讨厌的呼吸声从他唾液斑斑的嘴唇里发出来，但他还是照我们的吩咐，开到街道终点，然后左转，开上一条狭窄而漆黑的小路，那条小路通往一座旧仓库。

他按我们说的在一座废弃建筑物那生了锈的门前停下车，一块只剩下半截的牌子上依稀可辨地写着"琼·普拉斯蒂"。"停车。"我们说。他摸索着把车的排挡杆推到停车挡。我们跨出车门，把他拽下车，他跟跄了一下，又被我们提了起来。他的嘴边满是唾液的痕迹，站在月光下，既丑陋又猥琐。他的眼神表明此刻他已经明白眼前发生的一切到底意味着什么了。他哆嗦成一团，那副样子和那些被他自己杀掉的人没有丝毫区别。我们让他站着喘息了一小会儿，然后推着他向门走去。他伸出一只手抵住水泥墙。"听着，"他说，声音颤抖，"我可以给你一大笔钱，你要多少我都给你。"

我们一言不发。赞德舔了一下嘴唇。"好吧，"他说，声音变得干涩、断断续续，充满绝望，"你到底想要什么？"

"要你从别人那里夺走的东西，"我们边说边用力拉了一下渔线，"但不要鞋。"

他瞪着眼，嘴角耷拉下来，他小便失禁了。"我没有，"他说，"不是……"

"你有。"我们告诉他。我们边说边使劲儿把他推进门，走进那被精心布置过的地方。屋内靠墙的地上有几卷废旧塑料管，对赞德意义深远的是两个五十加仑盛满盐酸的桶，是琼·普拉斯蒂公司倒闭后留下的。

把赞德弄到工作台上轻而易举。片刻之后他被胶带绑住，固定到最佳位置，我们迫不及待地开始工作。先把渔线割开，他喘息着，刀子划破了他的咽喉。

"天哪！"他说，"听着，你正在犯一个天大的错误。"

我们不置一词，慢慢划开他的衣服，仔细地把它们浸入盐酸桶。

"噢，他妈的，求你了。"他说，"真的，不是你想的那样。你不知道你在干什么。"

我们准备妥当，冲他举起刀，让他看清楚我们非常清楚自己正在做什么，将要做什么。

"伙计，求求你。"他说。从未有过的巨大恐惧让他顾不上尿裤子和连声哀求带来的羞辱，一切的一切都顾不上了。

然后他出乎意料地变得安静。他直视着我的眼睛，目光清澈，用一种我不曾听过的声音说："他会找到你的。"

我们停顿了一下，琢磨着他话里的意思。我们相信那是他在做垂死挣扎。我们本来很享受他的恐惧，但现在感觉也变味儿了，这让我们恼怒。于是我们把他的嘴用胶带封起来，继续工作。

当我们工作完毕，什么也没有剩下，除了他的一只鞋。我们想过把它收藏起来，可那自然不够整洁，所以最终它还是进了盐酸桶，和赞德的其余部分会合了。

这可不太妙，观察者想道。他们进入废弃的库房太久，显然不管他们在做什么，都不会是一般的社交内容。

他原定和赞德的会面也不是社交性质的。那些会晤总是目的明确，有事说事，尽管赞德显然不这么看。在他们不多的几次交往中，赞德脸上的敬畏已经将这傻小子的内心活动完全呈现了出来。他为自己做出的微薄贡献感到无比自豪，热切地想接近那冰冷而超强的神力。

观察者对可能发生在赞德身上的事儿一点儿都没感到遗憾。他很容易被取代。让人诧异的是为什么这事儿发生在今夜，这意味着什么？

他对自己没打扰这事儿的进行感到满意，他只是潜伏着、跟踪着。他本可以轻而易举地进入库房，阻止那个弄走赞德的鲁莽小子，并将其碎尸万段。即便是现在，他仍能感觉到体内巨大能量的躁动，那能量可以咆哮着摧毁挡在面前的一切，但是——

观察者既有力量，又有耐心。如果那小子真的是个威胁，那最好再等等看。当他完全了解对手之后便会出击，敏捷而势不可当地置对方于死地。

所以他只是观察。几小时后那小子走了出来，钻进赞德的汽车。观察者小心地跟着，先是关了大灯尾随那辆蓝色"拓远者"，这在车辆稀少的夜晚很容易。那小子把车停在地铁站并上了地铁，他也在车门关闭前的一刹那闪进车厢，远远地坐在一端，第一次仔细端详对方的脸。

非常年轻，甚至算得上英俊，有种天真的魅力。不是想象中的模样，不过他们从来都不合乎想象。

观察者一路跟随。对方在达德兰德站下车，走向一大片停着的车。很晚了，停车场空无一人。他知道现在可以下手，简直易如反掌。只要溜到对方身后，让体内的力量汇聚到手掌上，就能让对方的小命终结于这个夜晚。他感到身体里的力量在缓慢而汹涌地上升，他慢慢靠近，几乎能尝到那美妙而安静的杀戮味道。

突然他停了下来，慢慢转到另一条过道上去。

因为对方车子的风挡玻璃上贴着一个非常显眼的标志。

警车停车证。

他很庆幸自己有足够的耐心。如果对方是警察，问题就比预想的复杂得多。非常不妙。这需要周密的计划，需要多做观察。

于是观察者静静地隐入黑夜，他需要准备和观察。

Chapter
失常的黑夜行者 *2*

　　有句话说，坏人永无安宁之日。那简直就是在说我。我刚刚把小赞德送上西天，可怜的德克斯特就变得非常忙碌。丽塔的蜜月计划进入白热化阶段，同时我的工作也凑热闹似的紧锣密鼓地开展起来。我们遇上了迈阿密常会发生的凶杀案，这次凶手相当狡猾，我目不转睛地对着飞溅的血迹盯了整整三天。

　　第四天情况变得更糟。我买了面包圈来办公室，这是我的一个习惯，尤其是在我夜间出游之后。原因是在我和黑夜行者的夜间合作之后，我不仅有几天会感觉格外轻松，而且还变得胃口大开，总是觉得饿。我确信这个现象有深刻的心理学意义，不过在琢磨这个之前，我得先抢出来一两个果酱面包圈，不然法医部的野蛮同仁们会把它们风卷残云，片甲不留。面包圈当道，心理分析可以往后排。

　　但今天早上我只勉强抢到一个桑葚馅儿的面包圈，在这过程中还差点儿被人伤了手指。整层楼的人都摩拳擦掌要去犯罪现场，那股热闹劲儿让我意识到这是个很血腥的案子。我有点儿不开心，因为这意味着加班加点、待在远离文明世界和古巴三明治的某个场所，午饭都不知道在哪儿解决。要知道我已经少吃了面包圈，那么午餐就变得格外重要，为了这个我也得赶紧干活儿。

　　我抓起便携式溅血分析箱，和文斯·增冈一起向门外走去。别看文斯个子不大，却抢到两个宝贵的面包圈，馅儿是巴伐利亚奶油，表层涂着巧克力糖霜。"你有点儿太能干了，伟大的猎人。"我边说边朝他掠夺来的战利品点头。

"森林众神待我不薄，"他边说边咬了一大口，"这一季，我的子民不会挨饿了。"

"你不会，我会。"我说。

他冲我假笑一下，太假了，跟他照着政府部门提供的面部表情手册上学来的似的。"丛林里道路艰险，知道吗，小蚂蚱？"他说。

"知道，"我说，"首先你得学会像面包圈那样思考。"

"哈。"文斯笑起来。这次比刚才还假。这可怜的家伙在伪装一切，好让自己像个人，跟我似的，但没我装得像。难怪我跟他在一起很自在，也难怪他会和我轮流往办公室带面包圈。

"你最好换一张人皮。"他朝我的衬衫示意道，那是一件色彩鲜艳的粉绿色夏威夷图案的衣服，还画着个草裙舞女郎，"品位要提升一下。"

"打折的。"我说。

"哈，"他又说，"很快丽塔就该为你买衣服了。"然后他突然收起那可怕的假笑，话锋一转，"听着，我想我给你找到了一个特别棒的餐饮策划。"

"他做夹馅儿面包圈吗？"我问，真心希望他别再提关于我那步步紧逼的大喜日子的话题。可是，我已经请文斯做我的伴郎，他非常重视这个工作。

"那家伙特别有名，"文斯说，"他为音乐频道的颁奖会和所有其他的明星聚会提供餐饮服务。"

"他听上去挺贵的。"我说。

"噢，他欠我一个人情。"文斯说，"我觉得我们能让他打个折，也许能降到一百五十块一位。"

"文斯，我还以为我请得起一位以上的客人呢。"

"他上过《南海岸杂志》呢，"他说，语气有点儿委屈，"你起码跟他谈谈再说。"

"老实跟你说，"我说，这话意味着我要开始说谎了，"我觉得丽塔想要些简单的风格，比如自助餐。"

文斯真生气了。"你先跟他谈谈。"他重复道。

"我会和丽塔提一下。"我说，希望这话题到此为止。接下来去犯罪现场的路上，文斯没有再说起这事儿，也许真的过去了。

现场情形比我预想的简单，我到了那儿以后心情好多了。首先，它在迈阿密大学校园里，那是我亲爱的母校。在我孜孜不倦地伪装成人的过程中，我总是提醒自己对这种地方要表现出热烈的感情。其次，看上去没什么鲜血供我分析，这大大减少了我的工作量，也意味着我不必和那些讨厌的湿漉漉、红乎乎的东西打交道——我其实不喜欢血，这可能有点儿奇怪，但的确是这样。不过当我在犯罪现场时，有那么一刻倒真会觉得很有成就感，那就是模拟犯罪时的情形，将各种细节拼出全貌并模拟犯罪过程。我从中学到的技巧无人匹敌。

我像往常那样乐呵呵地溜达到封闭现场用的黄色胶带那里，享受忙碌一天中的片刻清闲。我的脚迈到离胶带一英尺远的地方。

一刹那整个世界都变成了明黄色，有一种东倒西歪摇摇欲坠的感觉，这感觉让人恶心。我只看得见刀锋的寒光。黑暗的后座上，黑夜行者待的地方一片死寂。一种要呕吐的感觉，混合着屠刀划过案板的尖利噪声，让我惊恐而紧张。直觉告诉我大事不好，我却不知道是什么事儿，哪儿出了问题。

我的视力恢复了。我环顾四周，没有丝毫异样。一小群围观的人被挡在黄色胶带后面，一些巡逻的警察、几个便衣警探，还有我的法医部的同事们在灌木丛里手脚并用地搜索着。一切都很正常。于是我转向内心深处那双从不会出错的眼睛。

"怎么了？"我无声地问道，闭上眼睛向黑夜行者寻求答案。他还从来没有这么不安过。我已经习惯了从我的黑夜伙伴那里得到建议，而且往往我到犯罪现场看过第一眼，就会收到他或仰慕或逗乐的评价。可是这次只有苦恼和困顿的感觉，我不知道这是怎么了。

"什么？"我再次问道。但是除了隐形翅膀扇动时发出的沙沙声，没有别的回答。我暂且不去想它，走回现场。

两具尸体很明显是在别的地方被烧的，因为在附近没有发现足以把两个中等身材的女性烧得这么透的烧烤炉。是两个晨跑的人在湖畔的小路边发现她们的。这湖贯穿迈阿密大学校园，环湖是一条小路。从少量的血液分析，我认为她们的头是在她们被烧死后拿走的。

有个细节引起了我的注意。尸体被摆放得很整齐，烧焦的双臂合拢在胸前，样子近乎虔诚。在原来头颅的位置，一个陶瓷牛头端正地摆放着。

这样的情景总能让黑夜行者饶有兴趣地做出评价，一般是几句开心的低语、一声轻笑，有时甚至会忌妒。但这次，黑夜行者一言不发，连一声叹息、一句低语也没有。

我带着新生出的敬意回头看看两具烧焦的尸体。我弄不清这到底有什么意义，但因为黑夜行者从来不曾这样，还是应该查个究竟。

安杰尔·巴蒂斯塔正手脚并用地在小路另一边调查，非常仔细地筛查着我既看不到也没有兴趣去看的一切。"你找到了吗？"我问他。

他头也没抬："找到什么？"

"我也不知道，"我说，"但它肯定在这附近。"

他拿出一把镊子，夹起一片草，死死地盯着看了一通，然后放进一只塑料袋。他说："怎么回事儿，谁会放个陶瓷牛头呢？"

"因为如果放巧克力就化了。"我说。

他依旧头也不抬地点点头："你妹妹觉得这事儿跟萨泰里阿教有关。"

"是吗？"我说。我可没想到这个，这让我有点儿生气。毕竟这里是迈阿密，不管什么时候赶上宗教仪式而且和动物的头有关，萨泰里阿教都应该是我们第一个想到的。它是非洲和古巴的一种宗教，融合了约鲁巴万物有灵的信仰和天主教教义，在迈阿密盛极一时。动物祭祀和象征主义对它的信徒来说司空见惯，这应该能用来解释那两个牛头。尽管只有一小部分人真的信奉萨泰里阿教，但本地很多家庭都会有从香火店买回来的一两根小圣烛或几串玛瑙项链。大家对这种事情的态度通常是，即便不信，也不妨多少表示一点儿尊重。

当我得知是德博拉负责这个案子后松了一口气，因为那意味着调查工作不会犯出格的愚蠢错误。我也希望这个案子能让她的时间使用得更有效一些。她最近不分昼夜地守着她那受伤的男朋友——凯尔·丘特斯基。凯尔在他最近一次和疯子手术师的遭遇战中丢了一只胳膊，那人专门将人变成去皮土豆。就是他将多克斯警官许多不那么必要的部分巧妙地一一削去。他没来得及把凯尔的手术做完。德博拉把整件事儿变成了自己的神圣使命，她把很棒的外科医生一枪崩了之后，就全身心地看护丘特斯基，投入到把他整旧如新、重振雄风的事业中。

我敢肯定她已经在道德上占有了绝对高度，不管拿她和谁比较。但问题是，她放大假对她的小组没一点儿好处。尤其不好的是，可怜而孤单的德克斯特深深地觉得被自己唯一在世的亲人给忽略了。

所以，听到德博拉被派来做这个案子，大家都很开心。她正在小路尽头和她的上司马修斯局长说话，肯定是在向他提供弹药，以便待会儿对付媒体。媒体刚刚拒绝了以他认为漂亮的角度给他拍照。

这时候，采访车已经排起了队，大批记者开始在周边地区摄像。一两个本地名记站在那儿，抓着话筒，用悲哀的语调讲述两个鲜活的生命就这样被残忍地终结了。和往常一样，我很感激自己生活在一个自由社会，在这里媒体有着神圣的权利，可以在晚间新闻里播放死者的镜头。

马修斯局长仔细抚摩了一把他已经很完美的发型，拍拍德博拉的肩膀，上前去跟媒体谈话。我走到妹妹身边。

她站在原地没动，看着马修斯的背影。他正在和里克·桑格说话，那家伙是个报道犯罪新闻的名嘴。他的原则是"流血事件就是头条新闻"。"哎，老妹，"我说，"欢迎回到真实世界。"

她摇摇头。"嘿，万岁。"她说。

"凯尔怎么样？"我问她，我一直以来的训练告诉我这是恰当的问候。

"身体吗？"她说，"他还好，但他老是觉得自己成废物了。那些华盛顿的浑蛋不让他回去工作。"

我没法儿判断丘特斯基重返工作岗位的能力，因为没人知道他到底是做什么的。我只模糊知道那跟某个政府部门有关，保密性很高。除此之外我就一无所知了。"噢，"我搜肠刮肚地想合适的客套话，"我想过一阵儿就好了。"

"啊，"她说，"我知道。"她回头看看那两具烧焦的尸体，"不管怎么说，这是让我换换脑子的好办法。"

"已经有传言说你觉得跟萨泰里阿教有关。"我说。她飞快地转过头看着我。

"你觉得不是？"她试探地问。

"噢，不是，可能你是对的。"我说。

"但是？"她又尖锐地问道。

"没什么但是。"我说。

"妈的，德克斯特，"她说，"你是怎么看的？"

在这个案子上，我什么也没法儿告诉德博拉。我其实巴望着她能分我一星半点儿信息，因为那或许能解释黑夜行者罕见的非典型性逃避。对于两具烧焦的祭物，不管我说什么，德博拉都不会信我，她觉得我有事儿瞒着她。

"好啦，德克斯特，"她说，"说吧，告诉我你是怎么想的。"

"亲爱的老妹，我根本没找着北。"我说。

"胡扯，"她说，"你有话不说。"

"我从来没有瞒过你，"我说，"我会对自己唯一的妹妹撒谎吗？"

她瞪着我："你觉得不是萨泰里阿教？"

"我不知道，"我说，尽量显得有诚意，"这个思路很好，不过……"

"我就知道，"她啪地打一个响指，"不过什么？"

"噢。"我说，忽然想起一件事儿，"你听说过萨泰里阿教用陶瓷吗？而且牛……他们不是用山羊的吗？"

她死盯了我一分钟，然后摇头："没了？你就是想说这个？"

"德博拉，我跟你说了我什么结论也没有。这只是一个想法，刚想出来的。"

"得了，"她说，"如果你跟我说真话……"

"我当然说了真话。"我抗议道。

"那你就是说傻话呢，比我的傻话还傻。"她说着又转过头去看马修斯局长，他正严肃地回答着记者的问题，翘着那雄性十足的下巴。

一小群人聚拢在警察拉起的黄色胶带外，足以让观察者站在人群中不显山不露水。

他带着冷静的饥饿感注视着，不动声色。戴着一个临时面具，下面藏着狰狞面孔。可是不知怎么，他周围的人似乎能意识到什么，不时紧张地朝他这边望望，好像感觉到附近有老虎出没。

观察者欣赏着他们的不安，欣赏着他们对他做的事情怀着愚蠢的恐惧。这就是权力带来的趣味，也是他喜欢观察的原因之一。

但他此刻的观察目的明确。他仔细地审视着，看着人们像蚂蚁似的四处摸索，感觉到力量在自己体内聚集。"行尸走肉，"他想道，"连羊都不如。而我们就是那牧人。"

他心满意足地看着他们那副可怜虫模样，又感到一阵捕猎的冲动。他慢慢转过头，向黄色胶带里面望去——

他就在那儿，穿着鲜艳的夏威夷衬衫。他的确和警察是一伙儿的。

观察者小心地朝那人伸出触须，当触碰到那人时，他看到对方突然停住脚，闭上了眼睛，好像在无声地问着问题。没错，对方感觉到了那微妙的触碰，这人是有特殊力量的，肯定是。

但这人想要干吗？

他看着对方挺直身体，四下看看，然后显然将这事儿弃之脑后，往警察那边走去。

"我们更强大，"他想道，"比他们都强大。他们最后会非常悲哀地发现这一点。"

他感到越来越饥渴，但他得再了解了解，等待恰当的时机来临。等待，观察。暂时先这样。

犯罪现场没有鲜血飞溅，这本该是我放大假的时候，我的心情却轻松不起来。我四处搜寻了一阵儿，在胶带附近进进出出，却没发现什么特别的。德博拉好像也跟我没什么好说的，这让我感觉孤单无聊。

我又看了一眼那两具烤煳了的尸体。黑夜行者依然沉默着。

我走回德博拉站着的地方，她正在和安杰尔说话。他们一起满怀期待地看向我，可我什么见解也提不出来，这让我显得非常不酷。我使劲儿绷着不让自己脸色变绿。正在这时，德博拉从我肩膀上望过去，哼了一声，说："真他妈是时候。"

我顺着她的目光望去，一辆警车刚刚停稳，一个全身雪白的男人下了车。

迈阿密地区的萨泰里阿神父驾到。

我们的城市一直有任人唯亲的风气，腐败起来更是会让"特威德老大"①眼红。每年都有几百万美元花在凭空捏造出来的咨询费上，大把预算超支，工程迟迟没有动静，因为已经包给了某人的丈母娘。还有的钱花在了造福一方百姓的重要事务上，比如给政客的超级粉丝购买豪华汽车。这样一个城市提供薪水和福利给萨泰里阿神父再正常不过了。

但让人惊讶的是，他自己挣钱。

每天日出之时，神父会出现在法院，他往往会捡到一两只祭祀用的小动物的尸体，它们的主人杀掉它们，为自己悬而未决的重要官司祈福。没有哪个正常的迈阿密居民会去碰这些玩意儿。当然这些小动物的尸体暴露在迈阿密的司法大殿前总是不雅的，于是神父会弄走这些祭品，还有人们丢弃的玛瑙碎片、羽毛、珠子、护身符和图片。

---

① 威廉·特威德，19世纪掌控纽约市财政，和亲信同伙合谋窃取庞大市政府资金的众议员。

不时有人请他去重要场合作法，比如为某个以低价胜出的过街天桥工程祈福，或者给"纽约喷气机"① 下咒。这会儿出现在现场，肯定是被我妹妹德博拉请来的。

神父是个年约五十岁的黑人，六英尺高，留着很长的指甲，腆着一个大肚子。他穿一条白裤子，一件白色古巴衬衫，脚上穿着凉鞋。他步履沉重地走下警车，脸上的表情有点儿不耐烦。他边走边从衬衫下面摸出一副黑色玳瑁框眼镜。他戴上眼镜走到尸体旁，等看清楚了眼前的东西，他死死地站住了。

他盯着看了好一会儿，然后向后退去，眼睛依然盯着尸体。当退到大约三十英尺之外时，他转身走向警车，钻了进去。

"这是他妈的怎么了？"德博拉说。神父砰地关上车门，坐上前座，直勾勾地瞪着前方。过了一会儿，德博拉嘀咕了一句："靠。"然后向警车走去，我好奇地跟着。

我走过去时，德博拉正敲着副驾驶旁边的车窗玻璃，神父仍然纹丝不动地呆视前方，牙关紧闭，面色严峻，假装没注意到德博拉。德博拉再用力敲，他摇摇头。"把车门打开。"德博拉说着，语气好像在说"缴枪不杀"。神父更使劲儿地摇头，德博拉更用力地敲窗。"开门！"她说。

最后，神父摇下车窗。"这事儿跟我一点儿关系都没有。"他说。

"那到底是怎么回事儿？"德博拉问他。

他只管摇头。"我得回去工作了。"他说。

"是帕洛·马优比干的？"我问他。德博拉瞪了我一眼。帕洛·马优比是萨泰里阿教的一个神秘分支，尽管我对其几乎一无所知，但在我自己的业余研究中，一些非常残忍的杀人案似乎和他们有关联，这让我兴趣倍增。

但神父还是摇头。"听着，"他说，"这案子有名堂，你们不懂，也不会想知道的。"

"是不是和那些案子是一起的？"我问。

"我不知道，"他说，"可能是的。"

"你能帮我们什么？"德博拉问道。

"我什么也帮不了，因为我什么也不知道。"他说，"但我不喜欢这件事儿，我也一点儿都不想碰它。我今天还有别的重要的事儿，我得走了。"他摇上了车窗。

---

① 美国国家橄榄球联盟在新泽西州的一支球队，是本地球队"迈阿密海豚"的对手。

"靠。"德博拉说，责备地看着我。

"哎，我可什么都没干。"我说。

"靠，"她又说，"你刚才说的是他妈的什么意思？"

"我真的什么都不清楚。"我说。

"是吗？"她说，看上去完全不相信，这可真讽刺。我是说我撒谎的时候大家总是信我，可当我真的一头雾水的时候，我这亲亲的妹子却死活不信我。神父的反应好像和黑夜行者一致，这在告诉我什么？

我发现德博拉还在瞪着我，她的表情极度不满，我没法儿继续我的深刻思考了。

"你找到失踪的头了吗？"我问道，自己觉得这问题很恰当，"如果看看他对头干了什么，也许能多找到些案子的线索。"

"没找到，一个头也没找到。我除了一个对我吞吞吐吐的兄弟外什么也没找到。"

"德博拉，真的，这种总在怀疑的表情对你的面部肌肉不好，你会长褶子的。"

"除了长褶子，说不定我还能抓住凶手。"她说着朝那两具焦尸走去。

我收拾起溅血分析箱，从两具尸体的脖子周围取了少量干燥的黑色痂块，然后便准备打道回府。还有足够的时间吃午餐。

可是，倒霉的德克斯特一定是被人在后背上做了记号，所以麻烦总是接连不断。我刚收拾干净桌面，文斯·增冈便溜进了我的实验室。"我刚和曼尼谈了，"他说，"他明天早晨十点能见我们。"

"这消息太棒了，"我说，"如果你能说说曼尼是谁，他干吗要见我们，这消息就好上加好了。"

文斯看着我，好似有点儿委屈，那是我在他的脸上看到的为数不多的真诚表情之一。"曼尼·波尔克，"他说，"金牌餐饮策划。"

"音乐频道的那个？"

"是啊，就是他。"文斯说，"那家伙得过所有的大奖，还上过《美食家》杂志。"

"噢，对，"我支吾着想拖延时间，希望灵感突然迸发，让我逃避这可怕的命运，"一个获大奖的厨师。"

"德克斯特，他真的特别有名，能让你的婚礼惊艳。"

"嗯，文斯，真棒，可是……"

"听着，"他用坚定不移的语气说，我还从没见他这样过，"你说过你会和丽塔谈，然后让她决定的。"

"我说了吗？"

"你说了！我可不会让你把这么宝贵的机会错过了，尤其是我知道丽塔会特别喜欢这个。"

"好啦，"我说，打定主意采取拖延战术，"这件事儿我会回家和丽塔说的。"

"快点儿。"他说完走了。虽然不是怒气冲冲，但还是摔了一下门。

我出门，汇入繁忙的车流。一个开丰田SUV的中年男人在我后面不知为什么按起了喇叭。五六个街区后他超过我，擦身而过时他扭动方向盘靠近我，我被他的虚晃一枪给逼得开上了便道。尽管我赞赏他的气质，也乐意跟他干一架，但我还是老实开着车。没必要跟迈阿密的司机讲道理，你只需放轻松，把暴力当乐子享受。当然，我对这个很在行，所以我只是微笑着冲他挥挥手，他猛踩油门，以超过限速六十英里的速度消失了。

一般情况下，我觉得这种夜晚返家路途上的追杀是结束一天紧张工作的最好方式。目睹那些愤怒和想杀人的欲望总能让我放松神经，让我有一种重返故乡的感觉。可是今晚我忧心忡忡，很难调动起愉快的心情。

更糟的是，我不知道自己在担心什么，只不过是黑夜行者在那个凶杀现场对我使用沉默策略。以前从未这样过，我只能认为是有什么不同寻常的事情发生了，那可能威胁到德克斯特的生命。可到底是什么呢？而且我又怎么确定真有这回事儿？我连黑夜行者是什么都不知道，除了他总是在那里给我提供灵感和意见。我们以前也见过烧焦的尸体和很多陶瓷制品，从来没有这么异常的反应。是因为这两样东西组合到一起了吗？还是完全是巧合，和我们看到的一点儿关系都没有？

我越想越糊涂，车流一如既往地在我两侧呼啸而过，带着那让人宽慰的杀戮精神。于是到丽塔家时，我几乎让自己放下心了，没什么好担心的。

丽塔、科迪和阿斯特已经在家里了。丽塔离家比我近多了，孩子们则是从住宅附近公园里的课外活动下学回来，他们至少用了半个小时来养精蓄锐，等着折磨我好不容易平静下来的神经。

"新闻上播着呢。"我打开门，阿斯特便小声说着，科迪则点着头，用他温柔而沙哑的声音说："恶心。"

"新闻上播着什么呢？"我边说边从他们身边挤过去，留意着不踩到他们。

"你烧的！"阿斯特冲我咝咝地说。科迪面无表情地看着我，似乎带点儿谴责的意思。

"我什么？我把谁……"

"那两个在学院里被发现的人。"她说，"我们可不想知道那个。"科迪又点点头。

"在……你是说大学，我可没……"

"大学就是学院，"阿斯特用十岁女孩特有的自信说道，"我们觉得烧人实在太恶心了。"

我忽然明白了他们从电视上看到了什么——犯罪现场报道，我今早刚从那两具焦尸上取过烤焦的血样。看样子他们仅仅因为知道我曾在那夜出去游玩，就断定这个是我干的，这让我非常生气。"听着，"我严厉地说，"那不是……"

"德克斯特，是你吗？"丽塔尖着嗓子在厨房里喊。

"我也不能确定，"我喊回去，"让我查查我的身份证。"

丽塔喜滋滋地冲出来，我还没来得及自卫，她就一把搂住我。"哈，帅哥，"她说，"你今天过得好吗？"

"恶心。"阿斯特小声说。

"特别棒，"我说，挣扎着喘气，"今天每人都看了够多的尸体，我也用过了棉花棒。"

丽塔做了个鬼脸："呃，那可真……我不知道你是不是该当着孩子们的面说这个。他们做噩梦怎么办？"

如果我是个绝对诚实的人，我会告诉她，她的两个孩子不大会做噩梦，倒是更有可能给别人带来噩梦。但因为我完全没必要说出真相，所以我只是拍拍她说："他们每天在卡通片里看到的都比这些糟糕多了，是不是，孩子们？"

"不是。"科迪说。我惊讶地看着他。他几乎从不说话，但此刻他不仅开口说话，而且还针对我，这让人有点儿不安。事实上，这一整天都过得非常别扭。到底有什么黑暗而可怕的事情正在发生？还是我的光环消失了？要么是我流年不利跟谁犯了冲？

"科迪，"我说，很希望我的声音里能有伤心的味道，"你是不会因为这个做噩梦的，是不是？"

“他从不会做噩梦。”阿斯特说，好像每个大脑没受过伤害的人都应该知道这点，“他从来什么梦都不做。”

“那很好。”我说。因为我自己就几乎从来不做梦，而且似乎我跟科迪的共同点越多越好。但是丽塔一点儿都没明白其中的玄机。

“好了，阿斯特，别犯傻了，”她说，“科迪当然会做梦，每个人都会做梦。”

“我不做梦。”科迪坚持说。他这会儿不仅在针对我们两个，还打破了自己沉默寡言的传统。尽管我自己没有感情，但对科迪还是生出了一种喜爱的感觉，想凑过去跟他站在一边。

“不做梦对你来说是好事儿，”我说，“甭管那些。人们夸大了梦的作用，它只会让人在夜里睡不安稳。”

“德克斯特，其实……”丽塔说，“我不认为我们应该鼓励他这样。”

“我们当然应该鼓励他这样。”我一边回答，一边对科迪挤眼睛，“他在展示怒火、勇气和想象力。”

“我没有。”他说。我几乎要为他的语言功力大长而惊叹了。

“你当然没有，”我放低声音对他说，“但我们得对你妈妈这么说，不然她会担心的。”

“我的老天爷，”丽塔说，“我不管你们了。去外面玩儿吧，孩子们。”

“我们想和德克斯特玩儿。”阿斯特噘着嘴说。

“我过几分钟就来。”我说。

“你最好快点儿。”她恶狠狠地说。他们消失在通往后院的过道尽头。我深深地吸了口气，庆幸那平白无故而恶毒的攻击终于暂时过去了。当然，我本应该知道这事儿会发生。

“到这边来。”丽塔拉着我的手坐到沙发上。“文斯刚来过电话。”她说。

“是吗？”我说，想到他可能会对丽塔说什么，我突然感觉到危险袭来，“他说什么了？”

她摇摇头：“他挺神秘的。他说我们一谈完就告诉他。我问他要谈些什么，他却不肯说，只说你会告诉我。”

我使劲儿忍着没又说一遍那句白痴般的过场白“是吗”。丽塔继续说：“说实在的，德克斯特，你能有像文斯这样的朋友真幸运。他特别重视做伴郎这个任务，而且他的品位相当好。”

"还相当贵。"我答道，差一点儿又说出那个近乎丢脸的"是吗"。可这话一出口，我就意识到错得更离谱，因为丽塔整个人都像圣诞树那样神采飞扬起来。

"真的吗？"她说，"噢，我觉得他值得。我是说，品位和价钱往往是如影随形的，不是吗？一般都是一分钱，一分货。"

"是，但问题在于你得付多少钱。"我说。

"付什么？"丽塔说，然后我就卡住了。

"啊，"我说，"文斯有一个离奇的想法，他想让我们用他的'南海岸名厨'，那家伙非常贵，是给很多名人聚会做餐饮策划的。"

丽塔拍了一下巴掌，手停在下颌，一脸开心。"不会是曼尼·波尔克吧！"她喊道，"文斯认识曼尼·波尔克？"

说到这里，一切已经见了分晓，但不屈不挠的德克斯特不会不战而败，哪怕自己已经奄奄一息。"我说没说过他很贵？"我带着希望说。

"噢，德克斯特，你不能在这种时候担心钱的事情。"她说。

"我能，我担心着呢。"

"可是如果能请到曼尼·波尔克，就不应该计较钱。"她说，声音里有种让人诧异的语调。我以前可没见过她这样，除了她对科迪和阿斯特生气的时候。

"是的，可是丽塔，"我说，"在餐饮上花特别多的钱，太不理智了。"

"理智和这事儿一点儿关系也没有，"她说道，我衷心赞同她这句话，"如果我们能请到曼尼·波尔克做我们婚礼的餐饮策划却不请他，那我们一定是疯了。"

"可是……"我说，随即停了下来，因为花巨款用小饼干配手绘苦白菜，再加上德国酸芹菜汁，最后做出詹妮弗·洛佩兹的造型来，这件事本身就是奇蠢无比的。

"德克斯特，"丽塔说，"我们会结婚多少次呢？"即便是我这么不靠谱的人都懂得必须死忍着不说出"起码两次，就像你"。

我飞快地转换进攻路线，用我这么多年来悉心研究、努力模仿人类所学来的技巧说道："丽塔，婚礼的重要部分是我将戒指套在你的手指上那一刻，我不在乎之后吃什么。"

"说得真甜，"她说，"所以你不介意我们雇曼尼·波尔克了？"

我又一次还没搞明白自己的立场就输了辩论。我觉得口干舌燥，肯定是因为我大张着嘴巴太久，大脑则拼命挣扎着想弄明白刚刚发生了什么，我还想说点儿聪明话来挽回局面，可是已经太晚。"我给文斯打电话，"丽塔说道，然后探身过来在我脸上亲了一下，"噢，这真让人兴奋。谢谢你，德克斯特。"

唉，好吧，谁让婚姻就意味着妥协呢。

曼尼·波尔克住在南海岸。他住在一栋新建的摩天大楼的顶层，这些高楼在迈阿密如雨后春笋般涌现。他的家坐落在从前一片废弃的海滩上，哈里曾带着德博拉和我在星期六早晨去那里捡贝壳。我们会捡到旧救生圈、神秘的木头船板——那一定是从某艘不幸遇难的船上碎裂下来的，还有龙虾养护区浮标、渔网的碎片。一个令人兴奋的早上，我们还看见一具死尸随浪漂浮。那些都是宝贵的童年记忆。如今这里建起了闪闪发光的大厦，没一点儿气质，我非常讨厌这样。

第二天早上十点，我和文斯一起从单位出来，开车到了那片可怕的取代了我童年欢乐的新大楼下面。我们默默地坐电梯去往顶楼，文斯在一旁局促地眨着眼睛。他干吗要对一个以雕刻炒肝为生的人那么紧张？一滴汗从他的脸颊上流下，他痉挛似的吞咽了两次唾沫，两次。

"他是个搞餐饮的，文斯。"我告诉他，"他不可怕。他甚至连你的图书馆借书卡都不能撤销。"

文斯看着我，又咽了口唾沫。"他脾气可大了，"他说，"他很厉害的。"

"噢，那好，"我开心地说，"那我们另外找个起码通情达理的人吧。"

他咬着牙，像个执行死刑的射击队员似的摇摇头。"不，"他勇敢地说，"我们会闯过这一关的。"说话间，电梯门开了。他挺起肩膀，点点头说："来吧。"

我们走到走廊尽头，文斯在最后一个房间门前停住脚，深吸了一口气，举起手，在片刻犹豫之后，敲响房门。等了很久，什么动静也没有。他看看我，眨眨眼，手还举着。"也许……"他说。

门开了。"嘿，维克！"站在门口的人像鸟叫似的喊道。文斯面红耳赤，结结巴巴："你……你好。"然后把身体的重心从一只脚移到另一只脚，嘴里继续结结巴巴不知所云，同时还向后退了半步。

这情景太迷人了，我并不是唯一欣赏它的人。应门的小侏儒脸上挂着微笑，好似在表示他喜欢观赏人被折磨时的样子。他让文斯扭捏了一会儿才说："好啦，请进。"

　　曼尼·波尔克，如果这真的是大名鼎鼎的他，而不是从《星球大战》里出来的什么全息图像的话，那么从他的绣花高跟银靴到他染成橘黄色的发梢，他站直了也不会超过五英尺六英寸。他的头发剪得很短，黑色的刘海儿像麻雀尾巴似的贴在前额，耷拉在镶着大颗人造钻石的眼镜框上。他穿着一件长长的、鲜红色的短袖衬衫，除此之外什么也没穿。他从门边转身把我们向屋里引时，衬衫在他身上直打转。他踏着小碎步飞快地朝一扇巨大的玻璃窗走去，从那里能俯瞰到下面的河水。

　　"到这边来，我们聊聊。"他的身旁是一个基座，上面的一大团东西看着像动物的呕吐物，还喷着几处荧光材料的涂鸦。他带着我们向窗户边的一张玻璃桌走去，桌子周围有四把大概是椅子的东西，但很容易被错当成镶在支柱上的铜铸骆驼鞍。"坐。"他说着做了个夸张的手势。我在靠窗的所谓的椅子上坐下。文斯犹豫了一下，也挨着我坐下，曼尼则跳到文斯对面的椅子上。"好啦，"他说，"维克，你最近怎么样？来点儿咖啡？"还没等文斯回答，他就朝左边转过头，喊道："艾德瓦尔多！"

　　文斯在我身边颤巍巍地喘了口气，还没来得及怎么样，曼尼又倏地转回头，这次是冲着我。"你就是那个爱脸红的新郎？"他说。

　　"德克斯特·摩根，"我说，"不过我不太擅长脸红。"

　　"哦，是吗？我想维克一人脸红起来能超过你和新娘两个人。"他说。的确，文斯的脸已经红到了他的皮肤所允许的极限。由于我还在生文斯的气，就是他害得我来受这个罪，所以我不想给他解围，不帮他找台阶下，甚至都不去纠正曼尼管文斯叫"维克"。我肯定曼尼知道文斯的名字，他是成心折磨文斯。我无所谓，让文斯受会儿罪吧，谁让他越过我直接去游说丽塔，最后连累我来蹚这个浑水呢。

　　艾德瓦尔多慌里慌张地端着一个塑料托盘进来了，里面盛着色彩鲜艳的咖啡用具。他是个结实的小伙子，大概有两个曼尼那么大，可他也貌似急于讨好曼尼。他把一只黄色的咖啡杯放在曼尼面前，然后把蓝色那只放到文斯面前，却被曼尼挡住了。曼尼把自己的一根手指放在艾德瓦尔多的胳膊上。

　　"艾德瓦尔多，"他用丝绸一般柔和的声音说道，脸上的表情冷冰冰的，"黄色的？我们不是说过了吗，曼尼用蓝色杯子。"

　　艾德瓦尔多忙不迭地转身去用蓝色杯子换掉那只大不敬的黄色杯子，动作太猛，以至于差点儿摔个大马趴，又险些把茶盘掉在地上。

"谢谢，艾德瓦尔多。"曼尼说。艾德瓦尔多愣了片刻，显然是想弄清楚曼尼是真的在感谢他，还是他又做错了什么事儿。但曼尼只是拍了拍他的胳膊，说："请照顾我们的客人。"艾德瓦尔多点着头，绕过桌子给我们放杯子。

最后的结果是，我得到了黄色杯子，这对我来说无所谓，尽管我纳闷儿，不知道这是不是他们不喜欢我的信号。艾德瓦尔多给我们倒好咖啡，又飞快跑回厨房，端来一小碟点心。这五六只烘焙点心看上去像填了奶油馅儿的刺猬，黑黄色，一团团的，倒竖着一根根不知是巧克力还是海葵做的小尖刺。点心中央张开的小口里，露出一小团橙色蛋挞之类的东西，每只点心的蛋挞心上还有或绿或蓝或棕的点缀色。

艾德瓦尔多把小碟放在桌子中央，我们瞪着它看了一会儿。曼尼像是很喜欢这些小点心，文斯则完全是一副中了蛊的敬畏表情。他吞了几口唾沫，好像还叹了口气。至于我，我不知道这些东西是吃的还是奇异血腥的阿兹特克宗教仪式用的，所以我只是端详着盘子，想看出个究竟。

最后还是文斯开了腔。"我的天哪。"他脱口而出。

曼尼点点头。"它们不错吧？"他说，"去年更棒呢。"他拿起一只带蓝色点缀的点心凝视着，脸上是一副年深日久的爱怜表情。"这调色板的点子已经过时了，可那个可怕的老印度克里克饭店居然还会抄袭。"他耸耸肩，将点心扔进嘴里。"人的确会对自己的小点子入迷。"他转身朝艾德瓦尔多挤了挤眼睛，"有时会过分入迷。"艾德瓦尔多的脸色变得苍白，逃进了厨房。曼尼转向我们，假惺惺地笑着说："不过你们还是要尝尝，好吗？"

"我简直不敢咬下去，"文斯说，"它们太完美了。"

"我怕它们会咬我。"我说。

曼尼露出了几只大牙。"要是我能教会它们咬人，我可就不寂寞了。"他用胳膊肘把盘子朝我推了推。"来吧。"他说。

"你会在我婚礼上做这些点心吗？"我问道，想着总得有人问点儿什么，把眼前这一切的意义发掘出来。

文斯用胳膊肘截了我一下，但显然为时已晚。曼尼的眼睛眯缝成一道线，嘴还保持着笑的模样。"我不管做饭，"他说，"我展示，而且展示我认为最好的。"

"难道我不应该事先了解一下都会是些什么吗？"我问道，"我是说，万一新娘对抹了日本芥末的芝麻菜肉冻过敏怎么办？"

曼尼攥紧拳头，我都能听见他的指关节咔吧作响的声音。有那么一刻我都暗自高兴，想着这下大概跟他谈崩了，可是曼尼松了劲儿大笑起来。"我喜欢你的朋友，维克，"他说，"他很勇敢。"

文斯冲我俩笑了笑，终于又能呼吸了。曼尼开始在本子上涂涂写写。最终，我和伟大的曼尼·波尔克达成协议，由他承办我的婚礼餐饮，他给我的优惠价是二百五十美元一个人。

我还没来得及为钱包发愁，手机就欢快地唱了起来。刚一接通，对方就说"你马上过来"，根本不理会我那愉快的一声"喂"，是德博拉。

"我现在正忙着讨论非常重要的鱼子酱面包呢。"我告诉她，"你能借给我两万块钱吗？"

她从嗓子眼儿里哼哼了几下，说："我没时间跟你啰唆，德克斯特。二十四小时在二十分钟后开始，我需要你马上过来。"这是凶杀专案组的惯例，在调查工作开始后的二十四小时之内召集全体相关人员，确认所有事项已经部署下去，大家对案件有一致的认识。德博拉显然相信我能提供点儿妙招儿。她想得挺好，可惜不对。黑夜行者在逃，我在短时间内不大可能爆发灵感。

"德博拉，我对这个案子真的一点儿想法都没有。"我说。

"你先过来再说。"她说完挂了电话。

从迈阿密海滩大道 395 号高速公路上了 836 号公路后，车辆堵了有半英里。我们在下一个出口前一点儿一点儿地往前蹭，终于到了发生事故的地段。一辆满载西瓜的卡车侧翻在高速路上，把道路变成一条深达六英尺的红红绿绿的小河，周围的车辆不同程度地变成了花瓜。一辆救护车从路肩驶过，后面尾随了一队车辆，这些车的主人重要到了不能坐等道路清理完毕的地步。排队的车子把喇叭按得震天响，人们喊叫着，挥舞着拳头，前边似乎还传来了一声枪响。回归正常生活真好啊。

我们从混乱不堪的车流里挣扎出来，驶入街道，时间多花了十五分钟。又过了十五分钟，终于到了办公室。文斯和我坐电梯上了二楼，我俩都一声不吭。当门打开，我们步出电梯时，文斯挡住了我。"你做了一件正确的事儿。"他说。

"嗯，的确，"我说，"如果我不马上完事儿的话，德博拉会要了我的命。"

他抓住我的胳膊。"我是说关于曼尼，"他说，"你会爱上他的手艺。真的，他弄出来的效果绝对不同凡响。"

我掰开文斯抓着我胳膊的手指，跟他握了握手："我肯定我们都会对食物非常满意。"

他握着我的手不放。"不仅如此。"他说。

"文斯……"

"那是你拿你往后的生命起誓的时刻，"他说，"一个很棒的誓言，你和丽塔的生命将从此联结……"

"我的生命会有危险，如果我不马上走的话，文斯。"我说。

"我真挺高兴的。"他说。看着他表现出货真价实的感情让人害怕，我几乎是从他身边逃向走廊尽头的会议室。

会议室里坐满了人。由于晚间新闻对两个年轻女孩被烧焦的尸体和头颅不翼而飞的事实做了一系列耸人听闻的报道，这案子成了大案。我溜进会议室，靠门站着，看见德博拉正瞪着我，我为她送上我认为很无辜的微笑。她打断正在发言的人，那是第一个赶到现场的巡逻警。

"好，"她说，"我们知道在现场是找不到头颅的。"

我以为自己的迟到加上德博拉恶狠狠的注视能让我夺得最富戏剧性入场式奖，可我大错特错了。德博拉推动会议往下进行，我好比是根微弱的蜡烛被放在汽油燃烧弹旁边，完全没人注意我。

"来啊，伙计们，"我那警官妹子说，"都来动动脑子。"

"我们该搜一下湖。"卡米拉·菲格说。她年约三十五岁，是法医部技术员，通常沉默寡言，几乎听不到她说话。显然有人宁愿她安静，因为一个名叫科里根的瘦削而有些神经质的警察立刻挑起刺儿来。

"胡说，"科里根说，"头早漂走了。"

"人头是不会漂走的，它们都是死沉的骨头。"卡米拉坚持道。

"有些人头的确是这样。"科里根说，他这话引来了几下预期中的笑声。

德博拉皱起眉头，正准备以领导的口气批评两句，这时走廊里传来一阵声音。

扑通。

不是很响，但足以让屋里全体人员的注意力都被吸引过去。

扑通。

近了些，响了些，这场面有些像低成本恐怖片里的镜头。

扑通。

不由自主地，会议室里的每一个人都屏住了呼吸，慢慢将头转向会议室的门。我也扭头望向走廊，内心深处却有一个极细小的类似于抽搐的东西在阻挠我，于是我闭上眼睛倾听。我心里一个微弱的、带点儿犹豫的声音响起，很像清嗓子，然后——

屋里不知谁嘀咕了一声："我的妈呀。"声音中充满那种总是能让我兴奋起来的恐惧。我心里那个细小的声音呜呜了一下便消失了。我睁开眼睛。

我只想说，黑夜行者出现在幽暗的后座上让我很开心，有一刹那我把周围的事情都置之度外。这种走神往往很危险，尤其是对我这样的假人来说，后果就是，我睁开眼睛看到的情景让我大吃一惊。

原来真的像廉价恐怖片《活死人之夜》①里面的镜头。站在门旁的，就在我右手边直勾勾地瞪着我的，是个本应该已经死去的人。

多克斯警官。

多克斯从来都不喜欢我。他可能是整个警局里唯一怀疑我真实面目的人。我一直觉得他之所以能看穿我的伪装，是因为他多少也是和我一样的人——一个冷血杀手。他尝试了半天却不能证明我做了任何有罪的事儿，这失败让他更加讨厌我。

我上次看见多克斯警官是当医护人员把他往救护车上抬的时候。他当时由于疼痛和惊吓昏死过去，一个来复仇的非常有才华的业余外科手术医生切掉了他的舌头、双手和双脚。我承认是我不动声色地引导了那位业余医生的想法，不过我总算体面地先说服多克斯自己同意执行这个计划，因为他想抓住那个惨无人道的魔鬼。而且我也几乎救出了多克斯，冒着失去我自己宝贵的无可替代的生命和四肢的危险。我没有像他希望的那样快速有效地营救他，但我努力过，最后他被救出来的时候生不如死，那可真不是我的错。

所以，我觉得在我为他冒了这么大的险之后，有个小小的认可的表示也算不得过分的要求。我不需要鲜花、奖状之类，甚至不需要一盒巧克力，但也许他应该在我后背上拍拍，嘀咕一句"谢了，伙计"。当然，他现在没有舌头，连贯说上一句话不是那么容易的事儿，而且来自他那新的钢铁假手的拍打大概会让人挺

---

① 1968 年拍摄的美国经典僵尸恐怖片系列的首部，被誉为现代恐怖片的开山鼻祖，是一部成本很低的影片。

疼，可他至少得表示一下啊，这要求过分吗？

显然是的。多克斯盯着我，好像他是一只饥饿的狗，而我是世上最后一块牛排。我知道是什么让黑夜行者发出清嗓子的声音——是同类的气味。我感到内心那双翅膀在缓缓扇动，慢慢充满了旺盛的活力，升腾起来直视着多克斯带着挑衅神色的眼睛。他灵魂深处的魔鬼咆哮着，冲我吐着唾沫。我们站在那里对峙了很久，在外人看来我俩只是相互凝视，但实际上是两个捕猎者在尖叫着较量。

有人在说着什么，但全世界只剩下了我和多克斯，以及两个藏在我们心底的黑色影子在跃跃欲试。我俩都没听见别人在说什么，只是背景里一阵烦人的嗡嗡声。

德博拉的声音穿透迷雾刺了进来。"多克斯警官。"她说道，声音有些强硬。终于多克斯朝她转过头，魔法解除了。我不禁有些得意和开心，为黑夜行者的神力得胜，还有就是我终于让多克斯先转开了头。我好好地重又把自己隐藏起来，向后退了一小步，仔细端详起我那一度强大无比的复仇者来。

多克斯警官是部门杠铃纪录的保持者，不过他现在不大像能很快刷新自己纪录的样子。他很憔悴，除了眼睛里闷烧的怒火之外，他几乎是虚弱不堪。他用两只假脚僵直地站在那里，两臂悬垂在身体两侧，两只手的手腕部位突显出好似老虎钳手柄那样的东西，微弱地闪着银光。

除了屋里其他人的呼吸声，我什么也听不见。大家只是注视着那一度叫多克斯的物体，而他则瞪着德博拉，她正舔着嘴唇，显然是想找些话说，最后说出来的是："请坐，多克斯，要我给你介绍一下案情吗？"

多克斯看了她好久。他笨拙地转过身，瞪着我，然后扑通扑通地走出房间。他那奇特的有规律的脚步声在走廊里回响着，直到彻底消失。

通常警察都不喜欢表现出自己被吓着了，所以有好几秒的时间大家都大气不出，生怕泄露了自己的真实感受，最后还是德博拉打破了安静。"好了。"她说。突然间大家都开始清嗓子，挪椅子。

"好了。"她又说了一遍，"所以我们不能在现场找到人头。"

"人头不会漂走。"卡米拉·菲格轻蔑地说，于是我们又回到被多克斯警官打断之前的章节。他们七嘴八舌地争执了十分钟，没完没了地扯皮谁该做文件记录，等等。之后，我旁边的门被一把推开，我们的会议又一次被打断了。

"抱歉，打扰了。我得到……一个很好的消息。"马修斯局长环视大家，皱着

Chapter

失踪的女学生 *3*

我不做梦。不过，在睡着的时候，在某个时间点上，肯定也会有形象和没意义的断片从我的潜意识中掠过，据说大家都这样。但就算做过梦，我也好像从来记不住，据说没人会这样，所以我假定自己不做梦。

所以，那夜我被自己吓着了：我发现自己蜷缩在丽塔怀里，喊着连我都听不清的话，只依稀听到窒息般的回声在棉被般厚厚的黑夜里回荡。丽塔清凉的手搭在我的前额，她低低地说："好了，宝贝儿，我不会离开你。"

"太谢谢了。"我干涩地说了一句。清清喉咙，我坐了起来。

"你做了个噩梦。"她告诉我。

"真的？是怎么回事儿？"我什么都不记得，除了自己的喊叫和一种模模糊糊的恐惧感慢慢袭向孤单无助的我。

"我不知道，"丽塔说道，"你使劲儿喊着：'回来！别丢下我。'"她清清嗓子，"德克斯特，我知道婚礼让你觉得有压力……"

"一点儿都不。"我说。

"但我想告诉你，我永远都不会离开你。"她握住我的手说，"我会永远和你在一起。"她滑下来，头靠着我的肩膀，"别担心，我绝对不会离开你，德克斯特。"

尽管我对做梦没什么经验，我也相当肯定自己的潜意识不是在担心丽塔会离眉头说道，"就是……这个……多克斯警官回来了。他……嗯……你们要知道他的情况，这个……很严重。他只需再过一两年就能领取全额养老金，所以律师们……我们都觉得，在这种情况下，嗯……"他停下来，看着屋里的人，"是不是已经有人告诉你们了？"

"多克斯警官刚才就在这里。"德博拉说。

"噢，"马修斯说，"啊，那好吧……"他耸耸肩，"也好。好啦，我不打扰大家开会了。有什么要汇报的吗？"

"没有实质性的进展，局长。"德博拉说道。

"好吧，我相信你们会在新闻发布会之前把事情弄出眉目，我是说，要快。"

"好的，局长。"德博拉答道。

"好吧。"马修斯局长又说一遍。他巡视了全屋一眼，挺起胸膛，离开了会场。

"人头不会漂走。"有人说。屋里响起咪咪的笑声。

"天哪，"德博拉说，"我们能不能专心点儿？有两具尸体等着呢。"

还会有更多的尸体出现，我想。黑夜行者微微颤抖了一下。

开我。我压根儿没想过她会离开我。如果因为害怕被抛弃而伤心地喊叫起来，我完全明白自己怕的是什么——黑夜行者。我亲爱的伙伴、永恒的伴侣，他陪着我穿过人生的波峰浪谷。我在梦里惧怕的就是这个：失去这个一直陪伴着我、让我成为现在的我、已经成了我人格的一部分的东西。

在大学犯罪现场，当他一溜烟逃跑并躲藏起来的时候，我受到了很大震动，后来证明那刺激比我当时意料到的还要深。多克斯警官出人意料并非常恐怖的亮相大概引发了我的恐惧感。我的潜意识发挥作用，把这些材料做成了梦。精神科学常识，课本典型案例，没什么大不了。

可我怎么还在担心？

因为黑夜行者从来没这么退缩过，我仍然不清楚他这次怎么会变成这样。丽塔说我是为婚礼感到紧张，真是这样吗？还是因为大学湖畔的两具无头女尸把黑夜行者给吓跑了？

第二天早上，德博拉还在孜孜不倦地查找大学无头尸体的头颅。不知怎么搞的，风声已经传至新闻媒体，说是警方正在寻找失踪的头骨。本来对迈阿密来说，这种消息在报纸上占的版面不会超过95号高速公路塞车的消息，可是有两个人头，而且是两个年轻女子的头，这就有轰动效应了。马修斯局长是那种喜欢抛头露面的人，即便他并不喜欢这故事带来的惊慌。

于是迅速破案的压力层层下达，从局长传到德博拉，她又片刻不误地将之传递给了我们。文斯·增冈相信自己能为德博拉破解这个谜团，只要他能找出是哪个古怪教派对这件事儿负责，整件事儿便可迎刃而解。于是，今早他把头探进我的办公室，脸上堆着一个大大的假笑，铿锵有力地说："康东布莱。"

"不像话，"我说，"现在可没时间开黄腔。"

"哈，"他说，带着那可怕的假笑，"千真万确。康东布莱教和萨泰里阿教差不多，不过它是巴西的。"

"文斯，你说得没错。可问题是，你到底想说什么？"

他听罢一头冲进来，那样子好像他是匹脱缰的野马。"他们的宗教仪式就会用到动物的头，"他说，"网上是这样说的。"

"是吗？"我说，"网上有没有说这个巴西的玩意儿烧烤人肉、切头，用陶瓷牛头取而代之呢？"

文斯稍微委顿了一下。"没，"他承认，但又挑起眉毛满怀希望地说，"可他们用动物呀。"

"他们是怎么用的，文斯？"我问道。

"哦，"他边说边环顾我的小房间，好像是想换话题了，"有时他们把动物的一部分献给神，然后他们吃剩下的。"

"文斯，"我说，"你是说有人把失踪的头给吃了？"

"不是，"他说，有点儿不高兴了，跟科迪和阿斯特会有的反应一样，"不过也有可能。"

"那可够脆的，是不是？"

"好吧，"他说，真生气了，"我只是想帮忙。"他大步走出去，连一个敷衍的假笑都没留下。

文斯走开几分钟后，德博拉咆哮着冲进我的办公室，跟被一群马蜂追着似的。

"走啊！"她冲我吼道。

"走去哪儿？"我觉得这问题问得挺合理，可德博拉的反应好像是我刚刚在建议她剃个光头，再把头皮染成蓝色。

"赶紧跟我走！"她说。我只得跟着她冲到停车场，上了她的车。

"我向上帝起誓，"她迅猛地开着车，一边恶狠狠地说，"我还从来没见过马修斯这么生气，现在全成我的错了！"她捶了一下喇叭以加重语气，又急速绕过一辆货车，"全都是因为某个浑蛋把人头的消息透露给了媒体。"

"好了，德博拉，"我尽可能用平缓的语气说道，"我相信人头会出现的。"

"你他妈的说对了，"她说，差点儿撞上一个骑着自行车、带了一大堆废旧钢铁的胖家伙，"因为我能查出来那杂种属于哪个教派，我非碾死他不可。"

我顿住了。显然我那亲爱的气得发狂的妹子跟文斯一样，相信顺着宗教团体的藤就能摸到那个凶手。"啊，好吧，"我说，"我们去哪儿找呢？"

她一言不发地把车开上比斯坎大道，在马路边的一个车位里停好，下了车。我好脾气地跟着她走进灵魂净化中心，这儿有许多神通广大的东西，"整体疗法""天然草药"和"怡神香氛"，等等。

灵魂净化中心在比斯坎大道上一个不大而简陋的建筑里，这一区域明显是流莺①和毒品贩子盘桓的地区。中心朝着街面的几扇窗户上都装着粗大的铁栅栏，

---

① 指女性性工作者。

门则更是壁垒森严地紧锁着。德博拉在门上拍打了几下，门轰轰地响起来。她推了推，门被推开一条缝。

我们走进去，一阵甜得腻死人的熏香的气味袭来。透过烟雾，我隐隐约约看见一幅巨大的黄丝绸幡子挂在墙上，上书"人人合一"。音乐从唱片里传出来，背景里有瀑布的声音，那声音能让我的灵魂在空中翱翔，如果我有灵魂的话。因为我没有，所以整件事情在我眼里显得有些讨厌。

当然，我们不是来享受的，也不是来净化灵魂的，我的警官妹子永远都是公事公办。她大步走向柜台，那儿站着一个中年女人，全身都穿着扎染衣服，看起来跟用彩色皱纹纸做的似的。她的花白头发在脑袋上乱七八糟地支棱着，而眉头紧锁。不过，那也可能是因为福如心至而愉快地皱起了眉。

"您需要帮助吗？"她说，声音沙哑，那样子仿佛在说我们已经无可救药了。

德博拉冲她亮了一下警徽。还没来得及说什么，那女人探身过来，一把夺过警徽。

"噢，摩根警官，"女人说，把警徽扔到柜台上，"看上去是真的。"

"我想请问你几个问题。"德博拉说，伸手过去够她的警徽。

"关于什么？"女人问道。她的眉头皱得更紧了，德博拉也冲她皱起了眉。

"有几个凶手。"德博拉说道，那女人耸耸肩。

"凶手跟我有什么关系？"她问。

"因为人人合一，"我说，"这就是警察工作的精华。"

她转而将皱着的眉头朝向我，并飞快地眨着眼睛。"你是谁？"她问道，"让我看看你的警徽。"

"我是她的后援，"我说，"以防她被谁下咒。"

女人哼哼了一下，不过至少她没冲我发难。"这地方的警察，"她说，"少不了会被人下咒。我参加过北美自由贸易区的示威，我可知道你们警察是干吗的。"

"也许吧，"德博拉说，"不过不跟我们一头儿的话恐怕会更糟。你能回答几个问题吗？"

女人又回过头看着德博拉，仍然皱着眉，耸了耸肩。"得，问吧。"她说道，"不过我可帮不了什么忙。如果你越界，我会给我的律师打电话。"

"行，"德博拉说，"我们想找些线索。本地哪个宗教组织是用牛当祭物的？"

有那么一刹那我觉得女人几乎要笑出来，但她及时忍住了："牛？天哪，谁没有呢。苏美尔、克里特，所有那些文明发源地。多少人都拿牛当神敬拜呢。我是说，牛的老二不仅特别大，它们也的确有把子力气。"

如果这女人是想让德博拉难堪，那她就太不了解迈阿密警察了，我妹妹连眼皮都没眨一下。"你知道有哪个这样的本地组织吗？"德博拉问。

"不知道，"女人说，"什么组织？"

"康东布莱教？"我说，有点儿感激文斯教了我这个词儿，"帕洛·马优比？或者威卡教①？"

"讲西班牙语那帮，你得去第八街上的埃雷古拉，我可不懂那些。我们卖过点儿货给威卡教的人，不过没许可证的话我可不会告诉你是谁。甭管怎么说，他们跟牛没关系。"她从鼻子里哼哼了一下，"他们只不过光着身子站在大沼泽地一带等待天神附体。"

"还有别的组织吗？"德博拉追问。

女人摇摇头。"我不知道。我是说，我知道城里的绝大多数帮派，可我想不出哪个跟牛有瓜葛。"她耸耸肩，"说不定是德鲁伊特教僧侣干的，他们马上该做春天祭祀了，他们以前杀人祭祀呢。"

德博拉的眉头皱得更紧了。"什么时候？"她问。

这次女人倒乐了，一边的嘴角翘起："大概两千年前吧。你稍微晚了一点儿，探长。"

"你还知道别的能帮我们忙的事情吗？"德博拉问。

女人摇着头说："帮什么忙？谁知道哪个精神病读了亚历斯特·克劳利②的书而他又正好住在奶牛场？"

德博拉看了她一会儿，好似在琢磨面前这个女人是不是讨厌到了该被抓起来的地步。"谢谢，打搅了。"她说，把名片放在柜台上，"要是你想起来什么有用的信息，请给我打电话。"

"哦，行啊。"女人说道，看都没看名片一眼。德博拉又看了她一眼，然后走出大门。女人看着我，我冲她笑笑。

"我真的挺喜欢蔬菜的。"我说着，冲女人做了个和平的手势，跟着我妹妹出

---

① 一种在英国和美国盛行的、以巫术为基础的新兴宗教。

② 英国玄学大师，对近代西方神秘学思想影响甚为巨大。他设计了塔罗牌。

了门。

"真够傻的。"德博拉一边大步流星地走向她的车子，一边说。

"哦，别这么说。"我说道，"起码我们排除了几个可能性。"

"是啊，"她挖苦道，"我们起码知道不是一堆裸奔的人干的，除非他们两千年前就干过了。"

"这总算是个进展，"我说，"我们要不要去第八街查查？我给你翻译。"尽管在迈阿密土生土长，德博拉却选了法语来学，她的西班牙语连点菜都够呛。

她摇摇头。"浪费工夫。"她说，"我会让安杰尔去打听打听，但肯定没什么用。"

她是对的。安杰尔那天傍晚回来，拿着一根漂亮的蜡烛，上面有一段西班牙语的圣裘德的经文。但除此之外，他的第八街之旅一无所获，跟德博拉预言的一样。

我们两手空空，除了两具无头尸体之外，只有沮丧的心情。

转机马上就要来了。

第二天平静无波地过去了，大学谋杀案还是一点儿头绪都没有。生活又展现出了它不公平的一面，德博拉把这案子没进展归咎于我。她仍然相信我有着超凡的神力，能一眼看穿这案子的秘密，可我为了某些个人原因就是不告诉她。

那天中午她在我那小安乐窝办公室里堵住我，不由分说连拉带拽地拖着我去和她的男朋友凯尔·丘特斯基吃午饭。我并不怎么讨厌丘特斯基，除了他那总是什么都懂的态度之外。如果不计较这个，他挺随和亲切，像通常的冷血杀手那样。有鉴于此，如果我再挑剔他的性格，那就太虚伪了。另外，他看上去能哄我妹妹开心，我也就不说什么了。

所以我去和他们一起吃午餐，首先是冲我妹妹的面子，其次呢，我的身体也需要不断地加油。

我最喜欢吃的是"午夜三明治"，还会点一份油炸大蕉，再加一个麻梅苹果奶昔。我也不知道这家常而亲切的食物怎么会把我的生命之弦如此曼妙地拨响，没有其他任何一种食物能与之媲美，而且别的地方也没有闪电餐馆的手艺。那餐馆就在离警察局总部不远的街上，以前摩根一家总是去那儿吃饭，那滋味美妙得连德博拉那么坏脾气的姑娘都抗拒不了。

"妈的！"德博拉塞了满嘴的三明治，冲我嚷着。她说话一向不怎么文雅动听，但这会儿她说得太恶狠狠的了，甚至有几粒面包渣飞到我身上。我喝了一口我那美妙无比的曼密苹果奶昔，等她把话题展开，可是她只是又重复了一遍："妈的！"

"你又把话都憋在肚子里了，"我说，"但我是你哥，我能看出来你现在很抓狂。"

丘特斯基切着他的古巴牛排，鼻子里哼哼着。"可不是。"他说。他正要接着说下去，可是叉子戳在他的左手假肢上，滑到一边儿去了。"妈的！"他说。我发现他们的共同点比我知道的要多。德博拉伸过手去帮他扶正叉子。"谢谢。"他说，又起一大块牛肉塞进嘴里。

"我想知道是谁跟那个混账里克·桑格谈过话！"德博拉说。

"噢，那可不是我，"我说，"我也不认为是多克斯。"

"哎哟。"丘特斯基叫道。

"还有，"她说，"我想找到那两个倒霉的人头！"

"我也没拿，"我说，"你去失物招领处问过没有？"

"德克斯特，你就是知道一些什么，"她说，"你干吗要瞒着我呢？"

丘特斯基看看我们，咽下一口食物。"他为什么一定知道你不知道的？"他问，"现场有很多血迹？"

"完全没有，"我说，"尸体被烧熟了，整齐、干爽。"

丘特斯基点点头，努力地把一些米粒和豆子拢到叉子上："你是个精神病浑球儿，对吧？"

"他可比精神病严重多了，"德博拉说，"他隐瞒事实。"

"噢，"丘特斯基塞了一嘴的食物，"又跟他的业余研究有关？"这是我和德博拉小小的杜撰。我们只跟他说我的爱好是分析研究，不是亲自操作。

"没错，"德博拉说，"他查出了些东西，可就是不告诉我。"

"说出来挺难让你相信的，妹子，可我真的什么都不知道，只不过……"我耸耸肩。

"只不过什么？说啊，求你了！"德博拉抓着我不放。

我又犹豫了。我没法儿跟她说黑夜行者对这起案子采取了全新的退缩态度。"我只是有种感觉，"我说，"这案子有点儿不对劲儿。"

她从鼻子里哼哼着："两具烧焦的无头尸体，你管这叫有点儿不对劲儿。你以前的聪明劲儿哪儿去了？"

我咬了一口三明治，德博拉放着美食不吃，光在那儿皱眉。"你验明那两具尸体的身份了吗？"我问。

"行了，德克斯特，没有头，所以没有牙齿档案可查。尸体烧焦了，所以没有指纹。妈的，连她们的头发颜色都不知道。你说我能怎么办？"

"我兴许能帮上忙，"丘特斯基叉起一块炸鸡放进嘴里，"我能找几个人问问。"

"我不用你帮忙。"德博拉说。

丘特斯基耸耸肩："为什么德克斯特帮你你就接受？"

"那不一样。"

"怎么不一样？"他的问题问得在理。

"因为他只是帮我的忙，你呢，想给我代劳。"

他们看着对方，半晌没说话。

"我不会是那种需要帮忙的女人。"德博拉说。

"可我能搞到你搞不到的信息。"丘特斯基说着把好手放到德博拉的胳膊上。

"比如？"我问他。我得承认自己对丘特斯基的来历感到好奇已经有一段时间，在他被截肢之前就开始了。我知道他为政府部门工作，他管那叫OGA①，可我不知道那是什么意思。

他转过来，亲切地看着我。"到处都有我的朋友，"他说，"这种事儿多少会在别的地方留下痕迹，我可以跟他们打个招呼，让他们查查看。"

"你是说招呼你在 OGA 的伙伴们？"我说。

他笑了："差不多吧。"

"看在老天的分儿上，德克斯特，"德博拉说，"OGA 只不过是'某政府部门'的简称，没这么个部门，是我们自家人随便开的玩笑。"

"多谢透露内部消息，"我说，"你能拿到他们的档案吗？"

丘特斯基耸耸肩："照理说我是在休病假。"

"所以不能做什么？"我问。

---

① Other Government Agency 的英文缩写。有时是为了委婉地表示隶属于政府或军方的特殊机构，例如 CIA（Central Intelligence Agency，中央情报局）。此种用法在电影和美剧中可以看见。

　　他皮笑肉不笑地冲我笑了一下。"你最好别知道，"他说，"关键是他们还没想好我还他妈的有没有用。"他看着戳在他的铁手上的叉子，转动手臂目视着叉子移动。

　　"操！"他说。

　　我觉得气氛变得沉重起来，赶紧把话题岔开。"你在陶瓷干燥炉那儿发现什么了吗？"我问，"珠宝或是什么？"

　　"那是他妈的什么玩意儿？"德博拉说。

　　"陶瓷干燥炉，"我说，"烧尸体的地方。"

　　"你都注意些什么来着？我们可没找到烧尸体的地方。"

　　"噢，"我说，"我觉得就是在校园里，陶瓷工作室。"

　　从德博拉脸上的震惊表情来看，我猜她要么是正经受着消化不良，要么是没听说过陶瓷工作室。"就离发现尸体的湖边半英里，"我说，"陶瓷工作室，做陶瓷的地方。"

　　德博拉盯着我看了一会儿，然后突然从桌边跳起。我来不及反应，只有呆呆地眨着眼睛看着她离开。

　　"我觉得她没听说过这个工作室。"丘特斯基说。

　　"我也这么想。"我说，"我们该跟着她去吗？"

　　他耸耸肩，把最后一块牛排送进嘴里。"我得吃点儿果馅儿饼，还有咖啡饼干，然后我自己叫车走，因为她不让我帮忙。"他说着叉起几粒米饭和豆子，冲我点点头，"你要是想走路回去上班的话，就先走吧。"

　　我站起来跟着德博拉向外走，又走回来抓起她没碰过的那半个三明治，跌跌撞撞地追到她后面出了门。

　　我们转眼就穿过了大学校园的正门。德博拉在路上就用无线电召集人员在陶瓷工作室跟我们会合，余下的路程她一直在咬牙切齿地唠叨。

　　我们进大门后左转，沿着蜿蜒的小路开向陶瓷工艺区。安杰尔已经到了，仔细耐心地检查着第一间干燥炉，不放过一丝痕迹。德博拉凑过去蹲在他身边，撇下我一个人拿着她剩下的三明治，我咬了一口。黄色胶带旁人群开始聚集，他们兴许巴望着能看见什么可怕得没法儿看的场面——我永远都搞不懂他们怎么会聚拢成那么大一群，可每次都是这样。

　　德博拉此刻站在安杰尔身旁，他正把脑袋伸进第一个炉子里面。这下有得等了。

我刚咬下最后一口三明治，又有了那种被注视的感觉。黑夜行者在使劲儿喊叫着提醒我正被什么高深莫测的东西关注着，我不喜欢这种感觉。我吞下那口三明治，转头去看，我身体里的声音低语着，好似感到困惑……然后一切归于寂静。

我又一次感到那种眩晕袭来，眼前金灿灿的，晃得我什么也看不清。我摇摆了一下身体，全身上下每一根神经都在喊着危险，可我无能为力。这情形只持续了一秒，我努力镇静下来，再次仔细地打量周围——没有任何异常。一小队人员在检查，阳光灿烂，微风习习穿过林间。只不过是迈阿密的寻常一天，但在这天堂里，毒蛇将头转了过来。我闭上眼睛仔细聆听，想辨认出一星半点儿危险的性质，但一无所获，只有野兽的脚步渐行渐远的回声。

我睁开眼，又看看周围。有一群观众，大概十五个人，他们当中没有谁看上去异常。我本该期待黑夜行者能在那个昭然若揭的捕猎者身边看到黑影，可此刻我没有黑夜行者帮忙。到底是什么让黑夜行者销声匿迹了呢？

是水里的东西？或者和那两具尸体有关？

我朝德博拉和安杰尔走去。他们看上去没有找到什么有价值的线索。

如果刚才的第二次遭遇不是由我眼前的东西引起的，那还会是由什么引起的？难道是我自身内部在被侵蚀？也许是我即将荣升为丈夫和继父给黑夜行者带来了太多压力？我变得太正常以至于没法儿让黑夜行者继续寄居在我体内？要真是这样，可真比死个把人还糟糕。

我刚意识到我正站在黄色警戒线内，就看见一个大块头站在我面前打量着我。

"嗯，嘿？"他说。他是个高大健壮的年轻样本，一头中长发，发丝纤细。他张着嘴呼呼地喘着气。

"我能帮你什么，公民？"我说。

"你是……警察？"他说。

"差不多吧。"我说。

他点点头，想了一会儿，回头看看，好像那儿有什么食物似的。他脖子后面有个难看的但现在很流行的文身图案，好像是一个东方文字，意思八成是"大脑积水"。他挠挠文身，好像听见我心里在说什么，然后转过头来对着我，突然说："我有点儿猜不透杰西卡。"

"是啊，"我说，"谁不是呢？"

"他们知不知道那是不是她呢？"他说，"我算是她的男朋友吧。"

小伙子终于成功地引发了我的职业兴趣。"杰西卡失踪了？"我问道。

他点点头："嗯。她每天早晨都跟我出来跑步，在操场上跑圈，然后做腹部练习。可昨天她没来，今天早上也没。所以我觉得……"他皱起眉，显然是在思考，停住了。

"你叫什么？"我问他。

"库尔特，"他说，"库尔特·瓦格纳。你呢？"

"德克斯特，"我说，"在这儿等一下，库尔特。"我向德博拉跑去。

"德博拉，"我说，"我们可以稍微休息一下了。"

"得，这不是你的宝贝炉子，"她哼哼着说，"对于烧尸体来说，它们太小了。"

"不是，"我说，"但那边的小伙子丢了个女朋友。"

她的头猛地抬起，马上站起身，动作迅捷得像只猎犬。她朝自称是杰西卡男朋友的小伙子看去，他也正往这边看，身体重心在两只脚之间倒换着。"终于……"她说了一句，朝他走去。

我看着安杰尔。他耸耸肩也站了起来，好像想说什么。但临了他摇摇头，拍拍手上的灰尘，跟着德博拉走过去，看库尔特能说些什么，剩下我和我的黑色思绪待在一起。

有时候只需看着就够了。观察者能感觉到对方的紧张。那紧张还会增加，会随着音乐变成害怕，然后是惊慌、惊恐万状。这些都会来的，只要时候到了。

观察者眼看着对方巡视人群，搜索让他神经紧张的、如鲜花怒放的危险感觉的来源。当然他什么也找不出。这会儿还不行。得等到观察者觉得时间到了才可以，他不把对方完全弄糊涂了是不会罢休的。只有到那会儿他才会停下观看，采取最后的行动。

让对方听见恐惧的旋律。

她叫杰西卡·奥尔特加，大三学生，住在校园旁边的学生公寓。我们从库尔特那里问出了她的房间号码，德博拉让安杰尔在陶瓷干燥炉旁守着，等下一班警察巡逻车过来换班再走。

我从来没弄懂他们干吗管学生宿舍叫公寓，也许是如今宿舍的样子都跟酒店差不多。楼道的墙不再刷成白色，而是有很多大玻璃窗，还有盆栽，地上铺了干净的地毯，面目焕然一新。

我们停在杰西卡的房门前。一张小小的白色卡片贴在门上，上面写着"阿里尔·戈德曼和杰西卡·奥尔特加"，下面还有几个小字写着"没毒品者不得进入"。不知谁在"进入"下面画了横线，并加注道"想得美"。

德博拉冲我挑起眉毛，说："喜欢狂欢聚会的女孩。"

"这些事儿总得有人做。"我说。

她从鼻子里哼哼几下，敲响了门，没人应。德博拉等了足足三秒，又敲了几下，力气加重许多。

我听见身后的门开了，转身看到一个戴眼镜的瘦小的金色短发女孩瞧着我们。"她们不在，"她的语气里带着不满，"有一两天了，这个学期我终于能安静一会儿了。"

"你上次看见她们是什么时候？"德博拉问。

女孩耸耸肩："对那两位不用看，是靠听的。音乐声震耳欲聋，整夜狂笑。谁想学点儿东西、按时起来去上课的话，跟她们做邻居可真是烦死了。"她摇摇头，短发掠过脸颊，"想不听都不行。"

"那你最后一次听见她们是什么时候？"我问她。

她看看我："你们是警察还是什么？她们这次干什么了？"

"她们以前干过什么？"德博拉问。

她叹口气："停车罚单，很多张。酒后驾车一次。唉，我倒不是要揭她们的短。"

"你觉得她们这样消失几天是正常的吗？"我问。

"对她们来说，去教室上课是不正常的。我不知道她们考试都是怎么过关的。"她朝我们做了个鬼脸，笑了一下，"我大概能猜出来她们是怎么过关的，不过……"她耸耸肩，没往下说，但她的怪笑能让人猜出些什么。

"她们一起上的课有哪些？"德博拉问。

女孩又耸耸肩，然后摇摇头。"你得去注册办公室查。"她说。

到注册办公室的路不远，尤其是按德博拉的步子走起来，我得努力赶才赶得上她，勉强还能匀出一口气问她一两个尖锐的问题："她们一起上什么课有什么好查的？"

德博拉不耐烦地挥了挥手："如果那女孩说的是真的，杰西卡和她室友……"

"阿里尔·戈德曼。"我说。

"对。如果她们是通过性交易来换取好分数，我想我得跟她们的教授谈谈。"

听上去合情合理。性往往是凶杀最普通的动机，尽管人们通常都把它和爱联系起来。但有一点说不通。"为什么一个教授要把她们烤熟，还切下她们的头，而不是掐死了扔到垃圾箱里呢？"

德博拉摇摇头："他怎么做的并不重要，关键是他是不是做了。"

"好吧，"我说，"我们有多确定这两个人就是受害者？"

"跟她们的老师谈谈就有把握了，"她说，"这是切入点。"

我们到了注册办公室，德博拉一亮警徽，我们立刻被准许进入。德博拉负责寒暄攀谈，我则足足花了三十分钟在办公室文员的协助下搜查电脑记录。杰西卡和阿里尔共同注册的课有好几门，我把教授的姓名、办公室电话号码和住址都打印出来。德博拉看了一眼名单，点点头。"这两个人，布科维奇和哈尔彭，现在都在办公室。"她说，"我们从他们开始调查。"

我和德博拉又一次在闷热的天气里步行穿过校园。

"回到学校感觉不错吧？"我说，用我一如既往徒劳无功的努力想保持谈话愉快。

德博拉哼哼一声："如果能查到尸体的确凿身份才不错呢，那样的话可能就离抓住凶手又近了一步。"

我不觉得查明尸体的身份真的有助于我们找出凶手。但我以前错过，而且警察办案都有常规和制度可循，其中一个让人自豪的行规就是得查出死者姓名。所以我心甘情愿地跟着德博拉往办公室大楼走去，两个教授正在那儿等着我们。

哈尔彭教授的办公室在一层离大门最近的房间。大厅的门还没合拢，德博拉就敲响了教授的门。没人应答。德博拉试试门把手，是锁着的，拍门也没有反应。

一个男人从走廊上走过，停在隔壁的办公室门前，挑着眉毛看着我们。"找杰里·哈尔彭？"他说，"他今天应该不在。"

"你知道他在哪儿吗？"德博拉问。

他冲我们微微一笑："我想他是在家或者宿舍。你问这个干吗？"

德博拉掏出警徽给他看了一眼，他没什么反应。"噢，是这样。"他说，"这和校园里的两具尸体有关系吗？"

"你为什么认为有关系呢？"德博拉说。

"别这么说，"他回答，"不是这样。"

德博拉看着他，等他把话说完，但他没再说话。"我能问你叫什么名字吗，先生？"德博拉最后说。

"我是威尔金博士，"他说，冲他自己站着的门前示意一下，"这是我的办公室。"

"威尔金博士，"德博拉说，"你能告诉我们你刚才说的关于哈尔彭教授的话是什么意思吗？"

威尔金抿抿嘴。"噢，"他犹豫着说，"杰里人挺好，但如果这是凶案调查的话……"德博拉示意他继续，"我记得是上个星期三，我听见他办公室很吵。"他摇摇头，"墙不是很隔音。"

"怎么个吵法？"德博拉问。

"喊叫，"他说，"也许是大打出手？反正我从门缝看见一个年轻女生摇摇晃晃地从哈尔彭的办公室出来，然后跑掉了。她的衬衫被撕破了。"

"你认识那个女生吗？"德博拉问。

"认识，"威尔金说，"我上学期教过她。她叫阿里尔·戈德曼。人挺可爱，但成绩不怎么样。"

德博拉看了我一眼，我赞许地点点头。"你觉得哈尔彭会强迫阿里尔·戈德曼做什么吗？"德博拉问。

威尔金歪了一下头，举起一只手："我可不能肯定，尽管看上去是这么回事儿。"

德博拉看着威尔金，但他没再说什么，于是她点点头说："谢谢你，威尔金博士，你帮了我们很大的忙。"

"我希望如此。"他说，然后转身打开办公室的门，进去了。德博拉看注册办公室打印出来的表格。

"哈尔彭就住在大约一英里外。"她说，朝门口走去。我再次小跑着跟上她。

"我们排除了哪种可能性？"我问她，"是阿里尔引诱哈尔彭，还是他要强奸她？"

"我们什么也不排除，"她说，"跟哈尔彭谈了再说。"

杰里·哈尔彭博士住在一栋四十年前应该算是很体面的两层楼里。德博拉一敲门他就来应门了。阳光照在他脸上，他冲我们眨巴着眼睛。他三十五六岁，瘦削菱靡，看起来有好几天没刮胡子了。"什么事儿？"他说，带着八十岁老学究那种不耐烦的语气。他清清嗓子，又说一遍："怎么了？"

德博拉亮出警徽，说："请问我们能进来吗？"

哈尔彭睁大眼睛看看警徽，显得有点儿泄气。"我可没……怎么，为什么要进来？"他说。

"我们想问你几个问题，"德博拉说，"关于阿里尔·戈德曼。"

哈尔彭晕过去了。

我通常没机会看我妹妹表现出惊讶——她控制力超强，所以看见她张大嘴瞪着哈尔彭倒在地板上是件挺有意思的事儿。我赶紧扮上一副恰如其分的表情，弯腰去试脉搏。

"他心脏还在跳。"我说。

"把他弄进屋去。"德博拉说。我把他拖进房间。

公寓比看起来的大，但四面墙都被满得要溢出来的书架占据了，一张写字台上纸张堆得老高，还堆着更多的书。所剩无几的屋内空地上是一张斑驳难看的双人沙发和一把堆满东西的椅子，后面是一只落地灯。我费力地把哈尔彭架到沙发上，沙发嘎吱作响，陷了下去。

我站起来，差点儿撞到德博拉，她正弯下腰看着哈尔彭。"你最好等他醒过来再吓唬他。"我说。

"这浑蛋肯定知道什么，"她说，"不然他怎么会突然垮了？"

"营养不良？"我说。

"把他弄醒。"她说。

我看着她，想确定她没开玩笑，但她严肃得跟铁皮似的。"你说怎么弄？"我说，"我没带嗅盐。"

"我们不能就这么傻等着。"她说。她凑过去，好像要摇晃他，或者在他鼻子上揍一拳。

幸运的是，哈尔彭挑在那个时刻恢复了知觉。他眨了几下眼睛，看见我们就全身紧绷。"你们要干什么？"他说。

"你答应不再晕过去？"我说。德博拉用胳膊肘把我捅到一边。

"阿里尔·戈德曼。"她说。

"噢，天哪，"哈尔彭呜咽着，"我知道这天会来的。"

"你猜对了。"我说。

"你们得相信我，"他说，挣扎着坐起来，"我没干。"

"好吧，"德博拉说，"那是谁干的？"

"她自己干的。"他说。

德博拉看看我，好像想问我哈尔彭怎么疯了。可惜我无可奉告，所以她又转头看着他。"她自己干的？"她说着，声音里带着警察职业性的怀疑。

"是的，"他说，"她想让这事儿看上去是我干的，这样我能给她一个好分数。"

"我希望你起码给了她乙，为了她所做的一切。"我说。

哈尔彭睁大眼睛看着我们，他的嘴大张并哆嗦着，好像想闭上却没有力气。"怎么……"他最后说，"你们说什么呢？"

"阿里尔·戈德曼，"德博拉说，"还有她的室友杰西卡·奥尔特加被烧死了，头被切下来了。你有什么要说的吗，杰里？"

哈尔彭猛地抽搐一下，半晌说不出话。"我……我……她们死了？"他低声说。

"杰里，"德博拉说，"她们的头被砍了下来，你说呢？"

我带着浓厚的兴趣看到哈尔彭的脸上变换了好几种表情，最后定格在嘴大张的老画面上。"你……你觉得是我，你不能……"

"恐怕我能，杰里，"德博拉说，"除非你告诉我为什么不能。"

"但那是……我可绝不会。"他说。

"有人会的。"我说。

"是，但是……我的天哪。"他说。

"杰里，"德博拉说，"你觉得我们本来想问什么？"

"嗯，强奸，"他说，"可我没强奸她。"

"你什么时候没有强奸她？"德博拉说。

"嗯……是……她想让我……"他说。

"她想让你强奸她？"我说。

"她……她……"他说，脸红了起来，"是她主动的，嗯……要给我提供性服务，为了好分数，"他看着地板，"我拒绝了。"

"然后她就要你强奸她？"我说。德博拉又用胳膊肘捅了我一下。

"然后她就……"他说道，"她说怎么都想得个甲。她自己伸手脱了衬衫，然后开始喊叫。"他咽了口唾沫，但没抬眼看我们。

"继续说。"德博拉说。

"她冲我挥手，"他说，举起手做着再见的手势，"然后她就冲到了走廊上。"他终于抬起头，"我今年想拿到终身教职，如果这件事儿传开了，我的职业生涯就完了。"

"我懂，"德博拉善解人意地说，"所以你杀了她来挽救你的职业。"

"什么？没有！"他着急地喊，"我没杀她！"

"那是谁杀的，杰里？"德博拉问。

"我不知道！"他说，听上去生气了，好像我们在责怪他拿了最后一块饼干。德博拉瞪着他，他回瞪过去，在她和我之间看来看去。"我没有！"他坚持说道。

"我也想相信你，杰里，"德博拉说，"但这真不由我决定。"

"你什么意思？"他说。

"我得请你跟我走一趟。"德博拉说。

"你要逮捕我？"他说。

"我得带你去局里问几个问题。"她说。

"噢，我的天哪，"他说，"你逮捕我了。那可……不，不。"

"我们采用一种平和的方式吧，教授。"德博拉说，"我们不需要手铐，对吧？"

他看了她好一会儿，然后突然跳起来，冲出门去。可惜要实施他巧妙的逃跑计划，就必须经过我身边，德克斯特身手敏捷，出手不凡。我在教授经过的地方伸出一只脚，他脸朝下摔倒在地，头撞在地板上。

"噢。"他说。

我冲德博拉微笑。"我想你得用手铐。"我说。

Chapter
博物馆里的教育 *4*

黑夜行者使劲儿扭捏着，就是不吐露他的想法。这样的死寂还从来没有过，这让我焦躁难耐，心里泛起不安的涟漪。我在陶瓷干燥炉前时就觉得有谁在窥视甚至偷偷尾随。后来我们开车回总部，我老觉得有辆车在跟踪我们，那感觉挥之不去。这是真的吗？他有什么恶意？是冲我还是冲德博拉来的？或者只不过是一个迈阿密司机在发神经而已？

我从后视镜里看见一辆车，是白色的丰田"亚洲龙"。它一路跟着我们，直到德博拉将车拐进停车场，它便径直开走，没减速，司机好像也没特意盯着我们看，可我仍摆脱不掉那种荒谬的感觉，它的确在跟踪我们。不过，除非黑夜行者告诉我，否则我还是不能肯定，可是他没有，他只是发出几声好似清嗓子的声音，所以我一个字也没对德博拉说，因为那听上去实在傻透了。

晚上我走出大楼来到自己的车前准备回家时，我又有了那种被什么人或什么东西注视的感觉，它让我感到紧张，不知如何是好。带着这种茫然，我开车向南边的家驶去，一路上都在留意后视镜。

下了高速公路以后，我发现一辆白色的丰田亚洲龙跟着我。

当然，世界上有很多的白色丰田亚洲龙。任何一辆亚洲龙都尽可以和我同路，顺着这条拥挤不堪的公路下班回家。一辆白色亚洲龙行驶在这条路上是绝对名正言顺的，觉得别人在跟踪自己是没道理的。所以，我没法儿解释我怎么会突然右转，从美国一号高速公路上拐出来，开上一条岔路。

同样无法解释的是，白色亚洲龙仍然跟着我。

如同所有的捕食者怕惊扰自己的猎物，那车和我保持着相当一段距离。我鬼使神差地又拐了一个弯，这回向左，拐进了一个小型住宅区。

片刻之后，那辆车又跟了过来。

我再次右转，直到驶过路牌时才看到上面写着"此路不通"。

我拐进了一个死胡同，被逼上了绝境。

我放慢速度等那辆车跟上来。我眼巴巴地想确定白色亚洲龙会跟上来。它来了。我继续往街道深处开去，前方的路变宽，变成一个容车辆掉头的小弯道。弯道尽头那家车库门前的私家车道上没有别的车。我开了上去，关掉引擎，等着，心跳如鼓，无能为力，坐以待毙。

白色汽车越驶越近，快接近弯道时减慢了速度……

它从我车旁经过，转过弯道，驶出小区，融入迈阿密的余晖中。

我目送它离开，当它的尾灯在街角消失，我突然记起了如何呼吸。这时有人敲我的车窗，我惊得跳起来，脑袋撞到了车顶。

我转过头，一个留着小胡子、脸上带着暗疮疤痕的中年人正弯着腰往车里看。我直到此刻才注意到他，这进一步证明我有多么孤立无援。

我摇下车窗。"我能帮你什么吗？"那人说道。

"不，谢了。"我说，有点儿想不出他觉得他能怎么帮我，不过他没让我继续猜下去。

"你停在我家的车道上了。"他说。

我"噢"了一声，这才发现的确是这样，得想个理由出来。"我来找维尼。"我说。不是很聪明，但在这种情形下也够用了。

"你走错地儿了。"男人说话的时候带着恶狠狠的得意神情，这让我的精神为之一振。

"抱歉。"我说。我摇上车窗，倒车退出私家车道。男人站在那儿看着我离开，大概是想确定我不会突然跳出来拿大砍刀袭击他。不一会儿，我又回到了美国一号高速公路的嗜血车流中，前后左右又是那司空见惯的粗暴车流，像一块暖和的毯子包裹着我，我觉得自己慢慢地恢复了元气。

我从来没觉得自己这么蠢过——也就是说，我这会儿觉得自己特别像个真正的人。我什么也没想，只是在对付惊慌得要抽筋的感觉。这事儿太荒唐、太人性、太可笑。接下来的几英里我一直在想些难听的词儿骂自己，骂自己胆小如鼠、反应过激，到把车开进丽塔家的私家车道时，我已经把自己糟践得差不多了，这让我舒服了些。我下了车，脸上挂着近似真正的笑容，那欢乐来自笨蛋德克斯特真诚的内心深处。当我从车旁迈开一步，侧身朝大门望去时，一辆车慢慢驶过。

当然，那是一辆白色亚洲龙。

我僵在原地，一丝也动弹不得，甚至不能抬手去抹我的哈喇子。我看着那辆车缓缓开过去，唯一能想到的事儿是，我看上去肯定特别傻。有一瞬间，我觉得应该能看见从驾驶座方向望向我的一张脸。可那车随即加速，微微转了个方向并入路中央。丰田车标亮光一闪，车开远了。

我的大脑一片空白。最终我合上嘴，挠挠头，跌跌撞撞地朝屋里走去。

一阵柔和但深沉有力的鼓声传来，喜悦汹涌澎湃地充满心房，这喜悦来自如释重负的解脱感和憧憬。紧接着有号角吹响，越来越近，只消片刻，万物便将启动、发生并周而复始地重演。喜悦晋升为旋律，那旋律上升攀援，直至无所不在。我感到我的脚正带我去向那声音许诺过的极乐世界，在那里，万物都充满了即将到来的欢欣，那种巨大的充实感令人心醉神迷。

我醒来时心脏狂跳，带着无缘无故的解脱感。这感觉很莫名其妙，并不完全是渴极而饮、倦极而眠所能带来的。

但是，比这种困惑更让我烦恼的是，我居然有种和采取月光行动的那些夜晚相同的感觉。它仿佛在对我说，内心深处的渴望已经被满足，现在可以放松，心满意足地休息一下了。

但这不可能。没可能当我躺在床上睡大觉的时候，可以感受到这种最隐秘、最私人的感觉。

我望向床头的钟。半夜十二点零五分，这不是德克斯特起来游荡的时间，不是在只打算用来睡觉的今夜。

床的另一侧，丽塔正轻轻地打着鼾，身体偶尔微微抽动一下，好像狗梦见自己在追赶兔子。

床的这一侧躺着无比困惑的德克斯特。有什么东西潜入了我的无梦之夜，在我本来酣睡的安静海洋上掀起波浪。我不知道那是什么，但它让我难以名状地兴高采烈，我一点儿都不喜欢这样。我的月光嗜好让我能用一种冷漠无情的方式开心，仅此而已。没有其他任何东西被允许进入德克斯特那黑暗的地下室二层的角落。我就喜欢这样。别的感觉对我来说没有意义。

那么，是什么不请自来地侵入并砸碎了这扇门，用不受欢迎的方式汹涌地淹没了我的地窖？到底是什么能这样大摇大摆地闯进来？

我躺下来，决定继续睡觉，以证明我仍然有掌控的能力。什么都不曾发生，也肯定不会发生。这是德克斯特的领地，我是国王，其他一切不得入内。我闭上眼睛，向内心深处那个权威的声音求证，那个盘踞在阴暗角落的毋庸置疑的君主仍然是我。黑夜行者，我等着他的赞同，等着他发出让人宽慰的呲呲声。我等着他说点儿什么，随便什么，可他一声不吭。

我很恼火。于是我恶狠狠地戳了他一下，一边在心里说："醒过来！拿点儿厉害劲儿出来！"

他还是一声不吭。

我在内心的各个角落狂奔，越来越急切地呼唤着黑夜行者，可是他曾待过的地方空空如也，好像打扫得干干净净只等出租的空房子。他走了，没留下一丝痕迹。

在他的故居，我仍能听到音乐的回声，从空荡荡的公寓房间坚硬的墙壁上反射回来，席卷过这突如其来的、痛苦万分的虚空。

黑夜行者走了。

第二天我在忐忑中度过，希望黑夜行者会回来，又隐隐觉得那不可能。随着时间慢慢过去，这种阴沉的感觉越发明显，让我心里发凉。

我的黑夜行者去了哪儿？他为什么离开？他还会回来吗？这些问题无可避免地让我陷入更深的思考：黑夜行者到底是谁？他当初为什么会来到我身上？

这也让我清醒地认识到我在依赖一个并非我本人的东西来确定自我——也许那就是我？也许黑夜行者不过是一种受过创伤的意识，一张能够捕捉被过滤了的现实那微弱闪光的网，他能保护我，不让我看到自己那可怕的真面目。我懂得心理学常识，而且琢磨好一阵儿了。我的确有什么地方不正常，这倒无所谓，我对于自己的不正常安之若素。

起码在此之前是这样。但我突然变成独自一人，事情变得扑朔迷离。生平第一次，我非常需要弄清楚出了什么事儿。

当然，工作不等人，没时间让我自省，哪怕是寻找失踪的黑夜行者这么严肃的课题。德克斯特还得工作，尤其是德博拉正把鞭子挥舞得噼啪作响。

好在都是常规工作。我和法医部的伙伴们花了一早上的时间仔细搜查了哈尔彭的公寓，想找出确凿的犯罪证据。更好在证据比比皆是，要找到简直不费吹灰之力。

在他的衣橱后面，我们发现了一只溅了几滴血的袜子；沙发下面有一只白色帆布鞋，上面也有血滴；浴室的塑料袋里有一条裤子，边缘有些烧焦了，上面有更多血迹，喷溅式的点状物，被高温烤得很硬。

找出来这么多证据大概是件好事儿，因为德克斯特今天不如往常那么聪明和状态好。我发现自己魂不守舍、忧心忡忡，不知道黑夜行者还会不会回来，会不会在下一秒出现在衣橱那儿，提着一只脏兮兮的溅了血的袜子。如果这会儿需要做有难度的调查工作，我都不知道是否还能保持我那曾经相当高的职业水准。

好在工作没什么难度。大把证据一股脑儿地涌现出来，到处都是，清晰确凿。这样的现场极其少见，他毕竟有好几天时间来收拾干净手脚。我在从事自己的业余兴趣时是很干净整洁的，可以在片刻之间消除一切痕迹。哈尔彭浪费了好几天工夫，却连起码的警惕性都没有。我们的工作简直近乎易如反掌。等我检查了他的车子，就把"近乎"二字也抹去了。前座扶手上清晰地印着一个沾着干涸血迹的大拇指指纹。

显而易见，哈尔彭对别人干了一些不大好的事儿。可是，一个小嘀咕叩击着我的神经，越来越响亮：这一切太容易了，容易得不对劲儿。但因为黑夜行者没有亲临指导，我只能自己想想，毕竟让德博拉大失所望是件残忍的事儿。随着越来越多的证据汇拢起来，指向哈尔彭就是我们要抓的凶手，她已兴高采烈得都快燃烧起来了。

德博拉拽着我去审问哈尔彭时，一路上哼着歌儿，这更让我紧张。我们进入审讯室时，我看着她，不记得上次她这么开心是什么时候，她甚至都忘了在脸上做一副永恒的不赞成的表情。这可真让人担心，就好像95号州际公路上的司机突然谨慎小心地驾驶。

"好了，杰里，"我们刚坐进哈尔彭对面的椅子，德博拉就开心地说，"你想谈谈那两个女孩吗？"

"没什么好谈的。"他说。他脸色惨白，几乎泛绿，但神情比我们当初把他弄进来的时候镇定了许多。"你们弄错了，"他说，"我什么都没做。"

德博拉微笑着看看我，摇了摇头。"他什么都没做。"她开心地说。

"有可能，"我说，"大概有人把血衣放到他的房间里，他那时正在看莱特曼①。"

"是吗，杰里？"她问，"是别人把那些血衣放到你房间里的？"

他的脸看上去更绿了："什么？血衣……你们说什么呢？"

她冲他微笑着说道："杰里，我们找到了你的一条裤子，上面有血迹，和受害者的血型符合。我们发现了一只鞋和一只袜子，也是同样的结果。我们还在你的车里发现了一个沾血的指纹。你的指纹，她们的血。"德博拉朝椅背靠去，抱起双臂："这些帮你想起来什么了吗，杰里？"

哈尔彭一直在摇头，好像那样让他很舒服，连他自己都没意识到。"不，"他说，"不，那简直……不。"

"不，杰里？"德博拉说，"不什么？"

他仍然摇着头。一滴汗被甩了下来，落在桌子上，我听见他费力地呼吸着。"拜托，"他说，"这简直是疯了。我什么也没做，为什么你们……这简直是卡夫卡。"

德博拉转向我，挑起一侧的眉毛。"卡夫卡？"她说。

"他觉得他是一只蟑螂。"我告诉她。

"我只是个笨警察，杰里，"她说，"我不知道卡夫卡，但我知道证据确凿。而且你知道吗，杰里，你的房间里到处都是证据。"

"可我什么也没干。"他哀求道。

"好吧，"德博拉耸耸肩说，"那你说说看，那些东西是怎么到了你的房间的？"

"是威尔金干的。"他说。他看上去挺惊讶，好像自己刚刚说的话让他吃了一惊。

"威尔金？"德博拉说着看了看我。

"你隔壁办公室的教授？"我说。

"是的，没错，"哈尔彭说，突然来了精神，身子向前倾过来，"就是威尔金，

① 美国著名晚间脱口秀主持人。

只能是他。"

"是威尔金干的，"德博拉说，"他穿着你的衣服，杀了那两个女孩子，然后把衣服放回你的房间？"

"是的，没错。"

"他为什么那么干？"

"我们两个人都在争终身教职，"他说，"只有一个人能得到。"

德博拉看着他，好像他刚刚在建议跳裸体舞。"终身教职。"她半晌才说道，语气里有一丝疑惑。

"是的，"他自我保护地说，"对任何一个学者来说，这都是最重要的。"

"重要到要杀人？"我问。

他看着桌子。"就是威尔金。"他说。

德博拉看了他足足一分钟，好像一个姑姑看着她喜欢的小侄子。他也看了她几秒钟，眨眨眼，低下头看着桌子，接着转向我，然后又低下头看桌子。沉默继续着，他终于再次抬起头看向德博拉。"好吧，杰里，"她说，"如果你能说的就是这些，我想你可以给你的律师打电话了。"

他睁大眼睛看着她，但什么也没说出来。德博拉站起来朝门口走去，我跟着她。

"拿下了，"她在走廊里说，"那个浑蛋被我们抓住了，我们完胜。"

她说得那么兴高采烈，我忍不住说："如果真是他的话。"

她果不其然瞪了我一眼："当然是他了，德克斯特。天哪，别怀疑自己，你干得很棒，我们总算有一次是手到擒来了。"

"我希望如此。"我说。

她把脑袋歪到一边，看着我，脸上还挂着得意的笑容。"怎么了你，德克斯特？"她说，"是在为婚礼发愁吗？"

"才不是，"我说，"我这辈子还没这么心满意足过，我只不过是……"说到这里我犹豫了，因为我也不知道自己要说什么，可我心里就是有着一种挥之不去又莫名其妙的不对劲儿的感觉。

"我懂，德克斯特。"她用一种温和的语气说道，这让我感觉更糟，"这案子看上去容易得不像是真的，是吧？可你想想我们每天在别的案子上遭遇的麻烦，我们偶尔也会落个容易些的，是不是？"

"我不知道，"我说，"反正就是觉得不对劲儿。"

她从鼻子里哼哼了一下。"根据从这家伙身上查出的确凿无疑的证据，根本没人在乎谁觉得怎么样，德克斯特，"她说，"你干吗不开心点儿，享受辛勤工作一天的成果呢？"

"他看上去真的不像在撒谎。"我说，但语气有些无力。

德博拉耸耸肩："他是个疯子，这我没办法。就是他干的。"

"但如果他的确有些精神不正常，怎么突然就发作了呢？他三十多岁了，这是他第一次干坏事儿？说不通啊。"

她拍拍我的肩膀，又一次笑了起来："说得好，德克斯特。你干吗不上网查查他的背景？我肯定咱们能找出来些什么。"她看看手表："新闻发布会一结束你就开始查，好吗？来吧，别晚了。"

我只好老老实实地跟着她，心下疑惑自己怎么就老愿意义务加班干活儿。

德博拉被赐予了出席记者招待会的光荣权利，马修斯局长一般不轻易给的。这是她第一次作为主管侦探负责一个大案来面对媒体，看样子她已经仔细研究过该如何在晚间新闻中举止应对。她收起笑容和其他表露情绪的表情，用标准的警察职业语言陈述事实。只有像我这么熟悉她的人，才能在她那板着的脸孔下看出她有多么百年不遇地欣喜若狂。

我坐在椅子上，靠着椅背闭目养神。"有人吗？"我试探地问。没人，只有一片空寂。在最初的麻木消失之后，我心里的缺口开始疼痛。工作能分散我的注意力，可工作一结束，就没有什么事情能让我从自艾自怜的情绪中摆脱出来。

黑夜行者去哪儿了呢，为什么他要去那儿？如果他是被什么东西吓跑的，那会是什么呢？什么能吓坏一个为黑暗而生，来到人间只为了与刀锋共舞的东西呢？

这让我有了一个从未有过的坏念头：如果真有什么能把黑夜行者吓走，它会跟着黑夜行者，直到把他撵得远远的吗？还是它仍然跟着我？我是不是已经赤手空拳没有了任何保护，完全没法儿预知背后是不是有危险，直到它的口水滴到我的脖子上？

我越想越糊涂，也越难受。好在悲伤的良药是拼命工作，我转过身对着电脑开始查资料。

几分钟后，杰拉尔德·哈尔彭博士的生平及背景便展现在我眼前。这个结果比单纯用谷歌搜索哈尔彭的名字所得到的复杂一些。比如，有加密的法院卷宗，花费我足足五分钟的时间才打开。可一旦进入，便发现工夫花得很是值得。

光是寄养家庭的记录便够有看头了——不是因为我觉得自己无父无母的童年和哈尔彭相仿。因为哈里、多丽丝和德博拉，我有了丰裕的家庭和关爱的家人。哈尔彭则不是，他辗转于一个又一个寄养家庭，直到最终进了锡拉丘兹大学。

不过更有看头的是一个没有授权不得开启的绝密文件，那是一纸法院判决。我前前后后读了两遍，印象非常深刻。"噢，噢，噢，噢。"我说着，每一个字都从我空寂的小办公室的墙上弹回来，让人有些不舒服。因为重大发现总是在和人分享时才更刺激，所以我伸手拿起电话，打给我妹妹。

仅仅几分钟之后，她冲进我的工作间，坐到一把折叠椅上。"你找出什么了？"她说。

"杰拉尔德·哈尔彭博士有一段非同寻常的过去。"我说，字斟句酌，免得她从桌子后面一跃而起冲过来抱我。

"我知道，"她说，"他干了什么？"

"不在于他干了什么，"我说，"说起来，是生活对他干了什么。"

"别贫了，"她说，"到底怎么了？"

"从头说吧，他是个孤儿。"

"好啦，德克斯特，说关键的。"

我举起一只手，示意她平静一点儿，但显然不管用，她开始用手敲起桌子来。"我想给你描绘一幅精致的画面，妹妹。"我说。

"你画得快点儿。"她说。

"好吧。哈尔彭被人发现生活在公路旁的纸盒子里以后，进入了纽约上州①的寄养系统。这些人找到了他的父母，他们在不久之前双双死于暴力事件，看上去是罪有应得。"

"这是他妈的什么意思？"

"他们把哈尔彭送给了恋童癖们。"我说。

"天哪。"德博拉说道，她显然被吓了一跳。即使在迈阿密，这也太过分了。

"哈尔彭一点儿都不记得这些细节，他在刺激之下失忆了，档案上是这么

_____

① 美国口语中泛指除了纽约市及长岛以外的所有纽约州地区。

写的。这也合理，失忆是对重复性重大刺激的反射性应对，"我说，"那的确有可能。"

"好吧，我靠。"德博拉说，我心里暗暗为她的优雅喝彩，"所以他屁都不记得了。你得承认这倒对头。那女孩想陷害他强奸，他便担心起终身教职来，一紧张就杀了她，这些都是在他无意识的情况下干的。"

"还有几件事儿，"我说，"得从他父母的死说起。"

"那又怎么了？"她说，明显没有一丁点儿看戏的兴致。

"他们的头被砍了下来，"我说，"而且房子被烧了。"

德博拉坐直了身子。"我靠。"她说。

"我也这么认为。"

"妈的，这可太棒了，德克斯特，"她说，"我们抓定他了。"

"嗯，"我说，"这看上去严丝合缝。"

"绝对的，"她说，"那么是他杀了他父母？"

我耸耸肩："他们没能证明。如果能，哈尔彭已经被判刑了。这手法太暴力，没人会相信是一个孩子干的。不过他们确定他当时在场，至少目睹了事情的经过。"

她死死地盯着我："那又怎么样？你还认为不是他干的？你的预感告诉你的？"

刺痛的感觉比我想象的猛烈，我不得不闭上眼睛。那里除了黑暗和空虚仍然空无一物。我那著名的预感来自黑夜行者的低语。他缺席，我便乏善可陈。"我最近什么预感都没有，"我承认，"就是有什么让我觉得不对劲儿，只不过是——"

我睁开眼睛，看见德博拉正盯着我。今天头一次她的脸上浮现出开心以外的表情，有一刹那我以为她会问我在说什么，我是不是不舒服。如果她问了，我都不知道该怎么回答，因为我还从来没跟她说过黑夜行者，而且泄露这么隐秘的事情让人非常不舒服。

"我不知道，"我虚弱地说，"就是看起来不对劲儿。"

德博拉温柔地笑着。她要是咆哮着让我滚一边儿去，我还好受一点儿。她伸出一只手，拍拍我的手。"德克斯特，"她轻轻地说，"证据已经足够了，背景又吻合，动机也成立。你承认你最近没有……预感。"她歪了歪头，脸上仍然带着微笑，让我更别扭了。"这个结论是公正的，兄弟。其他有什么让你心烦的，别牵连这事儿。是他干的，我们抓住他了。"她在我俩中的一个哭出来之前松开了手，"但我有点儿担心你呢。"

"我挺好的。"我说，听上去连自己都觉得假。

德博拉看了我半天，然后站起来。"好吧，"她说，"如果你需要就告诉我。"她转身走了。

这天剩下的时间我在愁云惨雾中过完了。下班后去了丽塔家，凄惨的感觉越发浓重。我晚饭吃得味同嚼蜡，连吃了什么都不知道，也没注意他们都说了什么。唯一能让我的听觉恢复的是黑夜行者跑回家的声音，但这声音没有响起。所以整个夜晚我都在惯性中滑翔，终于到了上床的时间，我仍然一无所获，空虚寂寞。

我惊奇地发现，睡眠不是人类自发的行为，就连对正在转化为半人类的我来说也是如此。曾经的我，黑夜之王德克斯特，一夜酣眠，无比放松，只要躺下，闭上眼，想着"一二三，睡香甜"，就能马上睡着。

但新形势下的德克斯特就没这么好命了。

我辗转反侧，命令可怜巴巴的自己赶紧入睡，不许再哆嗦，却完全没用。我睡不着。我只是躺在那儿，双眼大睁着，想不明白这一切。

黑夜是那么漫长，长得好像我那可怕的自我追问。难道是我一直在误导自己？如果我不再是潇洒刀客德克斯特和他的绝妙搭档黑夜行者的联合体怎么办？如果我只是个傀儡司机，栖身于一座豪宅的某个小侧室，随时听命于主人的调遣；如果我的使命不再被需要，主人走了，那我又该怎么办呢？如果我不再是我，那我会是谁呢？

这思考没法儿让人高兴。我高兴不起来，也没法儿睡着。我在床上没完没了地"烙饼"，却不觉得累。我索性成心翻来覆去地折腾，还是不累。不过凌晨三点四十左右的时候，我大概是终于把自己弄累了，陷入了很不踏实的浅睡。

煎肉的声音和气味把我唤醒。我看一眼钟，八点三十二分，比平常都晚。但这是星期六的早上，丽塔任由我睡懒觉。这会儿她用一顿丰盛的早餐庆祝我回归清醒，真棒。

早餐的确让我振作了一些。当你吃着一顿好饭的时候，很难保持极度沮丧和人生虚无的感觉。我吃着美味的煎蛋饼，不再那么难受了。

科迪和阿斯特当然很清楚时间——星期六早上他们可以肆意看电视。他们抓紧时机猛看那些致幻剂发明之前没有的卡通片。我蹒跚地从他们身边经过去厨房时，他们都没怎么注意到我。当我吃完早餐喝完咖啡，并决定多花生命里的一天时间来让自己振作起来时，他们正聚精会神地看着一堆会说话的厨具卡通形象。

"好点儿了吗？"我放下咖啡杯时，丽塔问我。

"煎蛋饼太好吃了，"我说，"谢谢。"

她笑着从椅子上起身，在我脸颊上轻轻啄了一下，然后把杯盘收拾到洗碗机里开始清洗。"你记得答应过科迪和阿斯特今早带他们出去吗？"她透过轰轰的水声冲我说道。

"我说了吗？"

"德克斯特，我今早得去试装，我的新娘礼服。我几个星期前告诉过你，你说你可以带孩子们。我去苏珊店里试装，然后我得去趟花店，看看花束准备的情况。文斯还说过能帮忙呢，他好像说他有个朋友。"

"我没听说，"我回答，然后想起了曼尼·波尔克，"不麻烦文斯了。"

"我跟他说'不用了，谢谢'，这样行吧？"

"行，"我说，"我们只有一栋房子能卖钱付那些账单。"

"我不想伤害文斯的感情，我也相信他的朋友肯定特别棒，但我从来都去汉斯的花店，如果我的婚礼用花去了别的店买，他会伤心死的。"

"好吧，"我说，"我带孩子们出去。"

我本打算好好花点儿时间整理我自己的烂摊子，想想黑夜行者的事情。既然不成，就稍微放松一下吧，甚至能补上昨晚牺牲的睡眠，那是我神圣不可侵犯的权利。

我仔细考虑了几个方案，最终选择带姐弟俩去迈阿密科学天文博物馆。那里会挤满别的家庭，能够强化我的伪装，同样也能强化科迪和阿斯特的。既然已经决定踏上黑暗的征程，他们就得赶紧学会一点：越是不正常，就越要装得正常。

我开上车，驶向美国一号高速公路，走前答应丽塔我们会平安回家吃晚饭。我开车经过椰树林路，在里肯巴克辅道前面拐进博物馆的停车场。但我们没有斯斯文文地走进博物馆，科迪下车后站在那里一动不动，阿斯特看了他一会儿，转过来冲着我。"我们为什么要进去？"她问。

"这是种教育。"我告诉她。

"烦人。"她说。科迪点点头。

"我们得花时间相处，这很重要。"我说。

"在博物馆？"阿斯特问，"也太惨了。"

"这词儿不错，"我说，"你从哪儿学来的？"

"我们不想进去，"她说，"我们想干点儿别的。"

"你们来过这个博物馆吗？"

"没——"她说，把一个字拖出三个音节，跟别的十岁小姑娘一样。

"那好，里面的东西会让你惊讶的，"我说，"你可能会学到些什么。"

"那可不是我们想学的，"她说，"可不是在博物馆。"

"你们想学什么？"我问。我听上去是个多么耐心的大人啊，连我自己都被感动了。

阿斯特做了个鬼脸。"你知道的，"她说，"你说过要给我们看些东西。"

"你怎么知道我不会呢？"我说。

她不相信地看看我，又转向科迪。不管他们对彼此说什么，都是无须语言的。然后她转向我，神情严肃并自信地说："就不要去博物馆。"

"你们对我要给你们看的东西了解多少？"

"德克斯特，"她说，"我们干吗要让你教我们别的东西？"

"因为你们对别的东西一点儿都不懂，可我懂。"

"多新鲜啊。"

"教你们就从那个博物馆开始，"我拉下脸说，"跟我学吧。"我看了他们一会儿，眼看他们有些拿不定主意了，我带头转身朝博物馆走去。也许我因为缺觉而有些火大，不大肯定他们会跟着我，但我必须马上定下规矩。他们必须听我的，就像我许久以前明白我必须听哈里的，按他的方式去做。

十四岁是个难挨的年龄，即便是德克斯特也逃不过青春期的魔爪。我有过一段不长的反叛期，抗拒哈里对我不合情理的控制，他不让我顺应自己的天性把我那些同学切成碎块。

哈里制订下一套严密的规定，把我管得服服帖帖。用他的话说，就是要干净利落、有条不紊。不过对于稚嫩的正在试飞的黑夜行者来说，跌跌撞撞地学习、一次次的错误，还有渴望自由、随心所欲地捕杀的欲望，没有一样是有条不紊的。

哈里能教会我许多技巧，让我成为一个安稳低调的我，成为一个黑暗的复仇者，而不是野性十足、光彩夺目的魔鬼。他教我怎么像常人一样行动，学会谨慎和小心，学会打扫现场。他以一个资深警察的身份懂得这一切。我明白他的苦心，但这些看上去实在太枯燥和烦琐了。

而且，哈里毕竟不会什么都懂。比如说，他不懂史蒂夫·冈萨雷斯，那个刚刚褪了毛的小公鸡，他引起了我的兴趣。

史蒂夫的个子比我高，年龄也大上一两岁，上唇已经长出了一些他称之为胡子的软毛。他上体育课时和我同班，随时随地都在找碴儿欺负我，好像把这当成了上帝赋予他的神圣使命。如果真是这样，上帝将会高兴地看到史蒂夫付出的努力获得成效。

这还是德克斯特变成冷血杀手很久之前的事情，有一种愤怒和痛恨的感觉在慢慢积聚。这似乎让史蒂夫更开心了，他变本加厉、花样翻新地欺负着年少而沉默的德克斯特。我们都明白，不在沉默中爆发，就在沉默中灭亡。幸好，事情没有按照史蒂夫希望的样子发展。

某天下午，一个勤快而倒霉的清洁员在庞斯中学的生物实验室里撞见德克斯特和史蒂夫为他们的私人恩怨做个了断。不是常见的中学生相互辱骂、挥舞拳头，我估计史蒂夫也是这么以为的，但他没料到会遭遇年轻的黑夜行者。清洁员看见史蒂夫被胶带绑在桌子上，嘴被一段灰色的密封胶带封住，德克斯特站在他的头前，拿着解剖刀，正在回忆在生物课上学到的解剖青蛙的知识。

哈里穿着警服开着警车来接我。大发雷霆的副校长讲述完情况，宣读完校规，要求家长发表意见。哈里一直看着副校长，直到对方沉默下来。为了加强效果他又看了对方一阵儿，才慢慢地转过头来，用冷静的蓝眼睛看我。

"德克斯特，他说的那些事儿是你干的？"他问我。

在那种目光的逼视下不可能躲闪或撒谎。"是的。"我说。哈里点点头。

"您瞧见了吧？"副校长说。他正要再说些什么，哈里转过头去看着他，他又不吱声了。

哈里又转回来看我。"为什么？"他说。

"他欺负我。"这听起来有些无力，所以我补充道："他总是欺负我。"

"于是你就用胶带把他粘在桌子上？"他不动声色地说。

"嗯。"

"然后你拿起了解剖刀。"

"我想让他别再欺负我。"我说。

"为什么你不告诉别人？"哈里问我。

我耸耸肩，这个动作是我当时最常用的身体语言。

"你干吗不告诉我？"他问。

"我自己能解决。"我说。

"看上去你解决得不太好。"他说。

我想不出来说什么，只有低头看自己的脚。但这显然对谈话没什么帮助，于是我又抬起头。哈里仍然看着我，眼睛一眨也不眨。

"对不起。"我最后说。我也不太确定我是否真心，我对自己做的事儿很难感到抱歉，尤其是对那件事儿。但以当时的情形，道歉是个得体的表示，除此之外我想不出什么话好说。我那年轻的大脑充斥着一锅文火慢炖咕嘟冒泡的和燕麦粥一样黏稠的激素。尽管我知道哈里才不会相信我道歉的诚意，但他仍然点点头。

"走吧。"他说。

"等等，"副校长说，"事情还没谈完呢。"

"你是说校方监管不力听任大同学欺负弱小，而把我的孩子逼到这份儿上的事情？另外，那个孩子被管教过吗？"

"关键不在这里。"副校长试着说。

"要不谈谈你把解剖刀和其他危险器材随意放置，教室不上锁也无人监管，学生轻易就可以获取那些危险器材的事情？"

"可是，警官……"

"我告诉你，"哈里说，"我可以不追究你在这件事儿上的极端失职，如果你保证改进的话。"

"可这孩子……"他还想说。

"我来对付这孩子，"哈里说，"你来改进管理措施，那样我就不必给校董会打电话。"

事情到此便成了终局。跟哈里作对，下场毫无悬念，无论你是凶杀疑犯，还是扶轮社 ① 主席，抑或是犯了错误的年轻魔鬼。副校长把嘴张了合、合了张好几次，但说不出一句话，只嘟囔了几下，清了清嗓子。哈里看了他一会儿，然后转向我。"走吧。"他又说。

---

① 国际性慈善社团。

哈里向警车走去的途中一言不发。车子没有绕过学校，经过格拉纳达和哈迪快餐店驶向我们的家，而是朝北开上迪克西高速公路。他仍然不说话。他打方向盘转弯时我看着他，他继续一声不吭，脸上的表情不像是想说话。他直直地看着前方，很快地开着车。

哈里在第17街左转，有一刹那我还异想天开地以为他会带我去橘子碗体育场。但我们开过体育场入口继续前行，经过迈阿密河，右转上了诺斯里弗大道。这下我知道是去哪里了，可我不知道为什么。哈里仍然沉默着，也不看我。这是一个阴沉的下午，乌云开始聚集在地平线上，我感到一种压迫感在悄然逼近。

哈里把警车停好，终于开口了。"来吧，"他说，"进来。"我看看他，他已经下了车，于是我也下去，老老实实地跟着他进了拘留所。

哈里在这儿是个名人，他在哪儿都是公认的好警察。从登记处到走廊尽头的牢房，一路上不断有人叫着"哈里"或者"嘿，警官"。我亦步亦趋地跟着他，不妙的感觉越来越强烈。哈里干吗带我来这里呢？为什么不骂我一顿，告诉我他有多失望，或是想出点儿别的严厉但公正的法子惩罚我呢？

他什么也不说，这让我毫无头绪，只有跟着他走。终于，我们在有警察把守的一个房间前停下来。哈里跟守卫到一边儿说了点儿什么，那守卫看看我，点点头，然后让我们去到最里边的一个单间。"就是这儿了，"守卫说，"祝你们愉快。"他朝房间里的人点点头，又瞥了我一眼，走开了，只留下哈里和我继续我们那让人不舒服的沉默。

哈里一点儿也没有先打破沉默的意思。他转头看着牢房，里面那个面孔苍白的物体动了动，站了起来，来到铁栅栏前。"噢，是哈里警官啊！"那人愉快地说，"你好啊，哈里？你路过来看我真让我高兴。"

"嘿，卡尔。"哈里说。终于他转向我："这是卡尔，德克斯特。"

"多精神的小伙子啊，德克斯特，"卡尔说，"见到你很高兴。"

卡尔的目光明亮而空洞，但我透过它们好像看到了一个巨大的黑影，我心里猛地一抽，想从那藏在铁栅栏后面巨大而凶猛的东西前逃走。他本人并不壮硕，样子也不凶恶，甚至看上去和蔼可亲，金发梳理得很整齐，个子中等，但他身上有种气质让我非常不安。

"他们是昨天把卡尔带来的，"哈里说，"他杀了十一个人。"

"嗯，好了，"卡尔谦虚地说，"差不多。"

监狱外边，闪电撕破天空，雨下了起来。我满怀兴致地看着卡尔，现在我知道是什么让我的黑夜行者不安了。我们是刚刚起航，而这家伙已经到了彼岸并折返了。十一个啊，差不多。我第一次体会到我庞斯中学的同学们面对全美橄榄球联赛四分卫球员时是什么心情。

"卡尔很享受杀人，"哈里直截了当地说，"对吧，卡尔？"

"它让我生活充实。"卡尔快活地说。

"直到被我们逮住。"哈里生硬地说。

"啊，好吧，是这么说。"他耸耸肩，冲哈里特假地笑了一下，"不然才好玩儿呢。"

"你粗心了。"哈里说。

"是啊，"卡尔说，"我怎么知道警察这么仔细？"

"你怎么干的？"我脱口而出。

"这不难。"卡尔说。

"不是，我是说具体怎么干？"

卡尔探究地看着我，我好像听见他眼中闪过的黑影在咕嘟咕嘟地发出声音。有一阵儿我们互相凝视，整个世界充满了两个捕猎者在一具无助弱小的猎物旁会面时发出的黑暗声响。"好吧，"卡尔最后说，"这是真的吗？"我开始退缩，他转向哈里："拿我当活教具，是吧，警官？把你的孩子吓到正确而狭窄的路上去做个好人？"

哈里看着他，面无表情，什么都没说。

"好吧，我得告诉你这条路有去无回，可怜的亲爱的哈里。当你走上这条路，你就到死也别想回头，它甚至比死还久远，你、我以及这个可爱的孩子都无能为力。"

"除了一点。"哈里说。

"是吗？"卡尔说。这会儿好似有一团乌云升起，在他身边缭绕，他微笑时乌云遮住了他的牙齿，又朝着哈里和我弥漫过来。"那是什么呢？祷告？"

"别被逮住。"哈里说。

有一刹那，乌云凝固，然后慢慢退却直至消散。"噢，天哪，"卡尔说，"我真希望自己还记得怎么大笑。"他慢慢地摇着头，"你是认真的，是吧？噢，天哪。你是个多棒的老爸呀，哈里警官。"说完他朝我们展颜一笑。

哈里转过头，用冰冷的蓝眼睛看着我。

"他被逮住了，"哈里说，"因为他不懂自己的门道。这下他得坐上电椅，因为他也不懂警察的门道。因为，"哈里声音平稳，眼睛一眨也不眨，"他没受过训练。"

我看着卡尔，他正透过粗铁栏用他那贼亮无比又死寂空洞的眼睛看着我们。别被逮住。我又看看哈里。"我懂了。"我说。

我的确懂了。

我的青春叛逆期就此画上句号。

很多年后，很多充斥着切割乐趣而又逍遥法外的光辉岁月之后的此刻，我完全明白哈里带我去见卡尔是多么高妙的一招儿。我从来不期待能跟他媲美——毕竟哈里做事儿是出于感情，而我没有感情，但我可以学他的样子，把科迪和阿斯特按规矩养育成人。我也会赌一下，就像哈里那样。

他们跟上来了吗？

他们跟上来了。

博物馆里挤满了寻求知识或洗手间的人民群众。大多数观众在两到十岁之间，基本上每个孩子都有一个大人陪同。他们好像一大群色彩鲜艳的鹦鹉在展品间游来荡去，并发出喧闹的声响。起码有三种语言在被使用着，但听上去都一样。儿童的语言不分国界。

科迪和阿斯特看起来有点儿被拥挤的情形吓着了，紧紧地跟着我。这和他们平时天不怕地不怕的探险精神形成了鲜明对比，让人很满意。我抓住时机，把他们引到比拉鱼①的展柜前。

"它们看上去怎么样？"我问他俩。

"真难看。"科迪柔声说，眼睛一眨也不眨地看着比拉鱼那一嘴大牙。

"这就是比拉鱼。"阿斯特说，"它们能吃掉一整头牛。"

"游泳的时候要是看见比拉鱼该怎么做？"我问他们。

"杀死它们。"科迪说。

"杀不过来，"阿斯特说，"你得逃跑，别靠近它们。"

---

① 一种肉食性鱼类，以凶残贪吃闻名，盛产于南美东部和中部的江河，又名"食人鱼"。

"所以每当看见这些难看的鱼，你们要么想杀死它们，要么想逃走，是吗？"

他俩点点头。

"如果这些鱼和人一样聪明，它们会怎么做呢？"

"化装。"阿斯特咯咯地笑着说。

"对了。"我说，就连科迪也笑了，"你们推荐什么样的伪装呢？假发还是胡子？"

"德克斯特，"阿斯特说，"它们是鱼，鱼才不长胡子呢。"

"噢，"我说，"所以它们还是希望自己看上去像鱼？"

"当然了。"她说，好像我是个白痴。

"像什么样的鱼？"我说，"大鱼吗？比如鲨鱼？"

"普通的。"科迪说。他姐姐看看他，然后点点头。

"不管什么，只要在那个地方有很多很多的鱼，"她说，"装成普通的鱼，不会把它们要吃的鱼吓走。"

"啊哈。"我说。

他俩沉默地看着鱼。过了一会儿，科迪明白过来，皱起眉头看着我，我鼓励地冲他微笑。他低声向阿斯特耳语了几句，阿斯特看上去吃了一惊。她张开嘴想说什么，又什么都没说出来。

"噢。"她说。

"是啊，"我说，"噢。"

她看看科迪，科迪再次观察着比拉鱼，转过头看他姐姐。他们又是什么都没说，一切尽在不言中。我听之任之，直到他们再次抬起头看我。"我们能从比拉鱼身上学到什么呢？"我说。

"别看上去那么凶。"科迪说。

"要看上去很普通，"阿斯特勉强地说，"但是德克斯特，鱼不是人呀。"

"说得太对了。"我说，"人能认出看上去危险的东西，所以能够存活，鱼则会被捉住，我们可不想。"他们严肃地看着我，然后又去看鱼。"那么我们今天还学到别的什么了吗？"过了一会儿，我问道。

"别被捉住。"阿斯特说。

我叹口气。这才是开始呢，还有大把工作要做。"来吧，"我说，"我们来看看别的展品。"

我对这博物馆不是很熟悉，大概是因为在此之前我都没机会拖着小孩来参观，所以我纯粹靠即兴发挥找些能让他们思考和学到正当本领的展品来看。我得承认，比拉鱼完全是撞大运，它们闯入眼帘，然后我的大脑产生正确的教学理念。找到下一个教具就没那么容易了。我们在吵闹拥挤得可怕的孩子和他们好不到哪儿去的父母们中艰难跋涉了半小时，最后来到了狮子展区。

又一次，科迪和阿斯特被那名副其实的凶恶家伙吸引住了，他俩在展品前驻足凝视。当然这是一只狮子标本，但他们还是仔细地看着。这头公狮子威风凛凛地站在一只羚羊的尸体旁边，嘴巴大张，利齿发着寒光。它身边是两头母狮子和一头幼狮。展品旁边是长达两页的文字说明，在第二页中间靠下的地方我找到了需要的素材。

"好啦，"我高兴地说，"我们是不是为我们不是狮子感到高兴？"

"是。"科迪说。

"看这里，"我说，"当公狮子占领了一个狮子群……"

"那叫取得王位，德克斯特，"阿斯特说道，"动画片《狮子王》里有的。"

"好吧，"我说，"当一个新的狮子王取得王位，他把所有的小狮子都杀了。"

"太可怕了。"阿斯特说。

我冲她笑笑，露出我的尖牙。"不，这其实非常自然，"我说，"是为保护它自己，也为了确保只有它自己的后代才能继承王位，很多捕猎者都这样。"

"那和我们有什么关系？"阿斯特说，"你和妈妈结婚后不会杀了我们，是吧？"

"当然不会，"我说，"你们现在已经是我的小狮子了。"

"那然后呢？"她说。

我张开嘴打算向他们解释，突然觉得出不来气儿。我的嘴巴张着，但我说不出话来，因为我的大脑正在飞速运转，那个念头是那么牵强，我都不必去想它有多荒诞。"很多捕猎者都这样，"我听见自己的声音在说，"是为保护它自己。"

不管是什么让我成为捕猎者，黑夜行者就是我灵魂的归宿，可现在黑夜行者被什么东西吓跑了。是不是说——

一个新的黑夜行者之王在威胁我的黑夜行者？我遇见过很多人身后都拖着和我相似的影子，但除了我们能够认出对方和发出一两下无声的咆哮之外，没有什么异常。这太荒唐了，黑夜行者不可能有爸爸。

有吗？

"德克斯特？"阿斯特说，"你吓着我们了。"

我承认我把自己也吓着了。黑夜行者可能正被爸爸跟踪，后者想置他于死地，这想法太可怕了。但说到这儿，黑夜行者到底是从哪儿来的呢？我相当肯定那不是一个精神病患者的意识碎片。我没有精神分裂——我和黑夜行者都很确信这一点。他如今销声匿迹的事实证明他有着自己独立的存在。

也就是说，黑夜行者是从某个地方来的，他在我之前就存在。他有源头，你可以把那称为他的父母或别的什么。

"德克斯特。"阿斯特说。我这才意识到我仍然呆立在他们面前，仍然是那副嘴巴大张的傻相，跟个书呆子似的。

"噢，"我说，"我只是在思考。"

"很疼是吧？"她说。

我闭上嘴看着她。她正看着我，脸上是一副十岁孩子认为大人都很蠢的神情。这回我同意她的看法。我总是把黑夜行者当成与生俱来的，从来没想过他从哪儿来，怎么来。我一向自鸣得意又愚蠢透顶地满足于和他共存共荣，得意于我是我而不是别的什么空虚的家伙。现在呢，刚学到一点儿关于自我认知的知识，我就被打蒙了。

"对不起，"我说，"我们去看天文馆部分吧。"

"可你还没告诉我们为什么狮子重要呢。"她说。

的确，我都不记得为什么狮子重要了。还没来得及承认，我的手机响了起来，挽救了我的形象。"稍等。"我边说边把手机从皮套里抽出来。来电显示是德博拉，我接听了电话。

"他们找到头了。"她说。

我一时没明白她在说什么，但德博拉已经在我耳边性急地哼哼上了，我必须表示一下。"头？大学凶杀案的尸体的头？"我说。

德博拉发出怒火万丈的咝咝声："天哪，德克斯特，这城里可没多少失踪的人头。"

"嗯，市政府。"我说。

"德克斯特，你给我滚过来，我需要你。"

"可是，德博拉，今天是星期六，我正在……"

"现在。"她说完就挂了。

我看看科迪和阿斯特，非常为难。如果我带他们回家，起码得花上一个小时才能赶到德博拉那儿，而且我和孩子们也失去了宝贵的星期六相处时间，但即便是我也知道带孩子们去凶杀现场实在是太古怪了。

但也可以看成是种教育。他们需要见识一下当有尸体出现时，警察都是如何工作的，这是个不可多得的机会。另外，考虑到我那亲爱的妹子雷厉风行的作风，我决定还是马上全体钻进汽车奔赴现场。他们人生的第一次侦查就要开始了。

"好吧，"我把手机塞回皮套，对他们说，"我们现在要走了。"

"去哪儿？"科迪问道。

"去给我妹妹帮忙，"我说，"你们记住我们今天学到的了吗？"

"是的，但这只是个博物馆，"阿斯特说，"可不是我们想学的。"

"是啊，的确。"我说，"你们得相信我，听我的话，不然我就不教你们了。"我俯下身，以便看清楚他们的眼睛。"一丁点儿都不教。"我说。

阿斯特皱起眉头。"德克斯特……"她说。

"我说到做到，必须按我的方式做。"

她和科迪又互相看了看。过了一会儿，科迪点点头，于是她转回头对着我。"好吧，"她说，"我们保证。"

"我们会等。"科迪说。

"我们懂，"阿斯特说，"那我们什么时候开始学很酷的东西？"

"我说可以的时候。"我说，"好吧，我们现在就走。"

她马上换回坏脾气的十岁孩子的表情："我们到底要去哪儿？"

"我得去工作，"我说，"所以我得带你们一起去。"

"看尸体？"她满怀希望地问。

我摇摇头。"只是人头。"我说。

她看看科迪，然后摇着头说："妈妈会不高兴的。"

"你们要是愿意，可以在车里等着。"我说。

"走吧。"科迪说。

于是，我们走了。

Chapter 5
饥饿的观察者

德博拉在椰树林私家小区一栋价值两百万美元的豪宅门前。这条路从一进门口的警卫小屋到这栋房子前都被警察封了。一群愤愤不平的邻居聚拢过来，站在他们精心修葺过的草坪和便道附近，怒视警察局来的这些贫民阶层的代表入侵他们的世外桃源。德博拉正在指挥摄影师拍什么和从哪个角度拍。我赶紧过去加入她，身后尾随着科迪和阿斯特。

"那他妈的是什么？"德博拉质问我，目光从孩子们身上移到我身上。

"他们被称作孩子，"我告诉她，"往往是婚姻的副产品，所以你不大熟悉他们。"

"你带他们来这儿是他妈的疯了吗？"她脱口而出。

"你不应该说那个词儿，"阿斯特气哼哼地告诉德博拉，"说了就欠我五毛钱。"

德博拉张开嘴，脸涨得通红，然后又把嘴闭上了。"你得把他们带走，"她最后说，"他们不该看这些。"

"我们想看。"阿斯特说。

"嘘，"我对他们说，"你们两个安静点儿。"

"天哪，德克斯特。"德博拉说。

"你让我马上来的，"我说，"我这不是来了吗？"

"我可没法儿给两个孩子当保姆。"德博拉说。

"你不用，"我说，"他们没事儿的。"

德博拉看了看姐弟俩，他们看着她。大家的眼睛都一眨不眨，有一刹那我以为我妹妹会把她自己的下嘴唇咬下来。然后她甩甩头。"随便吧，"她说，"我没工夫吵架。你们俩去那边等着。"她指着自己停在街道对面的警车，然后抓住我的胳膊，拽着我朝房门走去，那里工作正在进行。"看。"她指着房子前面说。

在电话里德博拉告诉我说他们找到了人头，但事实是，人头很难不被发现。房子前面是一条不长的车道，蜿蜒着穿过一对珊瑚石砌成的门柱，伸向一个中央有着喷泉的小院子。在两个门柱的顶端各有一盏华丽的灯。门柱之间的车道地面上用粉笔写着什么，看上去是字母"MLK"，还有一段奇怪的文字，我认不出是什么。在读者被弄糊涂之前，我要说的是，在每个门柱上面，是——

尽管我得说那情景不乏原始张力和显而易见的戏剧感染力，可还是过于粗野残忍了。两只头颅被仔细清洗过了，但眼皮没了，嘴巴也被高温弄成了诡异的微笑状，实在不大好看。当然在场没有人问我的观感，但我还是觉得不应该搞得这样狼藉。很不整洁，缺乏真正娴熟的技巧。而且让人头在光天化日之下这样摆着，纯粹是为了炫耀，这是一种不精致的做事手法，还没品位。我愿意承认我的方式不是唯一的方式。在美学评论方面，我总是等着黑夜行者在我耳畔低声发表意见，但是果不其然，一片寂静。

没有低语，没有翅膀扇动的声音。我的指南针不见了。把我一个人扔在这种不安的境地中，我只有握住自己的手。

当然，我不是绝对的孤身一人。德博拉在我旁边，我意识到在我痛悼自己那失踪的伴侣时，她正在跟我说话。

"他们这家人今早去参加葬礼，"她说，"回来后就看见这些。"

"他们是谁？"我问，冲房子示意了一下。

德博拉用胳膊肘捅了我一下，疼死了。"这家人，你个笨蛋，叫戈德曼。我刚才都说什么来着？"

"这些都发生在大白天？"不知怎么，这事儿有些让人不安。

"大多数邻居也都去参加葬礼了，"她说，"但我们还在查，看有谁看见什么没有。"她耸耸肩，"说不定我们运气好。"

我说不好，但就是觉得这事儿给我们带不来运气。"我猜这个局面给哈尔彭的定罪带来了一些不确定因素。"我说。

"这当然他妈的不会了，"她说，"那浑蛋有罪。"

"啊，"我说，"所以你是说另外有人发现了头颅，然后……"

"他大爷的，我不知道。"她说，"肯定有人跟他合作。"

我只是摇摇头。这根本说不通，我们都知道这一点。一个有本事精心策划这样两桩祭祀性杀人案的人，肯定会独立操作这一切。这种行为太个性化，每一个步骤后面都有其独一无二的个人目的。如果有人以为哪两个人能有如此一致的想法，那简直是胡扯。头颅的摆放所展现出的仪式感，以及尸体的处理方式，这些构成了一个完整的祭祀。

"很不对头。"我说。

"好吧，那么是什么不对头？"

我看看头颅，它们被仔细地搁在灯顶。显然它们连同尸体一起被火烧焦，没有血迹可循。颈部的切口非常整齐。除此以外，我什么也没发现。可是德博拉还在那儿眼巴巴地看着我。"两个头都在这儿，"我说，"为什么不在另一个女孩家里，有男朋友那个？"

"她家在马萨诸塞，"德博拉说，"这家更方便。"

"你查过他吗？"

"谁？"

"那女孩的男朋友，"我缓慢而谨慎地说，"脖子上有文身的家伙。"

"老天爷，德克斯特，我们当然查过他。我们查过这两个可怜姑娘的短暂一生里曾进入她们周围半英里范围的所有人，而你，"她深吸一口气，但好似仍不能浇灭她胸中的怒火，"听好了，我可不需要警察基本常识方面的帮助，好吗？我只需要你本该知道的那些精神病似的玩意儿。"

"好吧，"我说，"那么，从一个精神病患者的角度看，不会是两个不同的人在做同一件案子。所以要么哈尔彭杀了她们之后，另一个人找到头颅，并琢磨着'这是他妈的咋回事儿啊，我得把它们挂起来'；要么就是我们抓错了人。"

"我靠。"她说。

"哪种？"

"两种，该死！"她说，"两种可能性都不怎么样！"

"噢，妈的。"我说，这下把我们俩都惊着了。因为我烦德博拉，也很烦我自己，更烦这整桩烧焦无头案。我做出了我唯一能做的合情合理的举动，我抬脚踢飞了一个椰子。

好多了，这下我的脚也疼起来了。

"我正在查戈德曼的背景，"她突然说，边说边朝房子点点头，"目前知道他是个牙医，在戴维区有个办公楼。但这事儿像个吸毒的糙老爷们儿干的。这也不大对头。该死，德克斯特，"她说，"给我点儿启发。"

我惊讶地看着德博拉，她怎么又把球踢回来了。而我一点儿头绪也没有，只能诚心诚意地巴望戈德曼被查出是个毒品大王假扮的牙医。"我大脑一片空白。"我说。这是个令人悲痛而又千真万确的事实。

"妈的。"德博拉说，目光越过我望向聚拢的人群。第一辆新闻车已经来了，车子还没停稳，记者就跳了出来，催促他的摄影助手扑过去摄像。"该死的。"德博拉说，赶紧跑过去跟他们周旋。

"那人真可怕，德克斯特。"一个细小的声音在我背后响起，我赶紧转过身。科迪和阿斯特又一次悄无声息地出现在我背后。科迪转头看着远处犯罪现场边界胶带旁聚拢的一小群人。

"哪个人可怕？"我问。

阿斯特说："在那儿，穿橙色衬衫的。别让我指，他看着我们呢。"

我望向人群，寻找橙色衬衫，但只依稀看到一个影子，在胡同尽头，好像在往汽车里钻。那是一辆小小的蓝色汽车，不是白色亚洲龙，但当车子驶向主路时，有什么东西从后视镜里一晃而过，让我觉得眼熟。我确定那是迈阿密大学员工停车证。

我转身对着阿斯特。"好了，他走了。"我说，"为什么你说他吓人？"

"他这么说的。"阿斯特说道，指着科迪，科迪点点头。

"他吓人，"科迪说，声音低得几乎听不见，"他有一个大影子。"

"抱歉，他吓着你了，"我说，"但他现在走了。"

科迪点点头："我们能看头吗？"

孩子们多有意思，不是吗？科迪刚被别人的什么虚无缥缈的影子给吓坏了，可这会儿又急着凑上去看一个凶残而恐怖的尸体器官。我还从没见他这么急切过。如果他只是偷看一眼，我不会说他，但我不觉得自己应该让他大摇大摆地去看。

再说，我也没想好该怎么向他们解释这一切。

好在德博拉回来得正是时候，她嘴里念叨着什么。"我再也不说局长的坏话了。"这听上去不大可信，但我又不能说出来，"只要他把这些吸血鬼似的记者都接收了。"

"也许只是因为你不能跟人打成一片。"我说。

"那些浑蛋不是人，"她说，"他们只在乎在头颅前面顶着他们的破发型照些破相片，然后他们好把录像带送回电视台。什么动物会喜欢看这些？"

事实上我知道答案，因为我此刻正监管着观众中的两个，而且，老实说，我自己也得算一个。但看上去我得避而不谈这个话题，集中注意力在眼下的事情上。所以我仔细想想到底是什么让科迪觉得那人可怕，还有那人很可能有迈阿密大学员工停车证的事实。

"我有个主意。"我对德博拉说。她的头转过来之快，你会以为我刚刚告诉她她正踩在一条蟒蛇上。"不过可不是你说的牙医和毒枭的路子。"我警告她。

"别管那个。"她咬牙切齿地说。

"刚才有人在这儿吓到了孩子们，他开着一辆挂着迈阿密大学员工停车证的车走了。"

德博拉死死地瞪着我。"妈的，"她轻声说，"哈尔彭提过的那个，他叫什么来着？"

"威尔金。"我说。

"不，"她说，"不可能。就因为孩子们说有人吓着他们了？"

"他有动机。"我说。

"就为了教职？得了，德克斯特。"

"我们不觉得怎么样，"我说，"可他们觉得重要。"

"就是说，为了得到教职，"她说，摇着头，"他潜入哈尔彭家，偷了衣服，杀了两个女孩——"

"而且把我们的注意力引向哈尔彭。"我说，想起他站在走廊里跟我们谈话时的情形。

德博拉迅速将头转过来对着我。"该死，"她说，"他真是那么干的，是吧？他让我们找哈尔彭。"

"而且，不管抢夺教职的动机有多牵强，"我说，"也比丹尼·罗林斯和泰德·邦迪① 联手做一个小案子合理，是不是？"

德博拉将了将头发，铁面女警察居然也显示出了一丝女性的妩媚。"有可能，"她最后说，"我不太知道威尔金会怎么说。"

"我们去跟他谈谈？"

她摇摇头。"我先跟哈尔彭谈谈。"她说。

"让我带上孩子们。"我说。

自然，他们已经不在该在的地方了，不过我很容易地找到了他们，他们溜到一旁好仔细观赏那两颗头颅。或许是我的错觉，但我好像看见一丝职业欣赏者的神色从科迪眼中闪过。

"来吧，"我对他们说，"我们得走了。"他们转过身来，不情不愿地跟着我，我听见阿斯特小声地嘟囔了一句："起码比傻乎乎的博物馆强多了。"

他在离看热闹的人群远远的地方观察着，小心地伪装成看客之一，和其他人毫无分别，不露任何马脚。对观察者来说，此刻出现是很冒险的一件事儿，他有可能被认出来，但他愿意冒这个险。不消说，看看大家对他的作品有何反应，这会让他心满意足。有点儿小小的虚荣，但他由着自己去。

另外，他想看看他们会拿他留下的一个简单的线索怎么办。对手很聪明，但到目前为止那家伙都没注意到这个线索，他从它旁边大踏步走过，任由他那些同事去拍照和查看。也许自己该做得再明显点儿，但还有时间让对手反应过来。不急，让对手进入状态，等一切就绪后再一举将其拿下——这将比什么都精彩。

观察者又挪近一些，得好好看看那家伙，看看他目前进展如何。他还带着孩子，这很有意思。他们好像没怎么被两颗人头吓到。也许他们习惯了这场面，或者——

不，不可能。

他非常小心地又挪近了些，仍然保持着他的观众身份，混在人群中走动着。他离孩子们特别近了。

当男孩抬起头时，他们的目光相遇，一切确凿无疑。

他们的目光锁定在一起，没有了时间感，只听见黑色翅膀呼呼拍动的声音。

----

① 丹尼·罗林斯于 1990 年在佛罗里达大学连杀五名学生，泰德·邦迪是同时期美国历史上最著名的连环杀手，被处死前至少杀死了二十八名妇女。

那男孩只是站在那里，带着熟识的表情看着他，不是认出他是谁，而是认出他是什么。男孩那稚嫩的黑翅膀狂乱地扇动着。观察者再上前一步，让男孩把他和他周身笼罩的黑色气场看个清楚。男孩并没表现出害怕，他只是回望着观察者，并展示着自己的能量。然后，男孩转过身，拉起姐姐的手，他们很快地向那个大人走去。

该离开了。孩子们肯定会指认他，他不想这会儿就露面，还没到时候。他疾步走到车前，上了车，开走了。并没有什么好担心的。如果说有什么特别的地方，那便是他有了一种意外之喜。

就是那两个孩子。并不是因为他们会告诉对手关于自己的事情，牵引着对手进入恐惧的氛围，更因为观察者很喜欢孩子。和他们周旋的感觉很棒，他们会传播情感，令对手变得加倍强大，将整个事件所蕴含的能量大大升华。

孩子们——非常有意思。

这事儿开始变得富有趣味性了。

去拘留所很顺利，但由德博拉当司机，顺利的意思便是没人严重受伤。她心急火燎是一个原因，而且因为她是一个迈阿密警察，驾驶技术也是从迈阿密警察那里学来的。在她的意识中，车流便是一种液体，她可以在其中穿梭自如，好像烧红的烙铁让黄油融化那样。她在那些极其狭小的缝隙中穿行，让别的司机觉得，要么赶紧让道，要么死路一条。

科迪和阿斯特当然非常开心，他们被安全带牢牢地绑在后座上，尽量挺直了身子，好能看见外面的情形。非常稀罕的是，当我们差点儿撞上一个骑一辆小摩托的 350 磅重的男人时，科迪居然微笑了一下。

"拉响警笛。"阿斯特要求道。

"这可不是什么该死的游戏。"德博拉吼了一声。

"必须是该死的游戏才能拉警笛吗？"阿斯特说。德博拉脸涨得通红，猛一打轮开下了美国一号高速公路，险些撞上一辆破破烂烂的老本田。

"阿斯特，"我说，"别说那个词儿。"

"她老说来着。"阿斯特说。

"你跟她一样大的时候，你也可以说，如果你想说的话。"我说，"但你现在才十岁，不能说。"

"那可真蠢，"她说，"如果是脏话，不管你多大都不该说。"

"很对，"我说，"可我不能告诉德博拉警官什么该说，什么不该说。"

"那可真蠢，"阿斯特又说一遍，然后换了话题，"她真的是警官？那比警察高级吗？"

"她是警察的领导。"我说。

"她能命令那些穿蓝色制服的人吗？"

"能。"我说。

"她也有枪？"

"是的。"

阿斯特使劲儿向前探身，直到安全带紧紧勒住了她。她带着几乎称得上是尊敬的神情看着德博拉，这表情我很少在她脸上看到。"我不知道女孩也能带枪，还能当警察的领导。"她说。

"女孩能做任何男孩能做的事儿，"德博拉脱口而出，"而且往往做得更好。"

阿斯特看看科迪，又看看我。"任何事？"她说。

"几乎任何事，"我说，"职业橄榄球大概不算。"

"你朝人开过枪吗？"阿斯特问德博拉。

"老天爷，德克斯特。"德博拉说。

"她有时候朝人开枪，"我告诉阿斯特，"但她不想说这个。"

"为什么不想说？"

"朝人开枪是件很私人的事情，"我说，"我觉得她认为那不关别人的事。"

"别再拿我当个台灯似的谈论我，看在老天的分儿上，"德博拉急匆匆地说，"我可就在这儿呢。"

"我知道，"阿斯特说，"你能告诉我你都朝什么人开枪了吗？"

作为回答，德博拉把车打了个急转，驶进了停车场，在拘留所前面停了下来。"我们到了。"她说完就逃也似的跳下车。我帮科迪和阿斯特解开座椅带扣的工夫，她已经冲进了办公楼，我们则悠闲地跟在后面。

我把科迪和阿斯特安置在两把旧椅子上坐好，德博拉则跟前台值班警官说着话。"在这儿等着，"我对科迪和阿斯特说，"我几分钟后就回来。"

"我们就这么等着？"阿斯特说，声音好像哆嗦起来。

"是的，"我说，"我得去跟一个坏蛋说话。"

"我们为什么不能去？"她质问道。

"因为违反法律，"我说，"你们在这里按我说的等着，劳驾。"

他们看上去不大高兴，但至少没有跳下椅子冲到走廊里高声尖叫。我赶紧抓住时机，跟上德博拉。

"来吧。"她说。我们朝走廊尽头的一间审讯室走去，几分钟后，警卫把哈尔彭带了来。他戴着手铐，看上去比刚进来的时候还糟糕。好几天没有刮胡子，头发蓬乱，眼睛里带着一种我只能称之为惊惶不安的神情，不管那听上去有多俗套。他坐在警卫指给他的椅子上，只坐在椅子边缘，盯着自己放在桌面上的双手。

德博拉冲警卫点点头，警卫便出了门守候在走廊里。她等门被关严后，转向哈尔彭。"好了，杰里，"她说，"我希望你昨夜休息得不错。"

他的头猛地抬起，跟被绳子拉了一下似的，他瞪着她。"什么？你什么意思？"他说。

德博拉挑起眉毛。"我没什么意思，杰里，"她温和地说，"只是礼貌的问候。"

他看了她一会儿，然后又低下了头。"我想回家。"他低声下气且颤抖地说。

"我肯定你想的，杰里，"德博拉说，"但我现在不能让你走。"

他只是摇着头，嘟囔着些没人听得见的话。

"你说什么，杰里？"她仍然用好脾气的耐心的语调问。

"我说，我不认为我做了什么。"他说，仍然没有抬头。

"你不认为？"她问他，"我们让你走之前难道不该让这个问题有个确定的答案吗？"

这次，他非常缓慢地抬起了头，看着她。"昨夜，"他说，"在这个地方待着，有个……"他摇摇头。"我不知道，我不知道。"他说。

"你以前在这种地方待过，是吧，杰里？你小时候，"德博拉说，他点点头，"这地方让你想起什么了吗？"

他猛地抽搐了一下，好像德博拉刚朝他脸上啐了口唾沫似的。"我没有——不是记忆，"他说，"而是一个梦。肯定是梦。"

德博拉很理解地点点头："你梦见什么了，杰里？"

他摇摇头，看着她，嘴巴张着。

"说说看，也许能帮到你，"她说，"如果只是个梦，说说也没关系。"他只是一味摇头。"杰里，你梦到什么了？"她又说，声音里带了些坚持，但仍然非常温和。

"有一尊巨大的雕像。"他说，然后不再摇头，好像很惊讶自己刚说出的话。

"好吧。"德博拉说。

"它……它非常巨大，"他说，"而且有……嗯，有火在它的肚子里烧着。"

"它有肚子？"德博拉说，"是什么雕像？"

"它特别大，"他说，"身体是铜质的，两只手臂向外伸出来，手臂能向下移动，来——"他不说了，嘟囔起来。

"你说什么，杰里？"

"他说它有一个牛头。"我说，能感觉脖子后面的汗毛都立了起来。

"手臂放下来，"他说，"我感觉……非常愉快。我不知道为什么会这样。唱歌的声音。我把两个女孩放进手臂。我用刀子切了她们，然后她们上升进入雕像的嘴巴，那双手臂把她们放进去，放进火里……"

"杰里，"德博拉说，声音更温和了，"你的衣服上有她们的血迹，都被烤干了。"他不吭声，她继续说："我们知道你遇到压力时会晕过去。"他继续保持沉默。"是不是有这种可能，杰里，你失去了意识，杀了女孩们，然后回家了，你自己却不知道？"

他又开始摇头，很慢，很机械。

"你能给我更好的解释吗？"她说。

"我上哪儿能找到那样一尊雕像？"他说，"我怎么会找到雕像，让里面着火，然后把女孩放进去，而且……怎么可能？我怎么会做了这些自己却不知道？"

德博拉看看我，我耸耸肩。说得在理。即便梦游，也有能做和不能做的。刚才说的这些似乎太离谱了。

"杰里，这个梦是怎么来的？"她说。

"每个人都做梦。"他说。

"那些血是怎么跑到你衣服上去的？"

"是威尔金干的，"他说，"肯定是他，没有别的答案。"

有人敲门，警官进来了。他弯腰在德博拉耳边轻声说了几句，我凑过去听。"这家伙的律师在找麻烦，"他说，"他说他的客户被关押在此，头颅却出现了，所以他一定是无辜的。"警官耸耸肩，"我没法儿继续把他扣在这儿。"

"好吧，"德博拉说，"谢谢，戴夫。"他又耸耸肩，站起身离开了房间。

德博拉看看我。"好，"我说，"至少这事儿变得没那么简单了。"

她朝哈尔彭转过身。"好了，杰里，"她说，"我们稍后继续谈。"她站起来走出房间，我跟在后面。

"我们怎么看这件事？"我问她。

她摇摇头。"天哪，德克斯特，我不知道。我需要好好休息一下。"她停住脚，转身面朝我，"要么是这家伙在他神志不清时干的，也就是说他安排好了一切，自己却浑然不觉，但这是不可能的。"

"大概是。"我说。

"要么是另外有人费尽了他妈的心思来设圈套陷害他，而且算好时间正好赶上他晕倒。"

"这也不大可能。"我帮她说。

"是啊，"她说，"我知道。"

"带牛头的大雕像，还有肚子里的火？"

"靠，"她说，"只是个梦，只能是。"

"那女孩们是在哪儿被烧的？"

"你想给我看看那个有着牛头并自备烧烤架的大雕像吗？你把它藏在哪儿了？你只要找得出，我就相信那是真的。"她说。

"我们现在该不该放了哈尔彭？"我问。

"不，该死，"她气呼呼地喊，"我还是会给他一个拘捕的罪名。"说完她转身朝接待处走去。

我们走到大门那里时，科迪、阿斯特还和警官一起坐在那里。德博拉不耐烦地等我把他们拉起来收拾妥当，我们一起向大门走去。"现在该干吗？"我问。

"我们当然得和威尔金谈谈。"德博拉说。

"我们要问他是不是把带牛头的雕像藏在他家后院了吗？"我问她。

"不，"她说，"又他妈的瞎说。"

"又说脏话，"阿斯特说，"你欠我五毛钱。"

"太晚了，"我说，"我得把孩子们送回去，要不他们的妈妈该把我烤了。"

德博拉看了科迪和阿斯特好一会儿，然后抬头看我。"好吧。"她说。

我赶在丽塔发火之前把孩子们送回了家，但当她发现他们去看了人头时，还是差点儿气疯了。好在孩子们都神情自若甚至很开心，而且阿斯特的新理想是成为我妹妹德博拉。这些分散了丽塔的注意力，让她没来得及生气。毕竟，早日定下职业选择会给日后避免很多麻烦。

丽塔显然兴致高昂，她滔滔不绝地讲述着白天的见闻。搁在平常，我会微笑、点头，鼓励她继续说下去，可这会儿我实在没心情伪装。我跟丽塔说有个重要案子必须马上处理。我溜出门，开车去了办公室。

上路后的前十五分钟里，我一直都有被跟踪的感觉。我知道这有多荒唐，因为从未在夜晚独自一人上路过，我感觉很虚弱无助。没有了黑夜行者，我是只嗅觉迟钝、爪子磨秃的老虎，行动迟缓而蠢笨。后背的皮肤总有被抓挠的感觉，好像山雨欲来乌云压顶，那让我想掉回头看看后面究竟有什么，总觉得有个东西躲在那儿饥饿地窥探我。而那梦幻般的奇妙音乐仍在隐隐回响，让这一切变得越发扑朔迷离。我的双脚不由自主地随着节拍抽搐着，好像随时要脱离我的身体而去。

这肯定是想象。谁会跟踪勤恳尽责的德克斯特呢？他外表完全正常，人乐呵呵的，有两个孩子，刚雇了个名厨。为了保险起见，我瞥了一眼后视镜。

当然没人，没人拿着斧子和一件镌刻着德克斯特名字的瓷器潜伏在暗处。我大概已经变成老糊涂了。

在帕尔梅托高速公路的路肩上有辆车起火造成交通堵塞，别的车辆要么轰鸣着从路左边绕过它，要么把喇叭按得震天响，同时大声叫喊。我绕开事故点并从机场附近的库房边驶过。刚过了69街，在一个仓库旁边，防盗警报器正哔哔作响，三个男人正将箱子往一辆卡车上装，动作相当悠闲。我冲他们微笑着挥挥手，他们看都不看我。

这感觉我都习惯了，最近大家都对可怜的空心人德克斯特视而不见，当然，除了那个要么正在跟踪我、要么完全没有在跟踪我的人以外。

说起空虚，我从丽塔那儿逃出来的时候无比顺利，结果是连晚饭也没吃，这个我可没法儿容忍。这会儿我想吃东西跟想呼吸一样迫切。

我在波洛烤鸡餐厅停下来，点了半只鸡带走。烤鸡的香味立刻充斥于车内。剩下的两里地我一直死忍着没有把车停在路边用牙齿撕咬鸡肉。

在停车场，我终于缴械投降了。当我走进大门时，得用油腻的手指拈出身份卡，差点儿把豌豆弄撒了。等我最终安坐在电脑前面时，鸡已经变成了一口袋鸡骨头和一份美妙的回忆，我的心情也大大地愉快起来。

和平常一样，吃饱了，意识清醒了，我的大脑便能高速运转着想问题了。黑夜行者丢了，这说明他有着独立于我存在的身份，也说明他一定是从什么地方来的，而且，很可能他又回到那里去了。那么我的第一个问题是弄清楚他的来历。

我非常清楚我的黑夜行者不是世界上唯一的黑夜行者。在我漫长而卓有成效的职业生涯中，我遇到过好几个捕猎者，都被一层无形的乌云笼罩着，说明他们也有着和我的黑夜行者一样的搭车客。黑夜行者们应该在某个时间从某个地方来，并不只来到我这里，也不是只在这一段时间。我却从来没琢磨过这些，没问过那内在的声音从哪里来，这挺可耻。现在，我有一整夜的安宁时光待在法医实验室里，得好好弥补一下这悲剧性的疏忽。

于是我将自己的个人安危置之度外，勇敢无畏地冲进了互联网。当然，我用"黑夜行者"当关键词去搜索，结果是一无所获，那毕竟只是我自己起的名字。但为了保险起见，我还是试了试，只找到几个网络游戏和个把博客。对了，应该有人向管理青少年恶劣语言的权威机构举报这些博客。

我又试了"内在伴侣""心灵之友"，甚至"灵魂导师"，搜索的结果又一次让我怀疑这疲惫古老的世界究竟在往何处去，但除此之外仍然没有收获。我知道这只是因为我还没找到正确的搜索词。

好吧，继续。"内在导师""内心忠告者""隐藏的帮手"，我把所有能想到的都试了个遍，把各种形容词颠来倒去地变换，同义词也试了，并不时对新时期伪哲学一举占领了互联网啧啧称奇。可是最终除了动过几次搞掉个把房地产商的念头之外，我还是没有收获。

不过，有一条非常有趣的关于所罗门王的信息说，这个古代智者和某些内在的神灵有瓜葛。我找出了几条所罗门王的奇闻逸事。谁会认为这部分《圣经》内容有什么意思或用处呢？如果我们只是把他想成一个机灵的留胡子的老头儿，喜欢把婴儿切成两半来寻开心，那我们就错过了很多好东西。

比如，所罗门为一个叫作莫洛克的东西建起了一座神庙，它显然是一个调皮捣蛋的神。所罗门王杀死了自己的兄弟，因为发现这个兄弟的体内有"怪异"的东西。我自然可以用《圣经》的知识来理解这一点，所谓的怪异物可能就是黑夜行者的另一个叫法。但即使这两者有关联，难道就能让一个有着"内在王者"的家伙杀死另一个接纳了怪异物的家伙吗？

我的头有点儿晕。我该不该相信所罗门王本人就有一个黑夜行者？或者因为他是《圣经》中描述的好人，所以他发现自己兄弟有个黑夜行者，就大义灭亲把兄弟杀了呢？另外，和我们以前理解的相反，当他把小孩切成两半时，他是真心打算那么做的吗？

最重要的一点是，几千年前在地球另一端发生了什么有那么要紧吗？即便我们假设所罗门王的确有一个原版的黑夜行者，这又怎么能帮我恢复我那可爱的本来面目呢？我用这迷人的古老传说能干什么？什么都没能告诉我黑夜行者从哪儿来，是什么，怎么让它回来。

我迷失了方向。好吧，看来真的不能不放弃了，接受命运的安排，继续扮演德克斯特住家好男人的角色，往日的复仇天使已成绝响。我认命了，永远不再能感觉清冷坚硬的月光点燃我的神经末梢，永远不再能随风潜入夜，如同一个冰冷锋利的刀神下凡。

我试着想些别的能给我的调查带来灵感的东西，但我只能想出来鲁迪雅德·吉卜林[1]的诗"如果当别人都没了主张时你却能坚持己见"[2]，或其他有类似效果的字句。也许阿里尔·戈德曼和杰西卡·奥尔特加都该背背吉卜林的诗。不管怎么说，我的研究还是没有成果。

好吧。别人还会管黑夜行者叫什么呢？"冷笑评论员""警告系统""内在啦啦队"，我都查过了。"内在啦啦队"的结果让人很震惊，但还是没能帮到我。

我又试了"观察者""内在观察者""黑暗观察者""隐藏观察者"。

最后再试一回，也许得益于我的思绪又指向了食物，但也挺正常，我选了"饥饿的观察者"。

结果又是一堆新世纪的胡说八道。可是一个博客引起了我的注意，我点开了它。我读了开头一段后，尽管没喊出"找到了"，但那就是我所想的。

"同饥饿的观察者一起潜入黑夜，"它写道，"在黑暗而充满猎物的街道中悄悄行走，缓缓穿过那静候的盛宴，感受汹涌的鲜血很快升起，带着愉悦将我们席卷……"

嗯，这文风有点儿花哨，也许。关于鲜血的描写也有些腻人，但抛开这些，它写出了我在历险之夜的感受。我好像找到了一个知音。

---

① 生于印度孟买的英国诗人、散文家，于1907年获得诺贝尔文学奖。

② 原文中的"主张"和"己见"用的都是英文单词"头颅"。

我继续读下去。描写的都是我熟知的感受，带着饥饿感在黑夜中听从内心咝咝作响的低语的指引而潜行。可是当叙述进入我通常该开始切割之时，忽然提到了"其他神"，接着是三个字母，我认不出那是什么。

真的不认识？

我兴奋地从桌上翻出夹着两个无头女孩档案的文件夹。我抖出一堆照片在里面翻找——找到了。

在戈德曼医生家大门口车道地上用粉笔写着同样三个看上去像拼错了的字母"MLK"。

我又看看电脑屏幕，丝毫不差，毋庸置疑。

这可不能用巧合来解释了。它意味着很重要的事实，或许从这里就能找到开启整个谜团的钥匙。是的，非常重要，只需要一个小小的注脚：它是什么意思？

最重要的是，为什么这个线索专门缠上了我？我来这儿是想理清自己的问题，找到失踪了的黑夜行者。这么晚来是因为我不会被妹妹或工作上其他的事情烦扰。可现在呢，很明显的是，如果我想解决我的问题，就得先琢磨德博拉的案子。世上还有公平吗？

唉。如果抱怨能管用，我反正是没见着效果，尽管生活充满折磨，抱怨比比皆是。所以我还是接受命运的安排吧，看看它能给我带来什么。

首先，这是一种什么文字？我基本肯定它不是中文或日文，但是不是其他某种我一无所知的亚洲文字呢？我上网去查，从韩国、柬埔寨、泰国开始。一无所获。西里尔字母①吗？要查也简单。我找出一整页全部字母。我死死盯着看了半天，有些字母似乎相近，但最后我还是得出结论——不是。

那是什么呢？这有什么含义？如果对方很聪明，像曾经的我一样，或者像那个空前绝后聪明的所罗门王的话，接下来该做什么了？

我的脑子里响起一阵哔哔声，我不动声色地凝神倾听着。是的，不错，我刚刚想起了所罗门王。那个《圣经》上提到的有个内在王的家伙。什么？噢，真的？你是说它和字母有关联？你真这么觉得？

绕了个弯儿，不过还是很好查清楚的，我查了。所罗门讲的语言自然是古代希伯来语，这从网上很容易查到，看着非常不像我看到的字母。就像这些字：

① 9世纪由传教士西里尔发明的字母，是现代俄语等语种字母的起源。

ipsofacto，跟拉丁语似的。

不过，等等，我好像记得《圣经》的最原始语言不是希伯来文，而是另外一种语言。我绞尽脑汁地想，终于想出来了。是的，我从确凿无误、无懈可击的学术文献——电影《夺宝奇兵》中看来的，我要找的那种语言叫阿拉姆语①。

又一次，我轻而易举找到了一个教授阿拉姆语的网站。我看着它，迫不及待地想学会，因为毫无疑问，那三个字母是从这种语言中来的。

我往下读。阿拉姆语和希伯来语一样不使用元音。事实上，你可以自己补上元音。很诡异，的确是，因为在你读出来之前得知道它本来是什么。所以，MLK可以是 milk、milik、malik，或者其他的组合，可是全都没什么意义。至少对我没意义，这一点应该挺重要。不过我继续撞大运地试下去，想弄出点儿意思来：Milok、Molak、Molek……

再次好像有什么东西在我的脑子里扑腾，我紧紧捉住，仔细观察，翻来覆去。又是所罗门王。在他杀了他的内心中邪的兄弟之前，他为莫洛克神建了一座神庙。当然，莫洛克神一般也会被写作莫雷克，Molek，就是阿蒙奈特部落②那讨厌的神。

此刻我搜索着"莫洛克崇拜"，查了十几个不相干的网站，直到找到几个口径一致的。它们都说莫洛克崇拜是一种灵魂出窍的愉悦感，最后以取人性命做祭祀为终结。显然在那种情形下，发狂的人们已经无法意识到有人被杀死并被烧掉。

不过，我不大懂得灵魂出窍的愉悦是怎么回事儿，尽管我去橘子碗看过橄榄球比赛。我承认我很好奇他们是怎么弄的。我又读了些资料，发现它们都提到了音乐，音乐的强大威力让狂欢的喜悦被势不可当地激发出来。但这到底是怎么做到的？没有清晰描述。我能找到的确凿的说法，是由阿拉姆语翻译成英语的，并附带着一大篇注脚。它说"莫洛克将音乐送给世人"，我觉得是说一伙神父列队穿过街道，用鼓和喇叭吹吹打打。

为什么有鼓和喇叭呢，德克斯特？

因为那是我在自己睡梦中听到的。

---

① 古代西南亚的通用语言。

② 居住在约旦东面的游牧部落，常年与以色列对抗。

　　那夜我自然是整宿无眠。第二天是星期天，我在疲倦和焦躁中度过。我带科迪和阿斯特去了附近的公园，坐在椅子上。我琢磨着这些理不顺的信息和我胡思乱想出来的一切，信息的片段就是不肯乖乖拼凑出一幅合理的画面。即使我生拼硬凑把它们捏在一起，可还是无助于让我找到我的黑夜行者。

　　我能想出来的就是，大概黑夜行者和他的兄弟们已经在那儿存在了至少三千年。可是为什么我的这一个会逃之夭夭？这可真说不好，尤其是以前遇到类似的事，他最大的反应不过是生生气而已。

　　我任绝望将我席卷而去，这种感觉在这安逸的迈阿密午后显得有点儿荒唐。黑夜行者走了，我孤零零的，唯一能想到的办法就是找个班去学阿拉姆语。我只希望这会儿有一架飞机从头顶飞过，将冰冻废水倾泻而下，才能浇熄我的一腔幽怨。我眼巴巴地抬头找，可是再一次地，我不走运。

　　又是一个半梦半醒的夜晚，又有那奇怪的音乐潜入梦乡，当我坐起来几乎要追随它而去时，我醒了过来。我搞不懂为什么跟随那音乐似乎是特别棒的一件事，更不知道它想把我带到哪儿去，可是我只想跟着它走。

　　星期一早晨，头重脚轻、憔悴消瘦的我步履蹒跚地晃进厨房，迎头遭到暴戾的丽塔飓风的席卷。她挥舞着一大抱纸张和光盘，冲我喊："我得听听你怎么想。"鉴于我的想法比无底洞还要黑暗深邃，我立刻决定这答案她绝对不必知道。可是我还没来得及稍微缓和一下，她已经把我推到厨房椅子上坐下，自己则在纸堆中翻来翻去。

　　"这些是汉斯想采用的花卉造型。"她边说边给我看了一堆照片，它们其实就是自然的植物样子。"这个是给婚礼圣坛用的，可能有点儿……哦，我也不知道了，"她泄气地说，"太多白色会不会让人笑话？"

　　虽然我以拥有微妙精细的幽默感著称，却几乎想不出拿白色开玩笑的段子，不过还没容我开口安慰几句，丽塔已经翻过页去。

　　"得，"她说，"这个是每张桌子的布置。希望能跟曼尼·波尔克的设计合拍。也许我们该让文斯去跟他查对一下。"

　　"哦。"我说。

　　"天哪，看看都几点了。"我连一个字都没来得及说，她便丢了一堆光盘在我腿上。"我筛过剩下的六个乐队，"她说，"你今天听听这些，告诉我你喜欢哪个，好吗？谢谢，小德。"她冷酷无情地扔下这几句话，探身过来在我脸上啄了一下，然后转身朝大门走去，又开始查她记事簿上的下一个事项。"科迪？"她叫着，"该走了，宝贝儿。快点儿。"

接下来又是三分钟的骚乱，科迪和阿斯特从厨房门口伸进他们的小脑袋向我说再见，然后前门砰的一声关上，一切又静了下来。

在寂静中我几乎能听见那种缥缈的音乐声。我知道自己该从椅子上跃起，将匕首咬在齿间冲出房门，冲进明亮的天光中，找到这个该死的东西，不管它是什么，把它堵到死胡同里宰了——可我做不到。

莫洛克网站已经将它的恐惧感传给了我，尽管我知道这很愚蠢、很荒谬、很孬种，很不像德克斯特的作为，我却无能为力。莫洛克，只是个傻乎乎的古代名字。一个古老传说，一千年前随着所罗门神庙一同消失了。它什么都不是，只是个史前的虚构，甚至比什么都不是还不如，可我就是怕它。

这一整天，似乎除了蔫头耷脑地想象如果没被它攫获该有多好之外，我什么也做不成。不知道它是什么。我累得都快虚脱了，也许是因为感觉太无助了。不过我的确感到有种很邪恶的东西正嗅着我的味道向我迂回接近，我已经感到它尖利的牙齿就在我的脖子旁边。我只能巴望它逡巡得久一点儿，不过迟早我将感到它把爪子放在我身上，然后我只能咩咩叫着，拿蹄子在尘土里踢着，倒地而死。我已经无力挣扎，事实上我已经什么都没有了，除了最后一线人性的曙光在提醒我：该去上班了。

我拿起丽塔留下的那堆光盘，冲出家门。我站在门前过道上找钥匙锁门，一辆白色的亚洲龙非常缓慢地从马路牙子旁开动，懒懒地开走了。这情景横扫了我的疲劳和绝望，将巨大的恐惧刺入我的胸膛，我猛地退到墙边，手里的光盘散落一地。

汽车缓缓开上街道，在停止标牌前停住。我呆呆地看着。它的刹车灯熄灭，启动，穿过交叉路口。一小部分的德克斯特醒了过来，他非常生气。

大概是因为亚洲龙那一向极端目中无人的行径，又或许是我的肾上腺素大量分泌弥补了清晨咖啡的功效。不管是什么，我浑身上下充满正义的怒火，在意识到自己在做什么之前，我已经行动了，我冲向车道自己的车旁，跳进驾驶位。我把钥匙捅进点火器，打着引擎，紧紧地跟上亚洲龙。

我不理会停车标志，只管加速冲过路口，看见那车在前方五六百米以外正要右拐。我超速行驶，眼见它左拐朝着美国一号高速公路开去。我加大马力追上去，疯了似的要在它隐没在上班高峰的车流之中以前逮住它。

我离它只有大约一百六十米远了。它在美国一号高速公路上朝北拐去，我跟随，不管别的车子刹车声和鸣笛声交汇出的合奏。亚洲龙在我前方十辆车远的地方，我施展我全部的迈阿密驾驶技巧缩小与它的距离，聚精会神地盯着路面，完全不去遵守路上的分割线，甚至顾不上欣赏四周车里因为我而爆发出的充满创意的语言。现在是时候让德克斯特反击了。尽管我不很确切知道等我追上那辆车后要做什么，可我必然得先追上它再说。

亚洲龙注意到了我，这时我离它只有几十米远了，它突然加速，钻进最左侧车道，前后车距是那么近，它后面的车不得不猛然刹车并侧滑。再后面的两辆车撞进它的侧面，立时刹车声、喇叭声响成一片，实在是震耳欲聋。我发现右边刚好有地方容我钻进去绕开这场混乱，片刻之后我又上了左道，道路豁然开朗。亚洲龙距我一百六十米远，也提高了速度，我立刻踩下油门跟了上去。

接下来我俩之间的距离保持不变。然后亚洲龙受到前面的事故阻碍减慢了速度，我赶上了一点儿，直到我和它只有两车之隔，近到能看见一副大大的太阳镜正通过后视镜的反光注视着我。我又将距离缩短了一辆车，他突然将方向盘猛地左打，车子挤上了中间隔离带，钻入了另一侧的车流，我还没来得及反应就超过了他。几乎可以听见一阵挖苦的笑声飘来，他一溜烟儿消失了。

可我就是不能让他溜走。并不是因为逮到他就能给我一个说法，尽管也许真能这样。我也并没想到正义或别的抽象概念。没有。这回纯粹是愤慨，从未开辟的心田角落升起，从我的蜥蜴大脑迸发，汇聚到我的每一个指关节上。我特别想把那家伙从他的破车里扯出来，给他的脸来上一拳。这个感觉是崭新的，就是这种盛怒之下的肢体伤害，而且这感觉让人兴奋，强烈到拒绝任何残余的逻辑思维，于是我穿过隔离带，继续追踪。

我的车在挤上隔离带驶进反向车流时发出一阵可怕的吱嘎噪声，一辆大水泥罐车只差四英寸就撞上我了，不过我又上路了，在亚洲龙之后行驶在稍微悠闲的南向车流中。

在我之前有几个移动的白颜色的色块，它们中的一个就是我的目标。我加大油门追上去。

交通之神施惠于我，我在平稳行驶的车流中左突右拐了才半英里，就遇上了第一个红绿灯。路口每个车道上都有几辆车在老实等着，没办法超过它们，我只好故技重施，上了隔离带。我冲下隔离带开到路口的时候刚好赶上一辆鲜黄色的"悍马"正笨拙地占着车道，它猛地侧拐想避开我，就差那么一点儿就避开了。我把它的前保险杠撞了，我驶过了十字路口，背后是响成一片的鸣笛和叫喊。

亚洲龙应该在我前面四百米开外，如果它还在这条高速公路上的话。我没容得这个距离再拉长。我开着我那鞠躬尽瘁、伤痕累累的小车向前飞奔。大约半分钟后我看见了正前方有两辆白车——一辆是雪佛兰商旅两用车，另一辆是微型面包车。我的亚洲龙不见了。

我只慢了片刻——视线所及之处，我又看见了它，朝着右侧一大片商店中的一个杂货店后面的停车场开去。我狠狠踩下油门，穿过两个车道，驶入停车场。那辆车的司机看见我过来了，他提速开上街道，并九十度拐弯朝着和美国一号高速公路垂直的方向开去。我穿过停车场跟着。

他带着我穿过一片大约一英里的居民区，转过一个弯角，又经过一个公园，很多孩子正在玩耍。我又追上去一点儿，正好看见一个女人抱着婴儿，手里牵着另外两个孩子走在我们前方的路上。

亚洲龙加速上了人行道，那女人继续慢慢走着走过马路，她看着我，好似我是个看不懂的广告牌。我扭转车头想从她身后绕过去，可是她的一个小孩突然朝后退了一步，正好退到了我的车前，我拼命踩下刹车。有一刹那我以为自己连人带车要冲进这群缓慢而愚蠢的人堆里去了，他们就呆呆地站在路中央，面无表情地看着我。不过我的轮胎发挥了作用，尽管车轮打滑，我轻踩油门，在一户人家门前的草坪上打了个转儿。然后我带着被我卷起的碎草末形成的烟幕重又上路了，现在，亚洲龙已经远远把我甩在了后面。

接下来的几百米，距离没有变化，然后我的运气来了。在我之前亚洲龙又冲过了一个停止牌，这次一辆警车跟了上来，警笛大作，开始追它。我也不大确定我是喜欢多了个同伴还是该妒忌警车的加入，但无论如何，现在跟着警车开容易得多。于是我继续跟着。

这两辆车飞快地转了几个弯，我觉得我跟上去了一些，突然亚洲龙消失了，警车停了下来。我也在警车旁停了车，走了出来。

在我前面的警察正飞跑着穿过一片用轮胎圈起的草坪，草坪后是一座房子，房子后面是运河。亚洲龙在远处的水面上，一个男人从车窗爬出来，朝着几米远的对岸游去。警察在岸边犹豫片刻，然后也跳下河，朝着半沉的车子游去。这时，一阵沉重的刹车声在我身后响起，我转身望去。

一辆鲜黄色的"悍马"猛停在我的车后，一个红脸膛儿土黄色头发的汉子跳下车，冲我嚷嚷起来。"你个狗杂种！"他叫唤着，"你撞了我的车！你他妈的知不知道你在干什么？"

我还没来得及回答，手机响了。"劳驾。"我说。奇怪的是，红脸汉子居然就安静下来，站在那里等我接电话。

"你他妈在哪儿？"德博拉问。

"卡特勒山，正瞧着运河。"我说。

这话让德博拉愣了片刻，然后她说："好吧，赶紧弄干爽了，滚到学校来。我们又发现了一具尸体。"

Chapter

与斯塔扎克交锋 6

我花了几分钟从黄"悍马"司机那里脱身。如果不是跳河的警察的话，我恐怕还得再待上一阵儿。他终于从水里"爬上来"，来到我站的地方，我正听着一长串没完没了的威胁和辱骂，没一句有新意的。我尽量以礼相待，那司机显然气坏了，我当然不希望他忍出内伤，可我毕竟有更紧急的警务要处理。我试图跟他解释，可他显然不是那种能边叫喊边倾听和理智思索的人。

所以一个很不高兴的湿透了的警察来得正是时候，恰如其分地打断了这个喋喋不休的家伙。"我特别想知道那辆车的司机是怎么回事儿。"我说。

"是吗？"他说，"请给我看你的证件。"

"我得赶紧去一个犯罪现场。"我说。

"你现在就在一个犯罪现场。"他说。我给他看了我的证件，他端详半天，滴滴答答的运河水打湿了我的镀膜照片。最后，他点点头说："好吧，摩根，你可以走了。"

从"悍马"司机的表情上看，你会以为警察刚刚说的话是把罗马主教给烧了。"你不能让那杂种就这么走了！"他尖叫，"那杂种撞了我的车！"

那警察很酷地看看他，又洒下几滴运河水，说："我能看看你的驾照和证件吗，先生？"这听上去是一句很精彩的预示我可以离去的台词，我赶紧开溜。

　　我那可怜的小车发出一阵很郁闷的噪声，但我还是驾着它朝着大学开去，没办法。现在又出现了一具新的尸体，我们还没有弄清它和其他两具尸体的关联。这让我们感觉我们像狗场里的灰狗，追赶着一只假兔子，它永远在我们前面一点儿，每次可怜的灰狗都以为下一刻就能咬到兔子，兔子却又飞快地跳开了。

　　我前方是两辆警车，四个警察已经在洛韦艺术博物馆周围拉上了警戒线，让围观的群众向后退。一个很威武的剃光头的警察过来迎接我，指着建筑背后给我看。

　　尸体是在博物馆背后的一丛植物间被发现的。德博拉正和一个学生模样的人说话，文斯·增冈蹲在一具躯体左腿的踝骨旁边，用一支圆珠笔在小心地抠着什么。从路上看不到尸体，可也不能说是被小心地隐藏着。它显然像另外两具尸体一样被烤焦了，而且也像那样被摆放成一种肃穆僵直的姿势，头颅被陶瓷牛头取代了。眼看这情景，我再次等着内心深处能够出现那种提示，可什么也没有，除了一阵热带柔风吹拂着我的脑门儿。我还是孤单一人。

　　我正在那儿跟自己较劲儿，德博拉冲了过来，嗓音提高八度。"你可算来了，"她嚷着，"你去哪儿了？"

　　"缝纫课。"我说，"这跟前边的案子类似？"

　　"看着像。"她说，"你说呢，增冈？"

　　"我觉得这次有了突破。"文斯说。

　　"真他妈是时候。"德博拉说。

　　"有个脚链，"文斯说，"是白金的，所以没有熔化。"他抬头看看德博拉，露出他那可怕的假笑，"上面印着塔米的名字。"

　　德博拉皱起了眉，朝博物馆侧门望去。一个高个子男人，穿着绉条布外套，打着领结，正和一个警察站在那儿，他面色焦虑地看着德博拉。"那人是谁？"她问文斯。

　　"凯勒教授，"他告诉她，"教艺术史的。是他发现的尸体。"

　　德博拉继续皱着眉，她站起来，朝那个穿制服的警察示意，让他把教授带过来。

　　"您是……"德博拉问。

　　"凯勒。格斯·凯勒，"教授说。他年约六十岁，长得挺英俊，左颧骨上有一道疤。他看上去并没被尸体吓晕。

"这么说，是您在这儿发现了尸体。"德博拉说。

"是的，"他说，"我过来检查一个新展品，美索不达米亚时期艺术，这是挺有意思的一种艺术，然后我就在灌木丛里发现了那个。"他皱起眉头，"大约一小时以前，我估计。"

德博拉点点头，好像她早就知道了这些，甚至包括美索不达米亚的部分，这是警察惯用的手法，能让对方补充新的信息，特别是感到多少有些内疚的话。不过这招儿对凯勒没起作用。他只是站在那儿，等着下一个问题，德博拉也站在那儿，努力思索下一个问题。我一向为自己刻苦钻研出来的人工社交技巧而自豪，不能眼看着沉默变成冷场，于是我清清喉咙，凯勒转头看着我。

"您能跟我们说说陶瓷头颅吗？"我问道，"从艺术的角度。"德博拉瞪着我，她大概是忌妒我想出来一个问题。

"从艺术的角度？没什么价值。"凯勒说道，低头看着尸体上的牛头，"看上去那是通过模具做成的，然后在比较简陋的陶瓷窑里烧制出来。甚至有可能只是一个大炉子。但从历史观点上说，它要复杂、有趣得多。"

"有趣指的什么？"德博拉打断他，他耸耸肩。

"嗯，它算不上完美，"凯勒说，"但显然制作者在试图重现一种古老的设计。"

"有多古老？"德博拉问。凯勒扬起眉毛，又耸耸肩，好像她问了个不该问的问题，但他还是回答道："三千到四千年。"

"真的很古老。"我适时地接了一句。他俩都看着我，这让我觉得应该加点儿稍微聪明点儿的评论，于是我说："是从世界的哪个地方来的呢？"

凯勒点点头，我问对了。"中东，"他说，"我们在古巴比伦王国发现过类似的主题，甚至可以追溯到耶路撒冷时期。牛头是给其中一个显赫之神的祭祀物之一。一个相当讨厌的神，确实。"

"莫洛克。"我说道，念出这个名字甚至让我的喉咙发紧。

德博拉怒视着我，坚信我在对她保密，不过她还是又把头转向凯勒，听他继续说下去。

"是的，没错，"他说，"莫洛克喜欢用活人做祭祀，尤其是孩子。标准做法是献上你的孩子，他就保你有一个好收成或者打胜仗。"

"好吧，那么，我想我们今年的收成会特别好。"我说，可是他俩谁都不苟言笑。"为什么要烧尸体？"德博拉问道。

　　凯勒轻笑了一下，好像教授对学生表示"问得好"。"这是整个仪式的关键，"他说，"有一个巨大的莫洛克雕像，以牛头做头颅，那本身就是一个炉子。"

　　我想象哈尔彭和他的"梦"。他是事先就知道莫洛克，还是就像我通过听到音乐那样的方式了解到的？或者，德博拉一直都是对的，是他到雕像前，杀了女孩，尽管这看上去很不可思议？

　　"炉子。"德博拉重复着。凯勒颔首。"他们把尸体扔进去？"她说，带着难以置信的表情，而且似乎这都是凯勒的错。

　　"哦，比那个有意思，"凯勒说，"他们用仪式表达奇迹。很复杂的一套程式，但这就是莫洛克的魅力长盛不衰的原因——让人信以为真，很激动人心。雕像会向人群伸出手臂。当你把祭祀物放上他的臂膀，莫洛克会显灵，吃掉祭祀物。他的手臂会缓缓举起牺牲品，把它倒进自己嘴里。"

　　"投入火炉，"我说，不想再被冷落，"伴随着音乐。"

　　德博拉狐疑地看着我，我想起来还没有人提及过音乐，但凯勒耸耸肩说道："是的，没错。号角和鼓、歌唱，全都有催眠效果。在神将牺牲品倒进嘴巴并坠落的时候达到高潮。顺嘴而下，你掉进炉子。对牺牲品来说，滋味可不好受。"

　　我相信他说的这些，我听到过那遥远鼓声的悸动，那对我来说也不好受。

　　"还会有人崇拜这个神？"德博拉问道。

　　凯勒摇头。"已经两千年没有了，至少我知道的是这样。"他说。

　　"那这是怎么回事儿，"德博拉说，"这是谁干的？"

　　"这并不是什么秘密，"凯勒说，"而是记录翔实的历史。随便谁只要做一点儿功课，就能找到足够的资料做成目前发生的这些。"

　　"可是目的是什么呢？"德博拉说。

　　凯勒礼貌地笑笑。"这我可真不知道。"他说。

　　"那知道这一切却都帮不到我啊！"她说，那语气像是在说，凯勒有责任给她一个说法。

　　他朝她像个教授那样微笑着。"多知道些总没坏处。"他说。

　　"比如，"我说，"我们知道了某个地方肯定有着一座有牛头的雕像，身体里是一个炉子。"

　　德博拉把头甩过来朝着我。

　　我凑上去低声说："哈尔彭。"她朝我眨巴着眼睛，我知道她还没反应过来。

"你觉得那不是一个梦？"她问道。

"我不知道该觉得是什么，"我说，"但是如果有谁当真在做着有关这个莫洛克的事儿，他怎么就不能依靠一切手段去做成呢？"

"浑蛋，"德博拉说，"可是，你觉得这么大个东西能被藏在哪儿呢？"

凯勒轻轻咳嗽了一下。"恐怕要考虑的比这个多。"他说。

"比如？"德博拉问道。

"呃，还得考虑怎么隐藏气味，"他说，"烧焦人体的气味。这种气味绕梁三日，且相当令人难忘。"他说到这里显得有点儿难为情，于是耸了耸肩。

"那我们就去找一个巨大的散发着奇怪味道的肚子里带火炉的雕像。"我欢快地说，"那应该不难找。"

德博拉瞪着我。"凯勒教授，"她说着转开头去，彻底抛弃了她可怜的兄弟，"关于这堆牛屎您还有什么能帮到我们的吗？"

凯勒摇了摇头。

"我实在说不出什么，"凯勒说，"我只知道跟艺术史有关的一点儿背景。你大概该去和哲学系或比较宗教系的人谈谈。"

"比如哈尔彭教授。"我再次低声说道。德博拉点点头，但仍然瞪着眼睛。

她转身走开，幸亏又想起来还要表示礼貌。她又转回来对凯勒说："您提供的信息非常有用，凯勒教授。您要是还有别的情况补充，请跟我联络。"

"当然。"他回答道。德博拉扯着我的胳膊大步走开了。

"咱们去注册办公室？"我忍着胳膊上的痛楚，礼貌地问道。

"对，"她说，"不过要是看到有个叫塔米的注册了哈尔彭的课，我也不知道该怎么办了。"

我把胳膊从她的掌握中挣脱出来："如果没有呢？"

她摇摇头："好啦。"

可是当我再次经过尸体时，被什么东西拉住了裤子，我低头看去。

"啊，"文斯清清嗓子，"德克斯特。"我扬起眉毛，他脸红了，松开了我的裤管。"我得跟你谈谈。"他说。

"能不能，"我说，"等等再说？"

他摇头。"非常重要的事儿。"他说。

"哦，那好。"我往回走了三步，他仍然蹲在尸体旁边，"怎么了？"

他看着别处，简直令人难以置信的是，他流露出了真实感情，他的脸更红了。
"我跟曼尼谈了。"他说。

"好啊。而且你还活着回来了。"我说。

"他……嗯，"文斯说，"他想做几处改动。啊，在菜单上。你的菜单。婚礼
用的。"

"啊哈，"我说，尽管在一具尸体旁边用这种口气显得很无礼，可我就是忍不
住，"别跟我说这些改动很昂贵。"

文斯不敢抬头看我。他点点头。"是的，"他说，"他说他有个好创意，很新
颖独特。"

"我觉得棒极了，"我说，"不过我不觉得我负担得起他的创意。我们得跟他
说不。"

文斯又摇摇头。"你不懂。他喜欢你才打的这个电话。他说合同规定他有权
做任何改动。"

"而且他能对价格做任何改动？"

文斯面红耳赤了。他嘟囔着什么，使劲儿看着别处。"什么？"我问他，"你
刚说什么？"

"差不多翻倍。"他说，很小声，刚刚能听见。

"翻倍？！"我说。

"是的。"

"那就是五百美元一位。"我说。

"我肯定那会特别棒。"他说。

"五百美元一位得比特别棒还棒。最好能管泊车、擦地板，外加背部按摩。"

"这是引领时代潮流的东西，德克斯特。你的婚礼有可能会上杂志的。"

"嗯，会上《今日破产》杂志。文斯，我们得跟他谈谈。"

他摇头，继续望着草丛。"我不能。"他说。

"好吧，"我说，"我自己去和他谈。"

他终于抬眼看我了。"小心点儿，德克斯特。"他说道。

我赶上了正在掉转车头的德博拉并钻进了车，我们一同朝注册办公室开去。
短短的路途上她一言不发，我也满腹心事。

在注册办公室飞快地查了一圈，没有叫塔米的学生注册哈尔彭的课。但德博拉在等待的间隙已经料到了这个结果。"找上学期的名单看看。"她说。我照着做了，仍然一无所获。

"好吧，"她皱着眉说，"再查查威尔金的课。"

这主意很不赖，立竿见影，我找到了。塔米·康纳女士注册了威尔金的"情境道德"研讨会。

"没错，"德博拉说，"查她的地址。"

塔米·康纳住在很近的公寓楼，德博拉片刻之后就把我带到了那里，违法把车停在大楼正门外。她从车上下来，大步流星朝门口走去的时候，我却还没来得及打开车门，赶紧三步并作两步赶了上去。

房间在三楼。德博拉没有浪费时间等电梯，而是一跳两级地上了楼，我忙着喘气，连抱怨都顾不上了。我到达的时候刚好赶上塔米房间的门开了，一个结实的黑发戴眼镜的女孩出现在门边。"你是谁？"她皱着眉瞧着德博拉。

德博拉给她看了警徽，然后说："塔米·康纳？"

女孩呼出一口气，把手放在脖子上。"哦，老天，我就知道。"她说。

德博拉点点头："你是塔米·康纳吗，小姐？"

"不，不，当然不是。"女孩说，"我叫阿利森，她的室友。"

"你知道塔米在哪儿吗，阿利森？"

女孩咬着自己的下嘴唇，拼命摇头。"不知道。"她说。

"她走了多久？"德博拉问。

"两天。"

"两天？"德博拉说，抬起眉毛，"这是不是不对头？"

阿利森好似要把自己的下嘴唇咬下来，可她仍使劲儿咬着不放，憋了好久，只说出一句："我不能说的。"

德博拉盯着她看了好久，最后说："我想你必须说出来，阿利森。我们认为塔米有大麻烦了。"

"哦，"她说，开始上蹿下跳，"哦，哦，我就知道这会发生的。"

"你觉得会发生什么？"我问她。

"她们会被逮住，"她说，"我告诉过她的。"

"我肯定你告诉过她了，"我说，"干吗不也告诉我们呢？"

　　她又跳了一阵儿。"哦，"她又说道，然后尖着嗓子喊起来，"她跟一个教授搞上了。哦，天哪，她会杀了我的！"

　　我个人认为，塔米不可能再杀任何人，但保险起见，我说："塔米戴首饰吗？"

　　她看着我，跟我疯了似的。"首饰？"她说，好像这是个外国词儿，大概是阿拉姆语。

　　"是的，"我鼓励地说，"戒指、手镯，类似的东西？"

　　"你是说像她戴的白金脚链？"阿利森说，我觉得她语气很亲切。

　　"没错，正是那个，"我说道，"那上面有什么印记吗？"

　　"啊哈，她的名字嘛。"她说，"哦，天哪，她得被我气坏了。"

　　"你知道她和哪个教授搞在一起了吗，阿利森？"德博拉说。

　　阿利森退后一步，摇着头。"我真的不能说。"她说。

　　"是不是威尔金教授？"我说，尽管德博拉瞪了我一眼，但阿利森的反应很让人鼓舞。

　　"哦，天哪，"她说，"我发誓我可没说。"

　　手机打进来的电话告诉我们威尔金教授在椰树林路的住家地址。那位于椰树林区，这说明要么我的母校付给了他大大超出常规的薪水，要么威尔金教授另有收入来源。我们刚一上路，下午的阵雨就落了下来，斜斜的雨帘遮盖着前方的道路。雨势减弱，但很快又加大了。

　　房子很容易找到，号码就写在围房而建高达七英尺的黄色墙壁上。一扇雕花大铁门挡住了车道。德博拉把车停在靠近大门的街边，我们下了车，透过大门向里张望。房子看上去相当朴素，不超过四千平方英尺，距离湖边至少七十五码远，因此威尔金教授并没有那么富裕。

　　我们打量着房子，想找个办法让屋里的人明白我们已经抵达并希望进入，大门忽然开了。一个男人走了出来，他身穿鲜黄色雨衣，朝停在车道上的蓝色雷克萨斯走去。

　　德博拉提高声音喊道："教授？威尔金教授？"

　　男人抬眼从雨衣的帽子下看见了我们："嗯？"

　　"我们能不能和你谈几分钟？"德博拉说。

　　他慢慢朝我们走过来，边走边歪着脑袋打量德博拉："那得看情况。'我们'是谁？"

德博拉在口袋里摸警徽，威尔金教授警觉地停顿了一下，显然是怕她摸出个手雷来。

"我们是警察。"我又说明了一下。

"你们吗？"他说着，朝我转过身。当他看见我时，微笑僵在了他的脸上，变换了一下神情，然后又笑了起来，假得要命。我自己是伪装感情的高手，辨别假表情的技巧也无人能比。看到我不知为何让他惊慌，然后又试图用笑容掩盖，这是为什么？如果他有罪，发现警察候在门口应该比看见德克斯特更害怕。可事实是，他冲德博拉打招呼道："啊，对了，我们以前见过，在我办公室外面。"

"没错。"德博拉说，终于摸出了警徽。

"抱歉，谈话需要很长时间吗？我有点儿急事儿。"他说。

"我们只有几个问题要问，教授，"德博拉说，"只需要一分钟。"

"哦。"他说道，看看警徽，又看看我，然后再次迅速移开视线。"好吧，"他打开大门，"请进屋说。"

尽管我们已经浑身湿透，但能不在雨里站着仍不失为一个好主意，于是我们跟着威尔金穿过大门，走上车道，进入他家的屋子。

房屋内部的装修是一种我认得的被称为"椰树林路富人休闲风"的风格。后来它被"现代罪恶迈阿密"的流派取而代之，成为地区主导潮流。眼前这房子的陈设唤回了昔日的感觉，那是一种慵懒闲散的波希米亚气质。

地板由棕红色的地砖铺就，亮得能看见人影。会客区有一张皮沙发，两张颜色配套的单人沙发摆在大落地窗旁。窗边是一个吧台，有一座巨大的带控温系统的玻璃酒柜。墙上挂着一幅抽象派的裸体人像。

威尔金带我们经过两棵盆栽植物，来到沙发旁，他犹豫了片刻。"啊，"他说道，把雨帽推后，"我们身上都湿着，对皮沙发可不大好。我拿个酒吧椅给你们坐好吗？"他朝吧台走去。

我看看德博拉，她耸耸肩。"我们站着就行了，"她说，"只要一会儿。"

"好吧。"威尔金说。他双臂交叉抱在胸前，朝德博拉笑着，"什么事儿让他们把你在这种鬼天气给派来了？"他说。

德博拉有点儿脸红，不知道是生气还是别的我不懂的原因。"你跟塔米睡了多久？"德博拉说。

威尔金脸上的开心表情不见了，有一刹那他看上去很冷漠，很不高兴。"你听谁说的？"他说。

我看出德博拉想让他受点儿刺激，这是我的拿手好戏，于是我插嘴道："你要是拿不到终身教职的话，这房子是不是就得卖了？"

他狠狠地盯了我一眼，那样子实在不令人愉快。他沉默了半晌，说道："我早该料到，这就是哈尔彭的监狱供词吗？都是威尔金干的，对吧？"

"你没和塔米·康纳有染？"德博拉说。

威尔金又望向她，努力恢复了那种轻松的笑容，摇着头说："抱歉，我还真不习惯你们这种方式。估计你俩用这招儿屡战屡胜，是吧？"

"还没胜，"我说，"你一个问题都没回答。"

他点点头。"好吧，"他说，"哈尔彭跟你们说他闯进我的办公室了吗？藏在我的桌子下面，被我发现了。天知道他在那儿干吗。"

"你为什么认为他闯进了你的办公室呢？"德博拉问。

威尔金耸耸肩："他说我搞砸了他的论文。"

"是这样吗？"

他看着德博拉，又看了我一眼，然后又转向德博拉。"长官，"他说道，"我很想跟你们合作。可你们一下子声称我干了这么多不同的事儿，我不知道先从哪件说起了。"

"所以你什么都不回答吗？"我问。

威尔金不理我："如果你能告诉我哈尔彭的论文怎么会和塔米·康纳的论文雷同，我将很乐于帮助你们。除此之外，我无能为力。"

德博拉看看我，不知是寻求援助还是懒得再看威尔金，我只能竭尽全力地耸耸肩，然后她又转向威尔金。"塔米·康纳死了。"她说。

"哦，天哪，"威尔金说，"怎么会这样？"

"和阿里尔·戈德曼的死法相同。"德博拉说。

"她们两个你都认识。"我帮腔道。

"我猜认识她们两个的人得有十几个吧，包括杰里·哈尔彭。"他说。

"哈尔彭教授杀了塔米·康纳吗，威尔金教授？"德博拉问道，"他从监狱里头？"

他耸耸肩："我只是说他也认识她们。"

"他也和她有染吗？"我问道。

威尔金笑嘻嘻地说："也许没有，至少和塔米没有。"

"这是什么意思，教授？"德博拉问道。

威尔金又耸耸肩："就是传言，你知道。学生们的议论，她们说哈尔彭是同性恋。"

"你少了个对手，"我说，"比如在和塔米·康纳的事情上。"

威尔金恶狠狠地瞪了我一眼，我要是大学二年级学生的话肯定会被吓坏了。"你最好想明白了，到底想说我杀了我的学生，还是说我和她们睡觉了。"他说道。

"怎么就不能两件事都干呢？"

"你念过大学吗？"他问。

"哦，当然了。"我说。

"那你应该知道，有些女生喜欢向她们的教授献殷勤。塔米超过十八岁，我未婚。"

"可是和学生有性行为难道不是有违师德吗？"我说。

"曾经的学生，"他干脆地说，"我上学期在她的课结束后跟她约会过。没有法律限制不可以和曾经的学生约会，尤其是在她主动投怀送抱的情况下。"

"手疾眼快。"我说。

"你搞砸了哈尔彭的论文吗？"德博拉说。

威尔金望向德博拉，再次微笑起来。看着另外一个人变换情绪和我一样迅速，这真是件好玩的事儿。"探长，你发现这个规律了吗？"他说，"听着，杰里·哈尔彭是个很好的家伙，可是……好像精神不大稳定。尤其最近，他压力挺大，他觉得我在阴谋陷害他。"他耸耸肩，"我不大擅长这个，"他微微笑着，"至少，在阴谋陷害上。"

"所以你认为是哈尔彭杀了塔米·康纳和其他人？"德博拉说。

"我可没说，"他答道，"可是，我说，是他的神经不正常，不是我。"他朝大门走了一步，又冲德博拉扬起了眉毛，"好了，如果你们没别的事儿了，我得走了。"

德博拉递给他一张名片。"谢谢，打扰了，教授，"她说，"如果你想起来什么有用的信息，请给我打电话。"

"我肯定会的。"他说着，冲德博拉使劲儿龇牙乐了一下，还把手放在她的肩膀上。德博拉使劲儿控制着才没躲开。"我真不忍心让你出去挨雨淋，不过……"

　　德博拉朝大门走去，我觉得她非常乐意逃脱他的手臂。我跟在后面。威尔金赶着我们出了房门，又一路出了大门。他钻进车子，从车道上退出去，开走了。德博拉站在雨里目送他驶远，我肯定她在试图发功让威尔金吓得跳出车就地坦白一切，可是考虑到天公不作美，我躲进车里等德博拉。

　　直到蓝色雷克萨斯消失在视野之中，德博拉才进了车坐在我身边。"这家伙真让我起鸡皮疙瘩，"她说，"你觉得呢？"

　　"我肯定你的感觉是对的。"我说。

　　"他不在乎承认和塔米·康纳有关系，"她说，"可干吗撒谎说她是上学期在他班上？"

　　"本能的自我保护？"我说，"因为他想得到教职？"

　　她用手指在方向盘上敲着，然后毅然决然地俯身向前，发动了引擎。"我会盯着他的。"她说。

　　我终于又回到办公室时，发现一份分析报告摆在我面前，过去几个小时有这么多事发生，我得辛勤工作了。

　　我拿起报告开始读。那上面说有人开了一辆属于达赖厄斯·斯塔扎克先生的车，并把它开进了运河，然后从现场逃离。斯塔扎克先生目前下落不明，无法被传讯。我过了半晌才明白过来这是关于我今早遭遇的那件事的报告，又想了好几分钟才决定该做什么。

　　只知道车的主人帮不上什么忙，几乎一点儿用都没有，因为很可能车是偷来的。但如果这样想了就什么都不查，比查了却徒劳无功还要差劲儿，所以我开始在电脑上查询。

　　首先，我按惯例查车牌登记信息，找到了一个位于老刀匠路的昂贵住宅区的住址。下一步，查案底，看有没有交通违章，是否在逃，是否未付儿童抚养金。一无所获。斯塔扎克先生显然是个模范公民，奉公守法。

　　好吧，再从姓名查起，"达赖厄斯·斯塔扎克"。达赖厄斯不是个常见的名字，至少不是美国常用名。我查了移民局记录。让人惊讶的是，我一下击中了目标。

　　首先，是斯塔扎克博士，而不是普通的斯塔扎克先生。他拥有宗教哲学专业的博士学位，从海德堡大学毕业。直到几年前，都在克拉科夫大学拥有终身教职。再深挖一点儿，查到他因为某种不良行为被开除。波兰语实在不是我的强项，尽管我懂得在点餐的时候要基尔巴萨香肠①。不过除非翻译完全错了，斯塔扎克博士是因为参与非法团伙而被开除的。

档案上没有记载为什么一个因为这么莫名其妙的罪名而丢掉饭碗的欧洲学者会开车跟踪我并一头扎进运河。这省略可实在不应该。尽管如此，我还是从移民局档案上打印了斯塔扎克的照片。我眯起眼看着，想象着那张脸被大墨镜遮住，是不是像我从亚洲龙后视镜里看见的那样。有可能，不过也有可能是猫王。据我所知，猫王也几乎有和斯塔扎克同样充分的理由跟踪我。

我继续深挖。对一个没有官方许可的书呆子法医来说，进入国际刑警组织的系统并不那么容易，尽管他聪明可爱。不过施展了几分钟我的网络技巧之后，就进入了核心档案，事情变得更有意思了。

达赖厄斯·斯塔扎克博士被美国以外的四个国家列进了黑名单，这大概就是他身在美国的原因。尽管没有证据表明他做了什么，他还是被怀疑在运送波黑战争孤儿的过程中做了什么不可告人的事情。档案中简略提及，儿童们的下落不明。警察官方文件中的这种用语就等于在说，他有可能杀了这些儿童。

读到这里，我应该满心欢喜、幸灾乐祸、跃跃欲试——可是什么反应也没有，一丁点儿最微弱的火花都没有迸发。反而，我隐隐感到一丝人类的愤怒，就跟今早被斯塔扎克跟踪时的那种感觉一样。这种感觉的强烈程度不够取代来自我曾经那么熟悉的黑夜行者的那种阴郁野蛮的暗涌，不过聊胜于无。

斯塔扎克一直在对孩子们下毒手。他，或至少是用了他的车的人，在试图对我故技重演。

国际刑警组织的档案显示，斯塔扎克是个坏家伙，是那种我一向乐于追捕的对象。他开车跟踪我，又拼命逃窜，不惜把车开进了运河。有可能是别人偷了斯塔扎克的车，他本人清白无辜。可惜我不这么认为，国际刑警档案也支持我的观点。不过为了保险起见，我查了被盗车辆记录，没有斯塔扎克的车。

好了。我本来就确信是他，这个结果再次确认了他的罪行。我知道该怎么做。尽管我内心没有了伴侣，但这就意味着我无能为力吗？

怒火之下，信心慢慢聚集，慢慢被烘烤膨胀。这感觉和我一向从黑夜行者那里收到的无与伦比的信心不同，但已经足够战胜疑虑。我要做的是对的，我肯定。

---

① 一种波兰传统的烟熏熟香肠。

即使我没有找到一向应该有的铁证也无妨。斯塔扎克已经把事情发展到了让我毫不怀疑的地步，他让自己在我的黑名单上的排位晋升到了第一名。我会找到他，把他变成一个不愉快的记忆，和我那小玫瑰木制成的盒子里的一滴干涸了的血。

由于我正在进行一场人生情感的初体验，所以我任由一丝微弱的希望若隐若现地招摇。和斯塔扎克交锋，做这一切我以前从未单刀赴会做过的事情，或许能唤回黑夜行者。至于这些究竟如何运作，我一点儿线索都没有，不过兴许能行，谁知道呢？黑夜行者永远在那里催我前进，如果我能营造出它所需要的环境，也许它就会出现。再说，斯塔扎克简直就是在我眼前哀求着我收拾他。

如果黑夜行者真的不回来，我又为什么不自立呢？难干的力气活儿都是我干的，我怎么就不能继续干自己的力气活儿，尽管内心空空如也？

所有的问题都得到了一个答案，一个愤怒的鲜红色的答案："干吧！"有一刹那我停下来，下意识等着那熟悉的充满愉快的咝咝声发自阴暗的内在角落——当然，它没有出现。

没关系。我一个人也行。

我近来总是在夜里加班，所以当我在晚饭后告诉丽塔说我得回办公室一趟时，她什么也没说。当然，摆脱科迪和阿斯特没那么容易，他们想跟我一起来，一起干点儿好玩儿的事情，或者哪怕就是在家一起玩儿踢罐子。不过经过一番小小的哄骗和佯装生气，我终于脱身，打开门溜进了黑夜。我的夜，我的仅存的朋友，一轮模糊的弯月正挂在那晦暗而凝重的天空上。

斯塔扎克住的地方有把门的，可是一个缩在小房子里的薪水微薄的守卫只能为小区的房地产升值做点儿贡献，要想挡住具备德克斯特这般身手与渴望的人，实在形同虚设。尽管这多少给我带来了一点儿小麻烦，可我喜欢这样。我把车停在门房旁边的街上。我最近经历了太多不顺利的夜晚与白天，此刻又能向着一个值得的目标进发，这是种多么让人愉快的感觉啊。

我慢慢绕过临近的房子，找到斯塔扎克的住址走了过去，仿佛我只是个晚上出来溜达的邻居。屋前透出灯光，车道上有一辆车。它挂着佛罗里达车牌，车牌下端印着马纳蒂县。这个县的人口不会超过三十万，可是路上跑的车起码有六十万辆都挂着那里的车牌。这是租车公司的伎俩，为的是不让租来的车让人一眼认出，这样外地旅游者就不那么容易成为坏人下手的目标。

我感到血液在微微地沸腾了。斯塔扎克在家，而且他开着一辆租来的车，这让他更像是那个刚把自己的车开到运河里的家伙。我走过他家，小心观察自己是否引起了别人的注意。我什么都没发现，只听见近旁什么地方传来电视微弱的声音。

我绕着小区转了一圈，发现一间房子漆黑一片，百叶窗也没有放下来，这表明屋里没人。我穿过漆黑的院子，来到隔开这家和斯塔扎克家的栅栏前。我闪进灌木丛，将干净的面具蒙到脸上，戴上手套，等了一会儿，让眼睛和耳朵适应一下。我这么做的时候，忽然觉得如果此刻被别人看到我的样子，这该有多么荒唐。我以前从来没这么想过，黑夜行者的雷达系统无比灵敏，总能提醒我发觉别人的注视。可此刻，没有任何内在力量的帮助，我觉得自己仿佛赤身裸体，手无寸铁。随之而来的是另一种感觉：纯粹的无助的愚蠢感。

我在干吗呢？我几乎违背了自己赖以生存的每一条规则，凭着一时冲动来到这里，没有像平常那样细心准备，没有确凿的证据，尤其是没有黑夜行者的陪伴。这简直是疯了。我简直是在自找着被发现、被逮捕、被斯塔扎克撕成碎片。

我深吸一口气，尽量悄然无声地穿过栅栏，进了斯塔扎克家的院子。

我躲在阴影里，走到车库门旁。它是锁住的，可是德克斯特笑对门锁，我完全不需要黑夜行者的帮忙，就打开了这把锁，站在了漆黑的车库里，轻轻关上门。远处墙边有一辆自行车，还有一个工作台，一套工具井井有条地悬挂在墙上。我用心记下这些，穿过车库，到了通往房间的门前，把耳朵贴在门上听了很长时间。

除了空调微弱的鸣响之外，我听见了电视的声音。我又聆听了一阵儿，确信无误之后，我轻轻地小心地推开了门。门没有锁，悄无声息地开了，我潜入了斯塔扎克的家——安静、黑暗，像一个鬼魅。

我借着电视的微光紧贴着墙蹭过门廊，不无痛苦地意识到如果他此刻突然出现在我背后，我就彻底玩完了。直到我看见了电视，从沙发背后看见了沙发上露出的脑袋，我知道他已经落在我的手心里了。

我将能承受五十磅重量的渔线牢牢抓在手中，慢慢走近。插播广告，脑袋轻轻动了一下。我停住，随即他的头又回到原先的位置，我走过屋子，手中的渔线呼啸而出，套在他的脖子上，收紧，正好卡在他的喉结上方。

他非常剧烈地挣扎了一阵儿，这只是让渔线越来越紧。我看着他翻腾着扒住自己的脖子，这尽管有趣，我却没感到那种熟悉的冷酷而野蛮的快活感。不过，这场面还是比广告好看，我由着他挣扎，直到他的脸色开始变紫，挣扎也慢慢变成无力的摇摆。

"如果你不动、不出声，"我说道，"我会让你呼吸。"

他得感谢自己迅速领会了我的意思，停止了无力的扑腾。我稍稍松了一下渔线，听见他艰难地喘了一口气，只一口，我就又收紧了渔线，把他拉得站了起来。"起来。"我说，他乖乖站了起来。

我站在他背后，继续拉着渔线，刚好让他能在喘不上来气儿的时候稍稍透上一口气。我让他走到房子背后，进入车库。我把他推到工作台旁，这当儿他单膝跪下，不知是被绊的还是愚蠢地妄图逃脱。不管哪个原因，我都没心情欣赏，于是我狠狠勒紧渔线，直勒得他眼球凸出，脸色变暗，倒在地上，昏了过去。

这就好办得多了。我把他死沉的身体搬上工作台，将胶带严实地绑好，他在昏迷中仍在抽搐。一条细细的口涎从他的嘴角流下来，尽管我已经松开了渔线，他的呼吸仍然非常粗重。我低头看着斯塔扎克，他的头被胶带绑在工作台上，不好看的脸上嘴巴半张，我忽然前所未有地意识到，这就是我们所有人的下场。一袋子能呼吸的肉，等一切停止，什么都剩不下，除了一堆腐烂发臭的垃圾。

斯塔扎克开始咳嗽，痰液从嘴里涌出来。他在胶带下挣扎着，发现这无济于事，又哆嗦着睁开眼睛。他说着什么我听不懂的话，由太多辅音组成，然后转动他的眼睛直到看见了我。当然他不能透过我的面具看见我的脸，但我有种非常不安的感觉，相信他还是认出了我。他几次翕动嘴唇，但什么也没说出来，最后他转着眼睛盯着自己的脚尖，用一种干涩沙哑的带着中欧口音的声音冷冷地说："你犯了一个非常大的错误。"

我使劲儿想给他一个同样恶狠狠的回答，可没想出来。

"你会明白的，"他用非常刻板粗糙的声音说，"他怎么都会找到你，即使没有我。你逃不掉了。"

就是这句话。就是这句我想听到的、近乎自白的话，说明他的确是不怀好意地一直在跟踪我。可是我只想得起来说："他是谁？"

他想摇头，忘了自己正被绑在工作台上。摇头不成并没刺激到他。"他们会找到你的，"他重复道，"很快。"他抽搐了一下，好像想挥手，又说："来吧，杀死我吧，他们会找到你的。"

我低头看他，如此地被我绑着，又如此神色自若地等着我的宰割。我本该对即将开始的工作充满冰冷的愉悦，可我没有。我除了满腹空虚之外，什么也感觉不到，就是和站在他家外面时感到的徒劳无助一样的感觉。

我让自己摆脱了那种恐惧感，用胶带封上了斯塔扎克的嘴。他躲闪了一下，不过目光仍然直视前方，脸上毫无表情。

我举起刀，低头俯瞰着眼前纹丝不动的猎物。我仍能听见他那讨厌的湿乎乎的呼吸在鼻孔进出，我想结束这声音，要了他的命，停止他的恶行，把他切成碎块，放进干燥洁净的垃圾袋封严实。静止的块状物将无法再进食和排泄，无法再为害这个本已无序而混乱的人间。

可我下不去手。

我静静地呼唤着黑色羽翼来拍打我，用邪恶而野蛮的微光来照亮我的刀锋，可是一无所获。我的内心面对即将进行的大卸八块的正义行径不为所动，可我曾经那么享受地干了那么多次。我胸中唯一涌动的感觉就是空虚。

我放下刀，转身走出了车库，走进了黑夜。

第二天我费尽九牛二虎之力才从床上爬起来去上班，绝望的感觉仍然满满地堵在我胸口，好像一捧荆棘，刺得我生疼。我好似被一层痛苦的薄雾包裹着，痛苦而又没有意义，这让我觉得连吃早饭都是一件很没劲儿的事儿，还有漫长缓慢的开车上班，除了奴性十足的习惯动作以外什么也不是。可我还是做了，让惯性带着我最后坐到办公室的椅子上，打开电脑，任由另一个灰扑扑的单调的一天开始。

我在斯塔扎克面前折翼而返。我已经不再是我，也不知道自己是什么。

下班回家的时候，丽塔在门边等我，她神情焦虑。

"我们得确定一下乐队，"她说，"再晚恐怕他们就被预订了。"

"好。"我说。干吗不决定乐队的事儿呢？它和其他的事儿一样有意义。

"我把昨天掉在地上的光盘都捡起来了，"她说，"按价格排了顺序。"

"我今晚听听。"我说，尽管丽塔看上去仍然有点儿不满意，不过最终夜晚的常规事情占据了她的注意力并让她平静了下来，于是她去忙着做饭打扫，我则听着一堆摇滚乐队演奏"公鸡舞"。我一一欣赏了整摞光盘，然后到了就寝的时间。

子夜一点，那音乐声又光顾了，我不是说"公鸡舞"。是鼓声和号角，是伴随而来的合唱碾过我的梦境，把我托上云霄，我醒来的时候躺在地板上，仍然听得见它的回声在我的脑海里盘旋。

我在地板上躺了很久，没办法想清楚这到底是什么意思，可又不敢再次入睡，怕它又回来找我。最后我还是爬回床上，居然睡着了。当我又一次睁开眼时，阳光映入眼帘，厨房里传来声响。

这是星期六早晨，丽塔做了蓝莓馅儿饼，召唤着大家新的一天又开始了。科迪和阿斯特正大嚼燕麦烤饼，如果是平常，我也不会客气，可是今天不是平常的一天。

很快，大家都吃完了，我仍然对着半盘食物发呆。连丽塔都注意到今天德克斯特不同以往。

"你都没怎么吃，"丽塔说，"有什么不对劲儿吗？""是我正着手的案子，"我说，有一半是真的，"我一直在琢磨这件事儿。"

"哦，"她说，"你肯定……我是说，是不是很血腥？"

"倒不是，"我说，不知道怎么跟她解释，"而是非常让人困惑。"

丽塔点点头："有时候，如果你停下来不想，答案自己就出来了。"

"也许你说得对。"我说，有些牵强。

"你还吃吗？"她说。

我低头看看吃了一半的馅儿饼和已经凝固的糖浆。从理论上说，我知道它们仍然是美味可口的，但这会儿它们看上去跟湿漉漉的旧报纸似的。"不吃了。"我说。

丽塔惊愕地看着我。当德克斯特吃不下早饭时，事情就比较严重了。"你要不要驾船出去散心？它总能让你心情好些。"她凑过来，用手臂搂着我的肩膀，关切地说。科迪和阿斯特也抬起头，脸上是一副期待出海的表情。我好像突然站到了流沙里，迅速下陷。

我站起来。我受不了了。我甚至不能招架自己，还要来应付他们，这难度太大了。不知道是由于我在斯塔扎克面前的落败，还是阴魂不散的音乐，还是被家庭生活缠绕，我被撕扯得四分五裂，碎片旋转着被卷入旋涡，这让我既想嘶吼，又连哭都哭不出来。不管是什么，我必须离开这儿。

"我得赶紧出去一趟。"我说。大家都看着我，表情很受伤。

"哦，"丽塔说，"什么急事儿啊？"

"婚礼的事儿。"我脱口而出，完全不知道下一句该怎么说，只是盲目地抓了根稻草。结果我很幸运，因为我突然想起来跟面红耳赤、卑躬屈膝的文斯·增冈的对话了。"我得跟那个餐饮策划谈谈。"

丽塔高兴了。"你要去问曼尼·波尔克？哦，"她说，"那可真……"

"是啊，"我肯定地说，"我晚一点儿回来。"于是在星期六早晨的九点四十五分，我体面地告别了脏碗盘和家庭琐事，钻进了汽车。街道安静得出奇，我开往南部海滩的路上风平浪静，没有暴力犯罪或类似的迹象，这简直像太阳从西边出来了。尽管如此，由于最近发生的一系列事情，我仍然注意看着后视镜。有一刹那我觉得一辆小红吉普模样的车在跟踪我，但当我减速后，它从我右面驶了过去。车辆不多，当我停好车，坐电梯上楼，敲响曼尼·波尔克的房门时，时间才不过十点一刻。

等了很久都没有人应门。我再敲，声音重了些。几乎要拍门的时候，门开了，睡眼惺忪且近乎全裸的曼尼·波尔克出现在门边。"天哪，"他眨着眼哇哇大叫，"几点了？"

"十点一刻，"我爽朗地说，"差不多该吃午饭了。"

大概他还没醒过来，又或许他喜欢说那句话，所以他又说了一遍："天哪。"

"我能进来吗？"我礼貌地问。他又眨眨眼，然后把门打开了。

"你最好有好消息给我。"他说。我跟着他进了门，经过门厅那些像艺术品的东西，走到窗边，他跳上凳子，我坐在他对面。

"我得跟你谈谈我的婚礼。"我说。他生气地摇着头，尖声大喊："小福子！"没人应，他一手拍打着放在桌子上的另一只手。"这小浑蛋最好给我……妈的，小福子！"他扯开嗓子又喊一声。

片刻之后，房子背后一阵忙乱的声音响起，然后一个小伙子跑出来，匆忙间披了一件袍子，一边还梳理着纤细的棕色头发，他冲到曼尼面前收住脚。"嘿，"他说，"我是说，早安。"

"赶紧端咖啡出来。"曼尼看都不看他。

"哦，"小福子说，"当然，好的。"他犹豫片刻，使得曼尼伸出小拳头又尖叫一声："赶紧，妈的！"小福子咽了口唾沫，赶紧向厨房跑去。曼尼这才坐回去，气哼哼地闭上眼，叹了口气，好似他刚刚被无数极端白痴的鬼怪折磨了一通。

鉴于没有咖啡就不能交流，我望向窗外，欣赏景致。海平面上有三艘大货船，烟囱喷吐着浓烟，岸边散落着几只游艇，从几百万美元的能够直航巴哈马的豪华船到近处浅滩上扔着的几只小帆板。一只鲜黄色的皮划艇划离岸边，显然是去会合货船。阳光灿烂，海鸥翱翔，我等着曼尼饮下他的提神醒脑剂。

　　厨房传来破碎的声音和小福子一声压抑的惨叫："哦，我的天。"曼尼越发闭紧了眼睛，似乎这样能让他抵御这一切可怕的蠢行的侵袭。几分钟之后，小福子端着咖啡上来了，一只银色半圆形的咖啡壶和三只石质矮杯，放置在一个透明的像是画家用的调色板那样的浅盘里。

　　小福子哆嗦着把杯子放在曼尼面前，为他注满。曼尼浅啜一口，重重叹了口气，终于睁开了眼。"好了，"他转向小福子又说道，"去把你那些可怕的破烂收拾干净，如果让我踩在碎玻璃上，我对天发誓我会活吃了你。"小福子跟跄着退了下去，曼尼又喝了一小口咖啡，才转向我。"你想谈你的婚礼？"他不相信似的问道。

　　"对。"我说。他摇摇头。

　　"一个像你这么英俊的小伙子，"他说，"究竟为什么会想结婚？"

　　"结婚能避税。"我说，"咱们能谈谈菜单吗？"

　　"在晨曦初现的星期六？不，"他说，"这是件可怕、没意义、过时的事儿。"我觉得他不是在谈菜单，而是在说婚礼，尽管和曼尼交流，你不大能确定他在说什么。"我真不懂为什么会有人想经历这一切，不过，"他打发似的挥挥手，"至少这给了我一个实验的机会。"

　　"我想问有没有可能实验的代价能便宜点儿。"

　　"理论上是可能的，"他说道，第一次露出了牙齿，勉强能称之为微笑，如果你认为猫捉弄老鼠很好笑的话，"不过现实中是不会发生的。"

　　"为什么呢？"

　　"因为我已经决定了我要做什么，你没办法阻止我。"

　　"我估计甜言蜜语也没用了？"我试探性地问。

　　他斜眼瞥了我一下。"你想怎么甜言蜜语？"他问。

　　"嗯，我想说'请你'，而且加上很多微笑。"我说。

　　"不够啊，"他说，"用处不大。"

　　"文斯说你猜大概五百美元一位？"

　　"我不猜，"他吼起来，"而且我才不在乎你的钱。"

　　"当然不，"我说，想安抚他一下，"毕竟，那不是你的钱。"

　　"你女朋友签了合同，"他说，"我想收你多少钱，就收多少钱。"

"可是肯定有办法把价格降一点儿？"我满怀希望地问。

他哼哼着，又用一次他的招牌式斜瞥。"坐在椅子上可谈不拢。"他说。

"那我该怎么办？"

"如果你问怎么办才能改变我的想法，什么都不能。世上谁也不能。等着请我的人排着长队。我已经订到两年以后了，我给了你一个天大的面子。"他的斜瞥已经发展到了非人的地步，"所以做好准备等着看奇迹吧，再加上一个大账单。"

我站了起来。这小侏儒显然一点儿都不打算让步，我毫无办法。我很想说几句诸如"看来你并不认识我"的话，可是看来也没什么用。所以我只是冲他微笑着说："那好吧。"然后走出了他家。门关上后我听见他又在朝小福子吼道："看在老天的分儿上，你给我快点儿把地上的破玩意儿扫干净。"

我朝电梯走去，感觉到冰冷的手指在轻轻扫过我的脖子，我有一种模糊的兴奋感，好像黑夜行者将脚伸进水里，水太冷，他落荒而逃。我站住脚，缓缓打量走廊周围。

什么也没有。走廊尽头一个男人正在门前摸索他的报纸。除此之外，走廊里空无一人。我闭上眼睛过了一会儿。"什么？"我问道。没有回答。我仍孤单一人。一定是神经质了，或者异想天开，除非有谁真的正通过门镜窥探我。

我进了电梯，下了楼。

当电梯门关闭后，观察者站起身，手里仍捏着刚从门垫上捡起的报纸。这是个很好的伪装，下次兴许还能有用。他看着走廊，琢磨着那间房子里到底有什么好玩的事儿，不过这不重要。他会弄明白。不管对方在做什么，他都能知道。

他慢慢数到十，然后信步走到对方刚刚拜访过的房门前。只需一小会儿就能弄明白对方为什么会去那里，然后——

观察者不知道对方心里正在想什么，不过不急。现在是要来点儿真格的时候了，让对方从消极情绪中摆脱出来。他感到一种少见的游戏前的兴奋感从权力的乌云中探出头来，听见了黑色翅膀扇动的声音。

Chapter

夜闯民宅的神秘人 **7**

就我对人类的毕生研究来看，我发现不管他们怎么使尽浑身解数也不能阻止星期一的到来。人们全都跟嗡嗡嗡嗡的工蜂似的必须回归那悲惨、无聊的苦役生涯。

这个想法总能让我心情变好，因为我喜欢在所到之处分享我的快乐。我早上出现在办公室时带了一盒面包圈，算是为驱赶星期一的阴霾而做的一份小小贡献，结果还没等我走到我的办公桌边，面包圈就以迅雷不及掩耳之势被瓜分殆尽。

文斯·增冈看上去跟我一样没精打采。他钻进我的小屋，脸上带着一惊一乍的表情。"天哪，德克斯特，"他说，"哦，老天爷。"

"我想给你留一个的。"我说，猜想着能让他这么生气的只能是面包圈被一扫而光的事实。可是他摇摇头。

"天哪，我简直没法儿相信。他死了！"

"我肯定这和面包圈没关系。"我说。

"我的天，你还要去找他呢，你去了吗？"

"文斯，"我说，"我希望你深吸一口气，完全从头开始说，而且假装咱俩说的是同一种语言。"

他瞪着我，好像发现自己鸡同鸭讲。"靠，"他说，"你还不知道呢，是吧？"

"你的语言技巧退步了，"我说，"你最近一直跟德博拉聊天？"

"他死了，德克斯特。他们昨夜发现的尸体。"

"好了，我肯定他会死得够久，让你有充足的时间跟我说清楚你他妈的想说什么。"

文斯眨着眼，他的眼睛突然睁大了，而且变得潮湿。"曼尼·波尔克，"他喘着气，"他被谋杀了。"

我得承认我的心情挺复杂。一方面，别人把我出于良心不安而束手无策的小怪物干掉，我当然不怎么难过；可是另一方面，现在我得再去找个餐饮策划了。而且，啊，对了，我还得给负责调查的警察提供些证词。

我为整件事情将给我带来的麻烦生气。不过哈里曾经教过我，对于熟识的人的死讯，反应实在不该是这样的。于是我使劲儿把脸扭曲到近似惊愕、关注和痛苦的表情。"哦，"我说，"我不知道。他们查出是谁干的了吗？"

文斯摇摇头。"他没仇人，"他说，好像不觉得他的话对于任何一个认得曼尼的人来说有多不靠谱，"我是说，所有人都敬畏他。"

"是啊，"我说，"他上了杂志，鼎鼎有名。"

"我简直不相信会有人杀了他。"他说。

我的心里话是"我很难相信居然过了这么久才会有人要了他的命"，不过这话说出来不合适。"嗯，我相信肯定能查出来的。谁办这个案子？"

文斯看着我，好似我刚刚问他明天太阳是不是还能升起。"德克斯特，"他惊奇地说，"他的头被切下来了。跟大学的那三个一样。"

我年轻的时候还尽全力融入过社会，我踢过一阵儿足球，有一次我被狠狠撞在胃上，有几分钟都不能呼吸。这会儿我的感觉跟那次有些像。

"哦。"我说。

"所以自然而然他们把案子给了你妹妹。"他说道。

"自然而然。"一个突如其来的念头击中了我，因为我毕生热爱讽刺艺术，所以我问道："他没有也被烤熟吧？嗯？"

文斯摇摇头。"没有。"他说。

我站了起来。"我得去跟德博拉谈谈。"我说。

当我到了曼尼的公寓时，德博拉完全没情绪谈话。她正弯腰对着卡米拉·菲格，后者正从窗旁的桌子腿上取指纹。她没抬眼看我，于是我溜进了厨房，在那儿安杰尔正俯身看着尸体。

"安杰尔,"我说,有些不能相信自己的眼睛,"那个真是姑娘的头吗?"

他点点头,用一支笔戳着脑袋。"你妹妹说,那可能是在洛韦艺术博物馆发现的那个女孩的头,"他说,"那些家伙把她的头放在这里,是因为这家伙是个同性恋。"

我低头看看两个创口,一个在肩膀上面一点儿,另一个在下巴颏稍微靠下的地方。头上那个刀法跟我们以前在尸体脖子上发现的相似,切得整齐仔细。在应该是曼尼的躯体上的那刀则潦草得多,好像是匆忙间做的。两个刀口的边缘被仔细拼在一起,不过当然没那么严丝合缝。即便靠我自己,不用内心声音在耳旁低语,我也能看出这有些不同寻常。小凉手指头又在我的脖子后面画着,这也说明这个不寻常应该很重要,甚至或许能解决我眼下的问题。可是除了这点儿含混不清的小提示以外,我什么线索都没有。

"还有另外的尸体吗?"我想起来可怜的受气包小福子,便问安杰尔。

安杰尔耸耸肩,头也没抬地说:"在卧室,被一把菜刀结果了。他们把头给他剩下了。"他听上去有点儿生气,好像在气怎么会有人费了这么半天劲儿却没有割下头。我朝卧室走去,在那儿,我妹妹正和卡米拉蹲在一起。

"早上好,德博拉。"我强装出一副兴高采烈的表情说道。不高兴的不只我一个人,德博拉根本没抬头看我。

"妈的,德克斯特,"她说,"除非你能说点儿有用的,不然滚开。"

"没那么有用,"我说,"但卧室里那家伙叫小福子。这边的这个叫曼尼·波尔克,他上过不少杂志。"

"你怎么他妈的知道?"她说。

"嗯,说来有点儿别扭,"我说,"不过我可能是他死前见过的最后一个人。"

她站直身子。"什么时间?"她问。

"星期六早晨,大概十点半,就在这里。"我指指仍然放在桌上的咖啡杯,"那上面有我的指纹。"

德博拉难以置信地看着我,摇摇头。"你认识这人,"她说,"他是你的朋友?"

"我雇他给我做婚礼餐饮策划,"我说,"他本来应该给我搞得很棒。"

"啊哈,"她说,"那你星期六早上在这里做什么?"

"他给我涨价,"我说,"所以我想找他给我降降价。"

她环视了屋子一眼,望着窗外那些百万美元的货轮。"他收你多少钱?"

她问。

"五百美元一位。"我说。

她猛地转头对着我。"我靠,"她说,"都是些什么?"

我耸耸肩:"他不肯告诉我,而且他不降价。"

"五百美元一位?"她说。

"有点儿贵,是吧?哦,我该说曾经有点儿贵。"

德博拉眼睛一眨也不眨地咬着下嘴唇。过了半晌,她抓着我的胳膊把我从卡米拉身边拽开。我从厨房门口仍然能看见曼尼伸着的一只小脚,他就在那儿和死神不期而遇。不过德博拉拖着我走到远远的房间另一端。

"德克斯特,"她说,"你得保证你没杀那家伙。"

这回我是真的为难了。被你的妹妹指控杀人,用什么表情才对呢?震惊?愤怒?疑惑?就我所知,这情景在任何课本上都没有提到过。

"德博拉。"我说。这不是特别聪明,不过我只能想到这个。

"我可没法儿饶过你,"她说,"像这种事儿可不行。"

"我绝对不会,"我说,"这可不是……"我摇摇头,真觉得这挺不公平。我深吸了一口气,想辩解一下。德博拉是世上唯一知道我本来面目的人。尽管她知道这真相不久,我以为她已经理解了哈里精心拟定的准则,也能理解我绝对不会违反它们,可是显然我错了。"德博拉,"我说,"我为什么……"

"别说不靠谱的,"她打断我,"咱俩都知道你有可能干这事儿。你有时间,有地点。你也有相当充分的动机,干了之后就不必付他五万块。要么是你干的,要么是哪个现在被关在监狱里的家伙干的。"

因为我是个假人,所以绝大多数时候我都非常镇定,不会被情绪冲昏头脑。可是我这会儿觉得我好像面对流沙。一方面,我有点儿惊讶,也有点儿失望,她竟然会认为这么粗手粗脚的事儿是我干的;另一方面,我想向她保证这真不是我干的。我想告诉她的是,如果是我干的,她永远不会发现。不过这么说好像不够圆滑,所以我又深吸一口气,说:"我保证。"

我妹妹看了我半晌,目光炯炯。"真的。"我说。

她最终点点头。"好吧,"她说,"你最好跟我说真话。"

"是真话,"我说,"真不是我干的。"

"啊哈,"她说,"那是谁干的?"

"我不知道是谁干的，"我说，"而且我一点儿线索都没有。"

她使劲儿瞪着我。"我干吗信你说的这套？"她说。

"德博拉。"我说，然后犹豫了。这会儿能告诉她关于黑夜行者和他失踪的事儿吗？我觉得有一阵很不舒服的感觉贯穿我的身体，有点儿像得了流感。这就是感情吗？它掀起了滔天巨浪，击打着德克斯特虚弱的心灵防线。这感觉真糟糕。

"听着，德博拉。"我重复道，想着该怎么开口。

"太难开口了，"我说，"我以前从来没说过。"

"现在是说的好机会。"

"我……体内有个东西。"我说，感觉自己听起来像个纯粹的白痴，脸居然发烫了。

"你什么意思？"她问，"你长肿瘤了？"

"不，不，是……我听得见他跟我说话。"我说。不知为什么，我不能正眼看德博拉，只好转移视线。墙上是个裸体男人的写真，我只好回头重新看着德博拉。

"老天爷，"她说，"你是说你幻听了？老天爷，德克斯特。"

"不是，"我说，"不是听见声音，不全是。"

"那到底是他妈的什么？"她说。

我不得不又看着裸体男人的照片，然后长出一口气，再转回来看德博拉。"当我在犯罪现场得到预感，"我说，"就是因为这个东西在告诉我。"德博拉的表情僵住了，好像她在听一段可怕的忏悔，事实上的确是这样。

"所以，他告诉了你什么？"她说，"嘿，是蝙蝠侠干的。"

"差不多，"我说，"就是那种我曾经收到的小提示。"

"曾经收到。"她说。

我真的不得不又去看别处了。"他走了，德博拉，"我说，"所有这些莫洛克之类的事情把他吓走了。以前从来没这样过。"

她半晌一声不吭，我也想不出来能替她说点儿什么。

"你跟爸爸说过关于这个声音的事儿吗？"她最后说。

"我不用说，"我说，"他已经知道了。"

"现在你的声音们走了。"她说。

"就一个声音。"

"这就是在这个案子上你什么都不跟我说的原因？"

"是的。"

德博拉咯咯磨着牙，成心让我听见。然后她从鼻孔里长出一口气。"要么是你干的这事儿，却编出一套话来骗我，"她气哼哼地说，"要么你跟我说的是实话，你是个他妈的疯子。"

"德博拉——"

"你想让我信哪个，德克斯特？哪个？"

"德博拉，"我说，"如果你不信任我，非认为是我干的，我干吗要他妈的去在乎你到底信什么、不信什么？"

她瞪着我，我第一次直视回去。

最终她开腔了。"我仍然得上报，"她说，"正式通知，你暂时不许再接近这里。"

"我简直再乐意不过了。"我说。她又看了我一阵儿，然后紧闭着嘴回到卡米拉那里去了。我看着她的背影，过了一会儿，转身向门口走去。

我等着电梯，差点儿被一个粗暴的吼声震聋："嘿！"

我转身看见一个恶狠狠、气哼哼的老头儿正朝我奔过来，他脚蹬凉鞋，穿着一双黑袜子，几乎拉到他的老膝盖下方。他还穿着肥大松垮的短裤，身上是一件丝绸衬衫，表情严肃愤怒。"你们是警察吗？"他说。

"不全是。"我说。

"我的他妈的报纸怎么办？"他说。

电梯总是不来，是不是？不过当事情无法选择的时候，我一般都尽量保持礼貌。于是我微笑着对老疯子说："你不喜欢你的报纸吗？"

"我没拿到我的报纸！"他冲我嚷嚷道，弄得脸红脖子粗的，"我给警察打电话了，那边的丫头让我给报社打电话！我眼看着是那小子偷的，可她挂了我的电话！"

"一个小子偷了你的报纸？"我说。

"我他妈的不刚说了吗？"他说着，越发激动了，这让等电梯变得一点儿都不让人愉快了，"我他妈的干吗要交着税听她说那种话？她还笑话我！混账丫头！"

"你会再有一份报纸的。"我安慰他说。

可是对他不起作用。"说他妈的什么呢，再有一份报纸？星期六早晨，穿着睡衣，我得再去找一份报纸？为什么你们的人不能逮住罪犯？"

电梯发出"叮"的一声闷响，宣告它终于来了，可是我不再关心那个，因为我忽然想起来什么。"星期六早晨？"我说，"你记得是几点吗？"

"我当然记得！我打电话的时候就告诉他们了，十点半，星期六早晨，那小子偷了我的报纸！"

"你怎么知道那是个小子？"

"我从门镜上看到的，就这么知道的！"他冲我吼着，"难道我该看也不看就开门出去吗，就冲你们这些警察的工作水平？没门儿！"

"你说'小子'，"我说，"你觉得他多大？"

"听着，先生，"他说，"对我来说，七十岁以下的都算小子。不过这小子大概有二十岁，他背着个他们那些家伙都背的背包。"

"你能描述一下那小子吗？"我问。

"我又不瞎，"他说，"他拿着我的报纸站着，后脖子上有个破文身，他们现在每个人都有！"

我感到金属的手指又在挠我的脖子，我知道这是怎么一回事儿，不过我还是问道："是什么样的文身？"

"破玩意儿，就是那些日本字。我们把日本鬼子揍得够呛，就是为了现在得买他们的汽车和把他们的破文身刻在我们孩子们的身上？"

他看上去有满腹牢骚要发，这只是个开始，我觉得该把他移交给管事的权威机构，比如我妹妹。这想法让我有小小的成就感，因为这不仅能使她获得一个比可怜的德克斯特更靠谱的嫌犯，而且让她来招架这个怒气冲冲的老家伙，也是给她一个小苦头，谁让她刚才怀疑我来着。"跟我来。"我对老头儿说。

"我哪儿也不去。"他说。

"你不想和一个真正的警探谈谈吗？"我说。我练习了几个小时的微笑攻势终于起了作用，他皱皱眉，看看周围，然后说："呃，好吧。"然后跟我一路走回我的警探妹妹和卡米拉蹲着的地方。

"我跟你说了别过来。"她冷冷地说，我没吃惊。

"得，"我说，"那我把证人带走了？"

德博拉把嘴张开闭上好几次，好像一条忘了怎么呼吸的鱼。

"你不能……这不是……讨厌，德克斯特。"她最后说。

"我能，这是证人，而且我相信他会证明的。"我说，"不过同时，这位老先生有些有意思的事儿要告诉你。"

"你他妈的说我老？"他说。

"这位是摩根警探，"我告诉他，"她是这儿管事儿的。"

"一个丫头？"他哼哼着，"怪不得他们谁都逮不着。一个丫头警探。"

"记得告诉她关于背包的事儿，"我嘱咐他，"还有文身。"

"什么文身？"她问，"你们他妈的说什么呢？"

"你那张嘴，"老头儿说，"丢人！"

我冲我妹妹微笑着："祝谈话愉快。"

我不很确定我已经被正式邀请回到组织了，但我又不愿意真上一边儿待着去，以至于错过了欣然接受妹妹道歉的机会。所以我在已故的曼尼·波尔克的房间前门盘桓不去，这样我很容易被找到。可惜，杀手没有偷走那个在门边做装饰用的好像动物呕吐物似的大球状物体。它正好坐落在我徜徉的区域内，我等着的当儿不得不老是看着它。

我不知道德博拉需要向老头儿问多久关于文身的事儿才能悟出其中的玄机。我这么琢磨的时候，听见她提高嗓门儿感谢老头儿的帮助，请他想起来什么再给她打电话，这是在用官方语言送客。然后我看见他们两人朝大门走来，德博拉搀着老头儿的胳膊，把他往门外送。

"可是我的报纸怎么办呢，小姐？"他在门边问。

"是探长小姐。"我说，德博拉瞪了我一眼。

"给报社打电话，"她告诉他，"他们会给你退钱的。"然后她几乎是把他赶出了门外。他呆立了一会儿，气得直哆嗦。

"坏蛋胜利了！"他嚷嚷着。德博拉赶紧把门关上了。

"他说对了，你知道的。"我告诉她。

"我说，你也不必这么得意。"她说。

"不过你呢，其实也想显得更开心一点儿，"我说，"就是他，那个男朋友，叫什么来着？"

"库尔特·瓦格纳。"她说。

"很对，"我说，"真是恪尽职守。库尔特·瓦格纳，就是这家伙，你知道的。"

"我屁都不知道，"她说，"还是不能排除巧合。"

"没错，有可能，"我说，"甚至用数学方法计算一下，太阳都有可能从西边出来，不过这可能性实在微乎其微。你还怀疑谁？"

"那个讨厌的威尔金。"她说。

"咱们的人在盯着他对吧？"

她哼哼一下："是啊，但你知道这些家伙办事儿怎么样。他们会打瞌睡或者脱岗，还发誓一直都不错眼珠地盯着呢。这时候，他们本该盯着的家伙已经出去杀害无辜去了。"

"所以你还是认为他是凶手？尽管这个小子在曼尼被杀的时候在场？"

"你也同时在场，"她说，"这次跟其他几次不同，更像是个拙劣的模仿。"

"那怎么解释塔米·康纳的头跑到这儿来了？"我说，"库尔特·瓦格纳干的，德博拉，一定是他。"

"好吧，"她说，"也许是他。"

"也许？"我说，真的很惊讶。所有证据都指向脖子上有文身的小伙子，可德博拉还在那儿将信将疑。

她盯着我看了半天，那眼神可不是热情、亲密的象征。"可是，的确有可能是你干的。"她说。

"得，来逮捕我吧，"我说，"这么干才英明，对吧？马修斯局长肯定高兴看到你把我逮起来，媒体也会乐意看你大义灭亲。一举多得呀，德博拉。这还能让真正的凶手乐开花儿呢。"

德博拉一声不吭，只是转身走了。我琢磨了一会儿，发现这才是个高招儿，所以我也扬长而去，朝着相反的方向，回去上班。

白天接下来的时间过得相当丰富。两具白人男性尸体，在帕尔梅托高速公路的路肩上停放的宝马车里被发现。有人想偷汽车，结果发现了尸体。他们把音响系统和空气气囊拆走，然后给警察局打电话报了警。致死的原因是身上的多处枪伤。报纸一向喜欢用"黑帮风格"来描述干净利落的杀人手法。不过这回无论如何也用不上这个形容。两具尸体上和车内部鲜血四溅，好像杀手没搞清楚枪怎么使就胡乱放枪了。从车窗上的弹孔看，过路的车子没有被击中真是侥幸。

忙碌的德克斯特是快乐的德克斯特，车里车外到处都是讨厌的鲜血足够我忙活几个小时了，可是我一如既往地不开心。本来已经有这么多可怕的事儿发生在我身上，如今又加上和德博拉意见不一致。要说我爱德博拉并不准确，我是个爱无能的人，但我很习惯她，习惯她和我声气相通。

我们共同成长的那些日子里，除了普通兄妹之间的口角之外，德博拉和我互相很少真生气。这次我们意见相左让我很不安，这一点也让我挺惊讶。尽管我是个喜欢杀人的冷血魔鬼，但她真这么想我，还是让我很难过，尤其是当我已经拿名誉起誓说，最起码在这件事情上，我是完全无辜的。

我希望跟妹妹和平相处，不过我也有点儿生她的气，气她太急着要做维护司法正义的化身，而不肯为我讲一回义气。

我反正也是闲着，所以我专心致志地为了这事儿生气。婚礼、神秘音乐、失踪的黑夜行者，最后这些事儿都会自己水落石出的不是吗？溅血分析只是个简单的手工活儿，不需要费脑子。为了证明这一点，我任思绪信马由缰，咀嚼着自己的凄惨处境，直到脚下一滑，单膝跪倒在黏稠的血液中，就在宝马车的旁边。

猛撞在路面这一下，震醒了我内心的恐惧，一种掺杂了害怕和冰冷空气的感觉穿透我的身体，从肮脏恶心的地面直刺我空虚的胸膛，让我半天不得呼吸。"稳住了，德克斯特。"我对自己说，"这只是一个小小的却痛苦的警告，让你记得你是谁、从哪儿来，它和唱歌的疯牛没关系。"

我忍着呻吟想要站起来，可是我的裤子破了，膝盖很疼，一条裤腿上沾满半干的血迹。

我真不喜欢血。低头看着它就沾在我的衣服上，挨着我的身体。在我的生活已经变成一团糟，我在朝着没了黑夜行者的空虚深渊中笔直坠落的此刻，这鲜血简直是画龙点睛。我此刻所感觉到的绝对可以称为感情，这感情真不让人愉快。我感到自己在哆嗦，几乎要喊出来，可是我死命忍住，强忍住这一切，收拾干净自己，站了起来。

我丝毫没觉得好一点儿，不过我还是换了一身衣服，做血液分析的人都会多预备一套行头，勉强撑过了一天，熬到了下班回家的时间。

我朝南开着，那是丽塔家的方向。一辆红色吉优牌汽车跟得我很近，一点儿都不肯落后。我从后视镜看去，看不清司机的脸。我琢磨着是不是自己不留神得罪了那人。我试着不理会那辆车，那只不过是又一个半疯的心怀鬼胎的迈阿密司机而已。

可是他还跟着我，只有几英寸远。我开始想他怀揣着的鬼胎到底是什么。我加速，吉优也加速，还是紧紧跟在我后面。

我减速，吉优也减速。

我连并了两条线，背后是一片愤怒的喇叭和竖起的中指。吉优仍然跟着。

是谁？他们到底想干什么？会不会斯塔扎克明白是我把他绑起来的，现在他换了辆车跟踪我好报仇？要么这回是别的人。如果真是这样，是谁？为什么？我没法儿让自己相信莫洛克本神在跟踪我。可是的确有个人在那儿，打定了主意跟着我。我搜肠刮肚，百思不得其解，向没有了黑夜行者的虚空中苦求答案，那种失落空虚又加大了我的迷茫、愤怒和不爽。我感到自己牙关紧咬，呼呼地喘着粗气，双手紧抓着方向盘，手心攥着两把冷汗。我受够了。

在我已经做好准备即将踩下刹车，让后面的家伙的脸变成一摊红浆时，那辆红色吉优忽然右转上了一条侧路，消失在迈阿密的夜色里。

原来什么事儿都没有，只是又一个典型的高峰期精神病，又一个常见的迈阿密疯司机，为消磨枯燥的回家长途而跟前面的车玩儿的游戏。

我也好不了多少，一个头昏脑涨、憔悴不堪、疑神疑鬼、双拳紧握、牙关紧咬的前魔鬼，而已。

我回家了。

观察者放松了跟踪，然后又卷土重来。他在车流中无声无息地跟随着对方，转入他家所在的街道。他喜欢紧紧地跟着对方，让那家伙有些惊慌。他招惹对方是想调校自己的准星，结果令他很满意。这是一个微调的过程，他会渐渐把对方推到一个精确的思维轨道上去。他这么干过很多回，熟知各种反应。生气了，不过还没到狂怒的地步，要到那一步，才需要他的介入。

需要加快速度了。

今夜将会很不寻常。

我进门的时候，晚饭已经好了。想到我刚经历的事情以及我的心情，你或许会认为我再也不想吃东西了。可是我一进前门就被晚饭的香味俘虏了，丽塔做了烤猪肉、西兰花、米饭和豆子。丽塔的烤猪肉世上没几个厨师能媲美。最终德克斯特心满意足地推开盘子，从桌边站起。接下来的整个夜晚也过得很顺当。我和科迪、阿斯特还有邻居家的孩子玩儿踢罐子直到上床睡觉，丽塔和我坐在沙发上看了会儿电视，讲一个坏脾气的医生。

通常有烤猪肉吃的日子都不会错，再加上还有科迪和阿斯特的陪伴。也许我的日子也能这样过下去，好像一个当上了教练的退役棒球手。队员们还太嫩，训练他们能唤回我的昔日荣光。令人难过，是的，不过也算小有补偿。

当我即将入睡的时候，尽管明知道不可能，我还是让自己想着，兴许事情没有那么坏。

这愚蠢的想法一直持续到半夜，我醒过来看见科迪站在床脚。"外面有人。"他说。

"好吧。"我说，有些迷糊，没觉得他有什么必要告诉我这个。

"他们想进来。"他说。

我坐了起来。"在哪儿？"我说。

科迪转身朝大门过道走，我跟在他后面。我基本上觉得他只是做了个噩梦，不过这里毕竟是迈阿密，有些事的确会发生，尽管每晚不过五六百起而已。

科迪带我到了通往后院的门前。在离门十英尺远的地方，他站住，一动不动，我也跟着他站住了。

"在那儿。"科迪轻轻说。

的确。这不是一个噩梦，或者说，这不是那种你得睡着才会看见的噩梦。

门把手在转动，好像外面有人在拧。

"把你妈妈叫醒，"我轻轻告诉科迪，"让她打911。"他抬头看我，好像有些失望我没有拿个手榴弹去摆平这件事儿，不过他还是转身朝卧室走去。

我走到门边，蹑手蹑脚、小心翼翼。身边的墙上有个开关连着照亮后院的灯。我去摸开关的时候，门把手停止了转动。我还是把灯打开了。

灯刚一打开，前门就响起了撞击声。

我转身朝前门跑，半道儿跟丽塔撞了个满怀。"德克斯特，"她说道，"科迪说——"

"给警察局打电话，"我对她说，"有人想闯进来。"我看着她身后的科迪："叫醒你姐姐，你俩去卫生间。把门锁上。"

"可是会有谁……我们又不是……"丽塔说。

"快去！"我告诉她，边说边推开她，向前门走去。

我把街灯也打开，声音马上停止了。

走廊另一头，厨房的窗户又响了起来。

我跑到厨房，声音已经停止了，这次我还没来得及打开顶灯。

我慢慢走近水槽上面的窗户，小心地朝外看。

什么也没有。只有夜色，只有邻居家的篱笆，没有别的。

我站直了，站了半天，等那声音再响起来。我发现自己一直屏住呼吸，便吐出一口气。不管是什么，它停止了，走了。我松开拳头，长长地出了口气。

然后丽塔尖叫起来。

我转身去看，动作太快以至于扭了脚脖子，但我还是一瘸一拐地朝浴室冲去。门紧锁着，但里面我听到有什么在抓挠着窗户。丽塔喊道："走开！"

"开门。"我说。过了片刻，阿斯特把门打开了。

"在窗户那儿。"她说。我觉得她相当镇静。

丽塔站在浴室中央，手攥成拳头堵住嘴。科迪在她身前，自卫似的抓着卫生纸卷轴，他俩齐齐瞪着窗户。

"丽塔。"我说。

她转向我，眼睛瞪得大大的，充满恐惧。"他们想要干吗？"她问，好似我知道答案。

我不知道他们想干什么，不过这会儿知不知道并不重要，因为他们的所作所为显然是他们认为我们有什么东西，他们想要那件东西。"走，"我说，"都上那边去。"丽塔转过来看我，但科迪仍然一动不动。"快点儿。"我说。阿斯特拉着丽塔的手从浴室门冲出去。我把手放在科迪肩膀上，轻轻把厕纸卷轴从他手里抽出，推着他跟他妈妈出去，然后我转脸对着窗户。

声音再次响起，剧烈刮蹭的声音，似乎有什么正爬过玻璃。不容多想，我上前一步用橡皮头的厕纸卷轴向玻璃窗砸去。

声音停止了。

半天，万籁俱寂，只有我自己粗重而急促的呼吸声。然后从不太远的地方，我听见警笛声穿破寂静。我瞪着窗户，退出浴室。

丽塔坐在床上，科迪和阿斯特坐在她两边。孩子们看上去很安静，但丽塔显然快要崩溃了。"没事儿了，"我说，"警察马上就到。"

"会是德博拉警探吗？"阿斯特问我。她又充满希望地加了一句："你说她会射杀谁吗？"

"德博拉警探正在她的床上睡觉。"我说。警笛声更近了，在门前响起刹车声，停了下来。"他们到了。"我说。丽塔从床上跳下，紧紧拽着孩子们的手。

他们三个跟着我出了卧室，走到前门时听见敲门的声音，礼貌但声音很大。生活教会了我们警惕，所以我喊道："是谁？"

"警察。"一个坚定的男人声音响起，"我们接到报案，说可能有人闯入民宅。"听上去很权威。但为了保险起见，我打开门时没有摘掉门链。的确，外面是两个全副武装的警察站在那里，一个面朝门，一个转身查看院子和街道。

我关上门，摘掉门链，再度把门打开。"请进，警官先生。"我说。他的名牌上写着拉米雷斯，我好像见过他，但他一动不动，没有进门的意思。他只是看着我的手。

"有什么情况，先生？"他说，朝我手上点着头。我低下头看才知道我还拿着那只厕纸卷轴。

"噢。"我边说边把厕纸卷轴放到门后的雨伞架上，"抱歉，自卫用的。"

"啊哈，"拉米雷斯说道，"不过这得看对方手里有什么了。"他进了房间，扭头叫来他的同伴，"威廉，看看院子。"

"好的。"威廉说。他是个结实的黑人，年约四十岁。他朝院子走去，消失在房子拐角处。

拉米雷斯站在房间中央，看着丽塔和孩子们。"说说吧，怎么回事儿？"他问，我还没说话，他斜眼瞥着我。"我是不是在哪儿见过你？"他又问。

"德克斯特·摩根，"我说，"我是法医部的。"

"对，"他说，"德克斯特，这儿怎么了？"

我告诉了他。

警察在家里待了大约四十分钟，查看了院子和四邻，没发现什么，这结果似乎没让他们觉得惊讶，同样我也一点儿都不觉得意外。丽塔为他们煮了咖啡，还拿自己做的燕麦饼干招待他们。

拉米雷斯肯定是几个想惹人注目的孩子干的，如果是这样，他们达到目的了。威廉卖力地让我们相信这个说法，就是几个恶作剧的坏小子而已，现在跑掉了。他们离开的时候，拉米雷斯补充道，今夜他们会开着巡逻车在我们房子周围多转几圈。可是即便这样，丽塔后半夜都一直端着咖啡坐在厨房里，没法儿再回去睡觉。我呢，则辗转反侧了三分钟之久才又睡着。

我跋山涉水地抵达梦乡，音乐立刻响起。有种强烈的喜悦感以及脸上感到的灼热……

不知怎么我在走廊里了，丽塔摇晃着我，呼喊着我的名字。"德克斯特，醒醒，"她说，"德克斯特。"

"怎么了？"我说。

"你梦游了，"她说，"还唱歌。在梦里唱歌。"

于是直到玫瑰色的晨曦初现，我俩仍坐在厨房里喝着咖啡。浴室的闹铃响起，她过去把它关上，回来看着我。我也看着她，但想不出来说什么。然后科迪和阿斯特进了厨房，我们别无他法，只好操持清晨的日常事务，出门上班，假装一切照旧。

可是当然并非如此。有人想进入我的大脑，他们简直太如愿以偿了。现在他们又想闯进我的家，而我甚至不知道他们是谁、想要干吗。我只猜这一切都和莫洛克有关系，包括我那失踪的黑夜行者。

说到底，就是有人想要对我干个什么事儿，他们在向我逼近。

我发现自己不愿去正视这样一种可能：一个到现在仍然活着的古代的神想杀了我。本来我觉得他们根本不存在。即便存在，怎么会想到针对我呢？显然是有人在利用莫洛克这整套噱头，好让自己显得更强大和重要，也让他的受害者相信他有特殊的魔力。

比如潜入我的梦乡、让我听见音乐的能力？一个人类的猎手没有本事这么干，而且也不会吓跑黑夜行者。

唯一可能的答案就是不可能。也许只是我积劳成疾，我想不出来别的理由。

我早上到了办公室，来不及理清思绪就接到电话，据说在安静的大麻店发生了两起凶杀案。两个十几岁的孩子被绑起来刺了几刀，然后又挨了几枪。尽管我理应感到这是件可怕的事儿，但事实上我很庆幸我终于能看到没有被烤熟、砍头的尸体了。这让事情看上去比较正常，甚至祥和，起码有那么片刻是如此。我往四处涂抹着鲁米诺①，几乎是兴高采烈地干着活儿，工作能让那讨厌的音乐消失一

_____

① 又名发光氨，可以鉴别很久以前的血痕。

会儿。

但这也给了我时间去反思。我每天都看见这种情景，十次有九次凶手会说"我只是扣动了一下扳机"或"等我明白过来自己在干什么，已经太晚了"之类好听的借口，我一直觉得挺有意思，因为我总是知道自己在干什么，而那也是我干这些事儿的理由。

最终一个念头冒了出来——我发现自己没有了黑夜行者，完全没法儿对斯塔扎克下手。这意味着我的才能是在黑夜行者那里，而不是在我自己身上。这跟所有其他"扣动扳机"的好似被短暂附体的家伙们有什么区别？

假设有一些黑夜行者游来荡去，有的会找个地方安身。这能解释哈尔彭描述的梦吗？会不会有什么附上他的身，让他杀了两个姑娘，再把他带回家，扔上床，然后自己才离开？

我不知道。我只知道如果这猜想是正确的，我可陷入一场比我以为的还要大的麻烦里了。

我回到办公室，已经过了午饭时间，有个电话留言，是丽塔的，她提醒我两点半有个和她牧师的约会。从我这边来说，我总是想，如果真有什么神，他绝不会让像我这样的家伙存活在世上。如果我错了，我一进教堂，神坛就该破裂坍塌。

但我一向对宗教建筑的理智避讳此刻到了尽头，因为丽塔想让她自己的牧师来主持我们的婚礼，所以他需要先检查我的私人背景再决定是不是接受这项请求。显然他上次的调查工作并没做好，因为丽塔的前夫是瘾君子，而且经常暴打她，尊敬的牧师却没能明察秋毫。如果牧师以前能忽视什么，他这次对我有所改进的可能性简直微乎其微。

尽管如此，丽塔对这个牧师崇拜有加。我们来到大道上一个珊瑚石建成的古老教堂前，它坐落在一大片草木有些过于茂盛的院落里，就在离我早上才去过的凶杀现场半英里的地方。丽塔告诉我，她是在那里受的洗，她很早就认识这个牧师了。

吉勒斯牧师正等在他的办公室里，或许该叫密室、忏悔室，或别的什么。神职人员的密室总让我觉得能在那儿找到肛肠科大夫。我的养母多丽丝在我小时候曾努力让我去教堂，但发生过几次让人遗憾的事件后，看上去显然这事儿成不了，然后哈里干预了。

牧师的书房里满是书籍，名目生僻艰深，肯定充满了天道哲理真知灼见。还有几本探索女性心灵的，尽管没有标明哪种女人，以及如何让基督为你做工，我相信工钱不会便宜。甚至还有一本基督教化学书，在我看来有些不着边际，除非书上教人怎么把水变成酒的戏法。

更有趣的是一本书脊上印着歌德体的书。我歪着头去念书名，仅仅出于好奇，但读着读着我感到浑身一凛，好像一盆冰水浇下来。

"鬼附身：事实或想象？"我念着书名，听见远远的硬币落地的声音。

对于旁观者，他很容易就会摇着头说："是的，显然，德克斯特如果从没往那个方向想，只能说明他蠢。"可是的确，我没那么想过。魔鬼有很多负面含义，对吧？以前黑夜行者在的时候，似乎没必要去探究那些神秘鬼祟的东西。只有当现在他走了，我才想起来琢磨这些事儿。为什么不是这回事儿呢？虽然有点儿老式，但正是这种古老揭示它或许有一定的正确性，可能所罗门、莫洛克之类的玩意儿跟此刻发生在我身上的事儿有些关联。

黑夜行者会是个魔鬼吗？黑夜行者失踪是因为他被驱赶走了吗？如果是，是被什么赶走的？某种强有力的好东西？我怎么也想不起来自己曾经遭遇过那样的好东西。事实上，我遭遇的正好相反。

万一是非常非常坏的东西赶走了黑夜行者呢？我是说，比魔鬼还坏的东西？也许是莫洛克？一个魔鬼会自己赶走自己吗？

我试着安慰自己，至少我问出了几个挺棒的问题，可我不觉得很安慰。我没能继续想下去，门开了，正义的吉勒斯牧师翩然而至，笑着低声说："好啦，好啦。"

牧师大概五十岁，看上去红光满面，我估计"什一税"①征收进展顺利。他径直朝我们走来，给了丽塔一个拥抱，又在她脸蛋上轻啄一下，然后转向我，用男人的方式大力握手。

"好啦，"他说，冲我好奇地微笑着，"你就是德克斯特。"

"我想是这样，"我说，"没办法。"

他点点头，好像我说了挺有道理的话。"请坐，放松一下。"他说。他走到桌子后面，坐到一个大转椅上。

---

① 欧洲基督教会向居民征收的一种宗教捐税，起源于《旧约》时代。

我按他说的朝后仰靠在一张红色皮沙发上，正对着他的办公桌，但丽塔紧张地坐在另一张相同的沙发边缘。

"丽塔，"他说着，又微笑了一下，"好啦，好啦。所以你已经做好再婚的准备了，是吗？"

"是的，我……我觉得我准备好了，"丽塔说道，脸涨得通红，"我是说，是的。"她看着我，面红耳赤、眼神发亮地说："是的，我准备好了。"

"好，好，"他说，转过脸带着喜欢的表情看着我，"你呢，德克斯特？我很想多了解一下你。"

"哦，从哪儿说起呢，我是个杀人嫌疑犯。"我谦恭地说。

"德克斯特。"丽塔说，本来已经红透的脸变得更红了。

"警察认为你杀人了？"吉勒斯牧师问。

"噢，他们不都这么认为，"我说，"只有我妹妹这么想。"

"德克斯特在法医部门工作，"丽塔插嘴说，"他妹妹是警探。他只是在开玩笑。"

他又冲我点点头。"幽默感是任何关系的良伴。"他说。

他停了一下，看上去很深思熟虑，甚至更真挚了，然后又说："你对丽塔的孩子们怎么看？"

"噢，科迪和阿斯特崇拜德克斯特。"丽塔说道，她看上去很为不用再谈论我的在逃犯身份而高兴。

"不过德克斯特是怎么看他们的呢？"他温和地追问。

"我喜欢他们。"我说。

吉勒斯牧师点点头道："好。很好。有时候孩子会成为负担。尤其当他们不是你亲生的时候。"

"科迪和阿斯特的确很擅长当负担，"我说，"但我不介意。"

"他们需要很多引导，"他说，"在经历了那么多之后。"

"噢，我会教他们的，"我说，"他们的学习兴致可高了。"

"很好，"他说，"所以我们会在主日学继续看到他们，是吗？"在我看来这简直是赤裸裸的勒索，要我们继续为填满他的奉献箱做努力，可是丽塔已经在恳切地点头了，我也只好由着她。另外，我也相当笃定不管谁会说什么，科迪和阿斯特都会在别的地方找到他们的精神寄托。

"现在，你们两个，"他说，向后靠在椅背上，搓着双手，"在今日的世界上，一段关系需要坚强的信仰做基石。"他说着，期待地看着我，"德克斯特，你怎么看？"

我说："信仰非常重要。"他看上去很满意我的回答。

"太棒了，好吧，"他说，然后偷偷看了一眼手表，"德克斯特，你关于我们教堂有问题要问吗？"

这是个正常的问题，但我还是吃了一惊，因为我想象这个面谈是需要我来回答问题的，而不是问他问题。我猝不及防。他看上去也没兴趣知道我的问题。所以，我对吉勒斯牧师充满信心地微笑着说："事实上，我想知道你是怎么看待魔鬼附身的。"

"德克斯特！"丽塔咽了口唾沫，紧张地微笑着，"这不是……你不能……"

吉勒斯牧师举起一只手。"没关系，丽塔，"他说，"我想我明白德克斯特的意思。"他靠在椅背上点着头，朝我理解地笑笑，"你很久没来教堂了吗，德克斯特？"

"呃，事实上，是的。"我说。

"我想你会发现新教堂还是很适合现代社会的。上帝之爱的中心意思没有改变，"他说，"但有时候我们对它的理解会改变。"说到这儿，他居然朝我挤了一下眼睛，"我想我们可以允许万圣节夜晚有鬼，但星期天礼拜时是不允许的。"

好吧，至少算个回答，尽管不是我想要的。我并不真的期待吉勒斯牧师能抽出一本魔法书并当场念咒，不过我得说，我多少有点儿失望。"那好吧。"我说。

"还有什么问题？"他心满意足地微笑着问我，"关于我们教堂，或者婚礼的？"

"噢，没有了，"我说，"挺简单明了的。"

"我们喜欢这样。"他说，"只要我们万事以基督为上，其他的都会各就各位的。"

"阿门。"我响亮地说。丽塔瞥了我一眼，但牧师看上去挺买账。

"那好吧，"他说，并站起来伸出手，"六月二十四日。"我也站了起来，握着他的手。"不过我希望在那之前看到你们，"他说，"我们每个星期天上午十点有很棒的现代式礼拜。"他挤挤眼，用力握了一下我的手，"赶紧回家看足球赛吧。"

"太棒了。"我说，想着一个体贴的商家是多么可爱啊。

他松开我的手，把丽塔拉过去，把她紧紧抱在怀里。"丽塔，"他说，"我真为你高兴。"

"谢谢。"丽塔在他肩头哽咽着说。她靠着他的肩膀待了一会儿，抽搭着鼻子，然后站直身子，擦擦鼻子看着我。"谢谢，德克斯特。"她说。为了什么我不清楚，不过有人感谢总是好事儿。

Chapter

又一个嫌疑人 *8*

很久以来第一次，我急于回到工作上。不是因为我急着去做血液分析，而是因为在吉勒斯牧师的书房引起的话题——魔鬼附身。这有些名堂。我从来没真的觉得自己被附过身，尽管丽塔坚持自己的说法。但至少这是一个有历史、有出处的说法，所以我很想多知道些。

首先我检查了我的答录机和邮箱，除了通常的部门通知清理咖啡间的消息外没有别的留言，也没有来自德博拉的尴尬道歉。我打了几个旁敲侧击的电话，弄明白她外出调查库尔特·瓦格纳去了，这让我觉得稍稍安心，至少这说明她没在跟踪我。

问题解决，理智清醒，我开始研究魔鬼附身的问题。又一次，老好人所罗门王高大的形象出现。他显然跟一系列魔鬼关系密切，它们大多数都有带好几个字母 z 的名字。他把它们呼来喝去，像对用人一样，让它们修建他的伟大神庙。这让人有些吃惊，因为我一向听说神庙是个好地方，肯定有类似魔鬼劳动法的东西。我是说，我们对雇用非法移民摘橙子这么大惊小怪，那些敬神的教皇不该对魔鬼也制定些法规吗？

可是事情不是这样。所罗门王作为首领跟它们相处甚欢。它们当然并不喜欢被约束，但对他的指令言听计从。到这里就冒出了一个有趣的问题：也许另外还有别的谁有能力掌控它们，这人也想掌控黑夜行者，导致后者削尖脑袋从这不情不愿的奴役中逃脱出来。

我想到这里停顿了一下。

这个说法的最大问题是，它并不符合我从一开始就感觉到的那种强大而致命的危险，尽管那时黑夜行者还没有逃走。我很能理解被逼着干不想干的事情时的那种别扭劲儿，但那和我所感受到的让人魂飞魄散的恐惧感根本不能比。

这是不是说黑夜行者并不是魔鬼？是不是说我身上发生的只是种精神病？一种完全想象出来的杀戮欲望和被迫害妄想所分裂的幻想？

可是，贯穿历史的各个文化都相信附体说。我只是没法儿把这和我的问题联系起来。我觉得我好像摸到了边儿，但没有灵感浮现。

突然就到了五点半，我比往常更加迫切地想逃离办公室，投奔我那并不一定安全的家。

第二天下午，我坐在办公室里打着一份枯燥乏味的连环凶杀案报告。尽管是迈阿密这样的城市也有平淡无奇的谋杀，这个案子就是其中之一，或者准确地说，叫其中之三个半，因为三具尸体在停尸房，一个在杰克逊医院的重症监护室。这是在本城混乱地区的一起简单的过路枪杀案。实在没必要花上大量时间，因为有足够的证人说是个叫"杂种"的人干的。

形式仍然很重要，我在现场花了半天工夫来确保没有人从大门过道跳出来，用园艺剪刀把受害者砸昏，恰逢其时经过的车上射来的子弹把受害者击中。我想用一种有趣的方式来解释清楚，溅血会很真实地反映移动中的枪击结果，但这个分析过程的无聊让我头昏眼花。我呆呆地瞪着电脑屏幕，耳鸣如鼓，很快耳鸣换成节奏，夜间的音乐再度浮现，素白色的打印纸突然被湿淋淋的鲜血浸透，而且将我席卷，冲刷了办公室，整个视力所及的世界满是鲜血。我从椅子上跳起，把眼睛眨了又眨，直到幻觉消失，可我仍然颤抖不止，不知道究竟发生了什么。

即便是在光天化日之下，即便我坐在警察局的办公室里，它也会来找我了，我一点儿都不喜欢这样。要么是它越来越厉害，离我越来越近，要么是我越来越疯。精神分裂症患者能听见声音，他们也能听见音乐吗？黑夜行者也算声音吗？我是不是其实一向都是个疯子，如今只不过是到了疯狂的终结篇，困惑的德克斯特的小命即将休矣？

我不觉得有这个可能。哈里已经把我给整饬好了，他确保我运转正常。如果我疯了，哈里会知道的，但他告诉我我没有。哈里从来不会错。所以事情解决了，我是正常的。谢谢。

那我为什么会听到音乐呢？为什么我的手会抖？为什么我得被一个魔鬼附身，才不会像这样坐在地板上用食指拨拉嘴唇发呆？

很明显，大楼里的其他人都没有听见什么，不然楼道里会挤满要么跳舞要么尖叫的人。不，恐惧已经侵入了我的生活，鬼鬼祟祟地追着我，跑得比我还快，占据了以前黑夜行者蜷伏的巨大空间。

我无以为继，需要从外界获取信息来理解这一切。有很多渠道相信魔鬼是真的存在的——迈阿密有很多人每天辛勤工作就是为了将魔鬼从人们的生活中驱赶出去。尽管那个海地神父说了，他一点儿都不想和这些有瓜葛，尽管他迅速溜之大吉，他却似乎知道这是什么。我相当确信萨泰里阿教是信奉附体的。但没关系，迈阿密是个奇妙的多元城市，我肯定能找到其他地方去问这个问题，并得到全然不同的答案——甚至有可能是我正在寻找的答案。我离开办公室向停车场走去。

生命之树在利伯蒂市边上，是迈阿密不适宜外地旅游者夜晚造访的地区。这个角落被海地移民占据，很多建筑都被漆成好几种鲜艳的颜色，好像只用一种颜色通不过。有些建筑上画着海地乡村生活的风俗画。公鸡、山羊看起来是永恒的主题。

在生命之树的外墙上画着一棵巨树，在它下面是两个敲着巨鼓的男人形象。我在这家店铺外面径直停好车，穿过纱门，纱门带响一只小铃铛后在我身后砰然合上。门后是一副挂着珠子的门帘，一个女人的声音响起，她说着克里奥尔语，我站在玻璃柜台前面瞪着。店铺里都是货架，摆满盛着神秘液体、固体和不明物体的罐子。其中的一两个罐子里好像盛着不久前还是活物的东西。

过了一会儿，一个女人掀开珠帘来到门前。她大概四十岁，瘦得跟麻秆似的，颧骨很高，肤色好像被晒过的红木。她穿条红黄相间的裙子，头上裹着同色的缠头巾。"啊。"她带着浓重的克里奥尔口音说。她用非常怀疑的眼神打量我，轻轻摇着头："我能为你做什么，先生？"

"啊，是这样……"我说，我有点儿结巴，不知怎么说下去。我没法儿说我觉得自己曾被附体，想再次被附体——可怜的女人该朝我洒鸡血。

"先生？"她不耐烦地催促着。

"我只是想知道，"我说道，很属实，"你有没有关于魔鬼附体的书？呃，英文的？"

　　她嘟起嘴，非常不赞成地使劲儿摇头。"不是魔鬼，"她说，"为什么你要问这个？你是记者？"

　　"不，"我说道，"我只是感兴趣，好奇。"

　　"对伏都教好奇？"她说。

　　"只是附体部分。"我说。

　　"哈，"她说，好似她更不赞成了，"为什么？"

　　智者肯定曾经说过这样的话，当别的招儿不好使时，说真话。这听上去是如此像真理，我相信肯定不是我第一个想到的，而且这看起来是我唯一能做的，于是我孤注一掷。

　　"我想，"我说，"我想我曾经被附体过，前一阵儿。"

　　"哈。"她说，死死地盯着我看了半天，然后耸耸肩。"可能吧，"她终于说，"你为什么这么说？"

　　"我只是，嗯……有这种感觉。有种东西在我身体内部，也许是……注视着我？"

　　她朝地板上吐了口唾沫，对这么个体面的女性来说，这真是个强烈的表示。她摇着头。"你们这些白人，"她说，"你们偷我们的东西，把我们弄到这儿来，把什么都夺走了。等我们从一无所有中做出了点儿东西，你们也想占上一份。哈。"她朝我摇着手指，好像一个面对着差学生的二年级老师。"你听着，白人。如果鬼进入了你，你会知道。这不是演电影，而是一份大福气，而且，"她恶狠狠地笑着，"这事儿不会发生在白人身上。"

　　"啊，可是……"我说。

　　"没可是，"她说道，"除非你自己愿意，除非你恳求它的降临，不然它才不会来。"

　　"可是我愿意。"我说。

　　"哈，"她说，"从来不会到你这儿来的，你在浪费我的时间。"她说完就转身走了，穿过珠帘朝店铺后面走去。

　　我觉得没必要等她回心转意，看上去没可能——而且看上去伏都教不能解释黑夜行者的事儿。她说只有求，才会得，还说那是一个大福气。至少这回答案不同了，尽管我不记得我曾恳求过黑夜行者的来临，他只是一直都在。但为了保险起见，我在店铺外面的马路牙子上停下来，闭上双眼。"请回来吧。"我说道。

什么也没有发生。我钻进汽车，开回去上班。

多有趣的选择，观察者想。伏都教。这想法自然有其逻辑性，他没法儿否认这个。但真正有趣的是它表现出来的对方的想法。他在朝着正确的方向走，而且已经非常接近了。

等对方的下一个线索冒出来之后，他会更接近真相。这孩子被吓坏了，差点儿就溜掉了。但他毕竟没有溜走。他一直很有贡献，现在就快要马到成功，获取他那黑色的奖赏了。

跟其他人一样。

我还没在椅子上坐稳，德博拉就进了我的小工作间，坐在我桌子对面的折叠椅上。

"库尔特·瓦格纳失踪了。"她说。

我等她说下去，可她停住了嘴。我只好点点头。"我接受你的道歉。"我说。

"从星期六开始就没人再看到他了，"她说，"他的室友说他最后一次回来时神色异常，可又什么都不肯说。只是换了鞋就走了，就这样。"她犹豫着，然后加了一句："他留下了他的背包。"

我承认听到这里我振作了一点儿。"里面有什么？"我问。

"有血迹，"她说，好像在承认自己拿了最后一块饼干，"它跟塔米·康纳的血液相符。"

"噢，那么，"我说，这时候不该挑刺儿说她另外找了人来做血样分析，"这线索真不错。"

"是啊，"她说道，"是他。肯定是他。他杀了塔米，取了她的头，放在他的背包里，然后做掉了曼尼·波尔克。"

"看上去很像是这样，"我说，"真可惜，我都习惯自己有罪的感觉了。"

"这简直说不通，"德博拉抱怨说，"这孩子是个好学生，参加了游泳队，家庭背景好。"

"他的确挺好的，"我说，"我真不敢相信是他干出来的啊。"

"好吧，"德博拉说，"我知道，妈的。全是废话。可是这家伙他妈的怎么会杀了自己的女朋友，也许甚至还有她的室友，因为她看见了。可是别人呢？干吗要烧了她们？还有牛头，叫什么来着，莫拉斯克？"

"莫洛克，"我说，"莫拉斯克是一种牡蛎。"

"得，"她说，"可是这说不通啊，德克斯特，我是说……"她转头看着别处，有一刹那我以为她要道歉了，可我错了。"如果说得通，"她说，"那也是按你的说法。那种你知道的说法。"她回过头看着我，但仍然没有尴尬的意思，"就是，你知道，我是说……他回来了吗？你的……"

"没，"我说，"他还没回来。"

"噢，"她说，"靠。"

"你发了库尔特·瓦格纳的通缉令吗？"我问。

"我知道怎么做自己的工作，德克斯特。"她说，"如果他还在迈阿密地区，我们会抓住他。佛罗里达法务部也得到消息了。只要他在佛罗里达，会有人抓住他的。"

"如果他不在佛罗里达呢？"

她死盯着我，那眼神让我看到了哈里发病前的样子。他做了一辈子警察，那是一种疲倦，一种被日常的挫败感磨得没了脾气的表情。"那他可能就逃脱了，"她说，"那我就得把你抓去交差，好保住我的饭碗。"

"那好吧，"我说，使劲儿装出开心的表情来掩饰我心中的巨大阴影，"让我们祈祷他开着一辆辨识度高的车吧。"

她哼哼着："是一辆红色吉优牌汽车，就是那种微型吉普。"

我闭上眼睛。这是种很奇怪的感觉，但我感到全身的血液都流到了脚上。"你说是红色的？"我听见自己用一种异常平静的声音问道。

没有回答。我睁开眼睛。德博拉正带着一种怀疑的表情看着我，那怀疑巨大得让我伸手可及。

"你他妈的怎么了？"她说，"这是你的声音告诉你的？"

"一辆红色吉优车前两天夜里跟踪过我，"我说，"然后有人想闯入我家。"

"浑蛋，"她冲我嚷起来，"你打算什么时候告诉我这一切？"

"只要你一跟我说话。"我说。

德博拉变得面红耳赤，低下头看着自己的鞋。"我忙。"她说道，不是很令人信服。

"跟库尔特·瓦格纳似的。"我说。

"好吧，老天爷，"她说，我知道这就是我能得到的全部道歉了，"是，是红色的，可是我靠。"她仍然低着头，"我想那老头儿说对了，坏家伙要赢了。"

我不愿意看着自己的妹妹这么沮丧。我搜肠刮肚想说几句鼓励的话，能提高士气、让她振作起来的话，可是，我什么也想不出来。"好啦，"我最后说，"如果坏家伙真的要赢了，至少你更有得忙了。"

她最后抬起头来，但脸上一丝笑意都没有。"是啊，"她说，"肯德尔发生了枪击案，有个家伙昨晚杀了他妻子和两个孩子。我得忙那个案子去了。"她站起来，慢慢恢复了一点儿惯常的状态。"为我们鼓掌。"她说，然后走出了我的办公室。

从一开始这就是一对完美搭配。新事物具有自我认知能力，这让掌控它们变得越发容易——而且让它更有成就感。它们彼此杀戮也进行得更加稳定，它不必再等很久就能找到新的寄居地——也不必再试图去繁殖。它急着赶到自己的寄居地去杀戮，它等着、渴望着那种陌生而奇妙的感觉。

可是当那感觉来临时，却只是缓慢地骚动几下，用纤细的触须去勾引它，然后未待盛开便凋谢了。

在我很小的时候曾经看过电视上的一组节目。一个男人用一根直竿顶着一叠盘子，转动直竿，盘子却在空中保持不落。如果他慢一点儿，或者转个身，尽管只是一刹那，一只盘子就会甩偏然后掉下来在地上砸碎，其他盘子也会接二连三地掉下来。

这难道不是一个关于人生的绝佳象征吗？人们都在保持自己的盘子在空中转动不落，一旦把它们架上去后就得目不转睛地盯着它们，让它们转个不停，不能稍有停息。另外，在真实生活中，有人还会趁你不留神的时候给你不断增加盘子，把直竿藏起来，改变重力定律。所以当你觉得所有的盘子都转得挺不错时，会突然听见背后响起可怕的碎裂声，然后一大摞你甚至都不知道它们的存在的盘子开始往地上掉。

本来我愚蠢地以为，曼尼·波尔克的不幸遇害减少了一只让我烦恼的盘子，因为现在我能用正常合理的价格操持婚礼宴会了，六十五美元一位，带冷切拼盘，冷饮管够。我能集中精力解决真正重要的问题，即找回自我。本以为一切平安无事，我转身了一下，结果迎接我的就是背后一阵碎裂的巨响。

充满象征意义的盘子在我下班后进入丽塔的家门时碎了。屋子里安静得我以为没人在家，可是扫了一眼屋内我就看见了一幅非常令人不安的情景。科迪和阿斯特一动不动地坐在沙发上，丽塔站在他们背后，脸上是一种能让新鲜牛奶变成酸奶的表情。

"德克斯特，"她说，声音中隐隐有雷霆万钧，"我们得谈谈。"

"当然。"我说，被她的表情震撼了，我那轻描淡写的语气对化解冷峻的气氛无济于事。

"孩子们。"丽塔说。显然这是她能说的全部内容了，因为她只是怒目圆睁，别的什么也说不出来。

但是我当然明白她指的是哪些孩子，所以我点着头鼓励她说下去。"是的。"我说。

"噢。"她说。

我鼓起勇气。"丽塔，"我说，"有什么问题吗？"

"噢。"她又说一遍，这对事情没什么帮助。

我看着科迪和阿斯特，他俩从我进门后还一动不曾动过。"得，"我说，"你俩能告诉我妈妈是怎么了吗？"

他俩交换了一下那著名的眼神，然后转向我。"我们不是成心的，"阿斯特说，"是个事故。"

尽管信息不足，不过至少是个完整的句子。"我很高兴听到这个，"我说，"是什么事故？"

"我们被逮住了。"科迪说，阿斯特用胳膊肘捅了他一下。

"我们真不是成心的。"她加重语气重复道，科迪转头看着她，想起来他们的约定。她瞪着他，他眨了一下眼睛，然后慢慢地朝我点头。

"事故。"他说。

亲眼看着同盟阵线的形成是件好事，不过我还是一点儿都不明白大家正在说什么，刚才又发生了什么。时间很紧迫了，因为晚饭时间快到了，德克斯特需要按时进食。

"他们就只愿意说这么多，"丽塔说，"跟没说似的！我不明白你们怎么能把薇莉佳的猫绑起来，还说这是事故！"

"它没死。"阿斯特用我从来没听过的特别细小的声音说。

"那园丁剪子又是干什么用的？"丽塔问。

"我们没用那个。"阿斯特说。

"可是你们打算用来着，是不是？"丽塔说。

两个小脑袋转过来对着我，过了片刻，丽塔也转过头来。

一幅动态画面开始浮现，我开始明白是怎么回事儿了。显然小家伙们想独立进行一次行动，在没有我在场的情况下。更糟糕的是，我感到自己跟这事儿有了不可摆脱的干系。孩子们眼巴巴地望着我，希望我能解救他们，丽塔则显然已经严阵以待准备好把满腔怒火撒在我身上。

"我相信会有个很好的解释的。"我说。阿斯特眼睛顿时发亮，拼命点头。

"就是个意外。"她高兴地坚称。

"把猫绑起来，用胶带绑到工作台上，手里拿着园丁剪子站在它旁边，而这一切只是个意外？！"丽塔说。

老实说，事情有点儿复杂了。一方面，我很高兴自己终于对问题有了全面了解；可另一方面，我们陷入了一个挺难解释的事件里。我情不自禁地想，丽塔如果能对这一切视而不见，会让她更愉快一点儿。

我以为我已经对阿斯特和科迪说得很清楚了，在我确定他们的翅膀长硬以前，他们是不能单飞的。但他们显然选择了对此不予理睬，而且，尽管他们正承受着这一行为的严重后果，可还得靠我来拯救他们走出困境。除非他们能真正明白再也不能这么干了，不得偏离我让他们遵循的由哈里制订的准则，不然我很乐于让他们回头是岸。

"你们知道做错了什么吗？"我问他们。他们一齐点头。

"你们知道为什么错了吗？"我说。

阿斯特看上去很不确定，她看看科迪，然后脱口而出："因为我们被逮住了！"

"你瞧，你瞧见了吧？"丽塔说，声音开始变得歇斯底里。

"阿斯特，"我说，仔细地端详她，眼睛一眨也不眨，"这会儿不是开玩笑的时候。"

"我真高兴有人会觉得这是个玩笑，"丽塔说，"可惜我不这么认为。"

"丽塔，"我用尽我能调动的全部的平静口吻，又加上我多年来孜孜不倦学来的成年人类的阴险狡诈，继续说道，"我想这就是吉勒斯牧师曾经提到过的时候，我需要教育他们。"

"德克斯特，这两个孩子真……我没办法了……而你……"她说，尽管已经快哭出来了，我还是很高兴地看到她渐渐能正常说话了。这当儿，一幕老电影的场景映入我的脑海，我非常明白作为一个正常人这会儿应该干吗。

我朝丽塔走去，脸上尽可能地显得严肃，把手放在她的肩头。

"丽塔，"我说道，非常满意地听见自己的声音是如此凝重和富有男人味儿，"你太介意这件事儿了，你让情绪蒙蔽了你的判断。这两个孩子需要明确的教导，我可以给他们。毕竟，"我突然想到了下面的话，庆幸自己还没失去方向，"我现在就是他们的父亲。"

我早该料到这句话会把丽塔推到泪海里。果然，我刚一说完，她就嘴唇颤抖，脸上的怒气一扫而光，泪水奔涌而下。

"好吧，"她啜泣着，"请你……我刚跟他们谈过了。"她大声抽泣着，急急地冲出了房间。

我由得丽塔戏剧性地退了场，又停了一下，才走回沙发前面，看着我的两个小坏蛋。"好了，"我说，"我们理解，我们保证，我们会耐心等待，那这是怎么了？"

"你太慢了，"阿斯特说，"我们除了这次什么也没干。而且，你也不是总对的，所以我们觉得我们不应该再等了。"

"我准备好了。"科迪说。

"真的吗？"我说，"那我猜你们的妈妈一定是世上最厉害的侦探，因为尽管你们准备好了，她还是把你们逮住了。"

"德克斯特啊！"阿斯特哼哼唧唧地说。

"不，阿斯特，你别插嘴，让我说一分钟。"我用我最严肃的表情对着她，她好像还想说什么，可是接下来奇迹发生了，阿斯特改变了主意，闭上了嘴。

"好吧，"我说，"我从一开始就说过，你们必须按我的方法来。你们不必认为我永远正确。"阿斯特嘟囔了一下，但什么也没说。"可你们必须听我的，按我说的做。不然我不会再帮你们了，你们也会以进监狱收场，没别的下场，明白吗？"

他们可能不知道该拿我的这种新语气和角色怎么办才好。我不再是玩伴德克斯特，而是摇身一变成了法官德克斯特，他们以前从没见过的。他们互相犹豫地看看，我便加重了语气。

"你们被逮住了，"我说，"被逮住了会怎么样？"

"罚站？"科迪没把握地说。

"啊哈，"我说，"要是你们三十岁了呢？"

阿斯特大概是有生以来第一次说不出话来了，科迪则已经用光了他的两个字配额。他们互相看着，然后都低下头看着脚尖。

"我妹妹，德博拉警官，还有我，一天到晚都在捉干了这类事情的人，"我说，"一旦让我们逮到了，他们就得进监狱。"我朝阿斯特笑笑，"那是对成年人的罚站，不过比罚站厉害多了。你会待在一个小房间里，面积跟你的厕所一样大。门被锁着，不管白天黑夜，小便要对着地上的一个小孔，吃的是发霉的白菜，周围有好多老鼠和蟑螂。"

"我们知道监狱是什么，德克斯特。"她说。

"真的吗？那为什么你们还急着要往那儿去？"我说。

"你知道什么是老火花吗？"

阿斯特又低头看看脚尖。科迪则一直没有抬头。

"老火花是电椅。如果他们逮住了你，他们会把你绑上老火花，在你的头上缠上电线，把你烤得跟培根似的。听上去好玩吗？"

他们摇摇头。

"所以首先要学习的就是不要被逮住，"我说，"记得食人鱼吗？"他们点头，"它们看上去太凶恶，所以人家一看就知道它很危险。"

"可是德克斯特，我们看上去不凶。"阿斯特说。

"嗯，你们看上去是不凶，"我说，"而且你们不要让自己看上去很凶。我们应该做正常人，而不是食人鱼。同样道理，你们要装成另一副样子。因为当有事情发生时，人们首先要找的就是凶恶的人。你们得让自己看上去很乖、很可爱、很正常。"

"我能化妆吗？"阿斯特问。

"等你长大了吧。"我说。

"你说我们每时每刻都得这样！"她说。

"我的确是说每时每刻。"我说，"你们这次被逮住了，是因为你们擅自行动，又不懂得自己在干什么，因为你们不听我的话。"

我想这场折磨已经差不多够长了，于是在沙发上坐下，坐在他俩中间。"不要在没有我在场的情况下再做任何事，明白吗？你们这次答应了我，得说话算话。"

他们慢慢抬起头看着我，然后点点头。"我们保证。"阿斯特轻轻说。科迪用更小的声音说："保证。"

"那好吧。"我说。我握起他俩的手，我们的手严肃地握在一起。

"好，"我说，"现在我们去跟你们的妈妈道歉。"他们俩一跃而起，心花怒放地庆祝这场讨厌的折磨终于过去。我跟着他们出了房间，对自己的表现近乎满意，像我曾经对自己觉得的那样。

也许为人之父终归还是有点儿意义的。

等我们三个在丽塔面前站住时，我眼疾手快地抓住了她。

"丽塔，"我静静地说，"我想我能把这事儿在出格之前处理好。"

"你没明白吗，这事儿已经出格了。"她说，停下来大大哽咽了一下。

"我有个主意，"我说，"我想让你明天带他们来我工作的地方，一放学就来。"

"可是那不是……不就是因为……"

"你看过一个叫《以身试法》的电视节目吗？"我说。

她看了我一会儿，抽搭了一下，又转头看着两个孩子。

于是，第二天下午三点半，科迪和阿斯特轮流看着法医实验室的显微镜。"那是头发？"阿斯特问。

"对。"我说。

"看着太恶心了！"

"人体的大部分都很恶心，尤其是从显微镜下看的话，"我告诉她，"看看头发旁边是什么。"

一片静默，直到科迪猛地拽了阿斯特一下，她把他揉到一边说道："科迪，别推我！"

"你们看到了什么？"我问。

"它们看上去不一样。"她说。

"它们是不一样，"我说，"第一根是你的，第二根是我的。"

她继续看了一会儿，然后从目镜上抬起头。"能看出来，"她说，"它们真的不一样。"

"还有更好玩儿的，"我告诉她，"科迪，把你的鞋给我。"

科迪非常配合地坐到地板上，脱下了左脚上的运动鞋。我接过来，伸出一只手。"过来。"我说。我拉着他站起来，他跟着我，用单脚跳着来到最近的桌子旁。我把他抱起来放到椅子上，举起鞋给他看鞋底。"你的鞋，"我说，"干净还是脏？"他仔细看看。"干净。"他说道。

"你是这么想的哈，"我说，"看这个。"我拿起一个小镊子，从鞋底纹路之间夹了几乎看不见的一小块脏东西，放在一个培养皿里。我从脏东西上取下更小的一块放在载玻片上，再放到显微镜下。阿斯特立刻挤过来看，可科迪飞快地跳了过来。"该我了，"他说，"我的鞋。"阿斯特看看我，我点点头。

"是他的鞋，"我说，"他看完你看。"她显然接受了这个安排，退到后面，让科迪爬上凳子。我看着目镜，调校好焦点，发现我所看到的正是我想要的。"啊哈，"我说，并退后一步，"告诉我你都看到了什么，年轻的大师。"

科迪皱着眉头从显微镜里看了好几分钟，直到阿斯特急不可待地扭动起来，我俩都看着她。"够久了，"她说，"该我了。"

"等一下，"我说，然后转回来对着科迪，"告诉我你看到了什么。"

他摇着头说："垃圾。"

"好，"我说，"现在我来告诉你。"我又看了看目镜，"首先，有动物的毛发，也许是猫科动物。"

"意思就是猫。"阿斯特说。

"然后，有泥土，含有高氮的，也许是盆栽土，就是用来培植家养植物的土。"我头也不抬地对科迪说，"你们从哪儿捉来的猫？车库？你们的妈妈在那儿种有植物？"

"是的。"他说。

"啊哈，我也这么想。"我又看着显微镜，"噢，看这儿。这是一根化纤，从谁家的地毯上带来的，蓝色的。"我看看科迪，扬起眉毛，"科迪，你房间的地毯是什么颜色的？"

他的眼睛瞪得圆圆的，说："蓝色。"

"对。如果我想搞得玄一点儿，我还能拿这根和你房间的地毯去比较一下，那你就死定了。我能证明是你捉的猫。"我又看着目镜继续说，"我的老天爷，有人最近吃了意大利馅儿饼，噢，还有一小块爆米花。记得上星期看的电影吗？"

"德克斯特，我想看，"阿斯特哼唧着，"该我了。"

"好。"我说。我把她抱到科迪身边的凳子上，让她也能看显微镜。

"我没看见爆米花。"她立刻说。

"角上那粒圆圆的棕色东西。"我说。她安静了片刻，然后抬头看着我。

"你没法儿真看出来那些，"她说，"光看显微镜的话。"

我很乐于承认我的确有点儿夸张，但毕竟我们今天的目的就是这个，所以我有备而来。我拿起一本事先准备好的记事簿，在桌面上打开。"我可以的。"我说，"而且不只这点，看。"我翻到一页上，上面是好几种不同动物的毛发的照片，是我精心挑选过的，用以对比它们的不同。"这根是猫毛，"我说，"跟山羊的完全不同，看见了吗？"我翻过一页，"地毯纤维。跟衬衫纤维不同，跟洗碗毛巾也不同。"

他们俩挤在一起看着这个本子，翻了十几页。的确，我能看出这些东西的区别。当然，我仔细挑选拼凑成了这本笔记，让法医工作看上去显得很厉害很强大。而且公平地说，我们真的有本事做到我给他们看的那些，尽管对捉到坏蛋作用有限，可我不想告诉他们这些，以免破坏一个迷人的下午。

"再看看显微镜，"几分钟后我告诉他们，"再看看你们还能发现什么。"他们急不可待地照做了，看上去非常高兴。

当他们最后抬头看着我时，我冲他们愉快地笑着说："所有这些都是从一只干净的鞋上来的。"我合上本子，看到他们正若有所思。"而且我们利用的只是一个显微镜。"我说，朝着房间里其他闪闪发光的机器点点头，"想想如果我们用上其他这些精密的机器，我们还能发现什么。"

"是啊。可是我们还可以赤脚。"阿斯特说。

我点点头，好像她说的话很有道理。"是啊，你可以。"我说，"那我可以干这个，把手给我。"

阿斯特看了我几秒钟，好像怕我会把她的手剁下来似的，但她还是慢慢伸出手来。我握住它，从口袋里掏出一只小指甲钳，从她的指甲缝里夹了点儿东西。"来看看你这里有什么。"我说。

"可是我洗手了。"阿斯特说。

"没关系。"我告诉她。我把那一小块东西放到另一片载玻片上，放到显微镜下面。"现在，来吧。"我说。

咚咚。

如果说我们都僵住了，也许有点儿夸张，但的确，我们都僵住了。他们俩都抬头看着我，我则看着他们，一下子都忘了呼吸。

咚咚。

声音更近了，我们几乎忘了我们是在警察局，一个按说是非常安全的地方。

"德克斯特。"阿斯特有点儿哆嗦地说。

"我们在警察局，"我说，"我们绝对安全。"

咚咚。

声音停止了，近在咫尺。我脖子后面的汗毛竖了起来，门慢慢地开了，我转过头去。

多克斯警官。他站在过道那里，瞪着我们，这似乎已经成了他永远的表情。"你。"他说。声音从他那没了舌头的嘴巴里发出，和他的表情一样让人不安。

"噢，是啊，是我。"我说，"真好你还记得。"

他朝屋子里又迈了一步，阿斯特从椅子上爬下来，跑到窗户那边，尽量离他远一点儿。多克斯停下来看着她，又看看科迪。科迪滑下椅子，站在那里，眼睛一眨不眨地看着多克斯。

多克斯看着科迪，科迪看着他。多克斯深吸了一口气，又转过头看着我，向前很快地迈了一步，差点儿失去平衡。"你，"他又说一遍，从牙齿间发出咝咝的声音，"挨子！"

"挨子？"我说，真的不明白他受了什么刺激。我是说，如果他真想吓唬小孩，至少该拿个本和笔来交流。

不过显然这个周到的想法超出了他的能力。他又吸了口气，伸出钢爪子指着科迪。"挨子。"他又吼叫一遍，嘴唇变形。

"他说的是我。"科迪说。我转头看他，听见他和多克斯异口同声，这简直跟噩梦似的。不过显然科迪不是在做噩梦，他只是看着多克斯。

"你怎么了呢，科迪？"我说。

"他看见了我的影子。"科迪说。

多克斯警官又摇晃着朝我迈了一步。他的右钢爪猛挥一下，好像连它都忍不住要袭击我。"你，不……"

显然他有话要说，但更显然的是他还不如不说，因为从他那受了重创的嘴巴里发出的奇怪音节完全让人不知所云。

"你……不……什么。"他咝咝地说，语气充满谴责。我终于明白他在谴责我。

"你什么意思？"我说，"我可什么都没干。"

"挨子。"他说，指着科迪。

"啊，是啊，"我说，"我是个良民。"平心而论，我是故意的，我知道他想说"孩子"，却说成"挨子"，因为他没了舌头，没办法。对多克斯来说，他肯定费尽全力想做语言交流却收效甚微，这是个残酷的事实，可是他还是不肯认输。这家伙简直不要面子了。

幸好正在这时，走廊里响起一阵脚步声，德博拉冲了进来。"德克斯特。"她说。她被眼前的疯狂场面惊呆了，停下了脚步。多克斯正举起钢爪冲着我，阿斯特缩在窗户旁边，科迪从工作台上抓起一把解剖刀对着多克斯。"怎么了，"德博拉说，"多克斯？"

他非常缓慢地放下胳膊，但没有把视线从我身上挪开。

"我到处找你，德克斯特，你去哪儿了？"

我对她在此时出现十分感激，所以没有指出她的问题有多蠢。"啊，我就在这儿，在给孩子们上课，"我说，"你刚才在哪儿？"

"在去戴拿基码头的路上，"她说，"他们发现了库尔特·瓦格纳的尸体。"

Chapter

孩子们不见了 **9**

　　德博拉载着我们以埃维尔·克尼维尔 ① 飞越大峡谷的速度穿过车流。我想用一种礼貌的方式指出来我们只是要去看一具死尸，他不会逃跑，所以可否请她慢一点儿，但我想不出要怎么说才不至于让她腾出扶着方向盘的手扑过来掐我的脖子。

　　科迪和阿斯特太小了，还不理解他们的生命处于危险之中，他们坐在后座上好像很享受，甚至在我们每次抢了别的车的道儿、被别的司机粗鲁致意的时候，他们会齐齐伸出小小的中指予以回敬。

　　在一号高速公路上有三辆车出了事故，让我们不得不放慢速度。我得以不必死命憋着气才不至于尖叫出来，于是我开始想了解一下我们到底赶着去看什么。

　　"他是怎么死的？"我问她。

　　"跟其他人一样，"她说，"烧焦了，而且尸体的头不见了。"

　　"你肯定那是库尔特·瓦格纳吗？"我问她。

　　"我能证明吗？还不能。"她说，"我肯定吗？太他妈肯定了。"

　　"为什么？"

---

① 美国冒险运动家，特技明星。

"他们在附近发现了他的车。"她说。

我一般情况下都能明白为什么人们会对头颅另眼相看，也知道该去哪儿找到它们。但现在，在我孤身一人的时候，情况都不再是一般的了。

"这实在没道理，你知道。"我说。

德博拉哼哼着，手掌狠狠拍了一下方向盘。"可不是嘛！"她说。

"库尔特肯定是杀了别的受害者的人。"我说。

"所以，是谁杀了他呢？他的上级？"她说，趴在汽车喇叭上，逆行了一段，超过别的车。她闪过一辆公共汽车，加大油门，又把其他的车甩下去五十码，直到把堵车的部分都超了过去。我努力让自己不要忘了喘气，而且想着我们将来肯定都会死的，所以即便今天被德博拉整死又有什么分别？不过这么想不是特别管用，只能让我不喊出来，不从窗户跳出去，一直坚持到德博拉把车又开回了正确的道路上。

"真好玩儿，"阿斯特说，"能再来一遍吗？"

科迪兴奋地点着头。

"而且咱们可以拉响警笛，"阿斯特说，"你干吗不用警笛呢，黛比警官？"

"别叫我黛比，"德博拉飞快地说，"我不喜欢警笛。"

"为什么？"阿斯特追问。

德博拉长长地出了一口气，用眼角瞥着我。"挺正常的问题。"我说。

"太吵了，"德博拉说，"现在让我专心开车，好吗？"

我们默默地开到了格兰特大街，我只好独自思索这一切。可我想不出什么，除了有一点。

"如果库尔特的死只是偶然呢？"我说。

"即便是你也不会这么想吧。"她说。

"可是如果他在逃，"我说，"也许他想从哪儿搞到假身份证结果搞砸了，或者在乡下被抢了。在那种情况下，有足够多的坏蛋能让他给撞上。"

的确不大可能，即便对我来说。但德博拉还是想了几秒钟，咬着下嘴唇，甚至无意间对着一辆彬彬有礼地驶出饭店的面包车按了按喇叭。

"不，"她最后说，"他被烧焦了，德克斯特，跟前两个一样。别人没可能照搬。"

我再次感到空虚的内心起了一阵小小的骚动，那是黑夜行者曾经待过的地方。

我闭上眼睛，想搜寻一点儿我那昔日永恒伴侣的遗迹，可是一无所获。我睁开眼睛，正好看见德博拉加速绕过一辆鲜红色的法拉利。

"人们会看报纸，"我说，"总是有些人会模仿杀人的。"

她又想想，然后摇摇头。"不，"她最后说，"我不相信巧合。像这件事不可能。砍头、烧焦一起来，这只是巧合？没门儿。"

希望又一次彻底破灭，尽管如此，我还得承认她大概是对的。砍头、烧焦的确不是通常意义的大老粗杀人法，绝大多数人更有可能做的，只是照头上来一下子，在脚上绑上重物，把你丢进大海。

所以，我们赶去看一具我们肯定是个凶手的家伙的尸体，他被用他杀别人的同样手段给杀死了。如果是以前的我，我肯定会很享受这完美的讽刺性，但以我目前的状况来看，则不如说更是对按部就班的规律生活的又一恼人挑衅。

但德博拉没给我时间去自寻烦恼、怨天尤人。她钻过椰树林中心区的繁忙车流，开进了海湾公园旁边的停车场，从那儿能看见熟悉的马戏团。三辆警车已经停在那里了。卡米拉·菲格正在一辆被撞毁的红色吉优车上取指纹，那大概是库尔特·瓦格纳的车。

我探出头看看四周。尽管没有声音在耳边低语，我也立刻看出这场面有些不对头。"尸体呢？"我问德博拉。

她正要朝游艇俱乐部走去。"在岛上。"她说。

我眨眨眼，下了车。不知道为什么，想到岛上的尸体，我脖子后面的汗毛就竖了起来，我望向水面想找到答案，但我所看到的只是午后的微风吹过松柏，吹进我空荡荡的内心。

德博拉用胳膊肘捅了我一下。"来啊。"她说。

我看看后座上的科迪和阿斯特，他们正使劲儿要解开纠缠的安全带，想要下车。"待在这里，"我对他们说，"我一会儿就回来。"

"你去哪儿？"阿斯特说。

"我得去岛上。"我说。

"那边有死人吗？"她问我。

"是的。"我说。

她看看科迪，然后看看我。"我们想去。"她说。

"不，绝对不行。"我说，"我上次已经惹了够多麻烦了。如果我再让你们看死尸，你们的妈妈会把我也变成死尸的。"

科迪觉得那太好笑了，叽咕了一下，摇了摇头。

我听见一声喊叫，透过大门望向码头。德博拉已经在码头上了，正要踏上一艘停在那里的警用快艇。她朝我挥手喊道："德克斯特！"

阿斯特跺着脚想引起我的注意，我回头看她。"你们必须留在这里，"我说，"我现在得走了。"

"可是德克斯特，我们想坐船。"她说。

"啊，你们不能，"我说，"不过你们要是乖，我这周末拿我的船带你们出海。"

"去看死尸？"阿斯特说。

"不，"我说，"我们最近不会再看死尸了。"

"可是你答应过的！"她说。

"德克斯特！"德博拉又喊了一声。我朝她挥挥手，似乎不是她想要的回答，因为她愤怒地回应了我。

"阿斯特，我必须走了，"我说，"待在这儿。我们回头再谈这个。"

"老是回头再说。"她嘟囔着。

穿过大门的路上，我停了下来，向那里穿制服的警察交代了一句。那是一个大块头警察，黑头发，额头很低。"能麻烦你帮我看一眼那边我的小孩吗？"我问他。

他看了我一眼："我干吗的？托儿所巡逻的？"

"就几分钟，"我说，"他们很乖。"

"听着，哥们儿……"他说，但还没能说完，德博拉已经从天而降出现在了我们面前。

"妈的，德克斯特！"她说，"赶紧滚上船！"

"抱歉，"我说，"我得找人看着孩子。"

德博拉咬紧牙关，然后看了大个子警察一眼，读出他的名牌。"萨青斯基，"她说，"看着那两个倒霉孩子。"

"啊，可是，警官，"他说，"老天爷。"

"看好孩子，妈的。"她说，"你会学到东西的。德克斯特，上船，现在！"

我温顺地转身快步朝船跑去。德博拉嗖地超过我，等我跳上船时她已经坐好了。驾船的警察穿过一艘艘停泊的帆船，将我们的船朝着一个小岛开去。

在戴拿基码头外围有几个小岛，给码头提供了阻挡风浪的天然屏障，使得戴拿基码头成为良好的停泊区。当然了，说它好是指在通常情况下。小岛周围散落着破损的船只和其他被最近频繁的飓风吹来的垃圾，不时会有流浪者拿这里的船只残片搭建起临时窝棚暂住。

我们要去的小岛是其中更小的一个。半只原本四十英尺长的小船以一种奇怪的角度停在岸边，岸边的松树上挂着泡沫、破布、破塑料片和垃圾袋。除此之外，别的都和土著印第安人在的时候一样，不失为一小块宁静的土地，尽管种植着澳大利亚松树，乱扔着避孕套和啤酒罐。

当然，库尔特·瓦格纳的尸体是另外一回事儿，那有很大可能是印第安土著之外的人留下的。它躺在小岛中央一块被清理出来的地面上，而且跟前面几次一样，被摆放得很讲究，双臂合拢放在胸前，双腿并拢。尸体无头，赤裸，被烧焦，和其他那几个很像。除了这次多了个小物件。脖子上有一根皮质绳子，挂着一块鸡蛋那么大的锡质奖牌。我凑过去看，上面是一只牛头。

我再次感到一种奇怪的剧痛，好像我有些懂得此刻的意义，但又不知道为什么，也不知道如何表达——即便没有了黑夜行者，我也并非独自一人。

文斯·增冈正蹲在尸体旁边检查烟头，德博拉蹲在他身边。我绕着他们转了一圈，从各种角度看着那具尸体——和警察在一起的静物。我大概是希望能发现哪怕是微小的但有意义的线索，比如凶手的驾驶执照或者是签名自白书。可是没有这类东西，什么都没有，只有沙子、无数双脚留下的斑驳脚印，以及海风。

我在德博拉身边单膝跪下。"你们想找文身，是吗？"我问她。

"这里。"文斯说。他伸出一只戴着胶皮手套的手，将尸体稍微提起来一点儿。就在那儿，有一半被沙子覆盖但仍然清晰可见，只是上部边缘被切了一点儿，大概是跟头一起切掉了。

"是他。"德博拉说，"文身，还有他在码头的车——是他，德克斯特。我希望我能明白那该死的文身是什么意思。"

"是阿拉姆语。"我说。

"你是怎么知道的？"德博拉说。

"我研究了一下。"我说。我在尸体旁边蹲下。"看。"我从沙子里捡起一根松枝指点着。第一个字母有一部分不见了，和头一起被切了下去，但剩下的跟我学到的相符。"那是个 M，还有 L，以及 K。"

"这是他妈的什么意思呢？"德博拉问道。

"莫洛克。"我说。即便只是在阳光下说出这几个字，我都会没来由地感到一阵寒意。我试着摆脱这种感觉，可仍然很不舒服。"阿拉姆语没有元音。所以MLK 就是莫洛克的意思。"

"也可能是牛奶。"德博拉说。

"真的吗，德博拉，如果你觉得咱们的凶手会往脖子上刺个牛奶文身，你得歇歇了。"

"可是就算瓦格纳是莫洛克信徒，谁会杀他呢？"

"瓦格纳杀了其他人，"我说，非常努力地让自己保持深思熟虑和自信满满的状态，同时做这两件事可不容易，"然后，嗯……"

"是啊，"她说，"我已经想到了'嗯'。"

"你还盯着威尔金。"

"我们当然还盯着威尔金了，天哪。"

我又看一眼尸体，可是它没能告诉我别的什么，所以我几乎还是一无所知。我没法儿停止我那不断绕圈的思绪：如果瓦格纳是莫洛克信徒，现在瓦格纳死了，他就是被莫洛克杀的……

我站了起来，感到一阵眩晕，好像明亮的阳光砸在我身上，从远处我听见讨厌的音乐开始汹涌起伏，在这个下午的此刻，我不怀疑神就在不远处呼唤着我——真的是神，而不是什么精神病在跟我开玩笑。

我摇摇头，想让自己静静，结果几乎摔了个跟头。我感到有一只手在扶着我的胳膊帮我站稳，可我不知道那是德博拉、文斯，还是莫洛克本尊。远处有谁在喊我的名字，但是用的是歌唱般的声调，抑扬顿挫，渐渐融入了我那么熟悉的那段音乐的韵律。我闭上双眼，脸上感到灼烧，音乐声变大。有谁在摇晃我，我睁开眼睛。

音乐停止。热量只不过是来自迈阿密的阳光，夹带着午后呼啸的风。德博拉握着我的双臂摇晃着我，一遍一遍耐心地喊着我的名字。

"德克斯特，"她说，"嘿，德克斯特，怎么了？德克斯特，德克斯特。"

"我在。"我说，尽管我并不是百分百确信这一点。

"你没事儿吧，小德子？"她说。

"我想我是站得太急了。"我说。

她看上去很怀疑。"啊哈。"她说。

"真的，德博拉，我现在没事儿了，"我说，"我的意思是，我觉得没事儿了。"

"你觉得。"她说。

"是的，我的意思是，我站起来太快了。"

她又看了我一会儿，然后放开我，向后退了一步。"好吧，"她说，"如果你还能上船，我们回去吧。"

大概是因为我还晕乎着，她的话我听不懂，好像只是些没意义的音节。"回去？"我问。

"德克斯特？"她说，"我们现在有六具尸体，可我们唯一的嫌疑犯就是躺在这里没了脑袋的这个。"

"是啊，"我说，听见远处的鼓声，"那我们去哪儿？"

德博拉攥着拳头，咬牙切齿。她低头看着尸体，有一刹那我以为她会朝它吐唾沫。"你上次撵到运河里的那家伙呢？"她最后说道。

"斯塔扎克？不，他说……"我没说完就停下了，但还是被德博拉听见了。

"他说？你什么时候跟他谈过了？妈的！"

公平地说，我还晕着呢，所以我没想就开口，现在我搞砸了。我没法儿跟我妹妹解释清楚，我只不过是在前几天晚上把他绑在工作台上，本打算把他切成小块的时候，跟他谈了谈。不过血液大概是又回流进了我的大脑，因为我飞快地说道："我的意思是，他似乎只是一个……我也说不好。我想那是个误会，我开车时抢了他的道儿。"

德博拉生气地瞪着我，然后好像相信了我的话，她转身踢了一脚沙子。"好吧，反正我们什么指望也没了，"她说，"查查他也没坏处。"

告诉她我已经彻底查过他了可不是个妙招儿，那大大超过了一个正常警务人员的工作常规，所以我只是赞同地点了点头。

小岛上也没什么值得再看的了。文斯和其他法医部的专家就能搞定，我们在那儿只能碍事儿，再加上德博拉已经迫不及待地要回到陆地上去震慑嫌犯，所以我们走到岸边，登上警局小船飞快地回到了码头。我上岸后感觉好点儿了，便走回停车场。

我没看见科迪和阿斯特，于是朝低额头警察走过去。"孩子们在车里，"我还没开口，他便说道，"他们想跟我玩儿警察捉强盗，我可没报名当托儿所保育员。"

显然他觉得托儿所的说法特别幽默，所以一说再说，为了不给他再次幽默的机会，我便只是点点头谢了他，然后朝德博拉的车走去。直到我走到车跟前都没看见科迪和阿斯特，我开始奇怪他们到底在哪辆车里。不过紧接着我看到了他们缩在后座上，惊恐地瞪着我。我试着开门，可门锁上了。"我能进来吗？"我隔着玻璃窗喊道。

科迪笨手笨脚地摸到了锁，打开了门。

"怎么了？"我问他们。

"我们看见吓人的家伙了。"阿斯特说。

刚一开始我没明白他们说的是什么，所以更不明白为什么自己后背上冷汗直冒。"你指什么，什么吓人的家伙？"我说，"你说那边的警察？"

"德克斯特啊，"阿斯特说，"我说的不是笨家伙，是吓人。就跟我们看到头那天看到的一样。"

"同一个吓人的家伙？"

他俩又互相看了一眼，科迪耸耸肩。"算是吧。"阿斯特说。

"他看见了我的影子。"科迪用他柔和沙哑的嗓音说。

能听到这小孩敞开心扉真好，不过更好的是我现在知道自己为什么冒冷汗了。他以前就提过他的影子，可我没在意。现在该好好注意听了。我钻进后座，和他们挤在一起。

"科迪，你怎么知道他看见了你的影子？"

"他是这么说的，"阿斯特说，"科迪也能看见他的。"

科迪点点头，眼睛一眨不眨地盯着我，他脸上的表情则和往常一样，戒备而冷漠。可是我知道他信任我，愿意把这事儿交给我来处理。我希望能感染一点儿他的乐观精神。

"说到你的影子。"我字斟句酌地问他，"你是说太阳在地面弄出来的影子？"

科迪摇摇头。

"你还有另外的影子。"我说。

科迪看着我，好像我刚问的是他有没有穿裤子，但是他点点头。"里边的，"他说，"就跟你以前有过的一样。"

我往后靠在椅背上，假装在喘气。"里边的影子。"这描述棒极了——优雅、简约、准确。而又是我所曾经拥有的，这又给它增加了一分酸楚，令我觉得相当动人。

当然，感动没什么用，所以我一般都避免感动。此刻，我竭力摆脱这种感觉，一边奇怪那昔日固若金汤、巍峨壮丽、用纯理性打造的德克斯特城堡究竟出了什么问题。我清楚地记得我曾经有多么聪明，可是我一直忽视了很重要的一件事儿。问题并不是科迪所说的内容，而是我怎么会一直没能懂得他。

科迪看见另一个猎手，而且借助他自己内心的黑色物质认出了这个同伴。从前当黑夜行者还在我心里住着的时候我也能做到。同样，对方也用完全一样的方式认出了科迪。可是为什么科迪和阿斯特会被吓得钻进了汽车呢？

"那人跟你说了什么？"我问科迪。

"他给了我这个。"科迪说。他递过来一张浅黄色名片，我接了过来。

名片上是一个牛头的图案，和我在小岛那边库尔特尸体的脖子上看到的完全一样。图案下面是和库尔特的文身一样的字：MLK。

车前门打开了，德博拉一下子钻进来，坐在方向盘后面。"走吧，"她说，"坐回你的座位。"她猛地把钥匙捅进引擎开关，把车打着，我连说话的机会都没有。

"等一分钟。"我喘上来一口气后挣扎着说。

"我连一分钟都没有。"她说，"干吗？"

"他刚才在这儿，德博拉。"我说。

"看在老天的分儿上，德克斯特，说清楚谁在这儿？"

"我不知道。"我承认。

"那么你怎么知道他在这儿？"

我凑过去递给她名片。"他留下了这个。"我说。

德博拉接过来看了一眼，马上丢到座位上，好像那上面有毒蛇的液体。"靠，"她说着，关了引擎，"他把这个留在哪儿了？"

"给了科迪。"我说。

她转过头，换个儿地看着我们仨。"他干吗把名片给一个孩子？"她问。

"因为——"阿斯特说，我用手捂住她的嘴。

"别插话，阿斯特。"趁她还没提到影子，我赶紧说道。

她喘了口气，想了想还是顺从地不吭声儿了，但嘴巴被捂着她还是很不开心。我们就这样坐在那儿，四个人组成了一个不开心的大家庭。

"他干吗不把名片放在风挡玻璃上，或者放在信封里寄来？"德博拉说，"再说，到底干吗要给名片？看在老天的分儿上，印这么个东西是什么意思？"

"他把这个给科迪是想吓唬我们，"我说，"他是想说，'瞧，我能找出你们最薄弱的环节'。"

"显摆。"德博拉说。

"对，"我说，"我也这么想。"

"这浑蛋，这是他干的头一件稍微有点儿逻辑的事儿。"她拿手拍着方向盘，"他想玩儿捉迷藏游戏，那些疯子都喜欢这个，赶巧我也能玩儿这个。我会把那杂种逮住。"她回头看我。"把名片放进证据袋，"她说，"再让孩子们做一下描述。"她打开车门钻了出去，到那边找那大块头警察萨青斯基去了。

"好吧，"我对科迪和阿斯特说，"你们记得那伙的样子吗？"

"记得，"阿斯特说，"我们真会跟他玩儿游戏吗，就像你妹妹说的那样？"

"她说的'玩儿'和你们玩儿踢罐子是不一样的，"我说，"是他想试试我们能不能逮住他。"

"那这跟踢罐子有什么不同呀？"阿斯特说。

"玩儿踢罐子的话，不会有人死去，"我告诉她，"那人长什么样儿？"

她耸耸肩："他挺老的。"

"你是说，真的老？白头发、满脸皱纹的那种老？"

"不，你知道，跟你差不多老。"她说。

"啊，你是说那种'老'。"我说，感到冰冷的死神的手指轻轻刮过我的脑门儿，半晌还能感觉到它那微弱而颤抖的手的存在。从一个才十岁的孩子这儿得到一个清晰的描述是不大可能了，她对所有的大人都不感冒。显然德博拉选择去跟笨警察拿情报是个比较聪明的决策。跟孩子费劲儿是没戏的，不过我还是把死马当活马医吧。

我突然灵光一闪。如果那个吓人的家伙是斯塔扎克，他返回来找我算账，倒还说得通。"你还记得他的别的什么吗？他说话带不带口音？"

她摇摇头："你说像法语口音的那种？不，他发音很正常。谁叫库尔特？"

如果说我的小心脏在听到她这话后翻了个个儿，那是夸张，但我的确感到心中一凛。

"库尔特就是我刚看过的那个死了的家伙。你干吗问这个？"

"他说，"阿斯特说道，"他说将来科迪会成为一个比库尔特强得多的帮手。"

一阵突如其来的冷战滚过德克斯特的小宇宙上空。"真的吗？"我说，"多好的人哪。"

"他一点儿都不好，德克斯特。我们跟你说过了，他很吓人。"

"可他到底什么样子呢，阿斯特？"我有气无力地问，一点儿不抱希望，"如果我们连他什么长相都不知道，怎么抓住他呢？"

"你用不着抓他，德克斯特，"她说，仍然带着那种有些不耐烦的口气，"他说时候到了，你就会找到他。"

地球停转了一刹那，足够让我感觉到每一滴冷汗从毛孔奔涌而出。我稍稍恢复了神志之后，问她："他原话到底是怎么说的？"

"他说等时候到了，你会找到他的。我刚说了。"她说。

"他是怎么说的，"我说，"'告诉爸爸''告诉那家伙'，还是什么？"

她叹了口气。"'告诉德克斯特，'"她很慢很慢地说，好让我能听懂，"就是你。他说：'告诉德克斯特他会找到我的，等时候到了。'"

听了这话我本该更害怕。可奇怪的是，我没有。事实上，我感觉好一点儿。现在我确定有人在跟踪我。上帝还是死神，已经不再重要，他会等时候到了降临，不管那到底意味着什么。

除非我先下手为强。

这想法很蠢，是照搬高中生更衣室打架的战术？自己目前的表现是完全没有能力提前哪怕半步，更别说找出他了。这么久以来，我什么都做不了，除了眼睁睁地看着他跟踪我、吓唬我、追赶我，把我吓得体如筛糠，我这辈子还没有被吓成这样过。他知道我是谁，在做什么，在哪儿，我却连他的长相都不知道。"求你了，阿斯特，这很重要，"我说，"他高个子？留胡子？古巴人？黑人？"

她耸耸肩。"只是，你知道，"她说，"是白人。他戴眼镜。就是个普通人，你知道。"

我不知道，但德博拉一把拉开了门，一屁股坐进驾驶座。"天哪，"她说，"世上怎么会有这么笨的家伙？"

"你是说萨青斯基没说出来什么？"我问。

"他说了一卡车的话，"德博拉说，"可都是脑死亡的废话。他觉得大概有个家伙开了辆绿色汽车。没了。"

"蓝色，"科迪说，我们都转过头去看他，"是蓝色的。"

"你肯定？"我问他，他点点头。

"那我是该信这个小孩儿呢，"德博拉问道，"还是信一个上岗十五年但满脑子除了大便一无所知的警察？"

"你不该老是说脏话，"阿斯特说，"你已经欠了我五块半罚金了。而且，科迪说得对，是蓝色的。我也看见了，就是蓝色的。"

我看着阿斯特，同时也感觉到德博拉用目光逼视我的压力，于是我又转过去看她。

"哦？"她说。

"哦，"我说，"别说脏话。这儿是两个非常聪明的孩子，而萨青斯基绝对不会受邀加入门萨俱乐部①。"

"你觉得我该相信他俩？"她说。

"没错。"

德博拉琢磨了一会儿，嘴巴动着，好像真的在咀嚼什么很硬的食物。"好吧，"她最后说，"那么我现在知道他开辆蓝色车，跟迈阿密每三辆车中就会有的一辆那样。教教我这能怎么帮到我。"

"威尔金开蓝色车。"我说。

"威尔金被监视着呢，你傻啊？"她说。

"给他们打个电话。"

她看看我，咬咬下嘴唇，然后拿起她的无线电，出了汽车。她说了几句，我听见她的音调提高，接下来又说了几句她的经典脏话，阿斯特边看边摇头。最后德博拉冲了进来。

"杂种。"她说。

"他们把他看丢了？"

"不，他就在那儿，他自己家里。"她说，"他刚刚开车回家，进了房间。"

"他去哪儿了？"

"他们不知道。"她说，"他们换班的时候没盯住。"

"什么？"

---

① 做智力测试的国际组织。

"迪马克进门，鲍尔弗出门，"她说，"他就趁他们交接的空当儿溜走了。他们发誓他走了不到十分钟。"

"他家离这里五分钟。"

"我知道，"她惨兮兮地说，"那我们现在怎么办？"

"让他们继续监视威尔金，"我说，"同时，你跟斯塔扎克谈谈。"

"你跟我一起来，对吗？"她说。

"不，"我说，想着我可不愿意见那家伙，而且正好有一个绝好的借口，"我得送孩子们回家。"

她气呼呼地看了我一眼。"如果不是斯塔扎克干的呢？"她说。

我摇摇头。"我不知道。"我说。

"是啊，"她说，"我也不知道。"她发动引擎，"回到你的座位上去吧。"

我们回到总部时早已过了五点，所以我无视德博拉怨恨的表情，把科迪和阿斯特塞进我那辆小车，启程回家。他俩一路上都很老实，显然是对那个吓人的家伙心有余悸。不过他们都是挺坚强的孩子，这从他们遭受了亲生父亲的那般锤炼之后还没丧失说话的功能就能看出来，所以我们离开警局十分钟后阿斯特就恢复正常了。

"你要是能像黛比警官那样开车就好了。"她说。

"我还想多活一阵儿。"我告诉她。

"你怎么没有警笛？"她问，"你不想要一个警笛？"

"法医没有警笛，"我说，"而且，我不想要一个警笛。我比较低调。"

从后视镜我看见她皱眉头。"什么意思？"她问。

"意思是我不愿意引起别人的注意。"我说，"我不愿意让别人注意我。这一点你俩也应该学会。"

"别的人都想引人注目，"她说，"他们整天就惦记这个，就想让大家都看着自己。"

"你俩不同，"我说，"你们永远都和别人不一样，你们也永远不会和别人一样。"她半晌没说话。我从后视镜里看着她，她低头看着自己的脚。"那也未必不好，"我说，"'正常'的另一个说法叫什么来着？"

"我不知道。"她一头雾水地说。

"普通，"我说，"你真的希望自己普通吗？"

"不，"她说，听起来没那么不高兴了，"可是如果我们不普通了，人们就该注意我们了。"

"所以你要保持低调，"我说，暗自高兴终于能自圆其说了，"你得装作特别正常。"

"也就是说我们绝对不能让任何人知道我们跟他们不一样，"她说，"谁都不能。"

"对。"我说。

她看看她弟弟，他俩又那样默默地意味深长地用目光交谈了一气。我享受着这片刻安宁，在傍晚的拥堵车流中开着车，有点儿可怜起自己来。

过了几分钟，阿斯特又开腔了："也就是说我们对妈妈也不能说我们今天干了什么。"

"你们可以跟她说显微镜的事儿。"我说。

"可是别的事情不能说？"阿斯特说，"吓人的家伙，还有黛比警官开车？"

"对。"我说。

"可是我们不该撒谎，"她说，"尤其是对妈妈。"

"所以你们不要跟她说这些事儿，"我说，"她知道了会很担心的，她不需要知道这些事儿。"

"可是她爱我们，"阿斯特说，"她希望我们开心。"

"是的，"我说，"可是得用她能理解的方式才能让她相信你们是开心的，不然她会不开心。"

又是一阵长长的沉默，末了当我们拐进家附近的街道时，阿斯特说："吓人的家伙也有妈妈吗？"

"几乎肯定有。"我说。

丽塔大概是正在门前等着，所以我们刚一停好车，打开门，她就迎了出来。"嘿，"她高兴地说，"你俩今天学到什么了？"

"我们看见泥土，"科迪说，"从我的鞋底。"

丽塔眨眨眼。"真的？"她说。

"还有一粒爆米花，"阿斯特说，"我们看了麦克风，从那儿能看出来我们都去过哪儿了。"

"是显微镜。"科迪纠正道。

"随便,"阿斯特耸耸肩,"而且能看出是谁的毛发,山羊还是地毯。"

"哇,"丽塔说,看上去有些震撼和难以置信,"你们还真学到了很多东西。"

"是的。"科迪说。

"好吧,那么,"丽塔说,"你俩赶紧去做作业吧,我给你们准备零食。"

"好。"阿斯特说道,和科迪一路小跑进了家。丽塔目送他们进去,然后转向我,挽着我的胳膊,一同漫步走进家门。

"看来还不错?"她问我,"我是说,他们看上去很……"

"他们的确是,"我说,"我想他们开始明白犯那样的错误是有后果的。"

"你没给他们看太残酷的东西,是吗?"她说。

"没有,连一滴血都没有。"

"好。"她说着把头靠在我的肩膀上,我想这就是你打算结婚而要付出的代价之一。也许这只是她的一个简单的圈地运动,向世界证明我归她所有,我应该为她没运用传统的动物界的方式而感到高兴。可是通过身体接触公开表达感情这件事儿我还没太吃透,我觉得别扭,不过还是伸出一只胳膊搂着她,我知道这是正确的人类反应。我们就这样相拥着跟着孩子们进了屋。

我知道那不是一个梦。可是夜里有个声音再次潜入了我那可怜的备受摧残的大脑,音乐和吟唱以及金属的敲击声都是我所熟知的,我的脸上感受到灼烧,还有那涌动高涨的喜悦从我荒芜已久的内心升起。我醒来时已经站在门前,手放在门把手上,浑身大汗淋漓,很满足,很有成就感,没有一丁点儿本该有的不自然。

我当然知道"梦游"这回事儿。但我也从大学一年级的心理学课本上知道梦游一般不是由音乐引起的,我也知道在我内心深处本该为发生在我身上的事情感到焦虑、担忧、挣扎。这些事情本不该发生,可是它们的确存在在那里,而且我为能拥有它们而高兴。这一点才是最吓人的地方。

那种音乐对于德克斯特来说是不受欢迎的。我不想要它,希望它走得远远的。可是它不请自来,一遍遍奏响,让我违背自己的本意欣喜若狂,还把我牵到门前,显然是要把我往门外头引,而且——

而且什么呢?我被一个邪恶阴暗狠毒的念头吓了一跳,不过……

这到底是不是一个偶尔的冲动,不经大脑的想法,使得我下了床走过通道来到门边?还是有什么东西试图引导我打开门走到外面?他曾告诉孩子们当时候到了我就会找到他——现在时候到了吗?

有谁希望德克斯特夜里孤身一人而且神志不清?

这想法真棒,我很自豪想到这个,因为这意味着我已经脑残了,没法儿干大事儿了。我在愚蠢的道路上越走越远了。这是没可能的、白痴的、累出毛病了的歇斯底里。世上没人能虚掷这么多光阴,德克斯特除了对德克斯特自己以外,对别人没那么重要。为了证明这一点,我关掉了前门廊下的灯,打开了大门。

街对面向西五十英尺的地方,有辆车发动引擎,然后开走了。

我关上门,上了两道锁。

现在又轮到我在厨房的餐桌旁坐下,喝着咖啡,试着解开这人生谜团。

我坐下时是三点三十二分,丽塔进到厨房时是六点整。

"德克斯特。"她脸上带着梦游似的惊奇表情说。

"活着呢。"这会儿要保持我惯常的乐天假面实在难上加难。

她皱起眉头:"你怎么了?"

"没事儿,"我说,"只是睡不着。"

丽塔俯身摸到咖啡壶,给自己倒了一杯。然后她在我对面坐下来,喝了一口咖啡。"德克斯特,"她说,"预订是很正常的。"

"当然,"我说,完全不知她在说什么,"不预订就没座儿了。"

她摇摇头,疲倦地笑了。"你知道我在说什么。"她说,我不知道,"关于婚礼。"

我脑海里有什么在闪烁,我差点儿说"啊哈"。当然是婚礼。人类女性对婚礼的话题情有独钟,即便那不是她们自己的婚礼也一样。如果真的是她们自己的,她们会白天黑夜无时无刻不在想这事儿。丽塔透过一副婚礼魔术眼镜,已经预见了每一件婚礼上发生的事情。如果我睡不着,那一定是因为做了个关于婚礼的噩梦。

我呢,说实在的,一点儿都没被这事儿困扰,我还有一大堆更重要的事儿要想。婚礼,那是件自动进行的事情。到点儿了,我出现一下,它进行下去,就这样。显然我跟丽塔在这点上没法儿有共同意见,尽管我觉得我的想法特别合理。不行,我得为自己的失眠想出一个说得过去的理由。

我环顾室内,终于在洗碗槽旁边看见两个午餐饭盒。这个不赖。我在那枯竭的大脑中搜寻半晌,找到一个似乎还可以的说法。"如果我对于科迪和阿斯特来说不够好怎么办？"我说，"我不是他们的爸爸，却要给他们当爸爸，如果我做不好呢？"

"哦，德克斯特，"她说道，"你是一个很棒的爸爸。他们绝对爱你。"

"可是，"我说道，一半假装苦恼，一半是真苦恼下边要说什么，"可是他们现在还小。等他们长大了，等他们想了解他们的亲生父亲——"

"他们已经知道那杂种够多的了。"丽塔飞快地说。我吃了一惊，我从来没听她爆过粗口。大概她也从来没说过，因为她开始脸红了。"你是他们真正的父亲，"她说，"你是他们景仰、听从、爱戴的人。你就是他们需要的父亲。"

我想这话至少有一部分是真的，因为只有我才能教给他们哈里准则，还有其他他们需要学会的东西，尽管我怀疑这和丽塔想的不是一回事儿。我说："我真的想把这事儿做好。我不能失败，一分钟都不能。"

"哦，德克斯特，"她说，"人都会失败。可是我们不断尝试，直到最后取得成功。真的。你会做得特别好的，你等着瞧。"

"你真这么想？"我说，有点儿为自己的过火表演感到不好意思。

"我知道是这样的。"她说，带着她的丽塔式经典微笑。她伸过手来握住我的手。"我不会让你失败的，"她说，"你现在是我的了。"

这是一个大无畏的断言，公然藐视废奴宣言，声称她拥有我。不过这不失为一个结束此刻的别扭场面的好关口，所以我由得她去。"好吧，"我说，"咱们吃早餐吧。"

她歪着脑袋看了我一会儿，我明白我肯定又说错话了。不过她只是眨了眨眼睛，然后说："好吧。"说完站起来去做早饭了。

那人在夜里已经来到了门边，然后吓得又狠狠地关上了门——肯定没看错。他害怕了。他听见了召唤而且跟随而来，然后害怕了。观察者毫不怀疑。

时候到了。

现在。

我身心俱疲，昏头昏脑，最糟糕的是，吓得魂飞魄散。每当别人无心地按一下喇叭，我就会惊得跳起来，幸好有安全带勒住，我会下意识去摸索能防身的武器；每当有车驶近，离我只有几英寸远，我就会看着后视镜，等着对方做出敌意的举动，或是等着那讨厌的梦幻音乐在耳畔响起。

有什么在跟着我，我还是不知道对方的企图和理由，只是模模糊糊地知道跟某个古代的神有关联。它在跟着我，尽管不能马上对我下手，可它在慢慢地消磨着我，直到我累得筋疲力尽，到那时，投降便成了一种解脱。

我几乎已经愿意束手就擒，瘫软在地，任由敌人一哄而上。屈服，任音乐涤荡我的灵魂，将我席卷而去，带我融入那欢乐的火焰以及那死亡之后的极乐世界。不再有挣扎、谈判，什么都没有，有的只是德克斯特的末日。如果再像昨天那样过上几夜，一切都将变得无所谓。

德博拉在警局堵我，我一出电梯她就跳了出来。

"斯塔扎克失踪了，"她说，"邮箱里堆了好几天的邮件，车道上是投递的报纸——他不见了。"

"这是好消息啊，德博拉。"我说，"如果他跑了，正说明他有罪啊。"

"说明个屁，"她说，"库尔特·瓦格纳也是同样的情况，他死了才出现。我怎么知道斯塔扎克不会也这样？"

"我们可以发通缉令，"我说，"还是有可能先逮住他的。"

德博拉踢了墙一脚。"浑蛋，我们什么都没逮住，什么都没赶上。德克斯特，帮帮我吧，"她说，"这事儿都把我逼疯了。"

我本想说我遭受的远比她多，可显得有点儿不厚道，所以我只是说："我试试吧。"德博拉垂头丧气地走了。

我还没走到我的办公室，就看见文斯·增冈迎面朝我走来，带着一副超级假的愁眉苦脸的表情。"面包圈呢？"他气愤地责问。

"什么面包圈？"我说。

"该你了，"他说，"今天该你带面包圈了。"

"我昨晚可难受了。"我说。

"那我们就该难受一早上？"他问，"这还有天理吗？"

"天理不归我管，文斯，"我说，"我只管血液分析。"

"哼，"他说，"显然你也不管面包圈。"他拂袖而去，带着能以假乱真的大义凛然，剩下我一个人在那儿想这是不是第一次跟文斯斗嘴时被他打败。这是德克斯特号列车脱轨的又一个迹象。可怜的日暮途穷的德克斯特真要退出历史舞台了吗？

这一天剩下的时间变得漫长而乏味。我悲壮地熬过了上午，去城中心看了一具死尸，然后回来做了一圈无头绪的实验室分析。又订了些试剂，写完了一份报告。我收拾干净桌面准备下班回家，这时电话铃声响起。

"我需要你帮忙。"我妹妹劈头就说。

"你当然需要了。"我说，"你能承认这一点很好。"

"我值班到半夜。"她说，没理我那智慧而辛辣的攻击，"凯尔自己关不上卷门。"

"为什么凯尔需要关上卷门呢？"我问。

德博拉喷了下鼻子："天哪，德克斯特，你整天都干吗了？龙卷风要来了。"

我本可以说不管我整天干了什么，反正没闲工夫坐那儿听天气预报，不过我只是说："龙卷风，真的啊，真好玩儿。什么时候？"

"争取六点钟赶到那儿。凯尔会等急的。"她说。

"好吧。"我说。可是她已经挂断了。

我在发动引擎之前给丽塔打了个电话，按我的计算她这会儿应该快到家了。

"德克斯特，"她气喘吁吁地说，"我不记得家里有多少瓶装水了，便利店的队排得都到停车场啦。"

"哦，那我们只好喝啤酒了。"我说。

"家里罐头食品够了，不过炖牛肉已经有两年了。"她说道，完全想不到别人兴许也有话要说。"我两周前检查了手电。"她说，"记得吧？上次停电了四十分钟。备用电池在冰箱里，就在最下层靠里放着。我现在带着科迪和阿斯特一块儿，明天没有课后活动，可是学校不知谁跟他们说起了龙卷风安德鲁，我看阿斯特有点儿受惊吓。所以你今天回家能不能跟他们谈谈？就说这不过是一场大暴雨，我们不会有事儿的，就是有大风和很吵的噪声，还会停一会儿电。如果你在回家路上看见哪个商店没那么挤的话，千万记得买些瓶装水，越多越好。再买些冰，冷冻箱我想还在洗衣机上面的架子上，咱们把冰放在里面，好存容易坏的东西。哦，你的船怎么办？停在现在的地方没事儿吗？还是你得把它挪个地方？我们得趁天黑之前把后院清理出来。我们肯定没事儿的，而且说不定压根儿都不会吹到这儿来。"

"好啦，"我说，"我得晚一点儿到家。"

"好吧，哦，看哪，温迪克西商店不太挤。我们试试吧，有停车位，再见！"

如果高峰时刻的交通是疯狂的，那么即将有龙卷风席卷的高峰时刻的交通则是世界末日，大家都是一副"我们都快死了，但您请先走一步"的劲头，对哪个插道抢行的都恨不得要杀了他。开到德博拉在珊瑚道的小房子并没花太多时间，但我最终从车里下来的时候，感觉自己好像刚经历了一场印第安男子成年礼。

我钻出汽车，房子前门打开着，丘特斯基走了出来。"嘿，伙计。"他喊道。他用左手的钢叉冲我高兴地挥舞着，走下车道来迎接我。"真感谢你过来帮忙。这该死的钩子让我费老大劲儿都拧不上那颗螺丝。"

"掏鼻孔更费劲儿吧。"我说，对他的乐观豪情有点儿看不顺眼。

他却一点儿都没介意，反而大笑起来："可不是，擦屁股才难弄呢。来吧，我已经把东西都搬到院子里了。"

我跟着他来到后院，记得德博拉有个小小的荒芜的平台。出乎我意料的是，荒芜不再，原先旁逸斜出的树枝被锯掉，石缝间的杂草都被拔除干净。有三丛修剪得整整齐齐的蔷薇和一捧叫不上名字的花朵，另一角是一架擦拭得干干净净的烧烤炉。

我看着丘特斯基，扬起眉毛。

"啊，我知道，"他说，"有点儿娘儿们气，是吧？"他耸耸肩，"我闲坐着养伤简直无聊透顶，反正我也喜欢把东西收拾得整洁点儿。"

"看上去非常棒。"我说。

"啊哈，"他说，好像我认真在说他娘儿们气似的，"得，咱们把这个弄了。"他冲一堆斜靠在房子一侧的卷着的金属说。那是德博拉防龙卷风用的卷帘门。摩根家族是佛罗里达的二代移民，哈里和其他佛罗里达居民一样，从小教会我们使用卷帘门。舍不得花小钱置备这个东西，就等着将来花大钱修房子吧。

德博拉的这种高级卷帘门有一个缺点，就是非常沉重，而且边缘锋利。必须有副厚手套，对丘特斯基来说，一只就够了。我不肯定他会因为省下一只手套钱而高兴。他干活儿特别卖力，甚至有点儿过头，他是想让我知道他没残废，不真需要我帮手。

不管怎么说，只花了四十分钟，我们就把卷帘门都安装到位。丘特斯基最后看了一眼工作成果，显然感到很满意。他扬起左臂，抹去眉毛上的一滴汗珠，差点儿被钩子划了脸。他苦笑了一下，看看钩子。

"我还没适应这玩意儿，"他说着摇摇头，"我半夜醒过来，不见了的指关节还会痒痒。"

我想不出该说点儿什么。我没遇到过别人谈论自己截肢的情况。丘特斯基好像也有些困窘，他抽抽鼻子，发出点儿并不好笑的声音。

"嗯，"他说，"老家伙还有副好拳脚。"我觉得这话说得不太妙，因为他还少了只左脚，无论拳还是脚，他都谈不上好。不过看到他振作起来我还是挺高兴的，所以我同意了他的话。

"毫无疑问，"我说，"你肯定会好起来的。"

"啊哈，谢谢啦，"他说着，并不是很有信心的样子，"反正，我倒不必非让你信我，有几个在部里的老伙计给我找了份文职工作，不过……"他耸耸肩。

"你啊，"我说，"你不会是真想回去做机密工作吧？你还能做吗？"

"我擅长的就是这个，"他说，"有一阵儿，我是那儿最棒的。"

"你想念那种刺激吧？"我说。

"可能吧，"他说，"来瓶啤酒吧？"

"谢谢，"我说，"但我得到领导指示，得买些瓶装水和冰块，晚了就被抢空了。"

"是啊，"他说，"大家都怕喝酒的时候没冰块。"

"这是龙卷风给生活带来的巨大威胁之一。"我说。

"多谢帮忙。"他说。

回去的路上，交通更糟糕了。有些急急忙忙往家赶的人在车顶上绑着千辛万苦弄来的三合板，跟刚刚打劫过银行似的。他们气呼呼的，还没从排了一个多钟头长队的紧张中缓过来。在那一个多钟头的时间里，他们得一直提心吊胆，怕人插队又怕轮到自己时什么都没了。

其他的人则是正赶着要去排队的人，他们也气呼呼的，恨别人比他们先弄到紧急物资，恨那些说不定把佛罗里达最后一节电池买走了的家伙。

总体而言，这是一个充满了敌意、愤怒和惊恐的人类组合，这本该令我心花怒放。可是一切愉快都无影无踪，因为我发现自己正哼着一段曲调。简单、重复性高，不是特别上口的一段曲调。我自顾自地哼着，在这高速公路上，享受着它给我带来的舒适感，仿佛我妈妈曾经唱给我的那样。

我并不知道这是什么意思。

我肯定，不管我潜意识里在想什么，都是由一个简单易懂、逻辑分明的东西所引起的。另外，我不知道会是什么样的简单易懂、逻辑分明的东西能让我听见音乐，并感到脸上有灼热的感觉。

　　我的手机开始振动，反正车辆在缓缓蠕动，我接通了它。

　　"德克斯特，"丽塔说，但我几乎听不出她的声音了。她听起来弱小、迷失，完全崩溃。"科迪和阿斯特，"她说，"他们不见了。"

Chapter
黑夜行者归来 *10*

　　我深知这个世界不是片净土。有无数讨厌的事情会发生，尤其是对孩子：他们有可能被陌生人拐走，或者被父母的朋友甚至离了婚的父母中的一方拐走；他们会走丢，掉进排水沟，在邻居家的游泳池里溺毙。在龙卷风来临之际，可能性就更多了。如果把这些可能性列个单子，这单子可以要多长有多长，而科迪和阿斯特这两个孩子又格外让人操心。

　　可是当丽塔告诉我他们不见了时，我完全没去想排水沟、交通事故或抢劫。我知道他们怎么了。有个念头在我脑子里燃烧，我丝毫不会怀疑。

　　我听见丽塔的声音，在大脑皮层做出反应的半秒钟内，我看见了几幅画面：跟踪我的那些车、深夜拧门锁敲窗的不速之客、把名片留给孩子的吓人家伙，还有，最清晰的一个，是凯勒教授所做的令人闻风丧胆的陈述："莫洛克喜欢人类的奉献，特别是拿孩子做供品。"

　　我在车流中施展迈阿密土著驾车的本领，左右突围，火速赶回家。刚出车门就看见丽塔冒雨站在车道一端，看起来像只小小的可怜的老鼠。

　　"德克斯特，"丽塔说，声音中好像满载着一个世界的空虚，"求求你，找到他们。"

　　"把门锁好，"我说，"跟我来。"

她看了我一会儿，好像我说的是让她别理孩子，跟我一起去打保龄球。"快，"我说，"我知道他们在哪儿，但我们需要帮手。"

丽塔转身跑进屋，我拿出手机拨号。

"怎么？"德博拉问道。

"你得帮我。"我说。

片刻沉默，然后她怪笑一声。"老天爷，"她说，"龙卷风马上就来，坏蛋们成群结队盼着停电好偷鸡摸狗，你这会儿要我帮你。"

"科迪和阿斯特丢了，"我说，"莫洛克把他们弄走了。"

"德克斯特。"她说。

"我必须赶紧找到他们，我需要你帮忙。"

"你马上过来。"她说。

我刚把手机挂断，丽塔就蹚着小水洼跑了过来。"都锁好了，"她说，"可是德克斯特，他们回来时我们不在怎么办？"

"他们不会回来，"我说，"除非我们把他们带回来。"显然这不是她期待的安慰话。她拿拳头堵住嘴巴，费尽力气才没有尖叫出来。"上车，丽塔。"我说。我为她打开车门，她仍然咬着指关节看着我。"来吧。"我说。最终她钻进车。我坐在驾驶座上，发动车子，向街上驶去。

"你刚才说，"丽塔结结巴巴地说，我看到她已经把手从嘴里拿开，多少放了点儿心，"你说你知道他们在哪儿。"

"对。"我说着将车开上了美国一号高速公路，提高速度，冲进车辆变得稀少的车流。

"他们在哪儿？"她问。

"我知道是谁带走了他们，"我说，"德博拉会帮我们找出他们的位置。"

"哦，天哪，德克斯特。"丽塔说。她开始无声地哭泣。我即便没开车也不知道这会儿该说些什么或者做些什么，所以只好专心开车，好让我们快点儿活着到达警局。

在一间舒适的房间里，电话铃响起。那铃声不是眼下时髦手机那些怪里怪气的声音，不是一段舞曲，甚至不是一小节贝多芬，而是简单的老式铃声。

这铃声和房间很配，都是那么斯文庄重。房间里有一只双人皮沙发和两只配套的单人皮椅，都有些年头，但又恰到好处地传递出一种合脚旧鞋子的感觉。电话放在房间一角的红木茶几上，挨着红木吧台。

房子里有种悠闲的感觉，是那种老绅士俱乐部特有的时光无痕的味道，除了一个细节：吧台和沙发之间靠墙放着一只大大的木箱，正面镶着玻璃，有点儿像展示柜，又有点儿像保存珍本书籍的书柜，只不过里面不是普通的隔板，而是成百个铺着毛毡的小格。超过一半的格子里都放着一个陶瓷制成的像头颅那么大的牛头。

一个老人走进屋，动作不慌不忙，不过也不像普通的高龄老人那样小心迟疑。他的动作中带着自信，这自信往往只在比他年轻得多的人身上才有。他的头发雪白但丰厚，脸庞光润，好像刚被沙漠里的风打磨过。他走到电话旁，好像很确定不管对方是谁都不会在他接听之前挂断，而他显然是对的，因为电话铃一直响着，直到他拿起听筒。

"喂。"他说，他的声音也比他的年龄要年轻和强壮得多。他边听边拿起电话旁边桌上的一把刀。它带着古老的光泽，刀柄被刻成了牛头的形状，眼睛是两粒大大的红宝石，刀刃上用金色字母刻着"MLK"。跟老人一样，刀子比它看上去的样子古旧得多，但仍坚固如初。他一边聆听，一边静静地将拇指放在刀刃上，一丝血迹从他的拇指上流下，可他丝毫不为所动。他放下刀子。

"好，"他说，"把他们带过来。"他又听对方说了几句，静静地舔着拇指上的血。"不，"他说，用舌头舔着下嘴唇，"对方已经集结起来了。大雨不会影响莫洛克和它的子民。三千年来，我们见过比这糟糕得多的情况，我们不还在这儿吗？"

他又听对方说了一会儿，然后带着点儿不耐烦打断了对方。"不，"他说，"不要再拖了。让观察者带他来见我，时候到了。"

老人挂上电话，站了一会儿。然后他又拿起刀，苍老而光洁的脸上慢慢浮现出一种表情。

一种几乎算是微笑的表情。

风雨交加，肆虐着迈阿密。大部分居民都回家去填写保险索赔单，把打算索赔的东西全都列上，所以路上的情况并不坏。只是一阵狂风吹过，差点儿把我们卷下高速路，除此之外还算顺利。

德博拉在前台等着我们。"来我办公室，"她说，"把全部情况告诉我。"我们跟着她进了电梯，上楼。

用"办公室"形容德博拉工作的地方有点儿夸张。那是一个在大房间内用隔板隔成的小空间，里面有一张桌子、一把椅子和两把访客坐的折叠椅，我们坐了进去。"好了，"她说，"发生了什么事？"

"他们……我让他们去院子里收玩具，"丽塔说，"因为龙卷风要来了。"

德博拉点点头。"然后呢？"她催问。

"我进屋去布置防风的东西，"丽塔说，"等我再出来，他们就不见了。只不过几分钟，他们就……"丽塔用手蒙住脸，啜泣起来。

"你看到有人接近他们吗？"德博拉问，"在附近发现什么陌生的车辆了吗？有没有什么异常？"

丽塔摇摇头："没有，什么都没有，他们就那么不见了。"

德博拉看着我。"怎么回事儿，德克斯特？"她说，"没了？这就是整个情况？你怎么知道他们不是在邻居家玩任天堂①呢？"

"好了，德博拉，"我说，"如果你累得不想工作，跟我们直说，不然别说废话。你跟我一样清楚——"

"我从来没见过这种事，你也一样。"她飞快地说。

"那说明你从来没注意过。"我说。我发现自己的语气也变得尖刻起来，这让我有点儿惊讶。情感？我？"那张留给科迪的名片已经说了所有我们想知道的情况。"

"除了地点、原因、谁，"她吼着，"我还等着你们再提供点儿关于这些的线索呢。"

尽管我已经准备好朝她吼回去，可实在不知道该吼些什么。她说得对。科迪和阿斯特丢了，这并没有让我们云开雾散，得到能让我们找到凶手的线索，只能说明事态更严重了，我们的时间不多了。

"会不会是威尔金？"我问。

她挥了挥手。"他们盯着他呢。"她说。

"跟上次似的那么盯着？"

"劳驾。"丽塔打断我们，带着马上就要歇斯底里的语气，"你们都在说什么呢？难道就没有办法……"她的声音被一阵新涌上来的呜咽淹没了。德博拉看看她，又看看我。"求求你了。"丽塔说。

她的声音在我脑海中回旋，好似将最后一滴痛苦滴进我空虚的心里，又洇染

---

① 日本最著名游戏开发公司，此处指由该公司开发的游戏。

扩散，和遥远的音乐融合在一起。

我站了起来。

我感到自己微微摇摆着，听见德博拉叫我的名字。然后音乐声大了，柔和而又迫切，好像它一直都在那里，只等着被我听见。接着我听到那鼓声召唤着我，好似从天地之初就在召唤我，但此刻越来越急切，越来越接近那极致的快乐。它叫我跟随它，投身到音乐中。

我记得自己非常愉快，时候终于到了。尽管我能听见德博拉和丽塔在跟我说话，可是她们说什么已经无关紧要，什么也比不上这勾魂的音乐和诺言终于兑现的幸福。我冲她们微笑，好像还说了句"劳驾"，然后走出德博拉的办公室，完全不理会她们诧异的表情。我走出警局，朝着停车场另一端走去，音乐就是从那里传来的。

一辆车正在那儿等着我，这让我越发开心，我冲过去，脚步追随着美妙的音乐。我一到近前，后侧车门应声而开，然后我失去了知觉。

我从没这么快乐过。

快乐如彗星横扫过夜空，以不可思议的速度朝我砸来。它旋转着充满我的全身，又将我带入浩瀚宇宙，那里有着全知全能的和谐、爱和理解——无边无际的幸福，在我心里，为我而生，包围着我，天长地久。

它像一张温暖厚重的毯子裹挟着我，到处是无穷尽的快乐、快乐、快乐。我向高空旋转，越来越高，越来越快，接收到更多的快乐。一阵巨大的声音响起，我睁开眼睛，发现自己在一间小小的黑屋子里，没有窗户，只有硬硬的水泥地面和四壁。我不知道这是哪儿，我又是怎么来到这里的。门上方有唯一的小灯，我躺在地上，被它那微弱的光笼罩着。

快乐消失了，只剩下疑惑，我不知道自己身处何方。我没有了快乐，也没有了自由。尽管房间里没有牛头，地板上也没堆着过期的阿拉姆语杂志，可我还是很快就把这些事情联系到了一起。我跟着音乐，感觉狂喜，失去知觉。也就是说，很有可能莫洛克俘获了我，不管它是真的还是只是个神话。

不过不能想当然。也许我梦游着来到了某个储藏室，想出去只需转动门把手。我站起来，稍稍费了些力气——我觉得有些头重脚轻，不管是什么东西把我带到这里来的，想必用了药物。我站了一会儿，努力让自己保持平衡，深吸几口气之后终于站稳。我朝房子一边走了一步，摸到了墙，非常坚硬的水泥墙。门摸上去和墙一样厚重，而且是被牢牢地锁住的。我拿肩膀去撞，它纹丝不动。我在小屋子里走了一圈，这比一个比较大的储物间大不了多少。房间中央有个地沟，这是唯一称得上装修过的地方。这让人有些泄气，因为它意味着要么我得用这排水沟作为私人用途，要么我不会在这里待太久。如果是后者，我也不清楚早退对我来说到底意味着幸还是不幸。

不过我对此无能为力。我读过《基督山伯爵》，还有《曾达的囚徒》，我知道如果能找到一把勺子或一个皮带扣，会比较容易在今后十五年让我挖个逃生通道出来。可是他们连一把勺子都没留给我，这些人！而我的皮带扣本来是很合用的。从这里我看出这些是什么样的人了，他们很仔细，很有经验，不讲起码的精神文明，因为他们一点儿不在乎没有皮带的话我的裤子会掉下来。可我还是不知道他们是谁，到底想对我做什么。

以上这些信息都对我不大有利，而且让我不知所措，除了坐在冰冷的水泥地上等待。

我不知道黑夜行者去了哪里，科迪和阿斯特去了哪里，我也不能从这小屋出去。

我又站了起来，在屋子里打转，这次比较慢，寻找一切可能存在的破绽。房屋一角是个通风口，这是逃生的好机会，如果我能跟老鼠一样大的话。门旁边的墙上有个电路开关，有了。

我走到门边用手摸摸，门非常厚重，完全没可能撞开或撬锁，要出去必须借助炸药或筑路机。我又看看房间，哪儿也没有这两样东西。

身陷囹圄、束手就擒、与世隔绝、终身监禁，这些词儿没能让我好受一点儿。我把脸贴在门上。期待还有什么用？期待什么？回到我了无生趣的世界？就此彻底消失，对德克斯特来说也不失为一个好结果。

透过厚厚的门，我听见了什么声音，一些高频噪声从外面传来。声音越来越近，我辨认出那是一个男人的声音，正在和另外一个更高更急切的声音争辩，后者听起来非常熟悉。

阿斯特。

"笨蛋！"她经过我的门前时说，"我不想……"然后他们走远了。

"阿斯特！"我拼命喊着，尽管知道她绝不可能听见。而且为了证明愚蠢是多么顽固的行为，我还双手砸门，并再次大喊："阿斯特！"

当然，没有回音，只有手掌上的震颤感觉。想不出来还有什么别的办法，我滑坐到地板上，靠着门，等死。

我不知道自己坐了多久。我精疲力竭。听到阿斯特那桀骜不驯的小嗓音透过门传进来，我一下子没了力气。我坐在那儿，驼着背，什么都没有发生。我盘算着怎么利用墙上的开关自我了结，忽然感到门外有人转动把手，然后有人推门进来了。

我感到自尊心大大受伤。我反应慢一点儿，他们就得寸进尺，我便再次受伤。从伤口上，从我空虚的心田上，慢慢绽放出如早春的花朵一般夺目的感情。

我发怒了，被他们丝毫不在乎我的行为激怒了。他们拿我当无足轻重的小物品，想锁起就锁起，随便谁都能把我推来搡去。我很生气，几乎快疯了，我想都不想，用后背拼命地把门堵住。

门外推了一下，然后门咔嗒一声又被锁上了。我站起来，瞪着门，看它又要被打开，便故技重施把它死死关上。真有成就感，我出了一口憋了很久的闷气。可是等怒气消退一点儿，我便发觉这一切没有意义，迟早会以我的失败告终，因为我手无寸铁，而门那边的人显然能有更齐备的武装。

门又被推开，碰到我的脚，推不动了。我下意识地撞回去，忽然计从心生。很傻，是詹姆斯·邦德的路数，但说不定有用，反正我也没别的办法了。我轻轻抽回身，躲到门的另一边等着。

片刻之后，门轰然而开，猛地朝墙撞去，一个穿制服的男人跟跄着冲了进来。我攥住他的胳膊，又想去扳他的肩膀，不过没有必要了，我所爆发的全副力量已经将他的头狠狠地撞到了墙上，发出沉闷的一声，就像一个大西瓜被重重地放到厨房案板上的声音。他从墙上弹起，脸朝下摔在水泥地上。

哈，德克斯特获得了再生，得意地站在猎物旁边，门大开着，通往自由，或许还有一顿可口的晚餐。

我飞快地在卫兵身上摸了一遍，拿走一串钥匙、一把大匕首和一把手枪，反正他一时半会儿也用不到了。我警惕地走进楼道，将门关上。前边某个地方，科迪和阿斯特正等着我，我得找到他们。我不知道该做什么，但没关系，我能找到他们。

这个宅子和迈阿密的海边住宅差不多大。我轻手轻脚地走过长长的走廊，尽头是一扇门，看起来跟我刚刚在里面玩了把瓮中捉鳖的门差不多。我轻轻走过去，将耳朵贴在门上。不过门太厚，我什么也没听到。

我将手放在门把手上，缓慢地转动。门没上锁，我将门推开一条缝。

我仔细窥探，除了几件真皮家具外没有什么可疑的。我用心记忆，准备报告给动物保护协会。这是个很考究的房间，我把门再推开些，看见房间一角有个非常精致的红木吧台。

可是更有意思的是吧台旁边那个陈列柜。它挨墙放着，足有二十英尺宽，玻璃后面一格一格放着的都是陶瓷牛头，每一只都配有单独的微型射灯。我没数，但估计超过一百只。我还没进屋就听到一个声音响起，冰冷干涩，不过还是人类的声音。

"战利品，"我惊跳起来，转身用枪对着声音的源头，"一面献给神的纪念墙。每一个都代表我们献给他的灵魂。"一个老人坐在那里，静静地看着我。可是看到他却让我大为震撼。"我们给每个新的牺牲品做一个新的牛头。"他说道，"来吧，德克斯特。"

这老人看上去并不阴险。事实上他坐在皮沙发上时几乎让人分辨不出。他慢慢站起身，带着老年人的谨慎，转过脸来看我，那张脸冷静光滑，像河里的鹅卵石。

"我们在等你，"他说，尽管我视线所及除了家具只有他一个人，"来吧。"

我不知道是因为他的话，还是他的语气，抑或是别的什么。不管怎样，当他直视我时，我忽然觉得透不过气来。所有疯狂的逃跑计划仿佛都不翼而飞，我脑子里空空如也，觉得世上只剩下痛苦，而他是痛苦的主宰。

"你给我们带来了特别多的麻烦。"他静静地说。

"我很欣慰。"我说道。说话很费力，听上去有气无力，不过还是让老人有些生气。他朝我走了一步，我发现自己想躲。"另外，"我说，假装没有害怕，"'我们'是谁？"

他歪了歪头。"我以为你知道，"他说，"你肯定观察我们很久了。"他又朝我走了一步，我的膝盖有点儿哆嗦。"不过为了让谈话愉快，"他说，"我可以告诉你，我们是莫洛克的信徒，所罗门王国的子民。三千年来，我们传承着对神的敬拜，护卫着他的传统和神力。"

"你一直在说'我们'。"我说。

　　他点点头，那举动让我不舒服。"这里还有别人，"他说，"不过你肯定知道就是莫洛克。他存在于我心里。"

　　"是你杀掉的其他女孩？还跟踪我？"我说。我承认自己很惊讶一个老人能做所有这些事情。他笑了起来，可是一点儿都不幽默，我一点儿没觉得轻松。"我不亲自去，不。是观察者干的。"

　　"那……你是说他能离开你单独行动？"

　　"当然，"他说道，"莫洛克可以随心所欲地在我们之间移动。他不是一个人，他也不存在于一个人心里。他是神，他从我的身体里出来，又进入别人的身体，去执行特别的任务，去观察。"

　　"哦，有个爱好真不错。"我说。我不太确定这谈话要往哪个方向去，是不是意味着我宝贵的生命即将完结，于是我问了涌进我大脑的第一个问题："为什么你要把尸体留在大学校园里？"

　　"我们自然是想找到你。"老人的话让我当场愣住了。

　　"你引起了我们的注意，德克斯特，"他继续说道，"不过我们得弄清楚。我们需要观察，看你是不是认出了我们的仪式，是否回应我们的观察。当然，也很容易让警方去关注哈尔彭。"

　　我不知道从何说起。"他不是你们中的一员？"我问。

　　"哦，不，"老人愉快地说，"他一被放出来，就会有和其他人一样的下场。"他朝布满牛头的展示柜点点头。

　　"所以他并没杀那些女孩。"

　　"哦，他杀了，"他说，"当他被心里的莫洛克后代说服了之后。"他歪歪头，"我肯定你能明白这个，是吧？"

　　我当然明白，不过他没回答我关键的问题。"我们能不能再说说我是怎么引起你们注意的？"我礼貌地问，费尽千辛万苦保持低调。

　　老人看着我的眼神好像在说我怎么死不开窍。"你杀了亚历山大·麦考利。"他说。

　　明白了。"赞德是你们的人？"

　　他轻轻摇头："只是个小帮手。他为我们的仪式提供一些必需品。"

　　"他给你们送酒鬼来，然后你们杀了他们。"

　　他耸耸肩："我们练习祭祀，德克斯特，不是杀人。不管怎么说，你杀了赞德，我们跟踪了你，发现了你是什么样的人。"

"我是谁？"我脱口而出，忽然觉得很好笑。我就这么和知道一切答案的家伙面对面地站着，问出了这个困扰我千百回的问题。可是接下来，我发觉自己口干舌燥，我真的开始害怕了。

老人的目光陡然变得锐利。"你是一个变种，"他说，"你不该存在的。"

我承认自己不止一次地有过这个想法，但此刻我可不这么认为。"我不想不礼貌，"我说，"可是我喜欢存在。"

"那不是你决定得了的，"他说，"你身体里面有某种威胁我们的东西。我们决定去除它，连同你一起。"

"其实，"我说，很肯定他是在说我的黑夜行者，"那个东西已经不在那里了。"

"我知道，"他说，有点儿气恼，"但是因为你所经受过的重大创伤，他本来是在你那里的，与你融为一体。但他是莫洛克的逆子，那让你跟我们也成为一体。"他伸出手指点着我，"这就是为什么你能听见音乐，那是通过观察者帮你建立起来的联结。当我们迅速而成功地引起你的恐慌之后，它会让你找到我们，好像飞蛾扑火。"

我实在不喜欢他的说法，也感到谈话超出了我的控制，我想起手中的枪。我挺直身体，拿它指着老头儿。

"我要我的孩子。"我说。

他并不在意枪口正指着他的肚子，仍然充满自信。他腿边有一把邪里邪气的刀，可他压根儿没去碰它。

"孩子们已经不归你操心了，"他说，"他们现在归莫洛克管。莫洛克喜欢孩子的味道。"

"他们在哪儿？"我问。

他断然挥挥手："他们就在多罗屿，但你要想阻止仪式已经太迟了。"

多罗屿离大陆非常远，是私家岛屿。通常知道自己身在何处都是件让人高兴的事，可这次又牵出来好几个别的问题，比如科迪和阿斯特在哪里？我怎么才能阻止他们的生命过早结束？

"如果您不介意，"我说着晃晃枪口以便引起他的注意，"我想我得找到他们，带他们回家。"

他纹丝不动，只是看着我。透过他的眼睛，我清楚地看见巨大的黑色翅膀扇动着飞出来，飞进房间，我还没来得及扣动扳机，没来得及呼吸，甚至没来得及眨眼，鼓声响起，和着那已经融入我血液的鼓点，然后有旋律的号角响起，引领着合唱的声音，宣泄着愉快的情绪。我呆若木鸡，无法动弹。

我的视力似乎是正常的，我的其他感官也并没瘫痪，可是我除了音乐，什么也听不见，我除了听从音乐的指示，什么也做不了。音乐告诉我，这个房间之外有真正的幸福在等待我。它召唤我出去，用双手捧起那幸福，满手满心都是永恒的幸福，都是超越一切的喜悦。我看见自己朝着门口走去，我的脚带着我去寻找幸福。

当我走近门时，门开了，威尔金教授走了进来。他也拿了把枪，看都没看我一眼。他朝老人点点头，说道："我们准备好了。"在响亮的音乐声中，我几乎听不见他说什么，只是急切地朝门外走去。

这一切之外，在我心底是纤细的德克斯特的声音，大叫事情不对头，快改变方向。可那声音非常微弱，而音乐非常响亮，盖过了世上一切，让我完全不再置疑自己的行为。

我踩着鼓点朝门外走去，走向那弥漫天地的音乐，隐隐约约感觉到老人正跟着我，可我无心理会这个和其他一切。枪还被我提在手里，他们都不想费神从我手里拿走，我也想不到要去用它。什么都不重要了，我只想跟随音乐的召唤。

老头儿走到我身边打开了门，热风使劲儿吹着我的脸。我一迈出门就看到了神，那个东西本身，音乐的源头，一切的源头，伟大的幸福源头就在我面前。它高大巍峨，大铜头有二十五英尺高。它粗大的胳膊向我伸出，敞开的肚膛里是熊熊火焰。我心跳加快，朝它走去，并没看见有几个人正站在那儿看着，即使其中一个是阿斯特。她眼睛睁得圆圆的，嘴巴动着，可我听不见她在说什么。

小德克斯特在我心里拼命嚷嚷，我勉强能听见，可是完全不能反映到行动上。我朝神像走去，看着它肚子里的火焰随风跳跃。我走到它跟前，站在敞开的炉门前等待。我不确定自己在等什么，但我知道它就要到来，就要带着我远走高飞，投奔幸福。

斯塔扎克出现在我的视线里，他一手牵着科迪，把他拽过来和我们一起站着，阿斯特则使劲儿想从她身边的卫兵处挣脱开。不过这些都无足轻重，神在这里，伸出手臂拥抱我，将把我收入它那温暖而美好的臂弯。我激动得战栗起来，不再听见德克斯特的无理尖叫，我什么都听不见了，除了音乐中传来的神的召唤。

风给火焰注入了生气，阿斯特狠狠撞到我身上，又把我撞到雕像一侧。神肚子里发出的高度热量传到我身上。我挺直站好，有点儿生气，又看见神像的臂膀伸了出来。卫兵将阿斯特向那臂膀推过去，然后有烧煳的气味飘过来，我的腿上一阵刺痛，低头发现我的裤子着火了。

我腿上的疼痛刺穿了我，唤醒了成千上万的神经元，眼前突然拨云见日，一瞬间音乐变成了扬声器的噪声。此刻科迪和阿斯特在我身边，处于极度的危险之中。好像水坝裂开了一道口子，德克斯特顺着这个缺口汹涌而入，重新注满我的身心。我转向卫兵，一把将他从阿斯特身边推开。他惊呆了似的看着我，倒下去，还抓了一下我的胳膊，把我也带倒在地上，但至少他离开了阿斯特身边。他跌倒的时候手里的刀子脱手掉在地上，弹到我身边，我一把捡起，朝卫兵心窝扎了一刀。

腿上的火蔓延了，我飞快地将裤子上的火扑灭。不再被火烧是件好事，可这也给了斯塔扎克和威尔金几秒钟朝我冲过来，我从地上捡起枪，面朝他们举起来。

很久以前，哈里就教过我射击，此刻我几乎能听见他的声音在我耳畔回响。我摆好姿势，吐气，瞄准靶心，平静地扣动扳机，连发两弹。斯塔扎克倒下了。我把手臂转向威尔金，重复。地面上是倒下的人体，其余的人四散奔逃。我站在神像旁边，周围突然变得非常安静，只听见风声。我转过头去看个究竟。

老头儿抓着阿斯特，勒着她的脖子，动作非常有力，完全不像个老人。他推着她凑近炉子。

"放下枪，"他说，"不然她就会被烧死。"

我毫不怀疑他会那么做，我也不知道该怎么阻止他。所有人都逃了，除了我们。

"如果我放下枪，"我说，希望听上去很讲道理，"我怎么知道你不会把她放进炉子里去呢？"

他朝我吼起来·"我不是杀人犯，这事必须按程序来，不然就是杀人。"

"我好像看不出来这两者有什么区别。"我说。

"你当然看不出来，因为你是个变种。"他说。

"我怎么知道你不会把我们都杀了呢？"我问。

"你才是我想用火烧的人，"他说，"放下枪你就能救这个女孩。"

"不太有说服力啊。"我说，想拖延时间，以便发现一丝转机。

"我不需要说服谁，"他说，"这还不是终局，岛上其他的人很快就会赶来，你没法儿把他们都打死。神还在这里。但既然你非要我说服你，我用刀把你的小姑娘划上几下，用她的鲜血来说服你，怎么样？"他伸手去腿边摸刀，却没摸到，他皱起眉。"我的刀呢？"他说道，然后他的表情从迷惑变成了惊愕。他一句话也说不出来，只是呆呆地大张着嘴巴，好似要唱歌剧咏叹调。

然后他愁眉苦脸地跪下，脸朝前倒了下去，露出背后插着的一把刀，也露出了科迪。他站在那里，目睹老头儿倒下。他微微笑着，抬眼看我。

"我跟你说过，我准备好了。"他说。

龙卷风在最后一刻改道朝北刮去，留给我们的只是一场大雨和不算剧烈的风。雨最大那阵子，我和科迪、阿斯特将那间考究的屋子反锁，用皮沙发堵住两边的门。我用房间里那个电话打给德博拉，然后在吧台后面用靠垫打了个地铺，想着那结实的红木还能在紧要关头提供些保护。

有惊无险。我整夜坐着，攥着那把借来的枪，看着房门和熟睡的孩子们。因为没人打扰，为了保持清醒，我开始思考。

我想着等科迪醒过来该怎么对他说。他将刀子刺进老头儿身体的瞬间，他的一切都被改写了。不管他自己是怎么想的，他都还没有准备好。他把事情变得复杂了，他前面的路不好走，我也不知道自己到底能不能让他走在正确的路上。我不是哈里，完全比不上他。哈里是用爱在管理，而我呢，我的操作系统完全是另一套。

那是什么呢？没了黑夜行者的德克斯特是什么呢？

我心里是一团灰色的虚空，自己都不知道该怎么活下去，又何谈教育孩子呢？老头儿说只要我遭受了足够的痛苦，黑夜行者就会回来。我必须自虐才能让他回来吗？该怎么做呢？我的裤子刚刚被火烧，我看着阿斯特差点儿被扔进火里，这些还不够把黑夜行者带回来吗？

当德博拉带着突击队和丘特斯基赶到时，我还没有想出答案。他们发现岛上已经空无一人，不知道他们能去哪里。老头儿、威尔金和斯塔扎克的尸体被警方装进袋子，我们都乘着一架大海岸巡逻直升机飞回陆地。科迪和阿斯特当然很兴奋，但他们小心地装出低调的样子，假装不以为然。丽塔抱着他们流下激动的泪水，祥和欢乐的气氛笼罩着每一个人。

就这样，生活继续。没什么新鲜事发生，我心里的问题没有答案，我没有新的方向。这种平淡乏味和毫无作为比肉体上的折磨更让我难以忍受。也许老头儿是对的，我是一个变种，但我现在连变种都不是了。

我觉得有气无力。不仅仅是空虚，更是绝望，好似我在人世间的使命已经完成，只剩下一副空皮囊活在昔日的记忆中。

我仍然想知道我心灵空虚的答案，却始终一无所获，现在看来我永远都不会有答案了。在麻木中，我永远都不会感觉到痛苦，更没可能带黑夜行者回家。我们现在很安全，坏蛋死的死、逃的逃，可是这跟我没什么关系。这听起来挺自私，不过我也从来没假装过自己不是一个以自我为中心的家伙。现在，我必须独自生存，这念头让我一想就觉得疲倦。

接下来几天，这种感觉一直伴随着我，最后我妥协了，接受它作为我的情绪主调。废墟德克斯特。我会学着蹲着走路，穿灰色衣服，全世界的孩子都会取笑我，因为我是这么愁眉苦脸和精疲力竭。最后，到了风烛残年，我只消往地上一瘫，任由风将我的灰烬吹到街上去。

生活在继续。一天一天，一周一周。文斯·增冈快忙疯了，他给我找了个新的价格合理得多的餐饮策划，帮我修改燕尾服，还负责在婚礼当天准时把我运到那座椰树林路荒草萋萋的教堂。

我站在圣坛前面，听着管风琴音乐，带着我新生的麻木耐心地等着丽塔来跟我缔结这个永久的捆绑。场面美丽，如果我能有心情欣赏的话。教堂里满是穿着隆重的人，我从来不知道丽塔有这么多朋友！也许我也该给自己找一些，站在我的身旁，陪伴我度过我那灰色阴霾的人生。圣坛前堆满了鲜花，文斯站在我旁边，紧张得冒汗，隔几秒就把手心里的汗蹭在裤子上。

然后响起一阵嘹亮的管风琴声，教堂里的人全体起立，朝后望去。他们来了。阿斯特领头，穿着漂亮的白色衣服，她的头发卷卷的，手里是好大一篮花束。后面是科迪，他穿着小燕尾服，头发纹丝不乱地贴着头皮，手里拿着一个小小的丝绒垫子，上面是我们的婚戒。

最后进来的是丽塔。我看着她和孩子们，仿佛看到我那新生活的全部痛苦向我鱼贯走来：家长会，学骑自行车，房屋贷款，小区居委会，男童子军，女童子军，足球，新鞋，牙齿矫正器。整个人生没有活力，没有色彩，没有新意，它的折磨是那么尖锐，让我无法忍受。它带着巨大的痛苦冲刷涤荡着我，比我以往体会到的任何痛苦都要强烈，我疼得不得不闭上眼睛。

然后，我感觉到心里有种奇怪的悸动，一种满足感升起，一种心安的感觉，从现在到永远，此刻结合，永不分开。

像被这感觉惊醒似的，我睁开眼睛，转头看见科迪和阿斯特走上台阶，站到我身边。阿斯特看上去是那么容光焕发，我从来没见她这么高兴过。而科迪迈着小小的庄严的步子，静静地，非常沉稳。他的嘴唇动着，好像要对我说什么。我探询地看着他，稍微弯下腰去听他说什么。

"你的影子，"他说，"他回来了。"

我慢慢直起身，闭上眼睛。过了极短的一瞬，刚够听见一阵游子归家的轻轻笑声。

黑夜行者回来了。

我睁开眼睛，世界又对头了。尽管我被鲜花环绕，被灯光、音乐还有快乐的人们包围，尽管丽塔此刻正走上台阶，准备把她自己永远地交付给我。世界又恢复了完整，像它该有的样子。一曲由银色月光和黑色夜晚合奏的交响乐，只有尖利的刀锋和狩猎的愉快才能打破它的和谐。

生活不再忧郁。它又恢复了闪亮的刀锋和幽暗的影子，德克斯特可以躲在白天的面具后面，为了半夜可以溜出家门去完成自己与生俱来的使命——复仇者德克斯特，内心黑夜行者的司机。

眼看着丽塔走过来站到我身边，我感到一个货真价实的笑容在脸上绽放开来。我保持着这笑容，念完誓词，牵了丽塔的手。再一次地，从现在到永远，我都能说了再说。

我愿意。是的，我愿意，真的真的愿意。

好戏又要上演了。

嗜血法医第2季
DEXTER

Part 2
黑夜行者的危险
岔路

DEXTER BY DESIGN

Chapter
詹妮弗的腿 *11*

　　先生，是那轮月亮吗？啊，我亲爱的老月亮就在这里，俯照着塞纳河，巨大、血红、湿润的月亮。这是月圆之夜，一个绝妙的夜晚。

　　可是他妈的！月亮此刻在塞纳河上空？德克斯特在巴黎！太悲剧了！什么翩翩起舞，在巴黎不可能！在这里找不着那位特殊的朋友，这里不是在夜晚能藏得严严实实的迈阿密，没有拥抱和吞没废弃物的海水。这里只有出租车、游客，还有那轮巨大而孤单的月亮。

　　当然了，还有丽塔。丽塔孜孜不倦地翻着她的小字典，把十几份地图、指南和小册子展开又折上。幸福是那么招之即来又源源不断，供她且只供她一人使用。她的新婚丈夫，以往在月圆之夜身怀绝技的侠客浪子德克斯特，如今战斗能力锐减，只会对着月亮惊叹，死死按捺住蠢蠢欲动的黑夜行者，巴望这顿幸福大餐早点儿结束，好回到秩序井然的正常生活中去，那种能够追捕和切割恶魔的生活。

　　德克斯特乖乖跟随在丽塔的影子里，俯首帖耳。丽塔被压抑了多年的巴黎狂热终于见了天日，一发不可收拾。

　　但即便是德克斯特，也难以对这座光明之城的传奇魅力免疫。德克斯特感到饱腻，德克斯特感到疲倦和乏味，德克斯特有些急不可待，想赶紧找个伴儿玩儿一把。越快越好，坦白说，荣升为丈夫之后这种想法越发强烈了。

但这是事先谈好的交易，德克斯特必须履行义务，这样才能做想做的事情。在巴黎跟在家里一样，德克斯特必须保持伪装。而丽塔呢，已经脱胎换骨为一个娇羞的新娘，她是德克斯特真面目的最好伪装。没人会料到一个冷酷空虚的杀手摇身一变成为亦步亦趋如假包换的美国游客。不可能的，兄弟，这不可能。

没错，这会儿太不可能了。没法儿偷偷溜开几小时去过瘾。在这儿没戏，对于此地警察的游戏规则，德克斯特还完全摸不着门道。千万别在人生地不熟的地方犯事儿，尤其是在国外。

太可惜了，真的，巴黎的街道简直就是为犯罪冲动所设。它们是那么狭窄阴暗、藏污纳垢，排列毫无章法到常人难以理解。我们很容易就能想象出德克斯特披着斗篷，手持寒光闪闪的利刃，在这逼仄的胡同里一闪而过，急匆匆去赴一个在这种建筑物里的约会的情景。这些房子古老陈旧，简直像要朝你威逼过来，压在你身上，催促你犯罪。

不过，这里不是迈阿密，这里是巴黎。我只有静候属于我的时机，忠诚捍卫德克斯特的新假面，巴望着能活着熬过丽塔那还剩一个礼拜的梦幻蜜月。我的新婚妻子如饥似渴地吸收一切法国的东西，煞是令我惊叹。她已经学会非常漂亮地羞红了脸低声说："劳驾，两位。"法国侍者立刻明白我们是一对新婚夫妇，并像事先串通好似的一起来满足丽塔的浪漫幻想，他们真诚地微笑着鞠躬，把我们引到餐桌旁，然后合唱一曲《玫瑰人生》。

我们天天在街上徜徉，在地图上标出的名胜前停留，晚上去有趣的小餐馆吃饭，它们大多附送法国音乐伴奏。我们甚至去看了法国喜剧《奇想病人》①，全剧的对白都是法语，但丽塔仍兴致勃勃。

过了两个晚上，她似乎对红磨坊的演出表现出了同样的兴趣。她不放过这个城市里每一个标志性建筑。埃菲尔铁塔、凯旋门、凡尔赛宫、巴黎圣母院，一一被她那凌厉而盲目的兴趣和野蛮的导游手册攻克。

在坐公交车游览巴黎的过程中，录音机用八种语言播报着各个迷人的历史意义重大的名胜，这当儿一个念头在德克斯特慢慢缺氧的大脑中油然而生。在这座历史名城，如果能给一个正在遭受漫长酷刑的魔鬼一次文化朝圣的机会，这该是一个最正当不过的犒赏了。我知道这个犒赏是什么。下一站，我站到车门旁，向

---

① 莫里哀的作品，又译《没病找病》《谁真的爱我》。

司机问了个天真无邪的问题。

"劳驾,"我说道,"我们是去莫尔格街① 附近吗?"

司机正在听 iPod(苹果公司出品的音乐播放器)。他拔出一只耳塞,有些恼火地从头到脚打量了我一遍,挑了一下眉毛。

"莫尔格街,"我重复了一遍,"我们经过莫尔格街吗?"

我发现自己的美国腔太重,忙住了口。司机瞪着我,我能听见从他那只悬挂的耳塞里传出的微弱的嘻哈音乐。他耸耸肩,飞快地说了一串法语,也不理睬我的茫然,就把耳塞塞了回去,打开了车门。

我俯首帖耳、小心翼翼地跟着丽塔下了车,略感失望。我又冲一位出租车司机重复了一遍我的问题,得到了一样的反应。丽塔窘迫地笑着,把我的问题又翻译了一遍。

"德克斯特,"她说,"你的发音太糟糕了。"

"我的西班牙语要好一点儿。"我说。

"无所谓了,"她说,"没有莫尔格街。"

"什么?"

"是虚构的,"她说,"埃德加·爱伦·坡编出来的。没有莫尔格街。"

我觉得她仿佛是在说世上没有圣诞老人。没有莫尔格街?没有那让人欢欣的成堆成垛的巴黎人骸骨?这怎么可能?可看上去是真的。丽塔对巴黎的了解是毋庸置疑的。她花了无数时间看了无数本导游手册。

我只好缩回我那唯唯诺诺的应声虫躯壳中。小火花刚忽闪了一下翅膀就被掐死,随着德克斯特的意识一起湮灭了。

在还差三天就能飞回迈阿密,飞回我那罪孽深重的幸福故乡的那天,我们在罗浮宫花了一整天的时间。这回即便是我也感到有些兴致了。毕竟没有灵魂这件事儿并不能说明我没有艺术鉴赏力。事实上正好相反,艺术就是通过制造图案来影响感觉的。这不就是德克斯特干的事儿吗?当然了,在我看来,"影响"这个词儿还有另外一层意思,不过其他方式我也欣赏了。

于是,我多少带着些兴趣跟丽塔穿过罗浮宫巨大的院子,走下台阶,进入玻璃金字塔。她决定不跟旅游团而自己走这一趟,倒不是因为讨厌在每个导游身边

---

① 爱伦·坡作品《莫尔格街凶杀案》中出现的地名。

都能看见的那群目瞪口呆、垂涎三尺、丑陋悲惨的无知羔羊，而是她要证明自己在任何一个博物馆都能如鱼得水，即便那是个法国博物馆。

她直奔售票处，几分钟之后买到了我俩的票，我们随即纵身跃入罗浮宫的奇观海洋。

一走过检票口进入展区，头一个奇迹便映入眼帘。在第一个展馆里，足足有五个旅游团那么多的一大堆人聚集在一段红丝绒绳子隔开的物体周围。丽塔郁闷地哼了一声，伸手拉着我就走。快步走过人群时，我忍不住回眸，是《蒙娜丽莎》。"真小。"我脱口而出。

"而且非常名不副实。"丽塔不苟言笑地说。

我知道，蜜月的意义是真正地认识你的人生新伴侣，但此时的丽塔是我以前不了解的。我认识的丽塔，至少就我迄今了解到的来说，对任何事儿都没什么强烈意见，特别是和传统相悖的意见。可她此刻居然声称这幅世界闻名的绘画名不副实，着实让人震惊，至少我这么觉得。

"可这是《蒙娜丽莎》呀，"我说，"怎么可能名不副实？"

她又哼了一串辅音，然后使劲儿地拽着我的手。"来看提香的作品，"她说道，"它们好多了。"

提香的确很棒，鲁本斯也一样，尽管我看着画，不明白为什么世界上有种三明治①会用鲁本斯这名字命名。不过想到这儿我有些饿了。我勉强跟着丽塔又逡巡了三个有很多很棒的画作的展馆，最后来到楼上的餐厅。

胡乱吃了点儿价格比机场餐厅还贵却并没好吃多少的零食之后，我们继续一个展馆接一个展馆地参观那些画作和雕塑。实在太多了。最终，当我们再次走出暮色笼罩的院落时，我那本来雄伟昂扬的大脑已经被挤榨得只剩下唯唯诺诺的份儿了。

"哦，"我边说边往旗杆旁溜达过去，"这一天过得可真充实。"

"哦哦哦，"丽塔眼睛仍然瞪得大大的，并发出炯炯有神的光芒，"真是太棒了！"她用胳膊挽着我，整个人依偎过来，就跟我是这个博物馆的缔造者似的。这么走路挺费劲儿，不过这是在巴黎度蜜月的标准情侣姿势，所以我由得她吊在

---

① 由咸牛肉、瑞士奶酪、千岛酱和烤热的黑麦面包制成，由一个叫鲁本斯的德国人在一百年前于纽约发明。

我身上，就这么摇摇晃晃穿过院子，穿过大门，走上街道。

我们转过街角，看见一个脸上穿着多得超出我想象的铁环的年轻女人朝我们走来。她往丽塔手里塞了一张纸。"去看看真正的艺术吧，"她说，"明天晚上，嗯？"

"谢谢。"丽塔茫然地说。女人已经走开，继续朝其他的晚间游客发广告。

"我觉得她还可以在左脸再来个耳环，"我评论道，丽塔正皱着眉看那张纸，"她还把脑门儿给忘了。"

"哦，"丽塔说，"这是个表演。"

现在轮到我茫然了。我问："啥？"

"哦，太有意思了，"她说，"明晚正好没安排，我们去吧！"

"去哪儿？"

"这简直天衣无缝。"她说。

也许巴黎真的是魔幻之都。丽塔总是对的。

"天衣无缝"坐落在离塞纳河不远的一条狭窄阴暗的街道上。丽塔屏住呼吸告诉我，那叫左岸咖啡馆，经常有现场表演。我们匆忙吃了晚餐，到时咖啡馆里已经有二十来人了，他们三三两两聚在一组镶在墙上的纯平电视屏幕前。这里看上去像个艺术品画廊，不过我拿起小册子时感觉起了变化。小册子用法语、英语和德语印刷。我直接翻到英文那页。

只读了几句，我就被雷得眉毛爬到了头顶。通篇都是洋溢着笨重狂热的宣言体，表达非常蹩脚，也许翻成德语能行。大意是要把艺术的前沿阵地拓展到新的感觉领域，填平被传统教条横亘在艺术和生活之间的鸿沟。尽管克里斯·波顿、鲁道夫·施瓦茨克格勒[1]、大卫·聂鲁达等人已经做了一些开拓性工作，但现在到了把围墙推翻进入21世纪的时候了。今夜，通过一个名为"詹妮弗的腿"的新作品，他们将做到这一点。

这话说得过于狂热和理想主义了，在我看来，这两者往往是一种危险的组合。我觉得有点儿滑稽，"某人"也有同感，还不只一点点，他在德克斯特城堡的幽深

---

[1] 施瓦兹克格勒是维也纳艺术家，他一寸寸地连续割自己的阳具，1969年跳楼为自己的艺术殉难。

地牢里发出咝咝的低笑。他就是黑夜行者，那快活劲儿总是能激发我的兴趣，让我精神振奋。我想，真的吗，黑夜行者会对一个"艺术"展览有兴趣？

我警觉地重新环顾展厅。屏幕四周，人们的低语不再像是出于对艺术的崇敬，直到这会儿我才发现这一片死寂中有种难以置信和震惊的味道。

我看看丽塔。她正皱着眉头读着小册子，还一边摇着头。"我听说过克里斯·波顿，他是美国人，"她说，"不过这个谁，施瓦茨克格勒？"她磕巴了一下，毕竟她一直花工夫研习的是法语，而不是德语。"哦，"她脸红了，"这上面说他切掉了自己的，呃……"她抬起头看看展厅里的人，他们都默默地看着屏幕上的内容。"哦，我的天。"她说。

"要不咱们走吧。"我说着，心底深处的朋友越发兴致勃勃了。

可丽塔已经走过去站在了第一个屏幕前，看清楚上面显示的内容后，她的嘴巴张得大大的，哆哆嗦嗦地像是要念一个很长很难的单词。"这是……这是……这是——"她说。

我飞快地瞥了屏幕一眼，丽塔又对了。

屏幕上是一段视频，一个年轻女子身着老式脱衣舞娘的装束，手上戴着手镯，后背装饰着羽毛。和这身性感服装所传达出来的含义相反的是，她一条腿放在桌子上，静止了十五秒之后，她搬起一个嗡嗡作响的桌锯放在大腿上，头向后一甩，嘴因为剧痛而大张。到此处，视频又跳回到开始部分，整个情景重复播放。

"我的天哪，"丽塔说道，然后摇摇头，"那是……那是特效。绝对是。"

我没这么肯定。首先，我已经得到黑夜行者的提示，这里正在发生一件很有意思的事儿。其次，那女人脸上的表情非常熟悉，很像我之前从事的艺术工作中常看到的那样。那种货真价实的痛苦，我相当肯定。难怪黑夜行者在咯咯窃笑。我并不觉得好笑，假如这类艺术流行开了，我就得另外找乐子了。

不过这总算是一种有趣的纠结，我很愿意看看大庭广众之下别的视频都在演什么。但我似乎真的对丽塔负有某种责任，这些显然不是她看完以后还能保持脸不变色心不跳的东西。"好啦，"我说，"咱们去吃些甜点吧。"

她却只是摇着头重复说："肯定是特效。"说完便挪到下一个屏幕前。

我跟着她走过去，另一段十五秒的视频中，年轻女人穿着一样的服饰。在这段视频里，她看上去正在从自己的大腿上切肉。她的表情已经变为一种麻木而持久的痛楚，好似痛得太久，她已经习惯了，但还是会觉得痛。奇怪的是，我曾在文斯·增冈在我"告别单身之夜"的聚会上播放的电影中看到过这表情，我记得那部片子叫《单身汉俱乐部》。女人低下头，注视着膝盖以下到胫骨六英寸的地方，那儿的肉被剥离，骨头露了出来。她脸上有一种表演成功的满意神情。

"哦，我的天。"丽塔喃喃着，然后挪向下一个屏幕。

我一直认为丽塔是个甜蜜愉快、乐观积极的女人，跟桑尼布鲁克农场的丽贝卡①似的，路边的死猫都能引她落泪。可是此刻她却一步一步地浏览着显然大大超过她想象的可怕展览。她知道下一个视频会同样栩栩如生，不忍目睹。可她并不转身离去，而是静静地走向下一个屏幕。

更多观众进来了，每个人的脸上都慢慢浮现出震惊的表情。黑夜行者显然很欣赏这一切，可我开始觉得整件事儿有些无聊。我没法儿感受其中的意义，也没法儿从观众受罪的表情中找到什么乐子。说到底，这究竟是什么意思？好吧，詹妮弗从自己的腿上切了些肉下来，可那又怎样？干吗要折磨自己呢？生活本身已经够折磨人的了。她想要证明什么？接下来会发生什么？

丽塔似乎很想让自己再难受些，她残忍地从一个屏幕挪向另一个屏幕。我没办法，只得跟在她身后，绅士般地忍耐着她每次看到新的视频时发出的惊呼："哦，天哪，哦，我的天哪。"

在房间远远的另一头，一大群人正看着墙上的什么东西，从我们这个角度只能看见金属框的边缘。他们脸上的表情都清楚地表明那是真正的好东西，是演出的精华部分，我有点儿忍不住想马上过去，然后好结束整件事情，可丽塔坚持按部就班地看下去，一个也不漏过。每一段视频都显示那女人在对她的腿进行可怕的操作。最后一个视频比别的稍微长一点儿，她正静静俯看着自己的腿，那里已经什么都没有了，膝盖和踝骨之间除了一节光滑雪白的骨头，什么都没有；一段白骨的尽头是脚上完好无损的皮肉，看上去非常怪异。

更怪异的是詹妮弗脸上的表情。那是一种疲倦而又得胜的痛苦，好似她已经清楚地证明了一件事儿。我又看了一遍视频，还是没弄清楚她想证明什么。

丽塔似乎也没有头绪。她变得很沉默，只是看着最后一段视频，重复看了三遍，又摇了一次头，然后梦游般地朝那一大群注视着金属框的人飘过去。

事实证明，最后这一段才是整个展览中最有意思的部分。我听见黑夜行者在

---

① 秀兰·邓波儿主演的电影《桑尼布鲁克农场的丽贝卡》中的女主角，乐观积极，热爱唱歌。

低笑着赞同。丽塔则破天荒地连"哦，我的天"也说不出来了。

一块正方形三合板上的金属框里，摆放的是詹妮弗的腿骨。膝盖以下的部分都在这里，如假包换。

"哦，"我说，"至少我们知道这不是特效了。"

"这是假的。"丽塔说，可我觉得连她自己也不信这话。

外面是一派太平盛世，阳光灿烂，远处传来教堂报时的钟声。可在这个小小的展馆内，此刻是一片暗淡，钟声听起来格外刺耳惊心，几乎遮住了我心里的另一个声响，那熟悉的咝咝声在提醒我更有趣的事儿还在后边。这声音几乎从未错过，于是我转过身来。

果然，展厅前方的人更多了。我看着大门打开，在一阵金属的喊喊喳喳声中，詹妮弗本人出现了。

之前的展厅已经很安静了，但和这会儿詹妮弗架着拐杖走进来的情形相比，简直像闹市狂欢。她面色苍白，憔悴不堪，脱衣舞服装松松垮垮地挂在身上。她缓慢而谨慎地走着，好像还不太适应拐杖。干净雪白的绑带缠在她那刚没了的断肢一端。

詹妮弗走近我们，我们正站在墙上的腿骨正面，我感觉丽塔朝后瑟缩着，想尽量离这个独腿女人远一点儿。我瞥了她一眼，她的脸差不多跟詹妮弗一样苍白，连气也喘不上来了。

我又回头去看。众人都跟丽塔一样，眼睛一眨不眨地看着詹妮弗，为她闪开一条通道。最终，她走到离她的腿骨一英尺远的地方，久久地凝视着，显然没意识到她让整个屋子的人都喘不上气了。然后，她身体前倾，从拐杖上抬起一只手，伸出去抚摸那节腿骨。

"真性感。"她说。

丽塔昏了过去。

Chapter
四具被掏空的尸体 *12*

两天之后，我们在星期五晚上回到了迈阿密的家。看着那些在机场行李转盘前气急败坏推来撞去的旅客，我眼中几乎涌出了激动的泪水。有人差点儿拎走丽塔的行李，我走过去抢了回来，那人还冲我哼了一声，这就是我想要的回家的感觉。回家真好。

欢迎仪式还没完。星期一一大早我兴高采烈地来到办公室，这是我假期后第一天上班。

我一下电梯就碰到文斯·增冈。"德克斯特，"他说，我肯定他的语调充满感情，"你带面包圈了没？"这证明的确有人思念我，真让人心里暖和。如果我有心的话，它这会儿一定热乎乎的。

"我不再吃面包圈了，"我告诉他，"我现在只吃法国可颂面包。"

文斯眨眨眼。"怎么了？"他说。

"我是巴黎人。"我用法语说道。

他摇摇头。"哦，你应该带面包圈进来，"他说，"我们今天早上在南海岸查了个非常怪异的案子，那边买不着面包圈。"

"真惨。"我继续用法语说道。

"你今天一天都打算这样了吗？"他说，"今天会是漫长的一天。"

的确，一窝蜂赶来的记者和看热闹的人已经在黄色警戒线后围得水泄不通，让这一天显得更漫长了。出事地点在美国大陆最南端的岸边附近。我挤过众人、走上沙滩时已经热得浑身冒汗。安杰尔·巴蒂斯塔正趴在地上检查什么东西。

"有什么奇怪的吗？"我问道。

他头也没抬，说："青蛙的乳头。"

"我相信你的鬼扯。不过文斯跟我说尸体有些地方很怪。"

他皱着眉看着什么，然后凑近沙堆。

"你不怕沙螨吗？"我问他。

安杰尔点点头。"他们是在这附近被杀的，"他说，"其中一具尸体在往下滴着某种液体，"他皱皱眉，"不过不是血。"

"我真走运。"

"还有，"他说着，用镊子往塑料袋里放了个东西，"他们被——"他停了下来，不是因为发现了什么，而是仿佛在挑一个不会吓着我的字眼儿。寂静中我听到"德克斯特"牌汽车的黑暗后座上响起翅膀扑打的声音。

"什么？"我忍不住问道。

安杰尔微微摇头。"他们被刻意摆放过了。"说完这句，好像魔法失效一样，他猛地跳起来，把塑料袋封好，仔细地放在一旁，又回来单腿跪下。

要是他只能说出这么点儿，我还不如自己去看看那咝咝声究竟为何而来。于是我走了二十英尺，来到尸体旁。

两具尸体。一男一女，三十多岁，明显不是被劫色，因为两人都苍白、肥胖、多毛。他们被仔细摆放在艳丽的沙滩浴巾上，是那种广受中西部旅游者喜爱的浴巾。女人大腿上随意扣放着一本亮粉色封面的小说，那种密歇根游客休假时乐于随身携带的类似《旅游热季》[①]的小说。这是一对享受沙滩时光的普通夫妻。

让快乐打折的是他们所遭受的事儿。他俩每人头上都蒙着一个半透明的塑料面具，显然是被胶水粘在了脸上。这种面具会让佩戴者保持一种夸张而做作的微笑，而透过面具仍能看见他们的脸。迈阿密——永恒的微笑之都。

除了颇不寻常的笑容外，让我的黑夜行者低笑的另有原因。两具尸体胸骨以下的部位被划开，直到腰线的皮肉都被剥开，露出里面的东西。无须黑夜行者在

---

① 畅销悬疑小说，作者凯尔·海森。

后座提醒，我就知道这情形有点儿不同寻常。

全部内脏都被清除了，我认为这是个相当漂亮的开头。没有黏糊糊的一大团肠子或亮闪闪的内脏，所有那些可怕的血淋淋腻乎乎的东西都被清空了。女人的身腔被精心打造成了一个热带水果篮，就是那种酒店拿来迎接贵宾的水果篮。我看见里面有杧果、木瓜、橙子、柚子、菠萝，当然了，还有香蕉。肋骨上甚至还绑着一段鲜艳的红丝带。在这堆水果中央插着一瓶廉价香槟。

男人被更加随心所欲地摆布过。在他被掏空的身体中，放的不是耀眼迷人的水果什锦，而是一副超大的太阳镜、一套潜水面具和氧气管、一支防晒霜、一罐驱虫剂和一小盘古巴油酥点心。身体里的另一侧是一大本书，我看不见封面，于是弯腰凑过去，发现是一本南海岸旅游攻略，封面上一条鱼的头从日历后面伸出来，脸上是一个凝固的笑容，像极了男人脸上用胶水粘住的假面上的表情。

我听见身后传来沙沙的脚步声，便转过头来。

"你朋友干的？"我妹妹德博拉边说边走过来，朝尸体点头示意。或许我该说德博拉探长，因为工作规定我要对在警察队伍中被提升当了干部的人表示敬意。我通常都是个有礼貌的人，甚至不介意她尖刻的评价。但看到她手里的东西后，我把责任和义务都抛到了一边。她不知从哪儿弄来一个面包圈，巴伐利亚奶油，我的最爱。她咬了好大一口。这看上去太不公平了。"你说呢，老哥？"她塞了满嘴说道。

"我说你该给我一个面包圈。"我说。

她腾出空儿来朝我露出一个很大的笑容，这也没让我感觉好多少，因为她的牙床上满是面包圈上的巧克力霜。"我给你带了，"她说，"但我饿了，所以把它给吃了。"

能看到她笑是件好事儿，她近几年不常对我笑，因为这和她心目中的警探形象不符。但看着她笑并未激发出我作为兄长的慈爱之情，因为我没吃着面包圈，而我太想吃了。不过我通过研究发现，家庭快乐是仅次于面包圈的好事儿，所以我尽量调动出一个好点儿的表情给她。

"我真为你高兴。"我说。

"你不高兴，瞧你这嘴噘的，"她说，"你怎么看？"她把最后一块巴伐利亚奶油面包圈扔进嘴里，又朝尸体点头示意。

当然，德博拉是世界上唯一有权力借用我对于变态扭曲畜生的独特观察结果的人，因为她是我唯一的亲人。我也是个变态扭曲的家伙，但我除了能感到黑夜行者的兴趣在慢慢退去之外，看不出有什么理由会让一个脑袋进水的城市罪犯把两具尸体摆成欢迎标语的样子。我久久地聆听，假装在研究尸体，但除了后座上传来一阵儿模糊和不耐烦的清嗓子声，我什么也没听到，什么也没看到。可这会儿德博拉需要一个明确的说法。

"这是有预谋的。"我试探地说。

"说得好，"她说，"可这他妈的是什么意思？"

我犹豫了一下，通常，我对不寻常凶杀的独特分析能让我看出是什么动机把尸体弄成那样。但这次我一片茫然。像我这样的真正的专家也是有局限性的，是什么样的变态动机才会让人把一个矮胖妇女变成一个果篮，这真超出了我和我那位内在帮手的理解范围。

德博拉眼巴巴地看着我。我不想跟她乱扯，怕她会当真，然后朝错误的方向使劲儿。另外，就算是出于自恋，我也得给出个认真的意见。

"还不好说。"我说道，"不过……"我停顿一下，我要说出的将是大实话，黑夜行者低低笑了一声，他在怂恿我。

"什么啊？妈的快说。"德博拉说。看着她回归坏脾气本色，这真让人踏实。

"这是一种正常情况下少见的冷酷的控制欲。"我说。

德博拉用鼻子哼了一下。"正常？"她说，"比方说，像你那么正常？"

我惊讶于她话中的个人攻击色彩，但我不跟她计较。"正常情况下做这种事儿的人，"我说，"需要热情，需要有证据表明这件事儿值得干。而不是像这样只是为了好玩儿而去做。"

"这事儿你觉得好玩儿？"她说。

我摇摇头，有点儿烦她故意偏离主题。"我没这么说。杀人的过程本来应该有意思，尸体应该表达出这一点。另外，杀人不是目的，只是实现目的的一种手段……你干吗这么看着我？"

"杀人对你来说是这样的吗？"她说。

我发现自己畏缩了一下，这对总是冷嘲热讽的勇猛的德克斯特来说很不正常。德博拉仍然记着我的本相，记得她爸爸给我的训练。我该理解她，对她来说，每天忍耐那些挺辛苦，特别是在工作上，毕竟她的工作就是找出像我这样的人，然后把他送上电椅。

另外，谈论这些对我来说实在不是什么舒服的事情，即便是对德博拉，就好像让你跟自己的母亲谈论口交。于是我决定稍微回避一下。"我的意思是，"我说，"看上去凶手的目的不是杀人，而是想用两具尸体来做什么。"

我深吸一口气然后慢慢吐出，就像黑夜行者惯常做的那样。"你瞧，德博拉，"我说，"我是说，我们不是在和杀人犯打交道，而是在和一个喜欢摆弄尸体的家伙打交道。他不喜欢活的身体。"

"这有区别吗？"

"有。"

"他还会再杀人吗？"她问。

"看上去肯定会。"

"他可能会再这样干？"

"可能。"我听到一声只有我才能听见的冷笑。

"那还有什么区别？"她说。

"区别在于每次的规律不一样。你没法儿知道他什么时候做，对谁做，或任何其他能让你捕捉他的痕迹。你能做的就是等待和希望自己好运。"

"靠，"她说，"我从来不擅长等待。"

这时，停车的地方传来一阵小小的骚动，一个叫库尔特的胖警探一扭一扭地从沙滩上飞快地向我们跑来。

"摩根。"他说。我和德博拉齐声说："啊？"

"不是你，"他对我说，"你，黛比。"

德博拉做了个鬼脸，她讨厌人家管她叫黛比。"什么事儿？"她说。

"我们要合作搞这个案子，"他说，"警长说的。"

"我已经开工了，"她说，"用不着帮手。"

"你用得着，"库尔特说着从一大瓶汽水中喝了一口，"还有一具尸体，"他说，喘了口气，"在仙童公园。"

"你运气真好。"我对德博拉说。她瞪着我，我耸耸肩。"现在用不着等待了。"我说。

迈阿密最棒的事情之一，是它的居民可以用推土机轧平一切。我们的圣城早先是个亚热带花园，充满了各种奇花异草、珍禽异兽。经过几年的辛苦作业之后，所有的植物和动物都死了，它们的灵魂还会在取代了它们昔日家园的公寓群落间徜徉。这里有个不成文的规定，新区要以建造前杀死的东西命名。把老鹰杀光了，小区就叫鹰巢公寓。灭绝了美洲豹，小区就叫豹驰别墅。简单又优雅，而且非常好卖。

说这些并不意味着名为"仙童花园"的停车场就是仙童和他们的郁金香曾经被杀害的地方。绝对不是。如果非要牵强附会，不如说它代表着植物的复仇。来"仙童花园"的路上要开车驶过兰花湾和松柏。到达时，迎接你的是一丛丛旁逸斜出的野生树木和兰花，除了被一车一车拉来的游客之外，那里完全没有人的痕迹。世界上还有一两个地方种着真正的棕榈树，这里就是其中一个。它们遮住了背后的霓虹灯，当我远离尘嚣走在林间时，总觉得神清气爽。

但今天早晨我们到那里时，停车场已经人满为患。因为突发要案，公园关闭。本来计划来参观的人都聚集在入口处，希望能被允许入内，了却一桩心事，也许还能看到什么可怕的东西，可以让他们一惊一乍地假装受了天大的刺激。兰花和尸骸，该是多么完美的迈阿密之旅啊。

两个鬼头鬼脑的年轻人举着摄像机透过人群在拍摄。其他人都站在那里等着。他们走开的时候喊叫着"公园杀手"等类似喝彩的话，也许是因为他们在停车场占据了好位置不舍得轻易放弃，这里已经满得连独轮车都停不下了。

德博拉是迈阿密本地人，又是迈阿密警察，她把她的福特车开过人群，径直停到公园大门前，并从车里跳了出来。几辆警车已经停在那里，等我从车里出来时她已经跟一个站在那儿的便衣警察说上话了。那人个头不高，肌肉发达，和我有过一面之交。他叫梅尔策。他正向德博拉指点着大门另一边的一条小路，德博拉已撇下他朝他所指的方向走去。

我赶紧跟上。我已经习惯跟在德博拉后面做随从了，她总是喜欢一头扎进犯罪现场。告诉她没必要这么赶好像不大合适，可毕竟受害者又跑不了。但是德博拉还是赶急赶忙，而且她希望我也在那儿，可以告诉她我的想法。所以，在她迷失在丛林中之前，我得紧紧跟上。

当她在一个小岔路上停下脚时，我终于赶上了她。这里叫"雨林"，一把长椅供累了的自然爱好者们歇脚。这对可怜的气喘吁吁的德克斯特来说再好不过了，他跌跌撞撞地跟了德博拉一路，太需要休息一下了。可椅子已经被一个更需要它的人占领了。

他坐在被棕榈树阴影遮蔽的小溪旁，穿着松松的棉短裤，这种稀薄的布料如今也可以在大庭广众之下穿了。他穿着橡胶拖鞋，正好配棉布短裤，身上是一件T恤，上面印着"我和笨蛋在一起"，胸前挂着相机，手里抓着一只花球，一副若有所思的样子。我说他若有所思，其实他那样子有些不寻常：他的头已经不见了，取而代之的是一束艳丽的花朵。而他手中的花球里不是花，而是一堆醒目而隆重的肠子，最上面的几乎可以断定是颗心脏，一大群欣喜若狂的苍蝇正绕着它飞来飞去。

"狗娘养的，"德博拉说，我没法儿置疑她的逻辑，"这狗娘养的。一天仨。"

"我们并不能确定是同一个人干的。"我谨慎地说，她瞪着我。

"你想说有两个这样的浑蛋在同时犯罪？"她问道。

"的确不太可能。"我承认。

"你他妈的说对了，不可能。这下得把马修斯局长和东海岸的所有记者都招来了。"

"像个狂欢派对。"我说。

"我该跟他们怎么说？"

"我们正在跟踪几条线索，不久会获知详情并通告各位。"我说。

德博拉盯着我，脸上是一种气吼吼的表情，她龇着牙，瞪着眼。"不用你教我也会说这些废话，"她说道，"马修斯局长发明出来的台词，连记者都会背了。"

"那你喜欢听什么废话？"我问。

"那种能告诉我这到底是怎么回事儿的废话，你个蠢东西。"

我不理会自己妹妹的粗口，又打量一遍我们热爱自然的新朋友。

和上个现场一样烦人的是，我一点儿头绪都没有，黑夜行者除了发出些不连续的兴致盎然的反应，别的什么都没给我。

"这看上去像是，"我犹豫地说，"在做一个表达。"

"表达，"德博拉说，"什么表达？"

"我不知道。"

德博拉瞪了我一会儿，然后摇摇头。"谢谢上帝让你在这儿帮我。"她说。我还没来得及想出一个既能保护自己又能稍稍刺激一下她的说法，法医部的人就赶来了，挤进了我们小小的静谧空间。他们开始拍照、丈量，收集一切可能成为证据的蛛丝马迹。德博拉立刻转身走开，去跟实验室技术员卡米拉·菲格谈话。我则一个人站在那儿细细体味被自己妹妹打败的苦涩。

　　倘若我能感觉到自责或是其他蹩脚的人类情感的话，我敢肯定，痛苦的感觉很可怕，但幸好我不是那块料，所以除了饿，我什么感觉也没有。我回到停车场，和梅尔策警官聊了会儿，然后搭别人的车回到了南海岸现场。我的工具箱还在那儿，我还没来得及收集血液证据。

　　上午余下的时间，我一直在两个现场间奔忙。只有沙子上几乎干了的少量血迹表明海滩上这两口子是在别处被杀死后弄过来的。我很肯定大家都想到了这一点，因为在众目睽睽下把肢体摆弄成这样不大可能，所以我没劳神自己把这点发现告诉德博拉。她已经陷入走火入魔的境界，我可不想成为她发泄怒火的靶子。

　　直到将近一点的时候，我才得空儿喘了口气。安杰尔带我回办公室，路上顺便在第八街停下来吃午餐，我们去的是他最喜欢的闪电餐馆。我点了一道色香味俱全的古巴牛排，外加两杯古巴咖啡配我的果馅儿饼甜点。到办公室时，我才觉得自己恢复过来了，精神大振，走进电梯。

　　电梯门关上时，我感觉黑夜行者发出一阵不安的躁动，我仔细听着，想弄清楚这是对今早事件还是对刚才牛排上过量洋葱的反应。但除了黑色翅膀紧张的扇动外，什么都没有。不过这种扇动已经在预示事情有些不对头。为什么在电梯里会有这种反应？我不清楚。考虑到最近黑夜行者由于莫洛克的事情刚放过大假，大概还心有余悸，不过这并不是说他已经功力下降。所以，当电梯门打开时我还在苦苦思索这是怎么回事儿。

　　好像料到我们会出现，多克斯警官站在那里，眼睛一眨也不眨地瞪着我们，吓了我一大跳。他从来都没喜欢过我，总莫名其妙地怀疑我是个魔鬼，当然我的确是，他打定主意要证明我是。一个业余外科医生捉住了多克斯，切去了他的双手、双脚和舌头。虽然我历尽艰辛试图救他，而且确实把他身体的绝大部分抢救了回来，但他还是将他被修剪过的新形象归罪于我，所以就更不喜欢我了。

　　尽管他已经没了舌头，发不出有意义的音节，但他还是说了，我只能忍受着那听起来像是一种新创语言的全由 G 和 N 组成的声音。他语气中充满胁迫的意味，让人一边硬着头皮听，一边忍不住想找紧急出口逃生。

　　他脸上的表情好像在说我干了禽兽不如的事儿，我一边听他愤怒地嘟囔，一边想要是我就这么推开他走掉会怎么样。不过什么都没发生，电梯门自动关上了。但我还是没来得及逃生，多克斯伸出已经变成一只闪闪发光的铁爪子的右手把门挡住了。

"谢谢。"我说，往前试探地迈了一步。但他岿然不动，眼睛眨都不眨一下。除了把他打翻，我不知道怎样才能绕过去。

多克斯继续用那种厌恶的眼神目不转睛地注视着我，他举起手里一个小小的像精装书那么大的银色玩意儿。他翻开来，那估计是一个小型的手提电脑或者掌上电脑一类的东西。他的目光一直没离开我，一边用铁爪子在小电脑上戳着。

"放到我桌上。"小电脑发出不连贯的男声，多克斯咆哮了一下，又戳了两下。"不加奶，加两块糖。"那声音说，多克斯又戳一下。"祝您愉快。"那声音接着说。很悦耳的男低音，听上去是个愉快而矮胖的美国白人，完全配不上眼前这个浑身喷着复仇火焰的机械怪人。

最终，他不得不掉转目光看向手里抓着的电子装置的键盘，在一堆预先录好的句子中搜索，终于按到了正确的键。

"我还在盯着你。"愉快的男低音说，那欢快积极的语调本该让人感到舒服自在，可原始发话人是多克斯，这让效果打了折扣。

"这话可真让人心里踏实，"我说，"你不介意瞧着我出电梯吧？"

有一刹那，他表现得挺介意，他移动铁爪子在键盘上摸索着，然后似乎想起来如果不盯着键盘按键会很不方便，于是低头按了个键，又抬起头看着我，那愉快的声音又响起来："狗杂种。"听起来像是在说"果冻面包圈"。不过他总算稍微让到一边让我能过去了。

"谢谢。"我说道，因为我有时不够厚道，所以又加了一句，"我会把它放到您桌子上的，不加奶，加两块糖，祝您愉快。"我从他身边走过，朝走廊尽头走去。直到走到我的格子间，我都能感觉到他的目光一直盯在我的后背上。

繁忙的一天已经够可怕的了，早上没有吃上面包圈我就很郁闷，后来还被多克斯警官残缺不全的身体和用电脑程序设置出来的效果夸张的声音惊吓，但这些都比不上我回家后看到的情景。

我本来巴望着饭前和科迪与阿斯特在院子里玩一会儿踢罐子，然后来一顿热乎乎香喷喷的丰盛晚餐。可当我把车开进丽塔家——现在是我的家了，虽然我还不太适应——门前的车道，我惊讶地看见两个头发蓬乱的小家伙正在前院里等我，这个时候电视里正在播《海绵宝宝》，我没法儿想象发生了什么事儿让他们不看电视而在这里等我。我紧张地爬出车向他们走去。

"你们好，公民。"我说。他们看着我，两人都一脸悲哀的表情，一言不发。对于科迪来说这样很正常，但对阿斯特来说，这简直太意外了，因为她继承了她妈妈的循环呼吸法，可以不断地说话而不用停下来换气，她沉默地坐在那儿实在太不同寻常了。我换了语气再试一次。"你们怎么了？"我问他俩。

"大便车。"科迪说。我觉得他好像说的是这几个字，但我实在不知道该怎么应对，就转过头看阿斯特，希望她能给我点儿提示。

"妈妈说我们会吃比萨，但你只能吃大便车，我们不想你被气走，所以等着你，想给你报个信。你不会走的，是吧，德克斯特？"

原来科迪说的果然是那几个字，这让我稍微安心了一点儿，尽管那说明我真得弄清楚大便车是什么东西。丽塔真这么说了？是不是我做了什么连自己也不知道的特别坏的事儿？这可有点儿不公平，如果我干了坏事儿，我会很想记住它并享受它。蜜月刚过去一天，这也太突然了吧？

"据我所知，我哪儿也不去，"我说，"你们肯定妈妈是这么说的？"

他们一起点头。阿斯特说："嗯。她说你会惊讶的。"

"她说得对。"我说。我真觉得不公平，完全给搞糊涂了。"来吧，"我说，"我们来告诉她我哪儿也不去。"他俩一人拉着我的一只手，我们走进屋里。

屋里充满引人食欲的香味儿，熟悉又陌生，好似你本想去闻玫瑰，却闻到了南瓜馅儿饼。香味儿是从厨房里传来的，于是我率队来到厨房。

"丽塔？"我喊道，回答我的是盘子破损的声音。

"还没好呢，"她喊道，"我想给你个惊喜。"

我们都知道，惊喜通常不是好事儿，生日除外，但有时连这也不好说。不过我还是勇敢地一脚迈进厨房，丽塔正围着围裙在灶前忙碌，一缕金发从她的前额耷拉下来。

"我惹麻烦了？"我问。

"什么？当然没有了。为什么你会——见鬼！"她含住被烫了的手指，然后狂怒地搅拌着盘子里的东西。

"科迪和阿斯特说你要把我赶走。"我说。

丽塔扔下勺子，惊讶地看着我。"赶走？傻瓜，我……为什么我要——"她低头捡起勺子，跳过去在锅边继续搅拌。

"所以你没说大便车？"我说。

"德克斯特，"她说着，声音里透出点儿怒气，"我想给你做一顿特殊的饭，我费老大劲儿怕搞砸了。你能不能待会儿再扯这些？"说完她跳到厨房操作台前，抓了一个量杯，又跳回到灶前。

"你在做什么？"我问。

"你在巴黎的时候特别喜欢吃那儿的食物。"她说，边皱着眉头慢慢搅拌量杯里不知名的东西。

"只要是吃的我差不多都喜欢。"我说。

"所以我想给你做顿法国餐，"她说，"法式红酒罐焖鸡。"她用她最好的蹩脚法语念道，听着像"粪便闷罐运输车"，我脑子里有盏小灯泡亮了。

"大粪车？"我说，看着阿斯特。

她点点头。"车。"她说。

"浑蛋！"丽塔又叫起来，这次她又徒劳地想把被烫的胳膊肘塞到嘴里。

"来吧，孩子们，"我用玛丽·坡平斯[①]的愉悦口气说道，"我到外面跟你们解释。"我带他们来到走廊，走出房门来到后院。我们一起坐在台阶上，他们眼巴巴地看着我。

"好了，"我说，"车只是一个误会。"

阿斯特摇摇头。因为她无所不知，误会对她来说是不可能的。"安东尼说过粪便就是西班牙语的，"她确定地说，"而且大家都知道闷罐车是什么。"

"可法式红酒罐焖鸡是法语，"我说，"我跟你们的妈妈在法国学会了这个词儿。"

"是什么呀？"她问。

"是鸡。"我说。

他们互相看看，然后又看着我。奇怪的是，这次是科迪打破了沉默。"我们还能吃比萨吗？"他问。

"我肯定你们能，"我说，"咱们组个队去踢罐子怎么样？"

科迪跟阿斯特耳语几句，阿斯特点点头。"你教我们东西吧，你知道，别的东西。"她说。

她说的"别的东西"当然是指德克斯特训练营教授的黑暗勾当。我最近发现

[①] 20世纪60年代电影《欢乐满人间》的女主角。

他俩由于生父曾拿家具和随手能拿到的任何东西砸他们，给他们留下了创伤，把他俩变成了"我的孩子"——德克斯特的后代。他们跟我一样总是处于惊吓之中，和天真可爱的现实格格不入，更喜欢沉迷于邪恶得见不得光的乐趣。他们太急于玩儿坏游戏了，唯一安全的办法是让他们走上哈里之路。

不过，今晚还真可以来一堂小小的教育课，对我这样一个恢复正常生活、在正常生活中蹒跚学步的婴儿会有帮助。蜜月生活已经让我变得彬彬有礼，我需要重披我的黑色战袍，磨砺我的森森利齿。那就带上孩子们一道吧。

"好吧，"我说，"去叫些孩子来玩儿踢罐子，我会教你们一些有用的本事。"

"踢罐子的本事？"阿斯特嗷着嘴说，"我们不想学。"

"为什么我玩儿踢罐子总能赢？"我问他们。

"你没有。"科迪说。

"有时候我是故意让你们的。"我傲慢地说。

"哈。"科迪说。

"关键是，"我说，"我知道怎么安静地移动。这一点为什么重要？"

"躲开人们的注意。"科迪说。对他来说，一次说这么多字真是不少了。看他日渐走出阴影可真好。

"对，"我说，"踢罐子就是个很好的训练。"

他们互相看看，阿斯特说："先教我们，我们就去叫大家。"

"好吧。"我说，站起来带他们来到和邻居家院子的交界处。

天还没有黑，但日头已经把影子拉得很长。站在灌木旁边的草荫中，我闭上眼，感觉黑暗后座传来些微骚动，黑色的翅膀轻柔地拂过我，我觉得自己融进了阴影，变成了黑暗的一部分。

"你在干吗？"阿斯特说。

我睁开眼。她和弟弟正盯着我，好像我突然疯了。我很难告诉他们自己正在和黑暗融为一体，但这就是真实情况，我没法儿骗他们。

"首先，"我说道，尽量让自己听上去像那么回事儿，"你们要放松自己，然后感觉自己成为黑夜的一部分。"

"还没到夜里。"阿斯特说。

"那就当自己是黄昏，行不？"我说。她看上去将信将疑，但没再说什么。我继续说下去。"现在，"我说，"你身体里有一种东西，你得把它唤醒，你需要学会听它说话。明白吗?"

"影子家伙。"科迪说,阿斯特点点头。

我看着他俩,心里有种近乎宗教般的震撼。他们知道影子家伙,那是他们给黑夜行者起的名字。他们早就处之泰然地任由它住在自己的身体里,和我一样。他们已经处在和我一样的黑暗世界中。把我们联结起来的这一刻意义重大,我知道这件事儿我做对了,他们真是我的孩子,也是黑夜行者的孩子。我们拥有比血缘还紧密的联系,这真让人为之倾倒。

我不再是孤单一人,我肩负着一个巨大而神圣的责任,就是教育这两个孩子,让他们待在哈里的道路上,成长为他们天生注定成为的样子,但这个过程又必须是安全和有序的。这一刻真甜蜜,我甚至听见了圣乐响起。

这本该成为这混乱而艰难的一天胜利的尾声。真的,假如这邪恶的世界上有正义的话,我们本该在傍晚的余热中嬉笑打闹,乐成一团,共同领略那奇妙的秘密,然后从容享用美味的法国大餐和美国比萨。

"滚过来。"德博拉在电话中说道,她连招呼都没打。

"好的,"我说,"如果我身体的其余部分能留在家里吃饭的话。"

"笑话,"她说,听起来她一点儿都没笑,"我这会儿不想听笑话,因为我正在看又一具那样的尸体。"

我感到来自黑夜行者的一阵好奇的呜呜声,脖子后面的汗毛立了起来。"另一个?"我说,"你是说跟今早三具一样的?"

"完全正确。"她说完,挂了电话。

"嗯嗯,啊啊。"我说着把手机收了起来。

科迪和阿斯特看着我,脸上都是一副失望的表情。"是不是黛比探长?"阿斯特说,"她要你去工作。"

"没错。"我承认。

"妈妈会生气的。"她说。我觉得她可能是对的,我还能听见丽塔在厨房里发出的愤怒的声音,不时夹杂以"浑蛋"在中间。我虽不算是个研究人类期待的专家,但也能肯定,如果我不吃丽塔千辛万苦精心炮制的晚餐,她真的会生气。

"现在我是真坐上车了。"我说。然后我走进屋里,巴望着灵感能赶在丽塔之前击中我。

　　直到停好车，我都不确定自己来对了地方。这里看上去和犯罪现场很不搭。暮色中没有黄色封锁胶带，没有旋转的警车顶灯，也没有越聚越多的巴望看见什么难忘画面的围观群众。"乔家石头蟹餐馆"永远客满为患，除了七月到十月。餐馆从七月一直关到十月，估计连乔家人也等得不耐烦了。

　　但今晚的人群有些不寻常，他们来此不是为了大快朵颐石头蟹，而是等着看别的东西，那是乔家人很不愿意出现在自家餐馆菜单上的东西。

　　我停好车，跟着一群便衣警察朝后院走去，那是今晚的大餐所在地，在紧挨着后门的墙上。还来不及看清究竟，我便听见心里咝咝作响。走近前来，法医部架设的灯光让我确信，眼前的情景将会让我感激地笑出来。

　　尸体的双脚被塞进一双类似胶皮手套的黑色鞋子里，这种鞋通常只有跳舞的意大利男人才会穿。他还穿着一条做工精良的鲜艳的红色短裤和一件蓝色丝绸衬衫，上面绣着银色棕榈树。衬衫没系扣子，向后拉开，露出男人的胸膛，那里已空空如也，腹腔里所有与生俱来的恶心内脏都不见了，取而代之的是冰块、啤酒瓶、从蔬菜店买的基围虾。他的右手抓着一大把大富豪的游戏币，脸上也用胶水粘着一副塑料面具。

　　文斯·增冈蹲在门旁一侧，正慢慢地扫墙根的尘土。我走到他身边。

　　"我们今晚运气怎么样？"我问他。

　　他哼了一下。"要是他们能让我们从那里拿一两罐免费啤酒就好了，它们可都凉透了。"他说。

　　"你怎么知道？"我问。

　　他朝尸体努努嘴。"啤酒是新品种，标签会在低温下变蓝。"他说。他用胳膊擦了一下前额。"这儿的温度超过三十二摄氏度，冰镇啤酒喝起来该有多爽。"

　　"当然，"我说，看着尸体上那双令人难以置信的鞋，"喝完咱们可以去跳舞。"

　　"嘿，"他说，"你真想去吗？咱们收工就走？"

　　"算了，"我说，"德博拉呢？"

　　他朝左边点点头。"在那边，"他说，"正在跟发现尸体的女人谈话。"

　　我走过去，德博拉正在讯问一个说着西班牙语的妇女，后者吓坏了，正捂着脸边哭边摇头，那动作让我觉得难度很高，好比让你一手摩擦肚皮，一手拍脑袋。但她做得很好，可德博拉好像没被这个技巧展示打动。

　　"阿拉贝拉，"德博拉说，"阿拉贝拉，你听好了。"阿拉贝拉根本没听，我也不觉得我妹妹那混合了愤怒和权威的语气能打动谁，尤其是对一个看上去好像没绿卡的清扫妹来说。我走过去时德博拉瞪向我，好像把阿拉贝拉吓坏了都赖我，于是我决定帮把手。

帮她并不是因为我觉得德博拉搞不定，其实她的工作能力一流，毕竟她是天生的警察；也不是因为她了解我、爱我，这念头从来没让我放松过警惕。事实上正好相反。但阿拉贝拉明显吓坏了，没法儿应答讯问。她已经离吓疯不远了。和一个歇斯底里的人谈话与和一个正常人交谈相比，并不需要特别的同情或喜爱，这正适合阴沉忧郁的德克斯特，要的只是技巧、手艺，而不是艺术，一个长期研习和模仿人类行为的专家可以恰到好处地运用。笑得恰当，点头称是，假装在听——我多少年前就会了。

"阿拉贝拉，"我用带着恰当的中美洲口音的柔和声音说道，她果然停止了摇头，"阿拉贝拉，我们得抓住这个魔鬼。"我看看德博拉，继续说道，"这是魔鬼干的，是吧？"她猛地抽动下巴，点头称是。

"请看着我。"我柔和地说，阿拉贝拉终于放下了捂着脸的手。

"啊？"她羞涩地说，我再次为自己说甜言蜜语的本事所打动，这次还是双语的。

"说英语好吗？"我堆上一副大大的假笑说，"我妹妹不会说西班牙语，"我朝德博拉点点头，相信那已经表明德博拉是"我妹妹"，而不是一个"在你被欺凌虐待了这么多年之后将你送回萨尔瓦多的全副武装的美国警察"，这有助于她开口说话，"你能说英语吗？"

"会，嗯，会说一点儿。"她说。

"好，"我说，"告诉我妹妹你看到了什么。"我退后一步，阿拉贝拉赶紧伸出一只手抓住我的胳膊。

"你别走。"她羞涩地说。

"我就在这儿。"我说。她探寻地看看我。我不知道她在探寻什么，但显然她在我脸上找到了她要找的东西并放心了。她松开我的胳膊，两手在胸前交叉，转过来对着德博拉。

我看看德博拉，发现她正难以置信地瞪着我。"老天，"她说，"她信你不信我？"

"她知道我的心是纯正的。"我说。

"纯什么纯，"德博拉边说边摇头，"天哪，要是她知道真相……"

我必须承认我妹妹的辛辣评价不无道理。她只是最近才发现我的本相，她说有点儿不舒服真是太轻描淡写了。不过，这些都是在她爸爸的同意下安排的，圣哈里即便已经死去，他的权威仍然不容德博拉置疑，也不容我置疑。但她的语调对另一个正指望我的人来说太尖锐了，有些伤人。"要是你愿意，"我说，"我可以离开，让你独自处理这件事儿。"

"不！"阿拉贝拉说，又飞快地伸出手抓住我的胳膊。"你答应过会留下来。"她说，声音里几近于谴责和慌张。

我挑起眉毛看着德博拉。

她耸耸肩。"好吧，"她说，"你留下来。"

我拍拍阿拉贝拉的手，把它拿下来。"我就在这儿，"我说道，又带着假笑补充，"我愿意留下来。"这让她安心了，她看着我的眼睛冲我笑笑，深吸了一口气，然后转过去对着德博拉。

"说吧。"德博拉对阿拉贝拉说道。

"我和往常一样准时来的。"她说。

"几点？"德博拉问。

阿拉贝拉耸耸肩。"五点，"她说，"现在一周三次，因为快到七月了，但他们想保持清洁，不准有蟑螂。"她看看我，我点点头。

"你去了后门？"德博拉问。

"Esway, es——"她看看我做个鬼脸，"怎么说？"

"总是。"我翻译道。

阿拉贝拉点点头。"我总是从后门走，"她说，"前边关到十月。"

德博拉晃着头，终于明白了：前门到十月之前一直是锁上的。

"好吧，"她说，"你到这儿以后，来到后门，看到了尸体？"

阿拉贝拉又捂住脸，这次只是一小会儿。她看着我，我点点头，于是她放下双手。"是的。"

"你还看到别的可疑的、不寻常的东西了吗？"德博拉问，阿拉贝拉茫然地看着她，"你看到什么不该在这儿出现的东西了吗？"

"尸体，"阿拉贝拉愤慨地说，指着那边的尸体，"它不该在这儿。"

"你看到别的人了吗？"

阿拉贝拉摇摇头。"没别人，除了我。"

"周围呢？"阿拉贝拉又茫然了，但德博拉指指旁边，"那边？过道？这附近任何人？"阿拉贝拉耸肩。"旅客，带着相机。"她皱皱眉，放低声音，秘密地跟我说，"有些是同性恋游客。"她说道，耸耸肩。

我点点头。"同性恋游客。"我对德博拉说。

德博拉瞪着她，然后转向我，好像在吓唬我们，让我们中的一个想出个好问题。但即使是我也没有了灵感，于是我耸耸肩。"我不知道，"我说，"她也许就知道这么多了。"

"问她住哪儿。"德博拉说。阿拉贝拉的脸上掠过一丝惊恐。

"我觉得她不会告诉你的。"我说。

"为什么他妈的不会？"德博拉说。

"她怕你告诉移民局。"我说道。当我用西班牙语提到移民局时，阿拉贝拉几乎跳了起来。

"我知道移民局的西班牙语怎么说，"德博拉飞快地说，"我也住在这儿，明白吗？"

"是啊，"我说，"但你拒绝学西班牙语。"

"让她告诉你。"德博拉说。

我耸耸肩，转向阿拉贝拉。"你家住哪儿？"我说。

"干什么？"她羞涩地问。

"我想请你去跳舞。"我说。

她咯咯笑起来："我结婚了。"

"求你了，"我说，带着我电力一百瓦的假笑，"我绝不告诉移民局。"阿拉贝拉微笑着凑过来，在我耳边低声说了一个地址。我点点头，那里是中美洲移民聚居的地区，他们中只有少数是合法移民。"谢谢。"我说完正准备走到一边，她抓住我的胳膊。

"你不会告诉移民局？"她说。

"绝不，"我说，"只是为了抓住这个凶手。"

她点点头，似乎明白我要她的地址是为了找到凶手，又朝我害羞地笑笑。"谢谢，"她说，"我相信你。"她对我的信任真的很让人感动，尤其是想到除了朝她假笑了几下以外我什么都没做。这让我不禁想自己是否该换个职业，也许该去卖汽车，或者竞选总统。

"好了，"德博拉说，"她可以回家了。"

我朝阿拉贝拉点点头。"你可以走了。"我说。

"谢谢。"她又说一遍，冲我爽朗地笑着，然后几乎是跑着冲向街道。

"靠，"德博拉说，"我靠我靠我靠。"

我扬起眉毛看着她，她摇摇头，有些泄气的样子，又生气又紧张。"我知道这么想很蠢，"她说，"我真希望她看到了什么。我是说，"她耸耸肩，转过头去，看着过道那边的尸体，"我们找不到同性恋游客，在南海岸找不到。"

"反正他们也不可能看到什么。"我说。

"光天化日之下能没人看见什么？"

"人们只看他们想看见的东西，"我说，"他也许开一辆送货车，那就能让他变成隐形。"

"好吧，靠。"她又说一遍，这会儿批评她词汇贫乏好像不是时候。她又转过来冲着我："我觉得你不大像是能告诉我些有用的信息。"

"让我拍个照，再容我琢磨琢磨。"我说。

"那就是'不'，对吗？"

"不是一个正式的'不'，"我说，"只是个暗示的'不'。"

德博拉竖起了中指。"暗示这个。"她说着转过身，步履沉重地朝尸体走去。

Chapter
追踪嫌疑人 *13*

凉了的红酒罐焖鸡吃上去没有该有的美味。葡萄酒发出一股陈啤酒的气味，鸡肉吃起来有点儿黏糊，享用的过程变成强颜欢笑的折磨。我在午夜时分回到家里，以苦行僧般的坚毅干掉了一大份鸡肉。

我蹑手蹑脚地爬上床时丽塔没有醒过来，我也很快溜进了梦乡。似乎才闭上眼，床边的闹钟就响了，它尖叫着提醒我新一轮的暴力正威胁着我们可怜的伤痕累累的城市。

我勉强睁开一只眼睛，看到真的是六点钟，该起床了。这可真不公平，但我还是努力爬起来去冲澡，等我走进厨房时丽塔已经把早餐摆上桌子了。"我看你吃掉了那些鸡肉。"她说。我觉得她有点儿不开心，我知道这时候该说些好听的话。

"真好吃，"我说，"比我们在巴黎吃的还好吃。"

她眼睛亮了一下，但又摇摇头。"骗子，"她说，"凉了味道就不对了。"

"你施了魔法，"我说，"尝起来还是热的。"

她皱着眉把一缕儿头发从脸上拨开。"我知道你也是没办法，"她说道，"我是说你的工作……可我真希望你能尝到，我是说，我真的理解。"丽塔把一盘炒鸡蛋和煎香肠放到我面前，朝咖啡机旁边的小电视点头示意："今早全是这个新闻，关于那个案子。他们采访了你妹妹，她看上去可不大高兴。"

"她一点儿都不高兴，"我说，"按说这可不应该啊，她的工作多有挑战性，还上了电视，她还有什么不满意的？"

我的俏皮话没能让丽塔笑起来。她拖了一把椅子坐在我身边，把双手放在大腿上，眉头皱得更紧了。"德克斯特，"她说，"我们真的需要谈谈。"

我通过对人类生活的研究发现，有一些字眼儿特别能吓到男人的灵魂。好在我没有灵魂，可我听到她的话以后还是感到一阵不舒服。"刚过蜜月就这样了？"我说道，想显得多少有些严肃。

丽塔摇摇头。"不是，我是说……"她挥挥手，又把手放回腿上，重重地叹口气，"我是想说科迪。"她最后说道。

"哦。"我应道，其实一点儿都不明白她想说科迪什么。在我看来，他毫无问题，但我比丽塔更清楚，科迪完全不是看上去的那个小小的安静的人类儿童，他是未来的德克斯特。

"他看上去还是……这么的……"她又摇摇头，然后低下头，声音变得低沉，"我知道他爸爸……做的事情……伤害了他，也许把他永远地改变了。不过……"她抬头看着我，眼睛闪亮，充满泪水，"他总这样是不对的，对不对？总这么安静，而且……"她又低下头去，"我只怕，你知道吗，"一滴泪珠掉落在她的腿上，她吸了一下鼻子，"他可能会……你知道吗……永远地……"又是好几滴眼泪。

"科迪会没事儿的。"我说道，暗暗赞叹自己出神入化的撒谎能力，"他只需要稍微活泼点儿。"

丽塔又抽一下鼻子："你真这么觉得？"

"绝对的，"我说着将手盖在她的手上，就像我最近从电影上看到的那样，"科迪是个很棒的孩子。只不过因为过去发生的那些事儿，他比别的孩子成熟得晚一点儿而已。"

她摇摇头，一滴泪珠甩到了我脸上。"这你可说不准。"她说道。

"我可以。"我对她说，奇怪的是，我这句话是发自真心的，"我非常明白他在经历什么，因为我自己也有过类似的经历。"

她的目光炯炯有神，泪盈于睫地看着我。"你……你从来没告诉过我那些事儿。"她说。"嗯，"我继续说道，"我永远都不会说。但我的经历和科迪很像，所以我真的知道。丽塔，相信我。"我又拍拍她的手，想着，是啊，相信我，相信我会把科迪变成一个如鱼得水、机智能干的魔鬼，就像我一样。

"哦，德克斯特，"她说，"我当然相信你。不过他是这么的……"她又摇摇头，把泪珠甩到四周。

"他会没事儿的，"我说，"真的。他只需要从他的小壳子里走出来一点儿，学着和同龄人相处。"还要学着他们的样子伪装成其中的一分子，我想。

"如果你这么肯定——"丽塔边说边使劲儿抽搭了一下。

"我肯定。"我说。

"好吧。"她说，从桌上拿过纸巾压在鼻子和眼睛上，"那我们，"又是抽泣和哽咽，"我想咱们得想法儿给他找些小朋友。""玩儿牌，"我说，"我们马上就得教他怎么藏牌。"

丽塔又开始擤鼻涕，擤了好长时间。

"如果不是了解你，有时候我真不知道你是不是在开玩笑。"她说，然后站起来在我额头上亲了一下。

当然，如果她真像她以为的那样了解我，她就会拿餐叉给我来一下，然后撒腿逃命。但保持幻想是人生的一个重要功课，所以我什么也没说。早餐在和谐单调的气氛中进行。在我喝第二杯咖啡时，科迪和阿斯特也来到了厨房，他们的脸上带着相同的服了过量镇静剂之后呆滞的表情。因为不许喝咖啡，他们过了好几分钟才明白自己是醒着的。当然又是阿斯特先打破了安静。

"黛比探长在电视上。"她说。阿斯特最近对德博拉产生了一种英雄崇拜，因为她看到德博拉带着枪，还对着一些大块头便衣警察吆五喝六。

"那是她工作的一部分。"我说。

"你怎么从来不在电视上露面呢，德克斯特？"她谴责地说。

"我不想上电视。"我说。她瞪着我，好像我在提议把冰激凌定为违禁品一样。"真的，"我说，"要是所有人都知道我是什么样子，我一走上街就会被人指指点点。"

"可没人对黛比探长指指点点啊。"她说。

我点点头。"当然没有，"我说，"谁敢啊？"阿斯特一副不依不饶的样儿，我重重地放下咖啡杯站了起来。"我得开始一天的伟大工作了，我要去保卫我们的好市民。"我说。"你用显微镜没法儿保护人。"阿斯特说。

"好了，阿斯特。"丽塔说着，赶过来在我脸上亲了一下，"希望你逮住这个家伙，德克斯特，"她说，"听上去真可怕。"

我也希望我们能抓住这个家伙。一天四个受害者，即使对我来说都有点儿过了，这必然会给整座城市制造一种草木皆兵、人人自危的气氛，那我就没办法找自己的乐子了。

我到办公室比平常略早，楼里已是一片繁忙景象。新闻发布会的人比哪次都多。当我发现十几架照相机和麦克风已经铺设妥当，马修斯局长却不见踪影时，我意识到了事情有多么严重。

更糟的还在后面。一个便衣警察站在电梯口要我出示证件才让我通过，即便我跟他还有点头之交。这还没完，我终于到了实验室，却发现文斯买了一袋法国可颂面包。

"主啊，"我说，看着文斯衬衫前襟上的碎屑，"我只是说说而已，文斯。"

"我知道，"他说，"但这玩意儿听起来很有品。"他耸耸肩，一大片面包屑被抖落到了地板上。"巧克力馅儿，"他说，"还有火腿和奶酪馅儿的。"

"我不认为巴黎的可颂是这么做的。"我说。

"你他妈的去哪儿了？"德博拉在我背后咆哮着，顺手拿起一根火腿和一块奶酪可颂。

"我们中毕竟有人需要时不时睡个觉。"我说。

"我们中还有些人压根儿没法儿睡觉，"她说，"因为我们中有些人得玩儿命工作，被从巴西或鬼知道什么地方来的照相机和记者包围。"她狠狠地咬了一口可颂，把嘴巴塞得满满的，然后瞪着手里剩下的面包，"耶稣基督，这是什么玩意儿？"

"法国面包圈。"我说。

德博拉把剩下的面包扔向身旁的垃圾桶，却偏了四英尺。"难吃死了。"她说。

"你想吃我的香肠啊？"文斯问德博拉。

德博拉连眼睛都不眨。"抱歉，我吃就要吃个满嘴，你的没那么大。"她说完，抓着我的胳膊说，"过来。"

我妹妹拉着我穿过走廊来到她的工作间，自己撺到桌后的椅子里。我坐在折叠椅上，准备迎接她给我预备的暴风骤雨。

结果等来的是一堆报纸，她把它们朝我扔过来，说："《洛杉矶时报》《芝加哥太阳报》、纽约他妈的时报、德国《每日镜报》《多伦多星报》。"

在我淹没在报纸堆中完全被憋死之前，我伸手抓住她的胳膊，不让她把《巴基斯坦观察家报》朝我砸过来。"德博拉，"我说，"你要是不把它们戳到我眼窝里，我倒是能看得更清楚。"

"这臭狗屎暴风雨，"她说，"你没见过臭狗屎暴风雨吧？"

说实话，我没见过真的臭狗屎暴风雨，除了中学时兰迪·施瓦兹把红色球形炸弹放在男生厕所里，结果奥伯里恩老师不得不早退回家换衣服。但德博拉显然没心情回忆往昔，尽管我们都不喜欢奥伯里恩老师。"我猜到了，"我说，"看到马修斯不在就知道了。"

她气呼呼地说："跟他从来没存在过似的。"

"我从来没想到马修斯局长会错过这么有爆炸性的上镜机会。"我说。

"他妈的四具尸体在他妈的一天出现，"她啐了一口唾沫，"从来没这样过，这事儿就让我赶上了。"

"丽塔说你在电视上看起来挺好看。"我鼓励地说，但只是惹得她狠狠地拍了一下那摞报纸，好几张报纸被震落到地板上。

"我真不想上他妈的电视，"她说，"他妈的马修斯把我扔到狮子群里了，这是现在全世界最大最糟糕的该死的倒霉事儿，我们还没发布任何尸体的照片，所有人都已经知道这个案子有十分怪异的地方，市长已经问过了，他妈的州长正在问，如果我午饭前不能给个说法，佛罗里达州将沉入大海，而我将被压在最下面。"她砸了一下报纸堆，这回半摞报纸都掉到了地上。这好像让她出了口恶气，她一屁股坐下去，一副精疲力竭的样子。"我真的需要你帮忙，老哥。我恨死了求你，可如果你能整明白这种事儿，现在真的是时候了。"

我不知道她怎么会突然恨死了求我，她以前又不是没求过，求了好几次，显然并没有恨死。近来她变得有点儿怪怪的，一提到我的特殊本领她就恶声恶气。可这是为什么呢？我没感情，可也没有不受感情影响的免疫力，我没法儿眼看着自己的妹妹山穷水尽而置若罔闻。"我当然会帮你的，德博拉。"我说，"我只是不知道该怎么做。"

"呃，靠，你必须做点儿什么，"她说，"我们一起对付。"

听到她说"我们"可真好，尽管直到这会儿我才知道我也被卷进去了。但只区区一点儿归属感并不有助于我的巨型大脑投入运转。事实上，德克斯特的高级司令部此刻出奇地安静，跟在犯罪现场时的反应一样。尽管如此，表现出配合是此刻最需要做的，于是我闭上双眼，装出一副拼命在想的样子。

好吧，如果真有什么具体线索，勤勉得跟猎犬一样的法医部英雄们应该已经找到了。所以我需要的是我的同僚们不在行的东西——借助黑夜行者的帮助。可是黑夜行者少有地安静，只是偶尔怪笑几下，我不知道那是什么意思。通常，看到谁展示捕猎技巧都能激发我的欣赏之情，这有助于我理解杀人动机。不过这次毫无感觉，这是怎么回事儿？

我只得孤军作战，而德博拉正在那儿瞪着我，表情既严厉又满含期待。我退一步欣赏那个伟大而残忍的天才，这些杀戮的不寻常之处在于对尸体隆重的展示方式有些超出常规。展示？没错。它们被以一种精心安排的方式展示出来，为的是取得最强烈的效果。

但展示给谁看呢？研究杀手心理的学院派会说，越艰难就越有观赏性。但大家都知道，警察会把现场完全封锁起来，即便没有封锁，也不会有媒体愿意刊登这种可怕的图片。有多可怕？相信我，我看过。

所以到底是展示给谁看的呢？警察？法医部的书呆子们？我？所有这些都不可能，除了这些人，就只有三四个发现尸体的人了，除此之外再没人看到过什么。然后就是整个佛罗里达州公众舆论的强烈反对，人们拼了命也要保住旅游业。

一个念头跳出来，我睁开眼睛，看见德博拉正瞪着我。

"怎么着？"她说。

"也许这就是他们想要的。"我说。

她看了我一会儿，颇像科迪和阿斯特刚睡醒时的样子。"什么意思？"她最后问。

"我看到尸体的第一个感觉就是凶手不是为了杀他们，而是为了杀了之后摆弄这些尸体。展示。"

德博拉哼了一下。"我记得那场面。可还是说不通。"

"说得通。"我说，"要是有人想要制造效果，通过这种方式获得一种影响力。现在看看，有什么效果？"

"什么也没有啊，除了让全世界的媒体都注意了。"

"可别，别用'除了'这个词儿，这就是我的意思。"

她摇摇头说："什么？"

"媒体关注有什么不好，老妹？整个世界都看着阳光之州，世界旅游业的前沿——"

"他们看了这些事件会说'我可绝对不想去那屠宰场的附近旅游'，"德博拉说，"好啦，德克斯特，你到底想说什么？我跟你说过，哦，"她皱起眉头，"你是说有人想打击旅游业？对整个佛罗里达州？这可真够蠢的。"

"你觉得干这事儿的能不是蠢货吗，老妹？"

"可到底是谁想这么干？"

"我不知道，"我说，"加利福尼亚？"

"好了，德克斯特，"她吼起来，"你要说得通，不管谁干的，都得有动机才行啊。"

"某个心怀嫉恨的人。"我说道，听上去比我心里感觉的要笃定得多。

"对整个混账州都嫉恨？"她说，"这听起来对头吗？"

"啊，不太对头。"我说。

"那拜托您想个对头的说法出来，行不？就现在。这事儿现在已经糟到家了。"

那些可怕的字眼儿刚从德博拉嘴里跳出来，桌上的电话就响了起来。德博拉抓过电话，眼睛仍然瞪着我，然后忽然转过身去弓起了背。她发出几声惊叹，似乎在问："什么时间？天哪。对。"她挂了电话，转过来冲着我，跟她这会儿的表情比起来，她先前的怒视简直成了春日初吻。"你个浑蛋。"她说。

"我干什么了？"我问，对她语气中冷酷的愤怒感到有些惊讶。

"我也想知道。"她说。

即便魔鬼也有发火的时候，我相信此刻自己快到极限了。"德博拉，要么你说点儿有意义的整句出来，要么我回实验室擦洗分光仪。"

"案子有突破了。"她说。

"那不是应该高兴吗？"

"是旅游局。"她说。

我张开嘴想说点儿又聪明又利索的话，然后又闭上了。

"是啊，"德博拉说，"好像的确有人对整个州都有意见。"

"你觉得是我干的？"我已经不是感到恼火，而是目瞪口呆地惊讶坏了，她看着我，"德博拉，我觉得有人在你咖啡里下毒了。佛罗里达是我的家，你想听我给你唱《斯旺尼河》①吗？"

---

① 斯旺尼河是从佐治亚到北佛罗里达的河流，此处相当于生活在中国长江流域的人怀着感情唱《长江之歌》。

不知道是不是我自告奋勇要唱歌起了作用，她盯着我看了很久，然后跳了起来。"来吧，我们到那边去。"她说。

"我？你的搭档库尔特呢？"

"他去喝咖啡了，妈的，"她说，"另外，我宁可和疣猪搭档。来吧。"

大迈阿密地区观光旅游局位于布里克尔大街一座高大的建筑中，这和它弥足轻重的作用很相衬。透过巨大的窗户，可以看到繁华街区美丽的一角，以及比斯坎湾上的政府穿越海道，甚至还可以看到附近的码头，在那里，篮球队不时会上演一场惊心动魄的输球。景色太棒了，跟明信片似的，好像在说："没逗你玩儿，这就是迈阿密。"

只是今天旅游局的人好像都无心欣赏风景。办公楼好像被人刚用棍子捅了一下的大蜂窝。工作人员虽然不多，可全在门前和走廊中跑进跑出，看上去跟有几百个人在不停奔跑似的，个个好似热锅上的蚂蚁。德博拉站在前台接待处待了足足两分钟，用她的耐心来衡量的话，简直像一辈子那么长。一个大块头女人站住了脚，看着她。

"你要干吗？"女人问。

德博拉立刻亮出警徽："我是从警察局来的摩根探长。"

"哦，我的天，"女人说，"我去叫乔安妮。"说完溜进右边的一道门不见了。德博拉看着我，好像是我的错似的，说："天哪。"

这时门又开了，一个小个子长鼻子的短发女人冒了出来。

"警察？"她怒气冲冲地说，她看看我俩，又定睛看着德博拉，"你是警察？是花瓶吧？"

德博拉早已习惯人们的这种质疑，但他们通常没这么直白。她有点儿脸红了，又亮出警徽说："我是摩根探长，你能给我们提供什么信息吗？"

"这会儿就别打官腔了，"女人说，"我要的是'警探哈里'①，来的却是'律政俏佳人'②。"

德博拉脸颊绯红，眼睛眯起来。"你要是愿意，我可以回去拿传票，"她说道，

①《警探哈里》，1971年的美国电影。
②《律政俏佳人》，2001年的美国电影。

"也许再加一张妨碍调查的逮捕证。"

女人看着她。这时背后房间里有谁大吼一声，然后什么东西倒了，碎了。她突然改变语气说："我的天哪！好吧，来吧。"然后她也从门后消失了。德博拉重重地喘了口气，龇着牙，我们相继朝门走去。

小个子女人已经走进走廊尽头的一扇门，等我们追过去时她已经坐在了会议桌后面的一把转椅上。"坐吧。"她说，冲旁边的椅子挥了下手，手里拿着一个大遥控器。我们还没坐好，她就拿遥控器对着一个大大的平面电视。"这是昨天收到的，但我们今早才在开会的时候看了。"她抬眼看着我们，"然后就马上报了警。"

"是什么？"德博拉说着坐了下来，我坐在她旁边。女人说："是一张光碟。请看。"

屏幕闪动着，在几条"请等待""请选择"的提示之后，突然跟活了过来似的发出一声尖厉的惨叫，连德博拉都不禁跳了起来。

屏幕亮了起来，一个形象逐渐清晰：在静止的俯拍镜头中，一个人的身体衬在雪白的陶瓷背景上，眼睛大睁着注视前方。在我看来，人已经死了。然后一个人进入镜头，把一部分尸体挡住了。我们只能看见那个人的后背。然后那个人抬起拿着一把电锯的臂膀，又按下去，接着传来锯齿切入皮肉的声音。

"耶稣基督。"德博拉说。

"可怕的还在后面。"小个子女人说。

电锯轰鸣着，我们能看到镜头里的人干得很卖力。然后电锯停了。电锯被扔在陶瓷背景上，那人往前探身，拿起一大块可怕的发着亮光的内脏，把它们扔到镜头能拍清楚的位置。然后，一串大大的白色字母出现在屏幕上，背景是一堆肠子：

新迈阿密：它将令你肝脑涂地。

图像静止了一会儿，屏幕接着变成空白。

"继续看。"女人说。屏幕闪了闪，新的字母出现在屏幕上：

新迈阿密：第二集

接下来我们看到了沙滩日出。背景音是甜甜的拉丁音乐。一个波浪卷上沙滩。一个晨跑的人进入画面，磕绊了一下后震惊地停下脚步。接着镜头移向晨跑者的脸，他的表情从震惊到恐惧。然后他撒腿就跑，离开水边，穿过沙滩，朝着远处的街道跑去。镜头移回，画面上出现的是我们的老朋友，在南海岸沙滩上被开膛破肚的那对幸福夫妻。

镜头切换到出现在现场的第一个警察，他脸部抽搐，转开头呕吐。下一个镜头对着围观群众，他们都僵直地别过脸，一张又一张脸，镜头切换得越来越快，直到屏幕上排满小方块照片，像高中纪念年册①上那样，只是每个人的表情各不相同，各自用自己的方式表达着惊恐。

字幕再次升起：

新迈阿密：轮到你了。

屏幕黑了。

我不知道说什么好，看一眼与我同来的伙伴，发现她跟我一样。我想评论一下摄影技巧来打破这让人别扭的沉默，因为如今的观众都喜欢动作片多一些。但屋里的气氛好像不是很适合谈这个，所以我继续保持安静。德博拉坐在那儿咬牙。小个子女人一言不发地看着窗外美丽的景色。最后，她说道："我们觉得还会有更多受害者出现。我的意思是，新闻说已经有了四具尸体，所以——"她耸了耸肩。我顺着她的视线看看窗外，以为有什么好看的东西，但除了一只快艇朝政府穿越海道驶过来以外，什么也没有。

"这是昨天寄来的？"德博拉说，"用平信？"

"带着迈阿密邮戳的普通信封，"女人说，"光盘也很普通，一般办公室用的那种，在哪儿都能买到，欧迪办公、沃尔玛，随便哪儿都有。"

她的语气很轻蔑，脸上是生动的"可爱"的人类表情——介于鄙视和冷漠之间。我开始奇怪，她如何能做到让人喜欢迈阿密，让数百万的人想来一个有像她这样的人居住在其中的城市旅游。

---

① 美国学校每个学年结束时都会为全体学生拍照，按年级制成年册。

这想法从我的大脑里滚落到地板上，在大理石地面上泛起回声。一列小火车从德克斯特车站驶出站台。有那么一会儿，我只是看着烟囱喷出浓烟，然后闭上眼睛爬上火车。

"怎么了？"德博拉问，"你想到了什么？"

我摇摇头，又沉思了片刻。我听见德博拉的手指在台面上敲着，然后是遥控器被小个子女人放下的声音。火车终于提速了，我睁开眼。"会不会，"我说，"有人想破坏迈阿密的公众形象？"

"你之前说过了，"德博拉吼道，"而且听起来很荒唐。谁会他妈的对整个州都怀恨在心？"

"可假如不是针对这个州呢，"我说，"假如只是针对宣传这个州的人？"我定定地看着小个子女人。

"我？"小个子女人说道，"有人针对我干出这些事儿？"

我被她的谦虚美德所感动，朝她送上一个我最热情的假笑。"你，或你的部门。"我说。

她皱着眉，好像那人攻击的是她的部门而不是她本人是件很荒诞的事儿。"哦？"她怀疑地说。

德博拉拍了一下桌子，点头说道："对，现在说得通了。如果你开除了谁，得罪了谁的话。"

"尤其是那种行为不大正常的。"我说。

"就像那些半吊子艺术家，"德博拉说，"比如说，某人丢了工作，忍了一阵子，然后就像这样爆发了。"她转过头对着小个子女人，"我需要查看你们的人事档案。"

女人好几次把嘴张开又合上，然后开始摇头。"我不能给你看我们的档案。"她说。

德博拉瞪了她好一会儿，我正等着她反驳，她却站了起来。"我明白，"她说，"来吧，德克斯特。"她朝门外走去，我赶紧站起来跟上。

"怎么了？你去哪儿？"女人喊起来。

"去取法院传票和调查令。"她说完不等回答就转身离开。

那女人想继续拖延，又过了漫长的两秒半，她突然站了起来，一边追赶德博拉一边喊道："等等！"

几分钟后，我坐在后面一个房间的电脑前，身边操作键盘的是诺埃尔，一个瘦得吓人的海地后裔。他戴着厚厚的近视眼镜，脸上有道明显的疤痕。

我勤勤恳恳地和诺埃尔坐在一起，他身上的古龙香水味道太浓了。我们谈了谈要找的东西。

"看，"诺埃尔带着浓重的克里奥尔口音说道，"我给你调一份最近两年被辞退的人的名单好吗？"

"两年很好，"我说，"如果人不是太多的话。"

他耸耸肩，这个动作对他瘦削的小肩膀来说怪辛苦的。"不到一打，"他说，又笑着补充，"在乔安妮手下，好多人辞职了。"

"打印这份，"我说，"再查一下他们的档案，看有没有抱怨或威胁。"

"不过，"他说，"还有不少独立的搞设计的合同工，这部分名单要吗？有时候他们拿不到活儿，谁知道他们会有多生气。"

"合同工总能试着拿下一个项目，对吧？"

诺埃尔又耸耸肩，他的耳朵看上去挺危险的，因为他的肩胛骨看起来跟刀片一样锋利。"也许吧。"他说。

"所以除非是彻底解除雇佣关系，比如旅游局告诉他们我们再也不会用你了，合同工倒不至于。"

"那我们就集中在被辞退的人身上。"他说。片刻之后，他就打印出一张表，正如他所说，不到一打的名字和已知最新住址。确切地说，是九个人。

德博拉一直望着窗外，不过一听到打印机开始工作的声音，她就蹿过来从我椅子背后张望。"弄到了什么？"她问。

我看看打印出来的纸，给她递过去。"也许什么都没有，"我说，"九个被解雇的人。"她从我手中夺过名单，好像那上面有什么重要的证据。"我们再对照他们的档案查一下，"我说，"看他们是否有过恐吓和威胁。"

德博拉磨着牙，我知道她想冲出门，冲上大街，去查第一个地址，但显然排出优先次序、从最可疑的人入手更节省时间。"好吧，"她最终说，"不过你快点儿。"

我们的确加快了速度。我先排除了两个，他们被"解雇"是因为移民局把他们驱逐出境了。还有一个名字很引人注目：赫尔南多·梅萨，他名列前茅。

为什么？赫尔南多设计了机场和游船码头。

"浑蛋，"我刚一告诉德博拉，她就骂了起来，"我们找着疑犯了，挥棒出击。"

我也觉得有必要跟梅萨谈谈，不过一个细小的声音在对我说，事情从来不会这么容易，你以为找到了目标，其实很快你又得推倒重来，或者，记得躲避朝你直直飞来的棒子。

我们都知道，当你预见到了失败，十有八九你是对的。

赫尔南多·梅萨住的地方还过得去，但不算特别好。中规中矩，二十年没有改变，不像迈阿密其他地方。事实上，他家离德博拉的家只有一英里多一点儿，他们算得上是邻居。可惜这好像没能让这两个人的行为变得更睦邻友好一点儿。

德博拉刚一敲门，门就开了。我看她兴奋得抖脚的样子就知道她急不可待地觉得自己网住了大鱼。门吱呀一声打开了，梅萨出现在门后，德博拉的脚停止了抖动，说："操。"她当然是非常小声地说的，可仍然能让人听见。

梅萨果然听到了，回敬说"操你"，然后充满敌意地瞪着她，这跟他坐在轮椅上的姿势不太相符。显然他的四肢不能动弹，除了每只手的几根手指以外。

他用一根手指按了下轮椅前方一个亮亮的金属盘，轮椅朝我们挪近了几英寸。"你想找不痛快吗？"他说，"还是你想向我推销东西？嘿，我能试试新的滑雪装备。"

德博拉看看我，我也没什么好说的，只是笑了笑。不知为什么这让她很生气。她的眉毛皱到一起，嘴唇绷得紧紧的。她转过头看着梅萨，用标准的冷酷的警察腔调说道："你是赫尔南多·梅萨？"

"他剩下的部分都在这儿了。"梅萨说，"嘿，你听起来像个警察。是为我在橘子碗体育场裸奔那件事儿来的？"

"我们想问你几个问题，"德博拉说，"我们能进去说话吗？"

"不能。"他说。

德博拉已经抬起一只脚，重心前移，满以为梅萨会跟世上所有人一样自动让她进门。她紧急刹住脚，朝后退了半步。"你说什么？"她问。

"不——能，"梅萨说，一字一顿，好像他在跟一个搞不清状况的弱智说话，"不——能，你不能进来。"他又在金属板上戳了一下，轮椅冲我们很嚣张地又蹦了一下。

德博拉猛地跳到一旁。她很快恢复了职业尊严，朝梅萨走去，不过保持了一段安全距离。"好吧，"她说，"我们就站在这儿。"

"哦，哈，"梅萨说道，"我们就在这儿搞。"说完他用手指在遥控器上戳来戳去，轮椅进进退退了好几次。"嗯，宝贝儿，嗯，宝贝儿，嗯，宝贝儿。"他说。

德博拉显然快对这个询问对象失去掌控了，这是警察条例所不允许的。她被梅萨的虚拟轮椅性交给气坏了，朝一边跳开。他用轮椅跟着她。"来吧，小妹妹，还要吗？"他用一种介于大笑和喘息之间的声音喊道。

我很抱歉，这么说好像我真的感觉到了某种情绪似的，但我有时候确实会对德博拉产生同情，因为她是那么努力和拼命。于是我走到梅萨背后，把轮椅后面的电线拔了下来。机器停止了轰鸣，轮椅立刻停下来，唯一能听见的就是远处警车的声音以及梅萨按遥控器的嗒嗒声。

迈阿密是一个汇聚两种文化和语言的城市。我们浸淫其中，都懂得不同的文化教给人许多新鲜奇妙的东西。我一直都欣赏这种观点，现在我从梅萨这里得到了回报。他创造性地使用了英语和西班牙语。他飞快地说了一系列标准词汇，然后他艺术家的一面派上了用场，他管我叫了一堆从来没存在过的名称，除非是在希罗尼穆斯·博斯①设计的平行宇宙中。梅萨的声音越来越弱，越来越沙哑，却丝毫不减慢速度，这给他的表演增加了神秘莫测的气氛。我是真给镇住了，看样子德博拉也是，我俩只是站在那里听着，直到梅萨终于累瘫了，以一句"狗杂种"收尾。

我走回到他面前，站在德博拉旁边。"别这么说话，"我说，他怒视着我，"这太路人甲了，你的水平比这个高多了。刚才那句是什么？'舔装满老鼠呕吐物的垃圾袋'？太棒了。"我轻轻拍了两下手掌。

"给我插上电，你个装满蜥蜴脓液的垃圾袋。"

"他开始重复自己了，"我对德博拉说，"我想是我们把他累坏了。"

"你曾经威胁要杀掉旅游局长？"德博拉问。

梅萨哭了起来。这可不太美。他的头朝一边歪着，痰液和鼻涕往下流，混合着眼泪在脸上纵横驰骋。"杂种，"他说，"他们干脆杀了我好了。"他吸了一下鼻子，但除了制造出一声薄湿的噪音以外无济于事。"看看我，看看他们对我做了什么。"他用嘶哑刺耳的声音嘟囔着。

---

① 15世纪的荷兰画家，被尊为现代绘画的始祖。

"他们把你怎么了，梅萨先生？"德博拉说。

"看，"他又抽抽鼻子，"他们对我做了这个。我生活在这副浑蛋轮椅里，如果没有护士扶着我的小鸡鸡的话，我连尿都没法撒。"他抬头看着我们，带着一丝挑衅的神情，"难道你们不想干掉那些杂种吗？"

"是他们把你弄成现在这样子的？"

他又抽了一下鼻子。"工伤，"他用一种警惕的语气说，"我是在上班时间受的伤，可他们不承认，非说是车祸，一分钱也不付，然后把我解雇了。"

德博拉张大了嘴，又吧嗒一下闭上了。我觉得她本来想问"昨晚三点半到五点你在哪儿"之类的问题，然后突然意识到他很可能就在这副轮椅上，哪儿都去不了。梅萨即便别的不行，脑子却好使得很，他也注意到了。

"怎么着？"他说，夸张地抽着鼻子，终于吸回了一小股鼻涕，"真的有人去杀了那帮狗杂种中的一个吗？你觉得这不可能是我干的，因为我坐在轮椅上？婊子，你给我把电插上，我给你看看我杀一个把我气坏了的人有多容易。"

"你杀了哪个护士？"我问他。德博拉用胳膊肘撞了我一下，不过她还是没出声儿。

"哪个死了哪个就是我杀的，妈的。"他朝我气呼呼地说，"我希望是狗杂种乔安妮，不过，我会把他们全杀了。"

"梅萨先生。"德博拉说，声音中透出些犹豫，搁别人那儿表示同情，但在德博拉那里是失望，因为她了解到眼前这个可怜的泪包儿并不是她要的疑犯。这下又被梅萨抓住了进攻的机会。

"没错，是我干的，"他说，"把我铐起来吧，婊子。把我用链条锁在地板上的黑椅子旁边，跟狗拴在一起吧。怎么着，你怕我死在你手上？来吧，骚娘儿们，不然我会像杀那些浑蛋董事一样杀了你。"

"死的不是董事。"我说。

他瞪着我。"没死？"他说。他猛地转头冲着德博拉，唾液在阳光下闪闪发光。"你个浑蛋，那你为什么骚扰我？"

德博拉犹豫着，然后决定再试一次。"梅萨先生。"她说。

"操，从我这儿滚开。"梅萨说。

"我觉得这主意不错，德博拉。"我说。

德博拉泄气地摇摇头，狠狠地喘了口气。"操，"她说，"走吧。给他插上电。"

她说完转身走下前廊，让我独自完成那既危险又不讨好的为梅萨先生的轮椅插电的工作。梅萨看上去挺乐意。他开始朝德博拉的背影往外喷一个新的按字母顺序排列的脏话词汇表，给我的是一个飞快而含混的"快滚，你个死基佬"。

我加快动作，不是为了讨好梅萨，而是不想在他的轮椅被插上电之后还跟他面面相觑，那太危险了，而且我已经花费了足够多的一去不复返的宝贵时间听他抱怨。该回到正常的世界中去了，在那里我可以自己变成魔鬼，可以去抓别的魔鬼，还能吃到午餐。所有这一切都不可能发生在这个前廊。

所以，我插上电，还没等梅萨反应过来就跑下了前廊。我冲到车前钻了进去。德博拉猛地提速，甚至不等我把门关好，显然她是怕梅萨会拿自己的轮椅来撞车，我们飞快地融入迈阿密自杀式的车流中。

"操。"她终于说了一句。在听过梅萨的叫骂之后，这个词儿温柔得如同夏日微风。"我还以为他肯定是。"

"看积极面，"我说，"至少你学了一些很棒的新词儿。"

"去死。"德博拉说。估计这些词儿对她来说也没有那么新。

名单上还有两个名字要在午休前去查。第一个地址就在椰树林路，我们只用了十分钟就从梅萨家赶到了那里。德博拉稍微超了速，但还是太慢了，用这样的速度开车简直是自取其辱。所以即使路上车不多，我们还是被喇叭声和叫骂声以及竖起的中指所包围，周围的车跟鱼群从石头上方游过似的纷纷超过我们。

德博拉好似并不在意。她正苦苦思索着，眉毛死命地皱着，以至于我都想提醒她，再这样下去就成死褶了。

我们很快就到了名单上的地址。这是一座简朴的旧农舍模样的房子，坐落在虎尾街，前院很小，荒草丛生，"此房出售"的牌子插在一棵杧果树前。半打外包装都没撕开的旧报纸散落在院子里，在长得老高的杂草里隐约可见。

"妈的。"德博拉说着在前院里停好车。这应该是个犀利而简明的评价。这房子看起来有几个月没人住了。

"这家伙为什么被解雇？"我问她，裹报纸的鲜艳塑料袋被吹得在院子中乱飞。

德博拉看了一眼名单。"爱丽丝·布朗森，"她说，"她从办公账户里挪用公款。被发现时，她威胁说会回来打人杀人。"

"是一次一个，还是连锅端？"我问，但德博拉只是看了我一眼，摇摇头。

"没什么价值。"她说，我也倾向于同意。不过警察的大部分工作就是拿死马当活马医并期待撞上好运，所以我们还是解开安全带，踏着地上的落叶和其他垃圾走到前门。德博拉机械地敲门，我们能听见屋子里传来敲门的回声，显然跟我预想的一样，是空屋子。

德博拉低头看看手里的名单，找到嫌疑人的名字。"布朗森女士！"她喊了一声，更是一点儿动静都没有，因为她的声音没能像敲门声一样有穿透力。

"妈的。"德博拉又说了一遍。她又砸了砸门，和刚才一样，一无所获。

保险起见，我们绕房子走了一圈，趴在窗户上向里张望，但除了一些难看得要命的红色和绿色的窗帘挂在空荡荡的客厅里，我们什么也看不见。我们绕回到房子正面，看见一个骑着自行车的男孩正在我们的车旁看着我们。他十一二岁，一头长发编成许多根细小的发辫，扎成一个马尾。

"他们四月份就搬走了，"他说，"他们也欠你们钱吗？"

"你认识布朗森一家？"德博拉问男孩。

他歪着头看着我们，像一只正在决定是要咬你手指头还是吃饼干的鹦鹉。"你们是警察？"他说。

德博拉亮出警徽，男孩从自行车上探身看清楚。"你认识这家人？"德博拉又问。

男孩点点头。"我只是想看清楚，"他说，"好多人用假警徽。"

"我们真的是警察，"我说，"你知道布朗森一家去哪儿了吗？"

"不知道，"他说，"我爸爸说他们欠了好多人的钱，所以改了名字，去南美了，或者其他类似的地方。"

"什么时候的事儿？"德博拉问他。

"四月，"他说，"我说过了。"

德博拉压着怒火看看他，又看看我。"他是说了，"我告诉她，"他说了四月。"

"他们怎么了？"男孩问。他有点儿太热心了，我觉得。

"也许他们什么都没干，"我告诉他，"我们只是有几个问题想问他们。"

"哇，"男孩说，"杀人吗？真的？"

德博拉姿势有些奇怪地摇摇头，好像在轰走一小群苍蝇。"你为什么会觉得是杀人？"她问他。

男孩耸耸肩。"电视上，"他干脆地说，"如果是杀人案，警察就会说什么都不是。如果什么都不是，他们就说是严重违法之类的。"他咻咻地笑。

德博拉看着这孩子，又摇摇头。"他又对了，"我对她说，"《犯罪现场调查》中是这么说的。"

"老天爷。"德博拉说，仍然摇着头。

"给他你的名片，"我说，"他会喜欢的。"

"是哦，"男孩说，还是笑嘻嘻的，"再跟我说，如果我想起来什么就打电话。"

德博拉停止了摇头，哼了一下。"好吧，臭小子，你赢了。"她说。她甩了一张自己的名片给他，男孩干脆利落地接住。"如果你想起来什么，给我打电话。"她说。

"谢谢。"他说。当我们钻进车里把车开走的时候，他还在笑，我不知道是因为他真喜欢那张卡片，还是因为他在跟德博拉的较量中占了上风。

我看看下一个名字。"布兰登·韦斯，"我说，"嗯，一个作家。他写了些不讨旅游局喜欢的广告，所以被解雇了。"

德博拉转转眼珠。"作家，"她说，"他干什么了？用逗号威胁他们？"

"哦，他们叫了保安才让他离开。"

德博拉转过来看着我。"作家，"她说，"得了吧，德克斯特。"

"他们中有些人挺厉害。"我说，其实连我自己也觉得牵强。

德博拉回头看看车流，咬着嘴唇点了点头。"地址是……"

我又看了一眼名单。"这回有点儿靠谱，"我说，然后念了一个靠近北迈阿密大道的地址，"就在迈阿密设计区内。一个杀人设计师还能去哪儿？"

"我以为你知道。"她说。

"反正不会比前两个更差了。"我说。

"啊，是啊，三是个吉利的数字。"德博拉讥讽地说。

"好了，德博拉，"我说，"你应该拿出点儿劲头来。"

德博拉将车开下高速路，驶进一个快餐店的停车场，这可把我惊呆了，因为首先，还没到午餐时间，其次，这地方提供的不能叫食物，不管它有多快。

但她没有走进快餐店，而是换到停车挡，朝我转过脸来。"操他妈的。"她说，我明白她是在闹情绪。

"因为那小男孩？"我问，"还是你在生梅萨的气？"

"都不是，"她说，"是你。"

倘若我刚才被她对快餐店的选择给惊着了，那此刻她的话更是让我大吃一惊。我？我把早晨我们的活动回想了一遍，没发现任何问题。我一直为她这个暴脾气将领鞍前马后地跑；我甚至没像平常那样做些又有思想又有智慧的评价，她真的应该感谢我，因为她一般都是我评价的对象。

"对不起，"我说，"我不懂你的意思。"

"我是说你，"她说，语气完全没好多少，"所有的你。"

"我还是不懂你的意思，"我说，"我没做过分的事儿啊。"

德博拉用手砸了一下方向盘。"浑蛋，德克斯特，耍小聪明对我没用。"

我完全不明白她在说什么，但我特别想弄明白。

幸好，她没让我等太久。

"我不知道我还能忍多久。"她说。

"忍什么？"

"我开车转来转去，带着一个杀了十个还是十五个人的家伙。"

被人如此低估可真不是什么痛快事儿，但纠正她似乎不大明智。"好吧。"我说。

"我的职责是抓住你这样的人，把他们永远赶走，可你是我哥！"她拍着方向盘，加重每个字的语气。她其实不必这么做，我每个字都听得很清楚。我终于明白她最近为什么这么粗鲁了，但我还是没想通她怎么会忍了这么久才爆发。

如果我像我以为的那样聪明，我本该知道早晚我们得有这么一番谈话，那我就会有所准备。但我愚蠢地以为世上最有力的就是亲缘关系，她这样真让我吃惊。另外，据我所知，最近并没什么导致这么一幅针锋相对画面的事情发生。这是怎么啦？

"对不起，德博拉，"我说，"可是，呃，你想要我怎么样？"

"我想要你停止，"她说，"我希望你是另一个人，另一个我一直以为的那个人。"我愿意认为自己比别人都足智多谋。可这会儿我张口结舌，好似被绑在火车轨道上动弹不得。

"德博拉。"我说。我不知道还能说什么，显然我只能说出这么一点儿。

"浑蛋，德克斯特。"她把方向盘砸得砰砰响，整个车都跟着晃起来了。"我没法儿跟人说这事儿，甚至不能跟凯尔说。而你呢，"她又拍了一下方向盘，"我怎么知道你说的是真话？你说是爸爸把你培养成这样的。"

要说我的感情受到了伤害可能不准确，因为我很肯定我没什么感情。但不公正的评价似乎真的会让人疼痛。"我不会对你撒谎的。"我说。

"你活着的每一天都对我撒谎了，因为你没告诉我你的本相。"她说。

我对新纪元哲学和菲尔博士挺熟悉，但有些时候必须用事实说话，看来此刻就是这么一个时刻。"好吧，德博拉，"我说，"要是你知道我的本相，你会怎么做？"

"我不知道，"她说，"我还是不知道。"

"就是嘛。"我说。

"可是我应该做点儿什么。"

"为什么？"

"因为你杀人了，浑蛋！"她说。

我耸耸肩。"我忍不住。"我说，"他们真的罪有应得。"

一堆大学生模样的孩子从车旁走过，看着我们。他们中的一个说了什么，大家都笑了起来。"哈哈。看这对滑稽的两口子打架呢。他今晚得睡沙发了，哈哈。"

唯一不同的是，如果我不能说服德博拉相信一切正常的话，虽不至于是世界末日，但我很可能要睡牢房了。

"德博拉，"我说，"爸爸这么安排的。他知道他在干什么。"

"真的吗？"她说，"还是你编的？要真是他的意思，那他这么做对吗？也许他只是个心力交瘁的警察。"

"他是哈里，"我说，"他是你的父亲。他当然是对的。"

"我需要些别的理由。"她说。

"可要是这就是全部的理由了呢？"

她终于转过头去，没再砸方向盘，这真让人欣慰。她安静了好长时间，以至于我都希望她再砸一下了。"我不知道，"她最后说，"我真的不知道。"

原来如此。我的意思是，我明白了，这就是她在纠结的问题——该怎么对待一个被收养的杀人狂哥哥？毕竟，他乐呵呵的，记得她的生日，送她很好的礼物，是一个为社会做出贡献的人，一个勤奋工作的不酗酒的家伙。如果他偶尔溜走杀个坏人，有什么大不了的呢？

另一方面，她的职业让她得对此说不。从专业上讲，她的职责是抓住我这样的人然后把他们一路送上电椅。我明白这对她来说进退维谷，尤其是当她的老哥正追问她这个问题的时候。

是谁先问谁的？

"德博拉，"我说，"我知道这对你是个难题。"

"难题。"她说着，一滴眼泪滚落到腮边，尽管她没抽泣，没有任何哭泣的迹象。

"我觉得爸爸根本不想让你知道，"我说，"我本来永远都不该告诉你的，但是……"我想起她被我真正的血亲兄弟用胶带粘在工作台上，他就站在她身旁，手里拿着为他和我准备的刀子，那时我明白自己不能杀她，不管这件事儿是不是必须去做，不管我觉得我和哥哥有多亲近，他是这个世上唯一一真正理解我、接受我本相的人。可我就是下不了手。是哈里的声音让我回到了正途。

"操，"德博拉说，"爸爸到底是他妈的怎么想的？"

我有时也在想这个问题，但我也没把握人们究竟如何相信他们自己说的话。"我们没法儿知道他在想什么，"我说，"我只能知道他做了什么。"

"操。"她又说了一次。

"也许很糟，"我说，"你能怎么样呢？"

她仍然没有看我。"我不知道，"她说，"但我得做点儿什么。"

我们一起在那里坐了很久，什么都没说。然后她发动汽车，我们又回到了高速路上。

Chapter

久违的黑夜之舞 *14*

没什么比告诉你的兄弟你正琢磨着以杀人罪逮捕他更让人无语的了。我们默默地开着车，下了一号公路，转到95号高速路，又开上快速道，最后开进设计区，就在过了往朱莉娅·塔特尔堤道去的岔道一点儿的地方。

沉默让路途显得漫长许多。我瞥了德博拉一两次，她显然深陷在苦思之中。她直直地看着前方，机械地转动着方向盘，心思完全在别处，而且一点儿都不想搭理我。

我们的互不理睬把气氛搞得实在太紧张了，所以我们飞快地找到地址时，总算松了口气。德博拉把车开到屋前，这房子有点儿像个仓库，在东北四十街。她停下车，关掉引擎，还是没看我，但她停了一下，然后摇摇头钻出车子。

我想我应该像往常一样跟着她，像小德博拉的大笨影子一样。但我多少也是有点儿自尊心的，真的。如果她真的会为几次微不足道的自娱自乐式的杀人行为就跟我过不去，我干吗还非得帮她解决眼下的问题。

所以我坐在车里，并没留心德博拉是怎么走到了门边按门铃的。我只是心不在焉地用眼角瞥见门开了，德博拉拿出她的警徽给对方看。所以，我从自己坐的位置实在无法确知到底那人是袭击了她使她摔倒，还是只是把她推倒在地，自己消失在门后。

当我看到她费劲儿地跪下一条腿，然后摔倒在地没有站起来时，我还是多少有些动容。

我听到我的内部警报中心发出模糊的嗡鸣声：有什么非常不对头的事情发生了。所有对德博拉摆出来的傲慢消散殆尽，好像被晒热的路面上蒸发的汽油。我飞快地下了车，跑向路边。

在十英尺外我就看见一把刀的手柄从她的身体一侧露出来，我震惊得放慢了一下脚步。便道上已经积了一摊可怕的湿答答的血，我觉得好像又回到了童年，我和哥哥比尼在那个冰冷的集装箱中，眼看着黏稠的红色液体讨厌而恶心地在地板上蔓延，那让我不能动弹，也不能呼吸。但地板忽地消失了，刚刚扎了德博拉一刀的男人走了出来，他看见了我，伸手去拔刀柄，这时我耳朵中的风声变成了黑夜行者的展翅声，我飞快地跳过去，抬脚狠狠踢在他的太阳穴上。他笨重地倒在了德博拉旁边，脸泡在血液里，一动不动。

我跪在德博拉身边，拉起她的手。她的脉搏有力地跳动着，眼睛翕动着睁开。"德克斯特。"她轻声说。

"老妹，坚持一下。"我说，她又闭上了眼睛。我从她挂在皮带上的皮套里拿出对讲机请求支援。

几分钟之内我们身边聚集了一小群人，救护车也赶来了，围观的人合作地散开，紧急救护人员跳出车朝德博拉跑过来。

"哦，"第一个人说，"血流得很快，要先止血。"这是个壮实的小伙子，留着一个海军陆战队式的发型，跪在德博拉身边开始操作。他的同伴，一个比他还壮实的约四十岁的妇女，飞快地给德博拉输液，针头扎入的瞬间我感到有一只手从后面拉我的胳膊。

我转过身，一个穿制服的警察站在那里，是个光头的中年黑人。他朝我点点头。"你是她的同伴？"他问。

我掏出我的证件。"我是她哥哥，"我说，"法医部的。"

"哈，"他说道，拿过我的证件仔细地看，"你们通常不会这么快就赶到现场。"他递回我的证件，"关于那个家伙，你有什么能告诉我的吗？"他朝刚刚扎了德博拉一刀的家伙点点头，那家伙这会儿已经坐了起来，正抱着头，另一个警察蹲在他身边。

"他开门看见她，"我说，"然后就扎了她一刀。"

"啊哈，"警察说完，转身对他的伙伴喊，"弗兰基，给他戴上手铐。"

两个警察把捅刀子的家伙的双臂扳到身后戴上手铐的时候，我并没有幸灾乐祸地张望，因为他们也把德博拉抬上了救护车。我站到一边问那个短发的急救人员："她不要紧吧？"

他冲我机械地笑了笑，那笑容很没说服力。"我们得听医生怎么说，好吧？"这并没让人觉得安慰，反正比他想表达的程度差远了。

"你们是带她去杰克逊医院吗？"我问。

他点点头。"她会被送去重症监护室，你到那儿找她吧。"他说。

"我能坐你们的车去吗？"我问。

"不能。"他说着砰地把门关上，然后跑到救护车前钻进前座。我看着他们拉响警笛，融入车流，开远了。

我忽然感到非常孤单，孤单得难以承受。我和德博拉最后那不甚愉快的交谈很有可能成为我们最后的对话。德博拉正在去重症监护室的路上，我不知道她还能不能出来，甚至不知道她能不能活着到那儿。

我回头看看便道。流了不少血。德博拉的血。

好在我没惆怅太久。库尔特警探来了，他看上去不大开心。我看着他在便道上站了一分钟，四处打量了一下，然后步履沉重地朝我走来。他从头到脚地看着我，表情更不痛快了。

"德克斯特，"他边说边摇头，"你他妈的干了什么？"

有那么一刹那，我差点儿向他解释扎了我妹妹一刀的真的不是我。然后，我发现他不可能责备我，他先开了口。

"她应该等我的，"他说，"我是她的伙伴。"

"你在买咖啡，"我说，"她觉得等不及了。"

库尔特看看便道上的血迹，然后摇摇头。"应该等二十分钟，"他说，"等一下同伴。"他抬头看着我，"这是神圣的纽带。"

我不懂什么神圣，因为我的绝大部分生命都花在和另一个组织为伍上，所以我只是说："我想你说得对。"这话似乎让他大为安慰，他安静了下来，又悻悻地看了几眼那摊来自于他的神圣同伴的血迹。我又花了漫长的十分钟才脱身告辞，开车前往医院。

杰克逊医院对大迈阿密地区的每个警察、罪犯和受害者来说都太过熟悉，因

为他们都去过那儿，或者是作为病人，或者是去接作为病人的同事。那里的监护
中心是全国最忙碌的一个。杰克逊的重症监护室最善于处理枪伤、刀伤、钝器伤、
扭伤和其他恶意肢体伤害。美国军人来杰克逊学习战地手术的经验，因为每年这
里有超过五千例的病况与巴格达周边前线发生的伤情非常相似。

所以我知道只要德博拉能活着被送到那里就会得到出色的救治，我也发现自
己很难想象她会死。我没法儿想象一个没有了德博拉·摩根在周围走动和呼吸的
世界会是什么样儿。好比一幅一千块碎片凑成的拼图，中心最大的一块不见了，
整幅拼图就都不对头了。

发现自己已经那么习惯她的存在，这让我有些不安。我不想多想。这是种很
奇怪的感觉。我不记得自己以前曾这么感情脆弱过，倒不仅仅是因为想到她会死，
以前我也曾有过这种担心；也并不仅仅因为她毕竟是我的家人，我以前也经历过
失去家人的事情。但我的养父母去世之前，他们已经卧床不起很久，所以得知他
们病危，我已经有了准备。而这次太突然了。也许是它猝不及防的方式让我感到
一种近乎感情的东西。

好在没多久就到了两英里外的医院。我开进停车场，尽量忍着没哭出来。

所有的医院都差不多，连墙上刷的颜色都一样，而且总体而言，它们都不是
让人开心的地方。当然了，我此刻会非常乐意接近这里的一个成员，但走进外伤
科时我的心情并不是喜气洋洋的。这里有一种逆来顺受的气氛，所有跑来跑去的
医生和护士脸上都是一种把人的骨头都吓酥了的大事不妙的表情，只除了一个长
着一副扑克牌面孔、慢条斯理地打着官腔的女人，我正要冲进去找德博拉，被她
给拦住了。

"摩根探长，刀伤，"我说，"刚送来的。"

"你是谁？"她问。

我愚蠢地以为这样说能让我快点儿摆脱她，于是我说："亲属。"女人居然笑
了笑。"好，"她说，"正是我需要找的人。"

"我能见她吗？"我说。

"不能。"她说。她抓着我的胳膊，坚定有力地把我推向办公室。

"你能告诉我她怎么样了吗？"我问。

"请坐在这儿。"她说，把我往一个小书桌前的塑胶椅子上推。

"她怎么样了？"我说，拒绝被欺负。

"一分钟后就能有结果，"她说，"我们把这些表格填好就有结果了。请坐，呃——摩腾先生？"

"摩根。"我说。

她皱皱眉："我这儿的名字是摩腾。"

"摩根，"我说，"摩——根。"

"你确定？"她问道。整个医院的超现实体验把我征服了，我跌坐在椅子里，就像被一只大大的湿枕头抽了一下似的。

"是。"我虚弱地说，往后仰着身体，仰到小椅子能承受的极限。

"那我得在电脑里改一下，"她皱着眉，"活见鬼。"

女人开始敲击键盘，我好几次把嘴张开又合上，跟一条濒死的鱼一样。花了漫长得没人性、没道理的时间后，我终于填好了全部的表格，并说服了那女人，以亲属以及警察局雇员的身份我有权探望我的妹妹。但是，在这让人涕泪交流的时刻，事情果然总是不遂人意，我没能看到德博拉，而只是站在走廊里，从一个小观察孔样子的洞里向内张望。我看到的只是一大堆穿着柠檬绿衣服的人聚拢在一张台子周围，对德博拉干着没法儿想象的可怕事儿。

有几个世纪那么久，我只是站在那里看着，偶尔当有一只血染的手或器械在我妹妹身体上方露出来时，我会被吓一跳。化学制剂的气味、血液、汗水和恐惧混合在一起，强烈得让人无法招架。当我感到地球已经停止了转动，空气中没有了氧气，太阳失去了光彩变得冰冷的时候，他们终于从台子前退后，其中几个人把她朝着门这边推来。我向后退着，看着他们把她推出门，推向走廊。我抓住其中一个看起来资历比较高的医生的手臂，他正在填写一个表格。我不知道是不是抓错了地方，我的手触到的东西冰冷，湿乎乎而且黏糊糊，我推开它，结果看到它上面血迹斑斑。有一刹那，我觉得自己头重脚轻要晕过去了，但当医生转过身看着我时，我挣扎着恢复了镇静。

"她怎么样？"我问道。

他看看我妹妹的担架推走的方向，又看看我。"你是谁？"他问。

"她哥哥，"我说，"她会没事儿吧？"

他朝我不大轻松地笑了半下。"现在还没法儿说，"他说，"她失血太多。也许没事儿，也许会有并发症。现在还不清楚。"

"什么样的并发症？"我问。这对我来说是个很合理的问题，但他恼火地呼了口气，摇摇头。

"从感染到脑损伤，"他说，"一两天之内没法儿判断，你得等等我们才能确诊，好吗？"他又朝我笑完剩余的半下，朝着跟德博拉他们相反的方向走开了。

我看着他走远，心里想着"脑损伤"这个词儿。我转过身，向着走廊尽头德博拉的担架走去。

德博拉身边围绕着很多仪器，我花了好一会儿工夫才看见被嗡嗡鸣响的机器围在中间的她。她一动不动地躺在床上，身上插满管子，被呼吸器遮住的半张脸苍白得跟床单一样。我站在那儿看了一分钟，不确定自己该做什么。我一心想要见到她，现在真的见到了，却不记得在重症监护室探望最亲近的人应该怎么做了。我应该握住她的手吗？好像是的，但我不确定，因为离我最近的那只手上插着输液管，好像不应该拔掉它。

于是我找了把椅子坐下，蜷缩在一个生命监护仪旁边。我把椅子尽量朝床边移到一个看起来合适的距离，坐下来等待。

过了一两分钟，门边传来声响，一个瘦瘦的黑人警察站在那里。我见过他，他叫威金斯。他伸头进来说："嘿，德克斯特吧？"我点点头，举起我的证件。

威金斯朝德博拉点点头，问道："她怎么样？"

"还不知道。"我说。

"抱歉，哥们儿，"他说着耸耸肩，"队长派人来守护，我得在门外待着。"

"谢谢你。"我说。他转过身在门外站起岗来。

我试着想象没有德博拉的生活会是什么样子。这念头真让人难受，尽管我说不出为什么。也许我今后能吃上热乎乎的红酒罐焖鸡了。没有她对我施展世界闻名的毒肘功，我的胳膊上也不会常常有青瘀伤痕了。我也不必担心她会逮捕我了。这些都是好事儿啊，可我怎么还是担心呢？

看来光靠逻辑没法儿说服人。假如她能活下来但脑损伤了呢？那她的警察职业极有可能受到影响。她可能会需要全天候护理，用勺子喂饭，使用成人尿布。谁来做这些漫长而艰苦的护理工作呢？我不是很懂医疗保险，但我知道全天候护理没哪个保险公司乐于提供。如果必须由我来照顾她呢？那必定会剥夺我大量的闲暇时间。可除了我还有谁？在这世上她没有别的家人，只有亲爱而尽职的德克斯特。没有谁会推着她的轮椅，为她烹煮婴儿食品，在她流哈喇子时轻轻为她擦干嘴角。我大概得照料她的余生，我们两人会坐在一起看电视，直到很老很老。外面的世界则照常欢乐地运转，继续着杀戮和残酷，却没有我的份儿。

在我朝着自我怜悯的深渊滑下去之前，我想起了凯尔·丘特斯基。管他叫德博拉的男朋友似乎不太准确，他们已经在一起生活了一年多，好像比男女朋友关系要深一点儿。另外，他不再是被称为男朋友的年龄，他比德博拉起码大了十岁，一个大块头，饱经沧桑，没了左手和右脚，是对多克斯警官干了同样的事儿的业余医生干的。

为了对自己绝对公平，我得承认，这非常重要，我之所以想到他，不仅是因为如果德博拉真的脑损伤了的话，我希望有除我之外的人来照料她。而且，她现在在重症监护室这件事儿我觉得也应该告诉他。

于是我从皮套中掏出手机给他打电话，他马上就接了。

"喂？"

"凯尔，我是德克斯特。"我说。

"嘿，哥们儿，"他用听起来很不自然的愉快声音说道，"近来可好？"

"我跟德博拉在一起，"我说，"在杰克逊重症监护室。"

"怎么回事儿？"片刻停顿后，他问道。

"她被刺伤了，"我说，"失血很多。"

"我马上就到。"他说完就挂断了电话。

还不错，丘特斯基能马上赶到说明他很关心德博拉。也许他会帮我喂德博拉婴儿食品，我俩轮流推德博拉的轮椅。有帮手总是件好事儿。

这又让我想起我自己也有帮手——或者说我被安排了个帮手。不管怎么说，丽塔会希望在她开始准备做野鸡杂碎前，我能告诉她一声会晚些回去。我给她班上打了电话，很快说明了原委，在她开始发出一连串"哦，我的天哪"之前挂了电话。

丘特斯基十五分钟后到了，屁股后边跟着一名护士，她想确认他对一切是否满意，比方说房间位置或者输液管的放置。"她在这儿。"护士说。

"谢谢，葛洛丽娅。"丘特斯基眼睛紧盯着德博拉说。护士紧张地转了几圈，然后忐忑地走了。

丘特斯基走到床前，握住德博拉的手——这让我知道我先前想对了，握住她的手的确是正确的。

"怎么回事儿，伙计？"他说，俯身看着德博拉。

我向他简述了一下经过，他看都没看我地听着。他抽出握着德博拉的手，为她拨开前额的一缕散发。我说完之后，他心不在焉地点点头："医生怎么说？"

"现在还不知道。"我说。

他用代替左手的锃亮的银钩不耐烦地挥挥手："他们总这么说，还有呢？"

"可能会有永久性损伤，"我说，"甚至是脑损伤。"

他点点头。"她失血过多。"他说。这并不是个问句，可我还是回答了。

"是的。"

"我的一个朋友正在从贝塞斯达①赶过来，"丘特斯基说道，"他个把小时后就到这里。"

我不知道要说什么。一个朋友？从贝塞斯达？这是好消息吗？如果是的话，为什么？要来的家伙是干什么的？来这儿干吗？而我想不出该问什么，好像我的大脑不大能按以往的效率运转了。

于是我看着丘特斯基拖了另外一把椅子在病床另一边坐下，拉着德博拉的手。他抬起头看着我。"德克斯特。"他说。

"哎。"我答道。

"你能给我来杯咖啡吗？也许再来个面包圈之类的？"

这问题让我惊讶了一下，不是因为它本身有多么奇怪，而是因为这是他向我提出的，而且自然得跟呼吸似的。现在早过了我的午餐饭点，我还没吃东西，而且一点儿都不想吃。可此刻丘特斯基提起来，这个主意却不大对头，就像是在教堂里唱起《巴纳克尔·比尔》②。

不过，如果拒绝反而更奇怪，所以我站起来说："我去看看有什么。"然后走到外面的走廊上。

几分钟后我端着两杯咖啡和四个面包圈回来。我先在走廊里停下来，自己也不知道为什么。我向里看去，丘特斯基正倾身向前，闭着双眼，把德博拉的手贴着他的前额。他嘴唇翕动着，生命监护仪的声音让我听不清他说的是什么。我进门坐到椅子里，清了清嗓子，但他没有抬头。

---

① 美国马里兰州中西部一个城市，是国家健康研究所和海军医疗中心所在地。
② 著名的粗话连篇的水手歌曲。

我坐在那儿开始吃面包圈。差不多快干掉第一个的时候，丘特斯基终于抬起了头。

"嘿，"他说，"你买了什么？"

我递给他一杯咖啡和两个面包圈。他用右手接过咖啡，用左手的钩子挑起两只面包圈。"谢谢。"他说。他把咖啡夹在两膝之间，用一根手指翻开盖子，朝着钩子上的一个面包圈咬了一口。"嗯，"他说，"我还没吃午饭。我正等着德博拉的电话，想着可能会跟你们一起吃午饭。可是——"他没有继续说下去，又咬了一口面包圈。

他默默地吃着，偶尔啜饮一口咖啡。我先吃完了。等我俩都吃完以后，我们就坐在那里看着德博拉，好像她是我们最喜爱的电视节目。偶尔机器会发出一声怪响，我俩会抬头看一眼。但什么事儿也没发生。德博拉继续闭着眼睛躺在那里，伴随着呼吸机的声音缓慢而艰难地呼吸着。

我至少坐了一个小时，心情并未突然变得阳光乐观起来。就我所看到的，丘特斯基也是一样。他没有痛哭流涕，但看起来疲倦而低沉，比我把他从切掉他手脚的家伙那里营救出来那次还要糟糕。我想我自己看上去也比他好不了多少，尽管我从来不担心这个。事实上，我从来都不怎么花时间在担心上。我只是计划、安排，确保晚间的特别行动万无一失。担心纯粹是个不合理性的情感活儿，在此之前，我从没为它皱过一下眉。

可现在呢？德克斯特担心了。这真是个消磨时间的好办法。我立刻掌握了这个技巧，除了担心没别的好做，总好过啃指甲。

当然了，她也可能没事儿，是吧？"现在还没法儿说"显得像个预兆。我该相信这个说法吗？有没有一个标准的医学程序来规定该如何通知亲属，告诉他们说他们的亲人可能会死或者变成植物人？一上来就告诉他们噩耗可能不太好，所以从"现在还没法儿说"开始，再一点点地把最终的坏消息透露出来。

可是，不是有法律规定大夫必须告诉患者或患者家属真相吗？也许只是规定？真有这种"从医学上说"的说法吗？我不知道。这对我是个全新的世界，我也不喜欢，但不管真相是什么，现在的确还没法儿说，我只好等着。令人惊讶的是，我不像我一向以为的那么善于等待。

我的胃又开始叫唤的时候，我以为一定已经到了晚上，可看了一眼手表，还差几分钟才到四点。

二十分钟之后，丘特斯基从贝塞斯达来的朋友到了。我不知道会发生什么，但没想到来人是这个样子。那家伙不到一米七，秃顶凸肚，戴着厚厚的金边眼镜，他来的时候带着两名医生，其中一个是刚刚给德博拉做手术的那位。他们跟着他，像高一学生跟着校花，一副急于讨好的样子。那家伙进来的时候，丘特斯基跳了起来。

"泰德尔大夫！"他说。

泰德尔朝丘特斯基点点头，说："出去。"那个动作的指挥对象也包括我。

丘特斯基点点头，抓住我的胳膊，我俩出了房间。泰德尔和他的两个卫星已经拉开德博拉身上的床单，开始检查。

"这家伙是最棒的。"丘特斯基说，尽管他还是没说清楚最棒的什么，我现在能猜到是医学方面的。

"他要干吗？"我问道。丘特斯基耸耸肩。

"不知道，"他说，"来吧，去吃点儿东西。咱们可不想看那些。"

这说法不是特别让人放心，但丘特斯基显然对泰德尔接手大为欣慰，于是我跟着他来到一层车库旁一个很拥挤的小咖啡厅。我们挤进去，在角落的一张小桌旁坐下，吃着没滋味的三明治。尽管我没想问，丘特斯基还是跟我说了一点儿从贝塞斯达来的那位医生的事情。

"这家伙了不起，"他说，"十年了吧？他把我恢复原样了。我那次伤得比德博拉严重多了，相信我，他把我一片一片地拼回去了，而且它们运转正常。"

"这很重要。"我说。丘特斯基点点头，好像的确在听我说话似的。

"真的，"他说，"泰德尔是最棒的。你看见别的大夫怎么对他了吧？"

"看上去想给他洗脚和剥葡萄吃。"我说。

丘特斯基礼貌性地笑了一声。"哈，她会没事儿的，"他说，"会好的。"

他到底是在说服我还是他自己？我说不准。

我们吃完午饭回来时，泰德尔大夫正坐在医生休息室的桌子后面喝咖啡，这看上去很奇怪，很不合适，就好像一只狗坐在桌后，爪子里抓着一把纸牌。如果泰德尔是个出神入化的医圣，他怎么可能做普通人才做的事儿呢？我们走进来后，他抬起眼，那是一双人类的眼睛，充满了疲倦而不是智慧的火花，他开口说出的第一句话也没能让我崇拜得五体投地。

"现在还说不准。"他对丘特斯基说道。我很感激他把字眼儿改得和标准医学术语稍有不同。"现在还没到伤情变化的关键点，所以一切都很难说。"他喝了一口咖啡，"她还年轻，体格强健。这里的医生非常出色。你们可以放心。可是仍有可能恶化。"

"有什么办法吗？"丘特斯基问道，听上去卑躬屈膝可怜巴巴，宛如求上帝赐给他一辆新自行车的小孩。

"你是说魔术般的手术，或全新的技术？"泰德尔问。他又喝了一口咖啡。"不，没这回事儿。你得等待。"他看了一眼手表，站了起来，"我得赶飞机了。"

丘特斯基赶紧过去握住泰德尔的手："谢谢你，大夫。真的非常感谢。谢谢。"

泰德尔把手从丘特斯基的手中抽出来。"别客气。"他说着朝门口走去。

丘特斯基和我目送他走远。"我觉得好多了，"丘特斯基说，"能让他来这里看一眼就行。"他看看我，好像我刚才说了什么挤对他的话似的，他又加了一句："真的。她会没事儿的。"

我希望我跟丘特斯基一样有信心，但我没法儿像绝大部分人那样跟自己打哈哈，因为我总是发现，如果有的选，事情大多总是走下坡路。

不过，这不是我该在重症监护室随便瞎说的话，后果将不是我所能承受的。所以我只是嘟囔了几句客套话，而后我们又坐回德博拉的床边。威金斯仍在门边守立，德博拉则纹丝不动，不管我们坐在那儿多久，多么用力地看着她，她都一动不动。房间里只剩下机器的嗡鸣声。

丘特斯基看着她，好似注视着她能让她坐起来开口说话，结果当然没奏效。然后他掉转视线看着我。"干了这事儿的那家伙，"他说，"抓住他了，是吧？"

"他被铐起来了，"我说，"现在在拘留所。"

丘特斯基点点头，看样子还想说点儿什么。他望向窗户，叹了口气，然后转回头看着德博拉。

德克斯特以智力超群、思想深邃著称，但直到半夜我才意识到坐在这里看着德博拉静止的躯壳起不了什么作用。与其坐在这里，坐得好似要沉入地板，把自己搞得眼睛红肿、疲惫不堪，还不如让德克斯特躺在床上补充几个小时的睡眠。

丘特斯基没表示反对，他只是挥挥手，嘟囔了几句，好像是在说他要守夜。我疲倦地拖着双脚离开了监护室，走进了温暖而潮湿的迈阿密之夜，这跟医院的机械冰冷相比，是个让人愉快的变化。我停下脚步，呼吸植物散发出的香气。一轮巨大而邪恶的黄月亮正挂在夜空上自顾自地笑着，可那一点儿都提不起我的兴趣。我集中不了注意力去享受刀锋的快感或狂野的夜舞所燃起的渴望。德博拉正躺在医院里，我什么都不想做。不是因为有负罪感，而是没感觉。我除了疲倦、乏味、空虚之外，什么感觉都没有。

好吧，我对乏味和空虚没办法，我对德博拉的伤没办法，但至少我能改善一下我的疲倦。

所以我回家了。

早上醒来，我觉得嘴巴里苦苦的。丽塔已经在厨房里忙碌了，我还没来得及坐进椅子，她就把一杯咖啡放到了我面前。"她怎么样了？"她问。

"还没法儿说。"我说。她点点头。

"他们总是这么说。"她说。

我喝了一大口咖啡，然后站起来。"我得去问问她今早的情况。"说着，我从门边的桌上拿过手机，开始给丘特斯基打电话。

"没变化，"他说，声音沙哑疲倦，"要是有什么，我给你打电话。"

我回到厨房里坐下，觉得自己随时要昏迷。"他们怎么说？"丽塔问。

"没变化。"我告诉她，无精打采地喝着咖啡。

几杯咖啡和六个蓝莓馅儿饼下肚后，我多少恢复了些元气，可以去上班了。我从桌边站起来，跟丽塔和孩子们道了别，走出门。我想像往常一样行动，让我假面人生的如常节奏将我的心绪归于宁静。

但工作没按我想象的那样成为我的庇护所。我走到哪儿都被致以同情的蹙眉和低声的询问："她怎么样了？"整座大楼似乎都只有一种关心的节拍，回荡着我那带着哭腔的"现在还没法儿说"。即便是文斯·增冈也感染了这种情绪。他甚至带来了面包圈，这是这个礼拜的第二次。而且出于纯粹的同情，他还给我留着那块巴伐利亚奶油面包圈。

"她怎么样了？"他问，把那只面包圈递给我。

"她流了很多血。"我这样告诉他，主要是因为我得说点儿不同的内容，以免我的舌头因为重复说太多一样的话而单调死，"她还在重症监护室。"

"杰克逊医院治这种伤很在行，"他说，"他们有好多实践经验。"

"我宁愿他们在别人身上实践。"我说着咬了一口面包圈。

我坐到自己的椅子里还没十分钟，马修斯局长的行政助理格温的电话就打来了。"队长要马上见你。"她说。

"声音真好听，这只能是光彩照人的天使格温。"我说。

"他要你马上来。"她说，然后挂了电话。

几分钟后，我来到队长办公室的外间屋子，看着格温。她一直都在给马修斯做助理，从秘书做起。这是因为两个原因，一是她非常能干，二是她非常不起眼，队长的三任妻子都挑不出她什么毛病。

对我来说，这两个理由同样不可抗拒，我每次见到她都不会放过打哈哈的机会以显示我的智慧。"啊，格温多琳，"我说，"南迈阿密甜蜜的海妖。"

"他等着你呢。"她说。

"甭理他，"我说，"跟我私奔吧，跟我去浪迹天涯。"

"赶紧进去，"她说着朝门口点点头，"在会议室。"

我以为队长是要向我致以慰问，但选在会议室就让人觉得奇怪了。可谁让他是队长，德克斯特是小土豆呢，所以我走了进去。

马修斯局长的确在等我。除了他还有另外几个人，我基本都认识，没一个是好角色。一个是伊斯利尔·萨尔格罗，他是内务部的头儿，他出现一般都代表没什么好事儿。和他一起的是艾琳·卡普乔，我只见过她一回。她是本局的高级律师，极少出现在这里，除非有人对我们的要案提出了控诉。她旁边坐着的是另一位本局律师，埃德·比斯利。

会议桌对面是高级督察斯坦恩，他是信息部官员，专门负责让整个队伍马不停蹄地高速运转。他们加在一起可不是什么好兆头，德克斯特没法儿舒舒服服地陷在椅子里让安静的祥云笼罩。

坐在马修斯身旁的人很面生，是个黑人，从他剪裁得体、造价昂贵的西装来看，他不是警察。他的光头锃亮，我怀疑他抹了家具打光料。他的脸上带着一丝傲慢的神情。我看着他的时候，他猛地甩了一下胳膊，好让袖子里面的一枚大钻石袖扣和一只华丽的劳力士手表露出来。

"摩根。"马修斯说。我站在门口，拼命保持镇定，以免让自己吓昏。"她怎么样？"

"现在还没法儿说。"我说。

他点点头。"嗯，我相信我们都……希望一切能好起来。"他说，"她是个好警察，她爸爸也是，啊，也是你爸爸，当然。"他清了清嗓子，继续说，"这个……

杰克逊的医生是最棒的，我希望你知道，要是有什么是局里能做的，嗯……"他身边的男人抬眼看看马修斯，又看看我，马修斯点点头。"坐吧。"他说。

我从桌边拉过一把椅子坐下，不明白这是怎么了，但可以肯定，我不会喜欢即将发生的事情。

马修斯局长立刻证实了我的猜想。"这是个非正式谈话，"他说，"就是……啊……咳。"面生的那人转过脸，大眼珠子冷冷地瞪着马修斯局长，脸上有种要把谁撕了的表情，然后转回来看着我。"我代表亚历克斯·东切维奇。"他说。

这名字对我来说没有任何意义，但他说得这么隆重，我只得点点头说："哦，好吧。"

"首先，"他说，"我要求立刻释放他。其次……"他停了一下，显然想加强效果，让他的正义愤怒攒够劲儿，好在屋子里喷发出来。"其次，"他说，好像他在对着巨大礼堂里的观众演讲，"我们在考虑就惩罚性赔偿提起诉讼。"

我眨眨眼。他们都看着我，显然我是个重要的角色，可我实在一点儿头绪都没有。"我很抱歉。"我说。

"瞧，"马修斯说，"这只是个非正式的、初步的谈话。因为西蒙先生在社区里担任重要职位，在我们的社区。"

"他的客户因为几种罪名被逮捕了。"艾琳·卡普乔说。

"非法被捕。"西蒙说。

"这还有待确认，"卡普乔对他说，她冲我点点头，"摩根先生也许能给我们一些帮助。"

"好吧，"马修斯说，"咱们别……"他将双手按在桌上，"重要的是……艾琳？"

卡普乔点点头，看着我说："你能跟我们确切说一下昨天摩根探长被攻击而受伤的事情吗？"

"你知道你在法庭上可不能这么说，艾琳，"西蒙说道，"被攻击？"

卡普乔眼睛一眨不眨地冷冷地看着他，似乎过了很久，其实不过十秒钟。"好吧。"她转过头对着我。"他的客户用刀捅了德博拉·摩根？你不否认他捅了她吧？"她又对西蒙说。

"我们还是先听听发生了什么吧。"西蒙不自然地笑了一下。

卡普乔朝我点点头。"请说，"她说，"从头开始说。"

"哦。"我说，这会儿我只能这么说。我能感觉到所有的目光都注视着我，钟表嘀嗒作响，但我想不出什么有说服力的话。我终于明白谁是亚历克斯·东切维奇了，知道捅了你亲人的人的名字总是件让人高兴的事儿。

但不管他是谁，亚历克斯·东切维奇都不是我和德博拉要找的名单上的人。她去敲门是要找一个名叫布兰登·韦斯的家伙——

可是她被另一个人捅了一刀。他被警徽吓坏了，以致要杀人？

德克斯特并没要求生活必须黑白分明按部就班地进行。毕竟我也生活在这个世界上，我知道生活中的逻辑不是如此。但这完全说不通啊，除非让我承认在迈阿密随便敲个门，会有三分之一来应门的人要杀死你。尽管这个想法有其非常美妙的地方，可实在不大可能是真的。

关键是，这个叫东切维奇的家伙这么做的动机并不比他捅了德博拉的后果更重要。可为什么会有这么多大人物汇聚于此，我搞不懂。马修斯、卡普乔、萨尔格罗，这些人可不是每天凑在一起喝咖啡的。

于是我明白有些不妙，我要说的话会对事情有影响，但既然我不知道这究竟是件什么样的事情，所以我也不知道要怎么说才能朝好的方向影响它。头绪太多太乱，即便是我这么优秀的大脑也无从下手。我清清嗓子，希望能拖延点儿时间，可才用掉了几秒钟，他们仍然直勾勾地盯着我。

"哦，"我又说，"嗯，从开始？你是说，呃……"

"你们去见东切维奇先生。"卡普乔说道。

"不……嗯……其实不是。"

"其实不是？"西蒙说，好像我们中有人不明白这几个字的意思，"什么意思，其实不是？"

"我们是去调查一个叫布兰登·韦斯的人，"我说，"东切维奇来开的门。"

卡普乔点点头。"摩根探长证明自己的身份后，他说了什么？"

"我不知道。"我说。

西蒙看了卡普乔一眼，大声说道："真不合作。"卡普乔挥挥手，没理他。

"摩根先生，"她说，又看了一眼面前的卷宗，"德克斯特。"她脸上的肌肉非常微弱地动了一下，大概她觉得那是一个热情的笑容，"你现在不必宣誓证词属实，你说的话不会给你带来任何麻烦。我们只是想知道发生了什么导致了后来的捅刀子事件。"

"我理解，"我说，"可是我当时在车里。"

西蒙几乎是立刻坐直了身体。"在车里，"他说，"你没有和摩根探长一起走到门前？"

"没错。"

"所以你没听见他们说了什么？"他一侧的眉毛挑得老高，几乎能当他光头上的一顶小假发了。

"没错。"

卡普乔靠过来说："可是你在证词里说摩根探长出示了警徽。"

"是的，"我说，"我看见了。"

"可他坐在车里，有多远？"西蒙说，"你知道我会怎么在法庭上利用这个细节吗？"

马修斯清清喉咙。"我们别……嗯……法庭不是……呃……我们不是非得上法庭处理这件事儿。"他说。

"我后来到了跟前，他还想捅我呢。"我说，希望能帮上点儿忙。

可是西蒙不予理会。"自卫，"他说，"假如她没能恰当地像一个执法人员应该的那样证明自己的身份，他就有权自卫！"

"她给他看了警徽，我肯定。"我说。

"你没法儿肯定——你离得有五十英尺远！"西蒙说。

"我看见了，"我说，希望自己听起来没有恼火，"另外，德博拉绝对不会忘了出示警徽的，她从会走路起就知道正确的程序了。"

西蒙猛地用食指点着我，说："这是我非常不喜欢的一点——你跟摩根探长到底是什么关系？"

"她是我妹妹。"我说。

"你妹妹。"他说，语气好像在说"你个邪恶的包庇犯"。他不自然地摇着头，打量着室内。显然他已经获得了所有人的注意，而且更显然的，他很喜欢这样。"事情变得越来越有趣了。"他说，脸上露出了比卡普乔好得多的笑容。

萨尔格罗第一次开口了："德博拉·摩根记录良好。她出身警察世家，各方面的记录都很清白，一直都是。"

"警察世家并不意味着清白，"西蒙说，"你知道的，而是互相包庇。这是个很明显的自卫、滥用职权和互相包庇的案子。"他举起手继续说道，"显然，在目前这种亲如一家的警察系统下，我们永远都不会知道到底发生了什么。我想我们还是让法官决定吧。"

埃德·比斯利第一次开口了，粗声大气但有理有据，这让我很想跟他热烈握手。"我们的探长现在还在抢救中，"他说，"因为你的客户捅了她一刀。我们不需要法庭也看得明白，浑蛋。"

西蒙冲比斯利露出一排锃亮的牙齿。"也许不是呢，埃德，"他说，"除非你们废弃《权利法案》，否则我的客户有权提出诉讼。"他站了起来。"无论如何，"他说，"我想我已经有足够的理由让我的客户获得保释了。"他朝卡普乔点点头，走出了会议室。

片刻寂静之后，马修斯清了清喉咙："他有足够的理由吗，艾琳？"

卡普乔敲敲手中的铅笔。"要是碰对了法官？嗯，"她说，"有可能。"

"现在的政治气氛不对，"比斯利说，"西蒙可以小题大做，把这事儿搞得很臭。我们可受不了再来个丑闻。"

"好了，各位。"马修斯说，"都做好准备迎接狗屎暴风雨的来临吧。斯坦恩督察，你有得忙了，中午之前把应付媒体的材料放到我桌上。"

斯坦恩点点头。"好。"他说。

伊斯利尔·萨尔格罗站起来说："我的活儿也来了，队长。内务部得马上对摩根探长的行为展开调查。"

"好吧，"马修斯说，然后看着我，"摩根，"他边说边摇头，"我本以为你能帮上点儿忙。"

亚历克斯·东切维奇在德博拉苏醒之前就被放出去了。实际上，他是在当天下午五点十七分出的拘留所，德博拉在他被保释了一个小时二十四分钟之后才第一次睁开双眼。

我之所以知道得这么清楚，是因为丘特斯基立刻给我来了电话，他兴奋得好似刚刚拖着一架钢琴游过了英吉利海峡。"她会好起来的，德克斯特，"他说，"她睁开了眼睛，看见了我。"

"她说什么了？"我问。

"没说什么，"他说，"可她捏了一下我的手。她能挺过去。"

我还是不大相信，眨一下眼、捏一下手就能确保她能身体康复？但知道她有了好转总归让人高兴，特别是她可以清醒地应付伊斯利尔·萨尔格罗和内务部了。

我之所以得知东切维奇被从拘留所释放的确切时间，是因为在会议室那番遭遇后，在丘特斯基的电话打来之前，我做了个决定。

我以前说过，我并不能感觉到情感。但经过了漫长而疲劳的一天，我发现自己的胃部有了一种奇怪的感觉，那感觉在马修斯说我没用的时候释放开来，在上午接下来的时间越来越强烈，这崭新而又让人不快的感觉其实就是，我破天荒地为了人生的不公平而感到气愤。

德克斯特不是妄想狂，他比谁都明白人生从来都不是公平的。可尽管生活是不公平的，法律和秩序也应该是公平的。想到东切维奇逍遥法外，而德博拉身上插满管子躺在病床上昏迷不醒，这看上去非常不公平。我感到这整件事情的不公平在折磨我，让我想干点儿什么，好让事情恢复它本该有的秩序。

我整理了好几个小时常规文件，喝了三杯味道可怕的咖啡，同时一直在冥思苦想。我沉思着，假设我们在一个小小的地中海餐厅吃了一顿难吃的午餐，如果我们都同意把陈面包、硬结的蛋黄酱和油腻腻的冷切叫地中海风味的话，那还有什么疑问。然后我又沉思着在我的小格子间里对付了几分钟案头文件。

冥思苦想的结果是，我发现我那一向功能强大的大脑今天有失水准。事实上，它几乎没在工作。也许是巴黎之行让它变得软弱了。更有可能是用进废退，我已经被迫脱离那些我最心爱的游戏太久，那些属于我自己的猜谜游戏，那些捕获、剥皮、惩治逃脱法网的恶人的游戏。距我上次夜晚出行已经很久了，我相信这是我此刻意志涣散的原因。如果我开足马力，把黑色发条上满，我相信我会立刻看到答案。

不过最终，在德克斯特衰微的大脑皮层的迷雾中，一个小小的微弱锣声传来，噇啷。它轻柔地发出声响，幽暗的光慢慢地照进德克斯特的意识。

似乎很难相信要花这么久才让邪恶的硬币掉落，我都等累了，也许是因为午餐太难吃。硬币一旦掉落，就会掉得顺畅自然，带着让人愉快的清脆声响。

别人骂我帮不上忙，我自己也在这样责备自己。事实上，德克斯特的确没有帮忙，德博拉被人伤害的时候他正在车里生气，然后面对光头律师时他又一次没保护好她。

但我可以通过某种方式让自己帮上大忙，而且是以我非常在行的方式。我能让所有的问题消失，德博拉的，警察局的，我自己的，一举多得，只要流畅地一划，或剁上几下。我只需要放松，做回那个神奇的我，同时帮可怜的罪有应得的东切维奇看清自己的错误。

我知道东切维奇有罪——我亲眼看见他扎了德博拉一刀。而且其他受害者很可能也是被他杀死的，他用那种方式摆弄他们的尸体，给我们的旅游业带来这么大的损害。干掉东切维奇是我作为公民的职责。既然他已经被保释，那么假如他失踪，所有人都会以为他畏罪潜逃了。悬赏之下也许会有人愿意去找他，但最终能不能找到，就没人在意了。

想到这里，我简直心满意足：事情能这么圆满地解决真是太好了，这干净利落的风格让我内心的魔鬼蠢蠢欲动，它喜欢问题被恰当地解决、装袋并抛弃。只有这样，才是公平的。

太棒了，我能和亚历克斯·东切维奇共享一段愉快的时光。

我开始上网查他的情况，每十五分钟检索一次，检索结果越来越清楚地表明他将会被释放。在四点三十二分时他的文件已经到了最后一步，我翩然离去，到停车场开上车，来到拘留所门前。

我来得正是时候，已经有很多人在那里了。西蒙真会办聚会，还把媒体找来了，他们在那里黑压压乱哄哄地等着，面包车、卫星天线和俊男靓女们都在抢位。东切维奇在西蒙的搀扶下出现时，相机快门响成一片，夹杂着推来搡去的嘈杂声，人群向前拥来，好似一群见了生肉的狗。

我坐在车里，看着西蒙做了一个长篇而感人的发言，又回答了几个问题，然后护送着东切维奇排开众人离去。他们钻进一辆黑色雷克萨斯商旅两用车走了，片刻之后，我跟了上去。

跟车是件挺简单的事儿，尤其是在迈阿密，到处都是车，到处都是怪异的行为。现在是高峰时段，这些行为更是比比皆是。我只需稍微离得远一点儿，让一两辆车隔在我和雷克萨斯之间。西蒙似乎完全没想过自己会被跟踪。即便他看见我，也会以为我只是个想捞独家照片的记者，想拍下东切维奇喜极而泣的镜头，而西蒙除了让自己比较上镜的一面对着相机之外什么都不会做。

我跟着他们穿过市区到达北迈阿密大道，然后驶向东北四十街。我相当确定他们要去哪儿，果然，西蒙将车停在了德博拉第一次遭遇我们的新朋友东切维奇袭击的地方。我开了过去，绕着小区转了一圈，转回来的时候正好看见东切维奇从雷克萨斯车上下来，走进屋子。

　　我幸运地找到一个能看见大门的停车位。我停车入位，关掉引擎，等候天黑。天早晚会黑，黑夜会发现德克斯特早已等候多时。终于在今夜，在白日世界苦挨了太久，我可以与黑夜为伍，浸淫在它甜蜜而野性的音乐中，跳起德克斯特的小步舞。我发现自己对慢慢西沉的太阳很不耐烦，迫不及待地盼着黑夜的到来。我能感觉到黑夜正慢慢向我袭来，它将和我融为一体。它展开羽翼，舒展关节，活动久未使用的肌肉，只等一跳——

　　这时，我的电话响了。

　　"是我。"丽塔说。

　　"我当然知道是你。"我说。

　　"我想我有个非常好的……你说什么？"

　　"啥也没说，"我说，"你有个非常好的什么？"

　　"什么？"她说，"哦，我一直在想我们谈过的话，关于科迪。"

　　我将思绪从对黑暗的渴望中拽了回来，回想我们说了科迪什么。哦，是关于帮他从自我中走出来，可我不记得除了几句语焉不详的安慰她别太难过的套话以外，还做了什么实际性的决定。我当时一边安慰丽塔，一边小心地将科迪领上哈里之路。所以我只是应和道："哦，对，所以？"巴望着她能说点儿什么。

　　"我跟苏珊谈过了，你知道，就是住在一百三十七号的那家，有大狗的。"她说。

　　"嗯，"我说，"我记得那条狗。"我当然记得，那家伙讨厌我，跟一切家养的动物一样，他们认得出我是谁，尽管他们的主人不能。

　　"你记得她儿子艾伯特吧？他参加了童子军活动，我想让科迪也参加，这对他兴许有帮助。"

　　这个想法听起来一点儿都不对头。科迪？童子军？听起来跟把黄瓜三明治和清茶送给怪兽吃似的。但是我迟疑了一下，想找一个委婉一些的说辞。接着我又想也许这个主意不错。事实上，这倒是个能让科迪和人类的同龄孩子混同一处的绝佳主意。所以我在开口说不的半道上改成了热烈赞成，结果说出来就成了："啊不……哈……呀……好。"

　　"德克斯特，你没事儿吧？"丽塔说。

　　"我？啊，你吓了我一跳，"我说，"我这会儿手头正好有点儿事儿。不过我觉得这主意太棒了。"

"真的？你真这么想？"她说。

"绝对的，"我说，"这对他简直再好不过了。"

"我本来就觉得你会这么说，"她说，"可是又一想，我也不敢说。可是如果，我是说，你真的这么想吗？"

是真的。最后我终于让她相信我是真的这么想。不过这足足花了好几分钟，因为丽塔能连续说话不用换气，而且经常是不说整句，所以我每说一个词儿，她都会接着说十五到二十个词儿。

等我终于说服她并挂上电话以后，外面又黑了一些，但我内心的光却越来越明亮。德克斯特之舞的序曲已经开始演奏，上涌的激情被丽塔的电话稍稍打消了一点儿，不过，它会回来的，我相当肯定。

与此同时，为了假装忙碌，我给丘特斯基打了个电话。

"嘿，哥们儿，"他说，"她几分钟之前又睁开了一次眼睛。医生都说她开始好转了。"

"太好了，"我说，"我稍后会过去看看。我现在手头上有点儿事儿。"

"你们同事已经来看过了，"他说，"你知道有个叫伊斯利尔·萨尔格罗的家伙吗？"

街道上有一辆自行车从我的车旁驶过，蹭了我的反光镜一下，扬长而去。"我认得他，"我说，"他来医院了？"

"嗯，"丘特斯基说，"他来这儿了，"丘特斯基沉默了一阵儿，好像等着我接话，可我想不出该说什么，于是他接着说，"关于那个家伙。"

"他认得我们的父亲。"我说。

"啊哈，"他说，"不是这个。是别的。"

"嗯，"我说，"他是内务部的。他在调查德博拉在整件事儿中的行为。"

丘特斯基沉默了好一会儿。"她的行为。"他最后说道。

"是的。"我说。

"她被人捅了。"

"律师说是正当防卫。"我说。

"浑——蛋。"他说。

"我觉得没什么，"我说，"只是规章制度，他得调查。"

"浑他妈的蛋，"丘特斯基说，"他是为这个来的？在她昏迷的时候？"

"他跟德博拉认识好久了，"我说，"他可能只是想看看她怎么样了。"

一阵长长的静默后，丘特斯基说："好吧，哥们儿，要是你这么说的话。不过我想我不会让他再来这儿了。"

我不太肯定丘特斯基的铁钩将如何对付萨尔格罗那如行云流水一气呵成的自信，但我觉得那将会是场挺有意思的较量。丘特斯基，在他豪爽而乐天的外表掩盖下，其实是个冷血的杀手。而萨尔格罗在内务部锤炼多年，早已刀枪不入。如果打起来，应该值得买票观赏。不过我得把这个想法保密，所以我只是说："好吧。待会儿见。"说完挂上了电话。

就这样把琐碎的人类生活细节料理好之后，我又开始等待。车辆来来往往。人们从便道上走过。我有点儿渴了，从后座地板上找到半瓶水。最后，天终于黑了。

我又等了一会儿，等黑夜完全笼罩了城市，也掩盖了我。被这样一件冰冷而舒爽的黑夜外套包裹着的感觉真棒，内心的欲望在黑夜行者的低声鼓励下越来越强大，催着我踏上征途。

我将精心准备好的尼龙钓鱼绳做成的绞索和一卷胶带放进衣服口袋，这是目前我车里仅有的工具，然后下了车。

我犹豫了，距上一次做这种事儿很久了，我从来没荒疏过这么久。我没来得及做仔细的研究，这也不好。我没做计划，这更糟糕。我并不确知那扇门后面是什么，也不知道我进去后该怎么做。有一刹那我甚至有些不确定，站在车边琢磨自己是不是有些轻率。这种犹豫消融了我的盔甲，让我单脚独立在危机四伏的黑夜之中，不知该如何迈出第一步。

这可真蠢，虚弱而且错误——非常不像德克斯特。真正的德克斯特属于黑夜，他在黑夜中苏醒，在和影子起舞的过程中享受切割的乐趣。而这个人是谁？这个站在这儿举棋不定的家伙？德克斯特可不懂犹豫。

我抬头看看夜空，深吸一口夜晚的空气，感觉好些了。只有一轮笨重而模糊的黄月亮挂在天上，我向它展开胸怀，它冲我咆哮，于是夜晚的精华冲进我的血管，直抵我的指尖，欢唱着掠过我脖子上紧绷的皮肤，我感觉到一切都变了，一切都各就各位，我们万事俱备，我们即将出发。

黑色的羽翼伸展开来，从我的内心伸向夜空，带着我们飞翔。

我们潜入黑夜，在屋子周围转了一圈，仔细查看了这个地方。街道另一端是一条岔路，我们走进去，那是个更深的暗处，通向东切维奇家的后院。有一辆旧面包车停在一个被掩盖得很好的装卸通道前。我的耳边响起一句干脆利落的评论。黑夜行者在说，看，他就是这么搬运尸体去表演现场的，很快他自己也将以同样的方式离开。

我们又兜了回去，看看有没有可疑的地方。街角是一个埃塞俄比亚餐馆。音乐隔开几户都听得见。然后我们回到前门，按响门铃。他来应门，有些惊讶。我们快速地把他脸朝下放倒在地，把绳子套在他的脖子上，把他的嘴、双手和双脚缠上胶带。等他安静下来，我们迅速搜查了其余房间，没有别人。我们的确看到了几样有意思的东西。浴室里几个很专业的工具放在巨大的浴缸旁。锯、大剪刀和可爱的德克斯特游戏时用的工具。那白色陶瓷背景就是我们在旅游局的录像上看见的。这些证据是我们在这个夜晚所需要的全部东西。东切维奇有罪。他曾站在这里的瓷砖上，在浴缸旁，举着这些工具，干着让人无法想象的事情——就是那些我们曾经只能想象而此刻将要对他实施的事情。

我们拖着他，把他拖进浴室，把他放进浴缸，然后我们停了一下。一个很细微很执拗的低语在说一切正常，它慢慢顺着我们的脊椎爬上来，一直到达我们的牙齿。我们将东切维奇放进浴盆，让他的脸朝下，又飞快地查看了一遍整栋房子。一切正常。黑色马达启动，巨大的声响掩盖了微弱的低语，催促我们快快与东切维奇共舞。

我们回到浴室开始工作。我们加快了动作，因为这是个陌生的地方，而我们没做什么计划，也因为在我们彻底终止他的语言功能之前，东切维奇说了一个奇怪的词儿："微笑。"那让我们很生气，他很快就不再能说出清晰的字眼儿了。可是我们没有罢手，我们有始有终，是的，最终完工的时候，我们对完美的结局相当满意。所有的事情都很完美，我们为把事情纳入正轨付出了巨大努力。

最后，什么都没有剩下，除了几袋垃圾和一滴小小的东切维奇的血液滴在了载玻片上，收入了我的花梨木盒子里。

跟通常事后一样，我感到神清气爽。

Chapter

黑夜行者的危险岔路 *15*

直到第二天早上，事情开始走下坡路。

我去上班时，身体疲惫但心情很好，昨晚的活计让我感到满意。我刚坐下来喝了一杯咖啡，正准备处理一大摞文件，文斯·增冈把脑袋伸了进来。"德克斯特。"他说。

"绝世无双的德克斯特在此。"我谦虚地说。

"你听说了吗？"他一副很欠扁的"我保证你不知道"的表情。

"我听说了很多事儿，文斯，"我说，"你指的是哪件？"

"尸检报告。"他说。他说完那几个字后一语不发，只是期待地看着我。

"好吧，文斯，"我只好说，"是哪个我没听说过的能改变我的人生观的尸检报告？"

他皱起眉。"什么？"他说。

"我说不知道，我没听说。请您告诉我吧。"

他摇摇头。"我觉得你说的不是这个，"他说，"不过算了，你知道那些被疯子设计师搞的尸体吧，就是塞了水果和乱七八糟的东西的那些尸体。"

"南海岸和仙童花园那些？"我说。

"没错，"他说，"他们把尸体送到太平间解剖，那儿的管理人员说，哦，太好了，他们回来了。"

"文斯，"我说，"劳驾，在我拿椅子砸你脑袋之前，请直白地告诉我你到底要说什么。"

"我是说，"他说，这句话我听明白了，"管理员收到那四具尸体后说，它们是从太平间被偷走的，现在它们回来了。"

世界忽然倾斜了，一阵浓重的迷雾笼罩了一切，让我无法呼吸。"尸体是从太平间被偷走的？"我说。

"是的。"

"也就是说，它们已经是尸体了，有人把它们拿走，对尸体干了那些奇怪的勾当？"

他点点头。"我从来没听说过这么疯狂的事儿，"他说，"从太平间偷死尸？然后拿它们那么玩儿？"

"那个人没有杀死他们。"我说。

"没有，他们都是意外死亡，躺在太平间的台子上。"

"所以根本不是谋杀。"我说。

他耸耸肩。"他还是有罪，"他说，"偷尸体，侮辱尸体，危害公共健康？反正算违法。"

"类似过马路不走人行横道。"我说。

"除了纽约。那儿人人都这么干。"

了解纽约人乱穿马路的情况对我现在的心情一点儿帮助也没有。我越想这件事儿，越觉得自己快要有了真正的人类感情。这天余下的时间里我克制不住地越想越多。我感到喉咙里有一种奇怪的梗阻感，一种模糊而无来由的焦虑挥之不去，我不禁想，这就是内疚吗？如果我有良心，此刻会不安吗？这感觉真是非常不安，我一点儿都不喜欢。

而且它是这么没头没脑——东切维奇毕竟拿刀捅了德博拉。她没死成，不是因为他没尽力。他肯定犯了别的很严重的罪，即使未必是杀人。

那我干吗还要"感觉"什么？这点儿小小的意外和冲动的肢解行为真能让我坠入骚动不安的人类情感的泥潭中吗？我没什么好惭愧的，用德克斯特那顺畅而冰冷的逻辑来审视多少次，每次都导向一个结果：东切维奇的死对谁来说都不算损失，至少他肯定想杀死德博拉，难道我非得等她死了，才会为我的行为感到好过一点儿吗？

可我还是很烦，这感觉延续了整个早晨，直到我在午休时去了医院。

"嘿，哥们儿，"丘特斯基疲倦地跟我打招呼，"没什么变化，她睁了几次眼。我觉得她有所好转。"

我坐在床另一边的椅子上。德博拉的情形没有好到哪儿去。她看上去还是一样苍白，几乎听不到她的呼吸，她离死亡比离生存更近。我以前见过人的这种样子，见过很多次，但不是从德博拉身上，而是从那些我精心挑选的家伙身上，当我把他们推下黑暗的陡坡，让他们进入永恒的虚无、承受自己的行为的后果的时候，他们脸上都是这种表情。

这表情我昨晚刚从东切维奇脸上看到过，是他把这种表情弄到我妹妹脸上的，这就够了。没必要再折磨德克斯特那并不存在的灵魂。我干了自己该干的事儿，结果了一个坏蛋的性命，把他送到了他该去的垃圾袋。尽管不是精心策划、仔细调查的结果，可他一样罪有应得，这是我的法庭合议的结果。

像伊斯利尔·萨尔格罗之流，现在就不必仅仅因为光头男人对媒体的一通乱喷来骚扰德博拉并威胁她的事业了。

我的世界变得好了一点儿。我坐在椅子上，嚼着一块非常难吃的三明治，一边和丘特斯基聊着，目睹德博拉睁开一次眼睛，足足有三秒钟。我不知道她是不是感觉到我来了，可是能亲眼看到她的眼球真让人激动，我开始能明白一点儿丘特斯基那巨大的乐观精神了。

我回到办公室，对自己和整件事情感到满意多了。是我太草率了吗？那的确不好，可东切维奇是自作自受，他活该。德博拉也不必被内务部和媒体骚扰了，生活回归正轨，我再烦就是庸人自扰了。

午休回来感觉真好，这感觉一直持续到我进了办公楼，进了我的小格子间，我看见库尔特警探正等着我。

"摩根，"他说，"坐吧。"

我觉得他人不错，请我在我的椅子上坐下？于是我坐了下去。他打量了我半晌，嘴里嚼着一根牙签，牙签一头从他的嘴角伸了出来。他一副梨形身材，从来都没特别帅过，此刻更不帅了。他把庞大的屁股塞进我桌旁的另一把椅子里，叼着牙签又喝起了一大瓶"激浪"，溅了一些在他那发黑的白 T 恤上。他这副一言不发地瞪着我，等着我跟他痛哭忏悔的做派，往轻了说，非常让人讨厌。我忍住放声痛哭的念头，从桌上待阅的文件中拿起一份实验报告看了起来。

过了片刻，库尔特清清嗓子。"好吧，"他说，我抬头挑起眉毛警惕地看着他，"我们来谈谈你的证词吧。"

"哪个？"我说。

"你妹妹被扎的那段，"他说，"有几个地方对不上。"

"好吧。"我说。

库尔特又清了清嗓子："那么，嗯，再跟我描述一下你看到了什么？"

"我坐在车里。"我说。

"离得多远？"

"哦，大概五十英尺吧。"我说。

"啊哈，你怎么没跟她一起过去？"

"啊，"我说，心想这干他什么事儿，"我不明白你的意思。"

他又看了我一会儿，然后摇摇头。"你该帮她的，"他说，"也许能阻止那人伤害她。"

"也许。"我说。

"你该像个搭档那样。"他说。显然他仍然着迷于那神圣的搭档关系，所以我忍住没说什么，停顿了一下，他点点头继续往下说。

"后来门开了，他就捅刀子了？"

"门开了，德博拉拿出了警徽。"我说。

"你肯定？"

"是的。"

"可你离了五十英尺远。"

"我视力很好。"我说。怎么今天来找我的每一个人都这么讨厌。

"好吧，"他说，"然后怎么了？"

"然后，"我非常缓慢地把当时的情形回想了一遍，"德博拉摔倒了。她挣扎着想站起来，但没成功，我跑过去帮她。"

"这个叫东卡维茨还是什么的家伙，他一直都在现场？"

"不是，"我说，"他消失了一下，然后又回来了，那时我已赶到了德博拉身边。"

"啊哈，"库尔特说，"他走了多长时间？"

"最多十秒钟，"我说，"怎么啦？"

库尔特把牙签从嘴里拿了出来，显然连他自己都受不了了，他考虑半晌后终于决定把牙签扔进垃圾桶，当然，他没扔进去。"问题是，"他说，"刀上的指纹不是他的。"

大概一年以前我拔过牙，医生给我上了麻药。这会儿，有一刹那我感到同样的眩晕感穿过我的身体。"哦……嗯……指纹……"我最后挣扎着说。

"是，"他说，从大汽水瓶里喝了一大口，"我们逮住他的时候，自然给他留了指纹。"他拿手腕抹了一下嘴角，"我们拿他的指纹和那把刀刀柄上的指纹做了对比，不吻合。所以我想，这是他妈的怎么回事儿，你说是吧？"

"可不。"我说。

"所以我想，是不是有两个家伙，不然怎么解释呢，是吧？"他耸耸肩，然后从口袋里又掏出一根牙签开始嚼，"所以，我得问问你当时看到了什么。"

他看看我，带着一种非常专注的愚蠢，我只得闭上眼睛思考。我在记忆中又重放了一遍镜头：德博拉等在门边，门开了。德博拉拿出警徽，然后突然摔倒——我能看到的只是那男人模糊的身影，没有细节。门开了，德博拉出示警徽，轮廓模糊——不，就这些。没有其他细节。黑头发、浅色衬衫，跟全世界一半的人一样，包括我后来猛踢他头的东切维奇。

我睁开眼。"我觉得是同一个人。"我说。尽管出于某些原因我不想再说太多，可我还是说了。"不过老实说，我不是特别肯定。发生得太快了。"

库尔特咬着牙签。我看着牙签在他的嘴角画着圈，他在努力回忆说话的技巧。"所以可能是两个人。"他最后说。

"我觉得有可能。"我说。

"他们中的一个捅了她，跑进去，想着，操，我怎么办，"他说，"然后另一个家伙出来了，操，他跑过去看，然后你踢了他一脚。"

"有可能。"我说。

"他们有两个人。"他重复道。

我觉得没有必要把一个问题回答两次，所以我只是坐在那里看他转着牙签。如果我以前有过心里闹得慌的时刻，那绝对不能跟我此时的不舒服相比。倘若东切维奇的指纹跟刀柄上的不同，那就说明他没有扎德博拉。这是小学生都知道的，亲爱的德克斯特。如果他没捅德博拉，他就是无辜的，我就犯了个很大的错误。

　　可是也许哈里的教诲对我的作用比我想象的要深，因为想到东切维奇有可能是无辜的，我就惊慌失措。我还没能从这一大团乱糟糟的思绪中摸清线索，而库尔特还在看着我。

　　"是啊。"我说，完全不知道自己在说什么。

　　库尔特又把牙签朝垃圾桶扔去，结果又没瞄准。

　　"那另一个人在哪儿？"他说。

　　"我不知道。"我告诉他。我真不知道。

　　可我非常想知道。

　　我听同事说起过"脑残"，还总是觉得自己好命，因为这难听的称号还不曾用在自己身上。可是今天余下的几个小时，我找不到其他更合适的词儿来形容自己。尖刀之神德克斯特、黑夜王子德克斯特、冷酷锐利的德克斯特，现在脑残了。我当然不舒服，但无能为力。我坐在桌后拨拉着曲别针，希望那些景象能像曲别针一样轻而易举地被拨拉到一边：德博拉倒下，我的脚踢向东切维奇的头，刀子扬起来，钢锯切下去……

　　脑残。这不仅让人窘迫，让人有气无力，而且无比愚蠢。好吧，坦白说，东切维奇本来是清白的。我犯了个讨厌的小错误。那又怎么样，谁也不是完美的。再说了，东切维奇一直在对死尸做那些勾当，他让几百万美元白白流走，搞砸了城市预算，损害了旅游业。迈阿密有多少人巴不得杀了他来阻止他干这些事儿。

　　唯一的问题是，我不是这些人中的一个。

　　我没那么正义，我知道。我从来没假装我多么有人性，我也不会告诉自己，我做的都是对的。我并没高估自己对世界的价值。我做了我该做的，也并没要求感谢。不过以前，我一直都是照着圣哈里，我那几近完美的养父定的教规行事，这次我打破了规矩。出于我不知道的原因，我觉得自己应该被抓起来并接受惩罚。我没法儿让自己不这么想。

　　一直到下班，我都在和自己是个脑残的感觉做斗争，累得几乎虚脱。我又开车去了医院。高峰时段的交通也没让我高兴起来。等我到了德博拉的病房，丘特斯基在椅子里睡着了，呼噜打得响亮，窗子都被震得直颤抖。我在那儿坐了一会儿，看着德博拉的眼皮翕动。我想这应该是个好迹象，说明她在深睡阶段，慢慢就能好起来。如果她醒了，知道我犯的小错误后不知会怎么说。想到她被刺之前的态度，似乎她不太可能理解我这微不足道的小错误。毕竟她和我一样在哈里的熏陶下长大，要是她连哈里批准我做的事情都无法容忍，就更不会对我超越哈里教规之外所干的勾当听之任之了。

德博拉永远都不会知道我干了什么。这没什么大不了的，反正我一直都在对她隐瞒一切，直到最近。但这次不知为什么，我一点儿都不觉得心安。可毕竟我是为她才做的这件事儿，跟其他事儿一样，这是我第一次出于冲动而鲁莽行事，结果很惨。我的妹妹造就了一个蹩脚的黑夜行者。

德博拉动了动手，只抽动了一下，她的眼睛张开了，嘴唇微微张开，我肯定她将目光锁定在我身上有一会儿，然后她的眼睛又合上了。

她在慢慢恢复，她会好起来的，我肯定。可能不只需要几天，而是需要几个礼拜，不过她迟早会从那个讨厌的铁床上下来，上班，恢复她的正常生活。那时候——

她会把我怎么样呢？

我不知道。但我有种很不好的预感，那对我俩来说不会是什么愉快的事情。因为我刚刚明白，我们仍然生活在哈里的影响之中，我很明白哈里会怎么说。

哈里会说我做的是错的，因为这不是他为德克斯特设计的生活，我对这点记得再清楚不过了。

哈里下班回家的时候通常看起来都很开心。我觉得他不是发自内心地愉快，但他看起来总是很开心，这是我从他那里学到的重要的第一课：让你的表情适应环境。这看上去似乎微不足道，菜鸟级魔鬼还以为他跟别人有多不同呢，但这可是生死攸关的。

我记得那个下午自己坐在前院里的榕树上，因为邻居家的孩子也会这么做，那是个热爱爬树的年纪。那些树坐上去很舒服，巨大的枝条横着伸出，是每个十八岁以下的孩子都喜欢去的地方。

所以，那个下午我坐在树上，希望邻居误以为我是个普通孩子。我正处在看世间万物的眼光发生转变的阶段，我开始注意到自己变得非常不一样。比如，我不像别的男孩那样费尽心思要趁博比·盖尔伯爬树的时候从她的裙子下面看见什么。还有……

当黑夜行者开始向我低语些坏念头时，我意识到他一直都在我的身体里，只是他之前没有出声而已。可现在，当我的同龄人开始传阅色情画片时，他在为我传递另一种梦境，大概是来自《好色客》。尽管我刚接触时有些害怕，但越来越适应，越来越喜欢，越来越欲罢不能，直到最后变成我的必需。但后来另外一个同样响亮的声音在告诉我说，这是错误的、疯狂的、非常危险的。这两个声音总是在交战，不分胜负，我什么都没干，只是做这些梦，跟我这个年纪其他人类的男孩子一样做梦。

但一个奇妙的夜晚，两个低语的阵营相遇了。我发现盖尔伯家那条叫巴迪的狗没完没了地狂吠，扰得妈妈睡不了觉。这样不好。妈妈得了一种叫淋巴瘤的神秘绝症，她需要睡眠。我觉得如果我能帮助妈妈让她睡着，就是在做一件好事儿。两种声音都同意我这么做，尽管其中一个稍微有些勉强，但另一个声音，就是比较黑暗的那个，则兴致勃勃地怂恿我尝试。

于是那条叫巴迪的老是乱叫的小狗把德克斯特送上了征程。初试身手显得很笨拙，这很自然，而且比预想的要乱，可仍然是那么美妙、正确而且必需。

接下来的几个月我又做了几个小试验。精心策划，小心挑选，尽管是在热血澎湃的自我发现阶段，我已经懂得如果邻居家的宠物都不翼而飞，肯定会有人要找麻烦。但我另辟蹊径，骑自行车去了另一块地盘。年轻的我屡屡得手，慢慢学会了自娱自乐。我是那么沉迷于自己的小试验，我把残余废物埋在附近，就在我家后院的灌木丛后面。

我现在当然知道了这其中的不妥。但当时，一切都显得天真而美好，我喜欢每当望向灌木丛时就能沉浸在暖洋洋的回忆之中，接着我犯了我的第一个错误。

那是一个慵懒的午后，我坐在大榕树上，看着哈里停好车走了出来，站住。他脸上是一副工作时的表情，我以前见过他这样子，但很不喜欢。他在车旁站了很久，眼睛闭着，一动不动，屏息静气。

然后他睁开眼睛，换了一副"很高兴回家了"的表情。他朝前门迈了一步，我从树上跳下来迎上去。

"德克斯特，"他说，"你今天在学校怎么样？"

其实什么新鲜事儿也没有，但即便那时我也知道不能这么回答。"很好，"我说，"我们学习了共产主义。"

哈里点点头。"学这个很重要，"他说，"俄罗斯的首都是哪里？"

"莫斯科，"我说，"以前是圣彼得堡。"

"是吗？"哈里说，"为什么改名呢？"

我耸耸肩。"他们现在是无神论者了，"我说，"他们没有圣人了，因为他们不再相信那个了。"

他把手放在我的肩头，我们开始往屋里走。"那可不太好玩儿。"他说。

"你有没有……嗯……跟共产党打过仗？"我问他，我想说杀人，但没敢，"你做海军的时候？"

哈里点点头。"打过，"他说，"他们威胁到我们的生活方式，所以和他们对抗很重要。"

我们来到前门，他轻轻推着我走在他前面，进入充满了新鲜咖啡香气的家。我的养母多丽丝总是为下班回家的哈里煮好咖啡。她那时还没有病得卧床不起，她在厨房里等着他。

他们像往常那样一起喝咖啡，轻声交谈，这是一副诺曼·罗克韦尔①画作中的经典场景，如果不是那晚后来发生的事情，我肯定早把它忘了。

多丽丝去睡觉了。由于癌症病情越来越严重，她需要加大止痛药的剂量，所以就寝时间越来越早。哈里、德博拉和我跟往常一样围坐在电视机前。我们在看一部情景喜剧，我不记得是什么了。当时有很多部，都在试图说明一个道理：尽管我们有很多这样那样的不同，但本质上我们是一样的。我一直等着看到些证据，证明我也是这样的，但不管哪个主角都未曾砍死他的邻居。不过，大家似乎都喜欢看这些剧集。德博拉不时放声大笑，哈里一直面带笑容，我则尽了最大努力来保持低调，融入其中。

可是在一幕高潮戏演到一半时，就在即将上演我们彼此一样，马上是热烈拥抱时，门铃响了。哈里皱了皱眉，但还是站起来走到门边，眼睛仍然看着电视。我因为已经猜到结局，而且不大会被那些做作的拥抱所打动，所以看着哈里。他打开前廊的灯，从门镜向外看了看，打开门锁，开了门。

"格斯，"他说，语气里略带惊讶，"进来。"

格斯·里格比是哈里在警察局最老的朋友。他们互相给对方的婚礼当伴郎，哈里是格斯女儿贝特西的教父。格斯离婚后，他每逢节假日和特殊日子都会来我家，现在多丽丝病了，他来得没那么勤了，但每次来都会带柠檬派来。

---

① 诺曼·罗克韦尔（1894—1978），美国画家，专门描绘凡人家居生活场景。

可他这会儿不太像是来做客的，也没带柠檬派。他看上去愤怒而疲惫。"我们得谈谈。"说完推开哈里进了屋。

"关于什么？"哈里说着，仍然开着门。

格斯转过身冲他大吼："奥托·瓦尔德斯被放出来了。"

哈里看着他："他怎么会被放出来？"

"他找了律师，"格斯说，"律师说是警察施暴。"

哈里点点头："你对他是够狠的，格斯。"

"他奸淫幼女，"格斯说，"你想让我亲吻他吗？"

"好吧，"哈里说。他关上门，上了锁。"要谈什么？"他说。

"他现在盯上我了，"格斯说，"经常电话响了却没人说话，只有喘气声。可我知道是他。我还在前门收到了字条，在我自己家里，哈里。"

"督察怎么说？"

格斯摇摇头。"我想自己解决，"他说，"私下解决。我想让你帮我。"

他们说到这里时，巧得跟真实生活似的，电视正好演完了，格斯话音刚落，电视里爆发出一阵大笑，德博拉也笑起来，然后抬起眼。"嘿，格斯叔叔。"她说。

"嘿，黛比，"格斯说，"你越来越漂亮了。"

德博拉皱了皱眉。那时她已经为自己的相貌感到窘迫了，她不喜欢别人提醒她这一点。"谢谢。"她没好气地说。

"来厨房吧。"哈里说道，拉着格斯的胳膊，带他走了过去。

我很明白哈里带格斯去厨房是为了不让我和德博拉听到他们的谈话，那更激发了我偷听的欲望。既然哈里没明确地说"待在这儿，别听我们说什么"，那么，这就不能叫偷听！

于是我从电视机前站起来，很随意地朝走廊那边的卫生间走去。我在走廊上停下来回头看，德博拉正全神贯注于下一个节目，于是我溜进一小片阴影里听着。

"法庭会处理的。"哈里说。

"就像他们现在处理的这样？"格斯说，听起来比任何时候都生气，"好了，哈里，你很清楚。"

"格斯，我们不是民间治安团。"

"哼，也许我们应该是，妈的。"

静默。我听见冰箱门打开了，然后是啤酒罐被打开的声音。过了片刻，一片安静。

"听着,哈里,"格斯最后说,"我们当警察很久了。"

"马上就二十年了。"哈里说。

"从干这份职业的第一天起,难道你就没感觉到法律不好使?最大的坏蛋总是能逃脱坐牢,回归自由,是不是?"

"那也不意味着我们有权力——"

"那谁有权力,哈里?要是我们没有,谁有?"

又是一阵长长的沉默。最后哈里说话了,非常温和,我得紧贴着墙才能听见他的话。

"这不是在越南,"哈里说,格斯没吭声儿,"我在那儿明白了有些人能当冷血杀手,其他人不能。我们绝大多数人都不能。"哈里说,"这事儿最后对你没有好处。"

"那你的意思是,你同意我,但你做不来?假使有谁罪有应得,哈里,这个奥托·瓦尔德斯……"

"你干吗呢?"德博拉的声音传来,离我耳朵八英寸远,我吓得跳起来,头撞在了墙上。

"没什么。"我说。

"你可真够搞的。"她说,没有要离开的意思。我决定不再听下去了,于是回到电视机前的座位上。我已经听明白是怎么回事儿了,我兴致勃勃,亲爱的甜蜜和善的格斯叔叔想杀人,希望哈里帮忙。我的大脑兴奋地高速运转起来,疯狂搜索着所有可能说服他们让我当帮手的借口——或者至少让我看着。这有什么不好?这几乎可以称为公民应尽的义务!

但哈里拒绝帮格斯,过了一会儿格斯离开了,他看上去很受伤。哈里回到电视机旁和我以及德博拉一起又待了半小时,努力想唤回他的快乐表情。

两天之后,格斯叔叔的尸体被发现。手足都被砍断,头也被砍下,而且生前明显遭过毒打。

三天之后,在我不知道的情况下,哈里在后院里的灌木丛下发现了我的小动物墓地。又过了两周,我看到他好几次都望着我,带着他的工作表情。我当时不知道怎么了,而且有点儿害怕,但我当时只是个傻小子,完全不敢提问说:"爸,你干吗那么若有所思地看着我?"

后来，结局揭晓了。格斯叔叔遇害三周后的一天，哈里和我去艾略特海湾露营，我们简单交谈了几句，从"你现在变了，孩子"开始。哈里自此改变了一切。

他的计划，他为德克斯特设计的道路，他为我精心打造的智勇双全的方针铸就了今日的我。

现在我偏离了这条路，走了一段小小的危险岔路。我几乎能看见他摇着头，用那双冰冷的蓝眼睛看着我。

"我们得管教管教你。"哈里会这么说。

丘特斯基那震天动地的鼾声将我拉回现实。这呼噜打得实在太响，引得一位护士把头伸进门，把所有仪器仪表检查了一遍才走，临走还一脸狐疑地回头看着我们俩，好像我们成心发出那可怕的鼾声把她的机器都震坏了似的。

德博拉的一条腿能轻微地动了，证明她还活着。我把自己从回忆的曲折走廊里拽回来。在某处，某人把刀扎进了我妹妹的身体，他因此而有罪。这就是关键。有人干了这事儿。有一条很大的漏网之鱼在那儿游荡，我得抓住他，让事情重新井然有序。因为有这么一个大漏洞在那里悬而未决，我有了一种紧迫感，我清理厨房，打扫卧室。很杂乱。德克斯特不喜欢乱七八糟。

又一个念头浮了上来。我想轰走它，可它挥之不去。我闭上眼睛再把当时的情景想了一遍。门开了，德博拉举起警徽，倒下。门仍然开着，直到我赶到她身旁……

也就是说，另外有一个人一直在屋内看着。也就是说，那里有人知道我的模样。第二个人，也就是库尔特警探说的那样。我可能知道这个假设的第二个人的名字。我们本来是要去找一个叫布兰登·韦斯的人，询问关于他对旅游局的威胁，可是最后却遭遇了东切维奇。所以很可能他们俩在一起生活——

另一辆小火车进站了：阿拉贝拉。那个在乔餐馆的清洁女工，她曾经见过两个带照相机的同性恋游客。我也在仙童公园看到过两个带相机的男人在拍摄人群。一切都从一段寄到旅游局的关于犯罪现场的电影开始。这不是结论，但却是一个很好的开始，我很高兴，因为大脑的功能正在回归到德克斯特身上。

我又有了一个主意。再引申一步，如果这个假想中的韦斯一直在跟踪媒体报道，这看上去非常有可能，那他大概知道我是谁，而且可能觉得有必要跟我谈谈。这想法并没让我觉得荣幸和兴奋。这意味着当他来时我要么成功地保护自己，要么束手就擒。不管哪种方式都会把事情搞得一团糟，而且会引来很高的曝光率，这对我的秘密身份不利，是我想尽一切可能避免的。

所以我得干一件事儿：先下手为强。

这不是什么难事儿。我一直很擅长从电脑上找东西和找人。其实，正是我的这个天赋把我和德博拉引到目前棘手的麻烦之中，所以从对称原理上讲，这个同样的技巧将为我解围。

好吧，开工。号角已经吹响，我要埋头在我那值得信赖的电脑上了。

跟以往一样，当我就要开始执行决定性的行动时，所有的事儿都来了。

我深吸一口气正要站起来，丘特斯基突然睁开眼说道："哦，嘿，哥们儿，医生说——"话没说完，我的手机响了，我伸手去摸手机，这当儿一个医生走进病房说："这里。"两个实习医生紧跟在他身后。

然后我稀里糊涂地听着医生、电话和丘特斯基在说话："嘿，哥们儿，这是医生——童子军，阿斯特的朋友得了腮腺炎——高级神经中枢看起来在回应……"

我再次为自己不是个正常人而高兴，因为如果我是正常人的话，肯定会拿椅子砸医生，然后尖叫着夺门而出。而此刻我朝丘特斯基挥挥手，转过身离开医生，专注于电话。

"抱歉，我没听见你说什么，"我说，"你能再说一遍吗？"

"我说，你要是能回家就好了，"丽塔说，"如果你不是特别忙的话。因为科迪今晚参加他的第一次童子军活动，阿斯特的朋友露西得了腮腺炎，也就是说阿斯特不能去她家过夜，所以我们俩有一个得在家陪着她。我想，如果你的工作不是特别忙的话……"

"我现在在医院。"我说。

"哦，"丽塔说，"哦，那好吧，她好点儿了吗？"

我看看那一小群医生。他们正查看一小堆显然跟德博拉有关的文件。"我想我们很快就能知道了，"我说，"医生现在就在这儿。"

"哦，要是这又——我猜我能——我是说，阿斯特可以跟科迪一起去童子军活动——"

"我带科迪去童子军，"我说，"让我先跟医生说两句。"

"如果你确定，"她说，"如果这样，你知道。"

"我知道，"我说，尽管我不知道，"我马上回家。"

"好吧，"她说，"我爱你。"

我挂了电话，转身看向医生。其中一名实习医生正翻起德博拉的眼皮，用一只小手电筒检查她的眼球。真正的医生正注视着他，手里还拿着一个文件夹。

"劳驾。"我说，他抬眼看我。

"有什么事儿吗？"他说。脸上带着一个我能看穿的虚假微笑。笑得几乎跟我一样好。

"她是我妹妹。"我说。

医生点点头。"亲属，好吧。"他说。

"有进展吗？"

"嗯，"他说，"高级神经中枢看起来恢复功能了，自主反射也不错，没发烧和感染，所有预后分析都显示将在未来二十四小时内出现好的进展。"

"太好了。"我期待地说。

"不过，我得警告你，"他说，带着装出来的皱眉以示严重，"她失血过多，这会引起永久性的脑损伤。"

"但现在还不能确诊？"我说。

"是的，"他说，使劲儿点头，"就是这么回事儿。"

"谢谢你，医生。"我说，然后绕过他走了两步到了丘特斯基那里，丘特斯基为了给医生腾出地方检查德博拉，正站在角落里。

"她会没事儿的，"他告诉我，"别被这些家伙吓着，她绝对会没事儿的。记住了，我让泰德尔大夫来看过了。"他压低声音小声说，"不是对这些家伙不敬，但泰德尔比他们棒多了。他把我恢复原样，我伤得比这个厉害多了，"他说着朝德博拉点点头，"我也没有脑损伤。"

考虑到他表现出来的极端乐观主义精神，我不太确定他的话是否是真的，但也没必要辩论。"好吧，"我说，"我稍后再跟你联络。我家里有点儿急事儿。"

"哦，"他说，皱了皱眉，"家里都还好吧？"

"都好，"我说，"是童子军的事儿让我担心。"

我随口一说的告辞台词，没想到却一语成谶。

丽塔给科迪找的童子军组织在离我们家几英里远的金湖小学举行活动。我们到得有点儿早，就在车里等了一会儿，科迪面无表情地看着几个和他年龄相仿的男孩子穿着蓝色制服跑进学校。我让他坐在那儿看，觉着稍微有个心理准备对我们俩都好。

又来了几辆车。更多穿蓝色制服的孩子跑进学校，显然他们都迫不及待地想参与。任何一个有感情的人都会觉得这场面很动人——一个家长欢喜地站在他的货车旁用摄像机拍摄着向学校里奔跑的孩子们。可是科迪和我只是坐在那里看着。

"他们都一样。"科迪细声细气地说。

"观察他们的外表，"我说，"这是你需要学习的。"

他茫然地看着我。

"就好比穿上一件那样的制服，"我说，"当你看上去和他们一样时，人们就相信你和他们是一样的。你能做到。"

"为什么？"他说。

"科迪，"我说，"我们讲过了，保持正常的外表有多么重要。"他点点头，"这能帮助你学会使自己看起来跟其他孩子一样。这也是你培训的一部分。"

"那其他部分呢？"他说，第一次显出了热情，我知道他在渴望锋利的刀刃。

"如果你把这部分做好了，我们就可以做其他部分。"我说。

"一只动物？"

我看看他，他小小的蓝色眼睛里闪过一道冷冷的光，我知道对他来说已经没有回头路了。我唯一能做的是给他漫长而艰难的训练，就像我自己经历过的一样。"好比——"我说，"我们会做掉一只动物。"

他又看了我很久，然后点点头，我们下了车，跟着人群去了餐厅。

在那里，其他男孩们，还有一个女孩正在跑来跑去，吵个不停。科迪和我安静地坐在小小的塑料椅子上，小桌子刚到膝盖。他看着别的孩子嬉闹奔跑，脸上什么表情也没有，也一点儿都不想参与，这就是一个起点，我得帮帮他。他还太小，还不到离群索居的年龄，我得让他把伪装穿上。

"科迪，"我说，他漠然地抬头看我，"看看那些孩子。"

他眨眨眼，然后转头看看屋内。他一言不发地看了一会儿，然后转过头对着我。"好吧。"他柔声说。

"你看他们都在跑着玩儿，而你没有。"我说。

"嗯。"他说。

"你要先站起来，"我说，"你得假装你在这儿很开心。"

"我不知道怎么做。"他说。这句话对他来说是一大段演讲了。

"但你得学，"我说，"你得让自己看起来和别人一样，不然……"

"好啦，好啦，你怎么了，小家伙？"一个声音响起。一个咋咋呼呼的大块头男人走了过来，将手捂在膝盖上，好让自己的脸凑近科迪。他穿着童子军领导的服装，与他露出来的多毛的腿和大胖肚子显得非常不协调。"你不是害羞了吧？"他说着脸上露出一个大得可怕的笑容。

科迪眼睛一眨不眨地盯了他半天，那男人的笑容往回收了一些。

"不是。"科迪终于说。

"哦，那好。"男人说着站起身，往后退了一步。

"他不是害羞，"我说，"他只是今天有点儿累了。"

男人将他的笑容转向我，看了我一会儿，然后伸出手。"罗杰·多伊奇，"他说道，"我是童子军的领导，想在活动正式开始之前跟每个人认识一下。"

"德克斯特·摩根，"我说，跟他握了握手，"这是科迪。"

多伊奇又把手伸向科迪。"嘿，科迪，见到你很高兴。"科迪看看他的手，然后看看我。我朝他点点头，他便将自己的小手放到面前这只大胖手里。"嘿。"他说。

"那么，"多伊奇不罢休地说，"科迪，你为什么来童子军？"

科迪看看我，我笑笑。他转过头对着多伊奇。"寻开心。"他说。他的小脸跟在葬礼上似的面无表情。

"太好了，"多伊奇说，"童子军会让你开心的，不过也有严肃的部分。你会学到所有很酷的东西。有什么是你特别想学的吗，科迪？"

"刻动物。"科迪说，我差点儿从小椅子上摔下来。

"科迪。"我说。

"不，没事儿，摩根先生，"多伊奇说，"我们刻很多东西。先从刻肥皂开始，然后刻木头。"他朝科迪挤挤眼，"如果你担心他用刀，我们会小心不让他伤着自己。"

我不大好说我担心的不是科迪用手里的刀伤着自己。他已经很明白要握着刀的哪一头，而且他已经表现出早慧，懂得从哪里下刀。可我相当肯定科迪不会从童子军学到他想要的那种刻动物，至少在初级班不会。所以我只是说："我们要跟妈妈说说，看她有什么意见。"多伊奇点点头。

"好，"他说，"别害羞。你只管双脚并用全身心投入好了。"

科迪看看我，又朝多伊奇点点头。

"好，"多伊奇说着，终于站了起来，"可以开始了。"他朝我点点头，转身去召集队伍了。

科迪摇摇头，低声嘟囔了几句。我凑过去。"什么？"我问。

"双脚。"他说。

"只是个比喻罢了。"我告诉他。

他看看我。"傻比喻。"他说。

多伊奇走过大厅，叫大家安静，把他们召集到大厅前面。科迪该过去了，即便是先用一只脚。于是我站起来向他伸出一只手。"来吧。"我说，"会挺不错的。"

科迪看上去不大相信，但他还是站了起来，看着其他聚集在多伊奇面前的孩子们。他尽量昂首挺胸地深深呼吸了一下，然后说了声"好吧"，走了过去。

我看着他小心地排开周围的孩子，找到自己的位置，然后站在那里，既孤单又勇敢。这对他来说很不容易，对我来说也是一样。融入一个和自己毫无共同之处的集体，一定有好多别扭的地方。他是一只小狼，现在要长出绵羊之毛，还要学着叫"咩"！只要他对着月亮嗥叫一次，就全完了。

我呢，我只能看着，间或给他一些指点。我自己也经历过这个过程，我还记得有多痛苦，心里明白这都是做给别人看的，全不是为了自己——那些笑声、友谊、归属感，没一样是自己能感觉到的。更糟糕的是，这些跟自己全无干系，自己还得假装能感觉到它们，学着戴上快乐的假面以掩饰空洞的内心。

我还记得刚开始的那几年有多么难熬：第一次学着放声大笑，却总是在错误的时间，显得特别不正常。跟别人自在轻松地交谈，谈些恰当的内容，做出恰当的反应。这是个漫长、痛苦而又别扭的过程，得观察别人都是如何不费吹灰之力做着这些事儿，为自己天生和这些得体优雅的表达方式无缘而感到痛苦。笑，这么一件小小的事情，却变得比登天还难，得通过观察别人才行。

科迪必须经过整个令人生厌的过程来明白，自己将永远和别人不同，同时又要学会假装和别人没有什么不同。这还只是个开始，是哈里之路开始时容易的部分。然后事情会变得更加复杂、艰巨和痛苦，直到人工伪造的生活全部建立，并变得稳固。都是装的，永远都在刻意去做，只有短暂而稀少的刀锋时刻让人期盼——我正在把这些传授给科迪，这个小小的受损的生命，他站在那里，身体僵硬，表情紧绷，期待着那永远不会有的归属感。

我真的有权力把他塑造成这个样子吗？只因为我自己经历过了，就意味着他也必须这样吗？坦白地说，最近我自己做得都不是特别好。哈里之路本来是这么清晰确凿聪明的道路，却暗暗地被转了个弯。德博拉，这世上唯一一个应该理解我的人，却让我怀疑这一切是否正确。她此刻就躺在重症监护室里，而我则在城市里游荡，残杀无辜。

这真的是我希望科迪过的生活吗？

我看着他跟着大家宣誓，心中找不到答案。直到散会后带着疲倦而不确信的科迪回家，我仍然毫无头绪。

丽塔在门前迎接我们，看上去有些担忧。"怎么样？"她问科迪。

"好。"他说，脸上一副不好的表情。

"还可以，"我说，听上去稍微有点儿说服力，"会更好的。"

"一定。"科迪轻声说。

丽塔看看科迪，又看看我："我不是——我是说……你们……你……科迪，你还会坚持去吧？"

科迪看看我，我几乎从他的眼睛里看见了小小的寒光闪过。"我会的。"他对妈妈说。

丽塔看起来放心了。"太好了，"她说，"因为这可真——我知道你会的，你知道。"

"我肯定他会的。"我说。

我的手机响了，我接了起来。"是。"我说。

"她醒了。"丘特斯基说，"她说话了。"

"我马上来。"我说。

Chapter
被胁迫的德克斯特 16

我不知道自己赶到医院时会看到什么，事实上我什么也没看到。一切都没有变化。德博拉没在床上坐着边玩儿拼字游戏边听 iPod。她仍然一动不动地躺着，被一堆机器还有丘特斯基围着。丘特斯基还是用同样可怜巴巴的姿势坐在同一把椅子上，尽管他总算凑合着刮了胡子，也换了衬衫。

我一进门就朝德博拉的床边走过去。"嘿，伙计！"丘特斯基高兴地叫起来，"我们挺有进步，"他说，"她看我了，叫了我的名字。她肯定不会有事儿。"

"太好了，"我说，尽管我不觉得仅凭一个音节的名字就能代表我妹妹能不留残疾地康复，"医生怎么说？"

丘特斯基耸耸肩。"还是老一套。让我不要太乐观，现在还不能确定，自主神经啥的。"他用手做了个不屑一顾的手势，"他们那是没看见她醒过来，但我看见了。她看着我的眼睛，我肯定她看了。她神志回来了，哥们儿。她会好的。"

我接不上话，只好嘟囔了几句空洞的吉利话，然后坐了下来。尽管我耐心地等了两个半小时，德博拉还是没跳起来做柔韧体操。她甚至没重复她的睁眼和叫丘特斯基名字的把戏，所以最终我步履蹒跚地回了家，爬到床上，一点儿都没感受到丘特斯基那神奇的信心。

第二天早上上班，我打定主意要马上开始工作，找到所有关于东切维奇和他的神秘伙伴的信息。可是我还没来得及把咖啡放到桌子上，丧门星伊斯利尔·萨尔格罗就上门了，就是那个内务部的家伙。他静静地飘进来，坐在我旁边的折叠椅上。他的动作有种如天鹅绒般无声无息的顺畅感，如果不是针对我的话，我会很欣赏。我看着他，他看着我，最后他终于点点头说道："我认识你父亲。"

我点点头，冒着生命危险喝了一口咖啡，眼睛眨也不眨地盯着萨尔格罗。

"他是个好警察，是个好人。"萨尔格罗说道。他语气平和，跟他静静的动作很相配，他有着他那辈古巴美国人都有的很轻微的古巴口音。他其实跟哈里非常非常熟稔，哈里对他赞不绝口。但那是过去。萨尔格罗如今是个声誉高到让人闻风丧胆的内务部警督，让他来调查我或德博拉都不是什么好事儿。

所以，最好让他自己说明来意，如果他有来意的话。我又喝了一口咖啡，味道远远比不上萨尔格罗进来之前。

"我想尽快了结这件事儿，"他说，"我觉得你或你妹妹都没有什么好担心的。"

"没有，当然没有。"我奇怪自己怎么不觉得安心，大概是因为我毕生都在随时警惕着要逃，现在被一个训练有素的调查员如此审视可不是什么让人舒坦的事儿。

"任何时候，你要是想起什么，"他说，"我办公室的大门永远向你敞开。"

"多谢。"我说。我不知道还能说什么，所以没再说话。萨尔格罗又看了我一会儿，然后点点头，从椅子里站起来向门口走去，留下我思考着摩根一家到底陷入了一场什么样的麻烦。我花了好几分钟和一整杯咖啡来清除他来访的印象，然后重新专注于电脑上。

我开始工作。接着我被震惊了。

跟条件反射似的，我顺便看了一眼自己的邮箱。两封部门备忘需要我马上阅读，一个许诺能把某器官延长几英寸的广告，以及一封没有标题的信，我差点儿把那封无头信删了，如果不是我看了一眼那个发信人地址的话：bweiss@aol.com。

我过了好一会儿才反应过来，那时我的手指已经停留在鼠标上准备点"删除"，然后我停了下来。

Bweiss，这个名字有些眼熟。大概是个姓韦斯的人，姓名缩写是B，就跟大多数邮件地址的构成一样。有道理。如果B是布兰登，就更有道理了。因为这就是我此刻要调查的名字。

他主动跟我联系了，真够周到的啊。

我满怀兴趣地打开韦斯的邮件，很想知道他跟我说了什么。我大失所望，他完全没什么想说的。在页面中央只有一个链接，蓝色字母下画着横线，一句解释也没有。

http://www.youtube.com/watch? v=99lrj? 42n

真有意思。布兰登想跟我分享他的录像。这会是个什么样的录像呢？是他心爱的摇滚乐队？或是他自己喜欢的电视节目的一段剪辑？还是他送给旅游局的脚本？那样就更周到了。

我原来长着心的位置感到一阵温热和模糊的光泽，这光泽逐渐增强。我点击了链接，迫不及待地等着。最终，小屏幕显示了，我点击了播放。

有一阵子，屏幕上一片漆黑。然后颗粒状的图像显示出来，我看见一片白色的陶瓷背景，镜头从靠近天花板的位置开始拍摄，跟送到旅游局的录像剪辑一样。我有点儿失望——他只是给我发了一段我已经看过的视频。但是，接着传来一阵低沉的滑行的声音，屏幕一角有什么人在行动。一个黑影进入画面，好像把什么东西放在了白色陶瓷上。

东切维奇。

那个黑影？当然，是德克斯特。

我的脸没有显现，但确定无疑。德克斯特的背影，他十七美元剪的头发，德克斯特可爱的黑衬衫的领子在德克斯特漂亮的脖子上翘着。

我的失望感一扫而空。这是段全新的视频，我开始前所未有地急着想看它。

我看着德克斯特站起来看看周围，让人高兴的是，他的脸仍然没有对着镜头。这孩子真聪明。德克斯特走出画面，浴缸里的物体轻轻动了一下；德克斯特又回来，拿起了钢锯，锯条嗡鸣，胳膊举了起来。

黑暗。视频结束。

我静静地坐着，呆了好几分钟。走廊里有一阵声音。有人走进实验室打开抽屉，又关上，然后离开。电话铃响了，我没接。

是我。就在 YouTube 上，活灵活现，尽管带点儿小颗粒。这段内容让我全身发冷。这超过了我大脑能处理的程度，我的思绪在转圈，就跟循环播放的电影片段似的。是我，怎么可以是我？但的确是我。我得干点儿什么，但我能干什么？不知道，但得干点儿什么，因为那是我。

事情变得有趣了，是吧？

好吧，是我。显然，浴缸上方藏了一个镜头。韦斯和东切维奇曾经用它来完成他们的装饰性作业。当我去的时候，镜头还在那里。也就是说，韦斯仍在那里。

可是不对，不是这么回事儿。把镜头与电脑连接，再放到网上是超级容易的。韦斯有可能在任何地方拿到录像发给我。

我，宝贵的隐姓埋名的我，无比谦虚低调的德克斯特，乔装改扮的德克斯特，从不想让他的杰作大白于天下的德克斯特。由于讨厌的媒体对整个事件包括德博拉被刺事件的关注，我的名字肯定被提到过。德克斯特·摩根，法医专家，差点儿毙命的女警的哥哥。只需一个镜头，一段晚间新闻的解说，他就能轻而易举地知道我。

我胃里有一团冰凉而讨厌的东西在膨胀。这么容易就可以弄清我是谁，我是干什么的。我一直以来都太自以为是，以为自己是丛林中唯一的老虎，却忘了假如只有一只老虎的话，猎人很容易找到它。

他找到了。他跟着我，并拍下德克斯特游戏的情景，全在这里了。

我的手指颤抖着按动鼠标，又看了一遍视频。

还是我。就在录像上。是我。

让人高兴的是，我终于从曾经好使的大脑背后听见了一个小小的声音："镇定，德克斯特。"好吧，镇定。我深吸一口气，让氧气对我的思维发挥它神奇的作用，或者说，死马当活马医。

每个问题都有解决的办法，德克斯特最擅长两件事儿：用电脑找人和东西，然后把他们干掉。录像发到互联网上？太棒了，这给我省了好多事儿，再好不过了。我几乎已经感觉到了某种假装的快乐或跟它类似的感觉。

是运用逻辑的时候了，开动德克斯特冰冷而强大的脑力来攻克问题吧。首先，他要干什么？他为什么这么干？显然他等着我给他个反应，不过会是什么呢？最明显的是他想报复。我杀了他的朋友——同伴？爱人？不重要。他想让我知道他知道我干的事儿，还有……还有……

还有他把视频发给了我，而不是别的会对此采取措施的人，比如库尔特警探。这意味着这只是个私人挑战，而不是要公之于众，起码目前还没有。

除了它已经被公布了——它被放在 YouTube 上，有人会看见，这是早晚的事儿。那意味着有个时间因素。他在说什么？"在他们找到你之前来找我吧？"

好吧。然后像老西部片那样把我结果了？还是想折磨我，让我疲于追捕，直到我不留神犯了错误？要么就是直到他厌烦了游戏，把整个事情向晚间新闻抖搂开？

换作普通人，这些足够让人闻风丧胆了，但德克斯特是用更坚固的材料做成的。他想让我试试能不能找到他，但他不知道我是找人专业毕业的高才生。我只需用到我谦虚的自我评价的一半功力，就能比他预想的更快地找出他。好吧，要是韦斯想玩儿，我奉陪。

只不过要用德克斯特的，而不是韦斯的游戏规则。

"事分轻重缓急，首要的先来。"这是我的座右铭。既然我这会儿正对两耳之间的那部分结构感到有些力不从心，我便从座右铭里汲取了点儿力量，调出警局关于布兰登·韦斯的档案。

没有太多信息：有一张他付过钱的停车罚单，还有旅游局对他的检举。他没有被发过通缉令，驾驶证也没有任何违法的地方，也没有携带任何秘密武器，比如钢锯。他的地址我已经知道，就是德博拉被刺的地方。我稍微再深挖了一下，发现了他的一个旧地址，在纽约锡拉库扎。在那之前，他一直生活在加拿大的蒙特利尔。一番查找下来，我发现他仍然是加拿大公民。

没找到真正的线索。我并没期待真能找到什么有价值的东西，但我的工作和我的养父都教会我，勤奋努力会有回报。这还只是开始的工作。

下一步，针对韦斯的邮件地址，这稍微有些难度。我动用了一点儿稍微有些越界的手段进入美国在线 ① 的用户名单，又找到一些信息。他在设计区的地址仍然是他提供的居住地址，但多了个手机号码。我记了下来备用。除此之外，没有别的有用的东西。虽然我没能从美国在线那里挖到太多的信息，不过我能追查到手机的位置，这技术我以前用过一次，那次差一丁点儿就把多克斯警官完完整整地从手术刀下抢救回来。

不知为何我又回到 YouTube，也许是想再看一次自己，那个自在而真实的

---

① American Online，美国时代华纳的子公司，著名的因特网服务提供商，可提供电子邮件、新闻组、教育和娱乐服务，并支持对因特网访问。

我。毕竟以前我从没看过这种东西，也没想过能看到。德克斯特在行动。我又看了一遍视频，惊叹自己看上去是那么优雅，那么自然。我对着镜头举起钢锯时是那么有气质。真美。一个真正的艺术家。我应该多拍些电影。

看着视频，另一个想法跃入我慢慢苏醒的大脑。除了屏幕，邮件地址也被高亮加重。我不太知道 YouTube，但我知道如果邮件地址被突出，意味着它导向了另外的地方。我点击邮件地址，一片橙红色的背景几乎是立刻出现了，这次导向的是 YouTube 的个人网页。大大的红色字体覆盖了网页上方，写着"新迈阿密"。页面底部一个小方块标志上写着五段录像，小照片显示着每段录像的内容。显示我的背影的是第四段。

为了让自己显得有条有理，而不是再看一遍自己，我点击了第一段视频。照片上显示的是一张男人的面孔由于厌恶和恐惧而变得扭曲。视频开始，又是大红色的标题跳上屏幕："新迈阿密：第一集。"

很漂亮的日落景象，背景是郁郁葱葱的植物、一排可爱的兰花、一群鸟儿栖息在小湖畔，然后镜头拉回，呈现出我们在仙童公园看到的尸体。镜头外传来一声可怕的呻吟和窒息的声音："哦，天哪。"然后镜头跟随他的背影，直到一声刺耳的尖叫传来。这声音听起来非常熟悉，这是第一段视频的惨叫，我们在旅游局看过的那段。不知出于什么奇怪的原因，韦斯在这段视频里使用了同一声尖叫。也许是出于对品牌连续性的考虑，就像麦当劳总用同一造型的小丑一样。

我又放了一遍视频，镜头专门在仙童公园前面的停车场上挑选那些看上去惊恐、厌恶或好奇的面孔。接着屏幕画面旋转，将这些表情丰富的脸排成一列，背景是开始时的落日和植被景象，字母跃出在画面上方："新迈阿密：无与伦比的自然。"

这段视频，足以让我毫不怀疑地认定韦斯有罪。我相当肯定其他几个视频显示的是另外几个受害者，都以观众的表情反应作为剧终。但做事要善始善终，我觉得应该按顺序把五段视频再看一遍——

且慢——应该只有三段视频，我们已经发现尸体的场所，再加一个德克斯特的精彩演出，那应该是四段——另一段是什么？难道韦斯加了别的料，用以透露额外的线索让我找到他？

实验室里传来一阵喧闹。文斯·增冈喊了起来："叫你呢，德克斯特！"我飞快地关掉网页。并不只是出于伪装的谦虚让我不想跟文斯分享我那杰出的动作片。

解释这个表演的由来实在是太困难了。我的屏幕刚变黑，文斯就背着他的法医工具箱闯进了我的小格子间。

"你现在不接电话了？"他说。

"我肯定是去卫生间了。"我说。

"坏蛋不可以休息，"他说，"来吧，去干活。"

"哦，"我说，"怎么了？"

"不知道。现场的警察都快疯了，"文斯说，"肯德尔那边的事儿。"

当然了，肯德尔老是出可怕的事情，但没什么需要用到我的专业知识。后来回想起这件事儿，我当时应该表现得更积极些，但我当时还想着自己在 YouTube 上被迫成了明星的事情，而且非常想看完其他几段视频。最后一段是什么？我预感那个视频会揭示些新内容，暴露一些信息让我更接近韦斯。我非常需要马上接近他，越近越好，近如一把刀刃的距离，赶在其他人看到视频并认出我之前。所以我的心思没有集中在工作上，跟文斯一起驱车前往现场，一路上打着哈哈，心里却在想，韦斯到底在最后那段视频上放了什么。所以，当文斯停好车关掉引擎并说"下车"时，我一眼看到目的地后不禁大吃一惊。

我们停在了一栋大楼前，我以前来过这里。事实上，我一天前才来过，带科迪来参加童子军活动。

我们停车的地方是金湖小学。

当然，这可能只是个偶然。任何时候都有人被杀，即便是在小学也不例外。如果这些不是让生活变得格外有趣的偶然事件，那无异于整个世界都是绕着德克斯特转了——当然了，只在某些情况下才是这样，我还没自大到真相信会这样。

所以昏头昏脑并略带不安的德克斯特跟在文斯后面，蹒跚地走进去，钻过黄色的封锁胶带，经过大楼的侧门，那里是发现尸体的地方。我走进守卫严密的现场时，听到一阵奇怪的白痴似的口哨声，然后我意识到那是我发出的。尽管有透明面具用胶水粘在脸上，尽管那洞开的身体里填着童子军制服一类的东西和用具，尽管我绝对不可能是对的，但我还是从十英尺外就认出了那具尸体。

是罗杰·多伊奇，科迪的童子军教官。

尸体是放学后在学校侧门附近发现的，这个侧门是学校餐厅和礼堂共用的紧急出口。餐厅的一个服务生出来抽烟时发现了尸体，他现在需要服用镇静剂。我快速看了一眼尸体，明白他为什么需要借助药物了。仔细看了两遍之后，我自己也想吃药了。

罗杰·多伊奇的脖子上套着个小挂链，坠了一只哨子。跟前几次一样，尸体的内脏被掏空，填进了一些有趣的东西，这回是一套童子军制服、一本封面上写着"大熊童子军手册"的书，以及其他几样用品。我看到一把斧子的手柄露了出来，还有一把刀，刀柄上有童子军的徽章。我弯下腰凑近看，还看见一张用普通白纸打印的显影颗粒粗糙的照片，上面用粗黑体写着大大的"准备好"几个字。这照片成像模糊，拍的是远处几个男孩子和一个大人正往这座大楼里走。不用细看，我已经知道那个大人和其中一个孩子是谁。

我和科迪。

科迪的背影那么熟悉，我绝不会弄错。这张照片要传达的信息我也不会弄错。

现在我感觉很别扭。我跪在地上，看着这张模糊的照片，上面是我和科迪，而我在想，假如我现在把这张纸拿走，会不会被人看见。我还从来没有破坏过证据，不过，我也从来没成为过证据的一部分。我知道事情变得严重了。"准备好"以及照片，这是一个警告，一个挑衅——我知道你是谁，我也知道怎么能伤害到你。我来了。

"准备好。"

可我还没准备好。我都不知道韦斯人在哪儿，我也不知道他的下一步行动是什么、什么时候采取行动，但我的确知道他一直都棋先一着，而且他大大增加了难度。这回不是什么偷来的死尸，也不再隐姓埋名。韦斯杀了罗杰·多伊奇，而不是仅仅装点了尸体而已。他挑这个受害人是精心策划的，目的是引我上钩。

这也是个多重的威胁。因为照片的出现又增加了一层意义——他在说，他既能抓住我，也能抓住科迪，或者只是把我的真相曝光。确凿无疑的是，一旦我被曝光而且入狱，科迪就成了没人保护、任韦斯为所欲为的羔羊。

我死死地盯着照片，想象着是不是随便谁看到都能认出上面的人是我，我打不定主意该不该拿走它销毁。我还没想好该怎么做，无形的黑翅膀拂过我的脸，让我脖子上的汗毛倒竖。

黑夜行者到目前为止对这件事儿都保持沉默，只偶尔傻笑几下哄自己开心，不过这会儿他传递的信息很清楚，是照片的回音："准备好。你不是独自一人。"我立刻明白附近有人在用邪恶的目光看着我，犹如老虎看着它的猎物。

我缓慢而小心地站起来，做出一副临时想起把什么东西忘在车里的样子，走回停车场。我随意地打量着那片地方，没发现什么异常，只有梦游似的德克斯特在很平常地信步溜达，在他若无其事、心不在焉的微笑下有黑色的浓烟在喷吐，我在搜索着是谁在盯着我。

找到了。

在那边，离我一百英尺的停车场一边，视角最好的地方，一辆小小的铜色轿车停在那里。透过风挡玻璃，有什么东西在冲我闪烁——是阳光下相机镜头的反光。

浓重的黑色携带着利刃在我体内呼啸着穿过，我仍然很悠闲地朝那车走去。隔着老远，我看见相机的反光下移，一张男人小而苍白的脸露了出来。黑色羽翼在我俩之间哗哗扇动并坠落，时间过去了漫长的一秒——

汽车发动，退出了停车场，轮胎发出尖叫，融入马路上的车流中。我跳过去追，却只能看到车牌上前半部分的字母OGA和三个看不清的数字，中间那个不是3就是8。

但看清是什么车就足够了。我至少能从车辆登记查起。不会是在韦斯名下，不可能。在警匪片铺天盖地的今天，没人这么笨。他跑得飞快，不想让我看清他或他的车，可这次我的运气来了。

我站在那儿足足有一分钟，让体内的狂野风暴平息下来，变得安静乖巧。我的心怦怦跳着，通常我在白天不会这样。我发现韦斯有些害羞，跑得飞快。这样很好，不然我能把他怎么样？把他从车里揪出来杀掉？或者把他逮起来塞进警车，好让他跟大家讲述德克斯特那不得不说的故事？

不。他溜得好。我会找到他，我们会在合适的时间和环境下相会，在适当的夜色的掩护下。我有些迫不及待。

我深吸一口气，脸上换上我最好的假笑，走回到那堆色彩缤纷的曾经是科迪的教官的肉旁边。

文斯·增冈正蹲在尸体旁，不过没干什么正事儿，而是皱着眉头呆望着尸体里的那些东西。我走过去，他抬起头说道："你说这是什么意思？"

"我不知道，"我说，"我只管溅血分析。他们付钱给警探来找出什么意思。"文斯歪头看着我，好像我刚刚建议他把尸体吃掉。"你知道是库尔特警探负责这个案子吗？"他说。

"也许他们付钱让他干别的事儿了。"我说，心里感到些希望。如果是库尔特负责，即便我去跟他认罪，交给他我的演出录像，他都依然有本事破不了案。

所以我开始干活时，心情已经差不多变好了——我迫不及待想快点儿干完好回警局，在电脑上继续追逐韦斯。好在现场几乎没什么血迹——韦斯是个干净人，这个我喜欢——所以几乎没什么可让我干的。我很快做完，求一个警察带我回警局。开车的警察是个大块头白头发的家伙，叫斯图尔特，一路上跟我聊迈阿密海豚橄榄球队，也不在乎我有没有搭理他。

车子开到警局，我逃也似的冲到我的电脑旁。

车辆登记信息数据库是警察工作的最基本工具，不管是真实生活还是在小说里都是这样。我为自己借助这个工具而有点儿不好意思，因为这活计在弱智电视剧中看起来实在太容易了。不过要是有助于找到韦斯的话，我会尽量克服这种近乎考试作弊的感觉。不过我真心希望他能给我来点儿更具有挑战性的题目。眼下只好因陋就简，在现有条件下把事儿干了，希望过后会有人向我征求建设性的意见。

十五分钟后，我已经把整个佛罗里达州的数据库都梳理了一遍，发现三辆带OGA 字样的小型铜色轿车车牌。一辆是在基西米 ① 注册的，似乎有点儿远。另一辆是 1963 年的老爷车，我确信要真是它，我会认得出来。

剩下一辆是 1995 年的本田，注册的名字是肯尼思·温布尔，地址是迈阿密西北九十八街。这个地方的房子都比较廉价，离设计区德博拉被刺的地方很近，即便步行都可以到。也就是说，如果警察来到你在东北四十街的住宅，你可以轻易地从后门跑出，溜达几个街区找到这辆没主的车。

不过，假如你是韦斯，你会把这车弄到哪儿去呢？我会把它开得远远的，远离我偷车的地方，而绝不会在附近的西北九十八街。

除非韦斯和温布尔之间本来就有关联。这要是管朋友借的车就完全说得通了——哥们儿，我去杀个人，个把小时就回来。

当然，出于某些古怪的原因，我们没有关于"你的朋友都是谁"的登记。要是有这个数据，国会也通过这个提案的话，我此刻的工作就会容易得多。可是没这么走运，我得付出加倍的心血，亲自走一趟。这就叫勤奋努力。但首先我得看看还能不能再找出些关于肯尼思·温布尔的信息。

---

① 在佛罗里达州中心，距迈阿密三百公里。

　　我快速搜索了一遍数据库，没查到这家伙有前科，至少干坏事儿时没用这个名字。他的水电费账单都付了，尽管煤气账单晚交过几次。再深入查一下，进入他的税务记录，我发现温布尔是自由职业者，他的职业一栏写着"录像编辑"。

　　当然这也许是巧合。奇怪的不可思议的事情每天都在发生，我们只是跟土老帽儿进城似的抓抓后脑勺说："娘哎，真不得了。"但这回要说是巧合未免过于牵强。我一直在追踪一个以录像带做线索的家伙，现在这个线索把我引到了一个专业做录像的人这里。这种时候，一个见多识广的调查员必须接受"这可能不是巧合"的事实。所以，我轻轻地对自己嘟囔了一句"啊哈"，我觉得自己这一声叫得也挺专业的。

　　温布尔肯定以某种方式和这事儿有关，跟韦斯是一条线上的蚂蚱，他们一起制作、传递录像。所以他们也很可能合作摆弄尸体以及最终结果了罗杰·多伊奇。所以，德博拉去敲门时，韦斯逃向了他的另外一个同伴温布尔的住处，一个藏身之所，一辆小铜色汽车。

　　好吧，德克斯特。发动引擎，准备出发。知道他在哪儿，现在该去抓他了。在他把我的名字和照片登在《迈阿密先驱报》的头版之前，我得行动起来，抓住他。

　　德克斯特，你在吗，伙计？

　　我在。但我突然奇怪地发现自己在思念德博拉。这件事儿我该跟她一起干的。毕竟在光天化日之下不是德克斯特的最佳状态时段。德克斯特需要在黑夜才能盛开，才能焕发出真实自我的生命活力。日光和追捕这两件事情不搭界。有了德博拉的警徽，我还能藏身，要是没有的话……我当然不是紧张，只是有点儿不舒坦。

　　我站起来走了。我出了门朝我的车走去，却怎么也甩不掉那种不舒服的感觉。

　　那感觉一直跟随着我，有什么东西不对劲儿，而德克斯特正在一头扎进去。但正因为没有更明显的征兆，所以我继续前进，暗自为到底是什么在我的心底翻搅感到奇怪。真的是因为害怕日光，还是潜意识觉得我漏过了一些非常重要的、会从背后偷袭我的东西？我在脑子里把每件事过了一遍又一遍，结果还是一样，很简单，很有逻辑，很正确，我没别的选择，只有以快取胜，可我为什么心神不宁呢？

　　在离温布尔家的屋子半个街区远的地方停车的时候，这感觉仍然存在。我看着街上，在车里一动不动地坐了好几分钟。

那辆铜色的车就停在路边，在他家门前。万籁俱寂，没有被拖拽到马路边等待运走的大型尸块，只有普通迈阿密住宅区的一栋房子被正午的烈日烤炙着。

继续在关掉冷气的车里坐下去的话，我自己也要被烤熟了，再过几分钟，大概就能看着我变得酥脆可口。不管我感觉到了什么让人惊恐的东西，我都得趁车里还有空气的时候做出决定。

我从车里出来，站在骄阳下眨了几秒钟眼睛，然后顺着马路边朝与温布尔家相反的方向走去。我很闲散地溜达着，绕着街区转了一圈，看了看这栋房子的背面。没什么特别的东西，一道铁丝网拦成的栅栏后面是一排丛生的灌木，从周围看不到里面。我继续走着，穿过街道，回到车旁。

又站了一会儿，我继续在烈日下眨眼，汗水顺着脊梁骨往下淌，顺着前额流进眼睛。我知道再这样站下去会引起旁人的注意。我得行动，要么去屋前，要么回车里，开车回家，等着看自己出现在晚间新闻中。可是那个讨厌的烦人的低语仍然在我的脑海里盘旋，在说什么东西不对劲儿。我又站了一会儿，直到心里那个小东西又响了一下，我最后对自己说，得，不管那是什么，只管放马过来。

我想起自己是带了道具的，我打开后备厢。里面有一个夹纸的硬板，这东西在前几次调查坏蛋生活方式时派上了用场，还有个简易领带。走运的是，我今天正好穿了一件正式的衬衫，纽扣系到脖子，于是我把领结别到领子上，拿起硬纸夹和圆珠笔，走过街道来到温布尔家门前。我看上去是个公家派来的小干部，来查点儿小事情。

我看看街上，两侧种满了树，有几家后院种的是果树。好吧，今天我就是来自州树木管理委员会的检查员德克斯特。这个身份能让我以正当理由接近房屋。

然后呢？我真能在光天化日下进屋擒获韦斯？灼热的日头下这个念头显得不大可行。没有让人安心的黑夜，没有暗影让我藏身。我身无遮拦，显而易见，要是韦斯从窗口看一眼并认出了我，那这场戏还没来得及开始就结束了。

可我有什么办法呢？如果我什么都不对他做，他很可能对我做什么，从曝光我开始，然后伤害科迪或阿斯特，或别的什么人。我得在他继续为非作歹之前把他的脑袋切下来。

我现在就要这么做了，可是一个不合时宜的想法在这时冒了出来，德博拉就是这么看我的吧？她是不是认为我是一个粗野下作、为所欲为的家伙，所以她才那么生我的气？她把我想成了一个贪婪的魔鬼？这感觉真让人痛心，我无法动弹，任汗水从前额滚落。真不公平，真没天理。当然了，我的确是个魔鬼，可不是她想的那样。我很整洁，很有操守，很礼貌，很仔细地设法不乱丢尸块儿，不给游客带来不必要的惊慌。她怎么就没看到这些呢？我怎样才能让她理解和欣赏哈里教规中的严谨与美好呢？

我深吸一口气，走向温布尔家隔壁的房子，打量着道旁的树，又在硬纸夹上记录着什么。我慢慢地走过去。没有谁嘴里横咬着大砍刀跳出来拦住我的去路。于是我站住脚，走向温布尔家的屋子。

这里也有需要检查的树，我看着树，做着记录，然后往他家的车道走了两步。屋里悄无声息。我又走近了一点儿。我仔细地看着屋子，发现所有窗户的窗帘都被放下来了，什么都看不见。我再走近些，看见有个侧门，我漫不经心地走过去，注意听着是否有人在低声说："看，他来了！"还是一无所获。我假装看见了后院煤气阀门旁的一棵树，那棵树离大门只有二十英尺远，我走了过去。

依然毫无异常。我在硬纸夹上写了几笔。门的上半部是玻璃，百叶窗没有放下来。我走过去，上了台阶，往里望去。一条黑暗的走廊，上面排列着洗衣机、烘干机，还有几个扫帚墩布之类的东西堆在墙边。我握住门把手，非常缓慢无声地拧动。没上锁。我深吸了一口气——

一声惨厉的尖叫从屋里传来，我大吃一惊。那声音充满痛苦和恐惧，以及求生的意愿，就连漠然的德克斯特都条件反射地向前走了一步。我一只脚已经迈进了屋子，但一个小问号跳入脑海，似乎在哪儿听过这声惨叫？我的另一只脚也迈进了屋子，我想着，真的吗？在哪儿听过？答案立刻就来了，我心里一松：是从韦斯做的"新迈阿密"的录像上。

也就是说，这声惨叫是录制的。

也就是说，这声惨叫是引我进门的。

也就是说，韦斯已经准备好了，在恭候我。

尽管说出来不太有利于我的形象，但我的确停住了脚步，膜拜我自己脑筋转的速度。然后，我听从了心里的低语，它在嘶喊着："快跑，德克斯特，快跑！"我蹿出房屋，跳下车道，正好看见铜色小车尖叫着开上街道。

然后一只巨掌从身后将我推倒在地，一阵热浪卷过，温布尔的房子变为一片火海，砖头瓦砾纷纷落下。

Chapter
第五段视频 *17*

　　"是煤气。"库尔特警探告诉我。我靠着急救车一侧拿冰袋敷着头。我的伤其实非常轻微，但因为伤在自己身上，所以感觉比较严重。我一点儿都不喜欢，更不喜欢我引起的注意。街对面温布尔家的废墟中，消防员还在往冒烟的瓦砾堆上喷水。房子并没完全被毁，但中部一大部分从房顶到地面都没了，房子肯定贬值了不少。

　　"所以，"库尔特说，"他让煤气从墙壁供热系统泄漏出来，进入那个隔音室，又点燃了什么东西扔进去，我们还没查明是什么，然后他在爆炸前跳出了门。"库尔特停了一下，举起随身带着的大瓶"激浪"灌了一口。我看着他的喉结在松弛肮脏的皮肤下动了几下。他喝完后将食指伸进汽水瓶口，用胳膊蹭蹭嘴，然后看着我，好像我不让他用纸巾似的。

　　"你说为什么是在隔音室？"他问。

　　我摇了一下头又停住，头还挺疼。"他是个录像编辑员。"我说，"他可能需要隔音室录音。"

　　"录音，"库尔特说，"而不是把人剁了。"

　　"对。"我说。

　　库尔特摇了摇头，显然他的头一点儿都不疼。他摇了好几秒，边摇边看着冒烟的房子。

"所以，你当时在这儿，不过为什么？"他说，"我不大懂这部分，德克斯特。"

他当然不懂这部分了。我尽一切努力就为了不回答关于这部分的任何问题，每次有谁接近这个话题我都摇头摆手装死装活。当然我知道，迟早得给出一个令人满意的回答，可难的就是这个令人满意。从我爬起来，到靠在树上欣喜地发现自己的四肢仍然能活动，到我被包扎好，库尔特过来跟我说话，这么长的一段时间我都没想好借口。这会儿库尔特转过头直勾勾地看着我，我知道自己没法儿再拖了。

"那么，是怎么回事儿？"他说，"你为什么会在这儿？取干洗好了的衣服？兼职送比萨？还是怎么的？"

亲耳听到库尔特表现出微弱的智慧真是挺令人惊讶的。我一直都把他当成超无趣、超弱智的废物点心，除了填写事故报告之外什么都不会。可这会儿他正在非常专业而且面无表情地向我发问。要是他连这个都会，我得想到他也能做二加二的算术题了。我真为此震惊。于是我打起精神，决定认真地撒个带点儿小真相的弥天大谎。"是这样，警探。"我说，带着一副又痛苦又犹豫的表情，我暗自得意。然后我闭上眼，深吸一口气——我认为这一系列动作都是奥斯卡的经典桥段。"抱歉，我的头还有点儿晕，他们说我是轻微脑震荡。"

"是在你来之前吗，德克斯特？"库尔特说，"你还能回忆起你为什么到这儿来吗？"

"我记得，"我勉强说道，"只是……"

"你觉得不舒服。"他说。

"是，就是这样。"

"我能理解。"他说，我以为我就此蒙混过关了，可惜没有。"但我不能理解的是，"他残酷地说道，"你他妈到底为什么会在这他妈的房子爆他妈的炸的时候正好在这儿。"

"不太容易说清楚。"我说。

"我想也是，"库尔特说，"因为你还没说呢。你会告诉我的，对吧，德克斯特？"他从瓶口拔出手指，喝了一口，又把手指塞回去。瓶子空了一大半，挂在那里，看上去跟个让人不好意思的医疗外挂设备似的。库尔特又抹了一下嘴。"你瞧，我真的知道，"他说，"因为他们说里边有具尸体。"

　　我的脊梁骨自上而下地滚过一阵微微的震动，从头顶到脚后跟。"尸体？"我尖锐地问了一句。

　　"嗯，"他说，"一具尸体。"

　　"你是说，死了？"

　　库尔特点点头，脸上一副好笑的神情盯着我，我发现这会儿我俩对调了角色，我成了笨的那个。"对，没错，"他说，"因为爆炸的时候，它在屋里，所以它应该已经死了。"他说，"它没法儿动弹，被捆得死死的。你说谁会在房子就要爆炸前把一个人捆成那样呢？"

　　"那……嗯……一定是凶手干的。"我口吃地说。

　　"啊哈，"库尔特说，"所以你说是凶手杀的，是吧？"

　　"啊，是的。"我说，尽管头痛欲裂，可我也知道这回答有多见鬼。

　　"啊哈，不过凶手不是你，是吧？我是说，不是你把那家伙捆上，又扔了个火引子进去的吧？"

　　"在房子爆炸前，我看见那家伙开车跑了。"我说。

　　"那家伙是谁，德克斯特？我是说，你知道他的名字或其他线索吗？那样就有用多了。"

　　大概我的脑震荡开始扩散了，一阵可怕的麻木感席卷而来。库尔特怀疑我了，尽管我在这件事儿上相对无辜，但继续调查下去会对德克斯特不妙。他的眼睛一直盯着我，一眨也不眨。我得给他个说法，可即便脑震荡，我也知道我绝不能告诉他韦斯的名字。"我……它……车子是用肯尼思·温布尔的名字注册的。"我犹豫地说。

　　库尔特点点头。"这房子的主人。"他说。

　　"是的，没错。"

　　他继续机械地点头，好像这动作本身很有道理似的。他说："没错。所以你认为是温布尔在自己家里把这家伙绑了起来，然后点燃了自己的房子，最后开车跑了，跑到北卡避暑去了？"

　　我又一次发现这家伙比我想象的聪明，这可不大好。我一直以为我在和海绵宝宝打交道，他却突然变成了科洛博[①]，平庸的外表下掩藏着锐利的思维。一辈子

---

① 纽约五大黑手党家族之一。

都戴着假面的我，却被一个更厉害的假面所蒙蔽，只能看着他眼中一度被藏起来的智慧光芒。看来德克斯特处于危急时刻。这下我得动用自己的聪明和技巧了，我不知道能不能对付他。

"我不知道他去哪儿了。"我说。这开头不太漂亮，但我也只能这么说。

"你当然不知道，而且你也不知道他是谁，是吧？因为假如你知道就告诉我了。"

"是啊，就是这样。"

"可你一点儿都不知道。"

"是的。"

"好极了，那你还是告诉我你在这儿干什么吧。"他说。

得，又转回来了，转回到真正的问题上了。

"就是……就是……"我看看地面，环视着周围，搜索着合适的字眼儿，准备说出那可怕的让人窘迫的真相。"她是我妹妹。"我最后说。

"谁？"库尔特说。

"德博拉，"我说，"你的同伴，德博拉·摩根。她现在在重症监护室就是因为这家伙，我……"我诚恳地停下来，等着看他是不是能帮忙填空，或者他的聪明劲儿只不过是昙花一现。

"我知道。"他说着又喝了一口汽水，再次把手指插回瓶口，吊着它晃荡，"你是怎么找到这家伙的？"

"今早在那个小学，"我说，"他在车里拍录像，我觉得不对，就跟到这里了。"

库尔特点点头。"啊哈，"他说，"你没告诉我，也没告诉警督，甚至没告诉学校的警卫，你想自己解决他。"

"是的。"我说。

"因为她是你妹妹。"

"我是打算这么干，你知道的。"我说。

"杀了他？"他说，这句话惊了我一下。

"不，"我说，"只是……只是——"

"给他宣读他的权利？"库尔特说，"给他铐上手铐？问他些严肃的问题？炸了他的家？"

"我想……嗯……"我说着，好像非常难于启齿，"我想……你知道……教训他一下。"

"啊哈，"库尔特说，"然后呢？"

我耸耸肩，觉得自己像个被抓住用避孕套的少年。"然后把他交给警察局。"我说。

"不是杀了他？"库尔特竖起他那很难看的眉毛说。

"不，"我说，"我怎么能……"

"不是朝他捅一刀，然后说，谁让你捅了我妹妹一刀？"

"哎，警探，我怎么会……"我没有看他，尽量让自己看上去像个书生气十足的呆子。

库尔特看了我很久，久得让人不安。然后他掉转头。"我说不好，德克斯特，"他说，"这不大说得通。"

我做出痛苦而糊涂的表情，也不完全是装出来的。"你什么意思？"我说。

他又喝了一口汽水。"你一直都安分守法，"他说，"你妹妹是警察，你爸是警察。你从来都不惹麻烦，从来不，一直都是好市民。现在你突然想当兰博了？"他做了个鬼脸，好像谁往他的汽水里放了大蒜。"我是不是漏掉了什么事儿？你知道，能让整件事儿听起来比较合理的东西？"

"她是我妹妹。"我说。即便对我，这话听起来也特别没有说服力。

"嗯，我已经知道了，"他说，"你就没点儿别的说法？"

我好似被困在一个慢镜头里，别的巨兽都呼啸着从我身边跑过。我的头阵阵作痛，舌头也转不动，往昔传奇般的聪明智慧都弃我而去。这可要命了，哥们儿。我张开嘴，说出来的却是："抱歉。"

他又看了我一眼，然后移开目光。"也许多克斯对你的评价没错。"他说，然后走到一边去跟消防队员说话。

啊，提到多克斯可真是这场迷人谈话的完美结尾。我勉强没让自己摇头，但这欲望太强烈了。就在几天前，世界看上去还有条有理，可突然间疯狂旋转超出了控制。我先是跌入了陷阱，险些被炸死，然后是我以为只是个步兵的家伙变成了远远超过我想象的人，关键是，他俨然成了多克斯警官的同伙，世上最想置我于死地的人；他看上去很可能要继承多克斯的衣钵，对可怜的德克斯特穷追猛打。这日子什么时候是个头？

更糟糕的是，我仍然处于韦斯那扑朔迷离的威胁之中。

如果这会儿能摇身一变就好了，可惜这招我一直没学会。我对从四面八方突如其来的乱箭无能为力，只好朝自己的车走去。显然是嫌我受的罪还不够，一个消瘦的家伙鬼影般从路边朝我走来。

"事发时你在场。"伊斯利尔·萨尔格罗说。

"是的。"我说，想着是不是接下来会有脱轨的卫星砸到我的脑门儿。

他沉默了一下，停住脚，我转身对着他。"你知道我没在调查你。"他说。

我认为他能这么说真好，想到最近几个小时发生的事情，我能做的只有点头，于是我点点头。

"可是显然这里的事情跟你妹妹的案子有关，我在调查那个案子。"他说。我什么都没说。我觉得保持沉默是最好的策略。

"你知道我负责调查的一个重要内容是警务人员私自执法的问题。"他说。

"是。"我说。逼不得已可以说一个字。

他点点头，仍然盯着我。"你妹妹前程无量，"他说，"如果因为这事儿被拖累了就太可惜了。"

"她还昏迷不醒呢，"我说，"她没干什么。"

"嗯，她没干，"他说，"你呢？"

"我只想找出是谁扎了她。"我说，"我没干什么坏事儿。"

"当然。"他说完等着我补充，可我没再说话。仿佛过了几个星期那么久，他笑着拍拍我的胳膊，朝站在对面街旁喝汽水的库尔特走去。我看着他俩交谈，朝我转过脸，然后又转回去看那余烬未消的房子。我转身朝我的车走去，想着这个下午自己倒霉到家了。

我的风挡玻璃被飞出的瓦砾砸裂了。

我尽量忍住不哭。我坐进车里，开回了家，一路上透过破裂的玻璃向外看着，听着自己的心跳声。

我到家时丽塔还没回来。因为爆炸事件，我到家比平常稍微早一点儿。房子里看上去很空，我在前门站了一分钟，听着这不同寻常的寂静。屋后的一支管子响了一下，然后空调启动，没有任何人声，我好似摸黑进了电影院一样，周围的人都已经进入了情绪，我却像在另一个世界。头上的肿包仍在一跳一跳地疼，我很累很孤单。我走到沙发旁边，跌进去，全身的骨头好似被抽走了一般。

　　明明火烧眉毛了，可我躺在那里不想动弹。我知道我需要采取行动追踪韦斯，取他的头颅，捣毁他的老窝，可不知为什么，我一动也不能动，一直催我干这干那的讨厌的小声音这会儿也不吱声了，好像它也需要喝点儿下午茶。所以我只是躺在那儿，脸朝下趴着，想找回弃我而去的紧迫感，但除了疲倦和疼痛之外，我什么都感觉不到。就好比有人冲我喊"看你身后！他手里有枪"，我也只会有气无力地嘟囔一句："让他拿个号，上一边儿等着去。"

　　不知道过了多久，我在一种强烈的沮丧感中醒过来，尽力看清楚眼前的景象。科迪站在那里，离我的头不到六英尺远，穿着崭新的童子军制服。我坐起来，头又剧烈地疼。我看着他。

　　"哦，"我说，"你看上去真正式。"

　　"看上去很蠢，"他说，"短裤。"

　　我看看他身上的蓝黑色衬衫和短裤，头上歪戴着的小帽子，还有脖子上的领结，不觉得他的短裤有什么不好。"短裤怎么了？"我说，"你不是一直都穿短裤吗？""制服短裤。"他说，好像受了天大的侮辱般忍无可忍。

　　"很多人都穿制服短裤。"我拼命想从我那受创的大脑中搜索个例子出来。

　　科迪疑惑地说："谁？"

　　"哦……啊……邮递员——"看着他脸上越发不满和尖锐的表情，我赶紧住了嘴。"还有，在印度的英国士兵。"我怀着渺茫的希望说道。

　　他一言不发地看着我，好像我刚坑了他似的。我还没想出一个特别棒的例子，丽塔回来了。

　　"哦，科迪，你没把他弄醒吧？嘿，德克斯特，我们去买东西了，买了科迪的童子军需要的所有东西。他不喜欢短裤，我觉得是因为阿斯特说了什么。天哪，你脑袋怎么了？"她不带换气地说着，脸上闪过无数种表情。

　　"没事儿，"我说，"只是一点儿皮外伤。"我轻描淡写地说。

　　尽管如此，丽塔还是非常重视。她把科迪和阿斯特轰走，给我敷上冰块，盖上一张毯子，送来一杯茶，然后坐在我身旁，问我到底出了什么事儿。

　　我跟她说了细节，没说那些不相关的，比如我正对那房子做着什么，然后房子炸了，就为了杀死我。我说的时候，惊讶地看着她的眼睛睁得越来越大，越来越湿润，最终眼泪凝聚，滚落面颊。看着我的小小头颅损伤能引起这样的水利活动，真让人觉得有面子，可我又觉得不安，不知道该怎么回应。

好在丽塔一点儿都没让我为难。"你躺在这儿休息，"她说，"头伤成这样了，你得静养。我给你做点儿汤。"

我还不知道汤对脑震荡有什么好处，但看起来丽塔很肯定，她温柔地摸了摸我的脸，又在我的肿包旁边亲了亲，然后从沙发边走开，去了厨房，很快有气味传出来，好像有大蒜、洋葱和鸡肉。我进入了半睡眠状态，连头上的跳疼都不太能感觉到，感觉很舒服，几乎很愉快。我不知道如果我被逮捕了，丽塔会不会给我送汤来。我不知道有没有人给韦斯送汤。我希望没有——我开始不喜欢他了，他当然不配喝汤。

阿斯特突然来到沙发边，吵醒了我。"妈妈说你的头被打了。"她说。

"是的，没错。"我说。

"我能看看吗？"她说。我被她的关心深深地打动了。我低下头给她看那个肿块和被血粘住的头发。"看上去不怎么严重。"她说，听上去有点儿失望。

"不太严重。"我告诉她。

"那你不会死吧？"她礼貌地问。

"还不会，"我说，"你做完作业前都不会。"

她点点头，看看厨房说："我讨厌数学。"然后朝走廊走去，好似要跟她讨厌的数学短兵相接。

我又睡了过去。汤终于来了。我以前好像说过，丽塔是个非常棒的厨子。喝下去大半碗鸡汤后，我开始想我该多给这个世界一次机会。丽塔一直都在唠唠叨叨，我不太喜欢这样，不过这会儿生活看上去挺顺溜，所以我由得她拍松枕头，用凉毛巾擦我的脸，然后揉着我的脖子，我把一大碗汤都喝光了。

很快整个晚上快过去了，科迪和阿斯特溜进来小声道了晚安。丽塔把他们送到床上。我走进洗手间刷牙。我正刷得起劲儿，从洗手池上方的镜子里看到了自己的样子，头发横七竖八地翘着，一边脸上有道伤，眼睛也凹陷下去。我看上去跟警察局的嫌犯存档照片似的，一副刚被逮进来还没搞明白自己是怎么被捉住的样子。我希望这不是在预示着什么。

之前我都赖在沙发上打盹儿，困得要命，刷完牙我已经累得不行了，可还是用意志支撑自己爬到床上，碰到枕头的时候，我想着就这么睡去吧，明天再说明天的事儿。可是，唉，丽塔有话要说。

儿童房传来的晚间祈祷的低微声停止以后，我听见丽塔进了浴室，水声响起，过了一会儿，我几乎已经睡着了。床单瑟瑟动起，一个散发着强烈兰花香气的物体钻了进来，躺在我身边。

"你感觉怎么样了？"丽塔说。

"好多了。"我说。为了表示感谢，我补充一句："汤还真管用。"

"太好了。"她低声说着，把头靠在我的胸前。她就这样躺了一阵儿，我能感觉到她的呼吸拂过我的胸膛，我不知道被她的头压着我还能不能睡着。但她呼吸的节奏变了，变成了轻微的颤音，我发现她在哭泣。

世上没有什么比女人的哭泣更让我困惑的了。我知道我应该安慰她，杀死惹她哭泣的怪兽，所以我把手臂从她的脖颈下伸过去，用手拍着她的头说："没事儿的。"

"我不能没有你。"她说。

我当然没打算消失。我也这么跟她说了。可她哭开了，身体在静静的饮泣中颤抖着，湿湿的泪水在我胸前流成了河。"哦，德克斯特，"她抽泣着说，"如果我也失去了你，可怎么办？"

这个"也"字，让我不由自主地跟一队不认识的人组成了联盟。是不是丽塔曾经弄丢了一些人，她怕我也被丢到那堆人里？可我连他们是谁都不知道。她是说她的前夫，那个虐待她、科迪和阿斯特的瘾君子吗？是他把这两个孩子折磨得变成了我的同伴。可他现在在监狱里，跟他为伍当然不是什么好事儿。还是另外有在丽塔生命中因为天灾人祸失踪的人？

我正等着她进一步表白思绪，她却将脸从我的胸前挪开，她仍然哭泣着，在我的胸口留下一串迅速变凉的泪痕。

"躺着别动，"她抽泣着说，"脑震荡的人不能累着。"

你永远弄不懂一个哭泣的女人到底在想什么。

半夜醒来后我想，他到底想要什么？我脑袋里仍然好似塞满了糨糊，有那么几分钟，我躺在那儿什么也想不出来，除了这个问题在我脑子里一遍遍地重复：他到底想要什么？

韦斯想要什么？他并不是只为满足他自己的黑夜行者，我肯定。在接近韦斯或他的作品时，我心里的行者并没有同情的反应。通常情况下，在接近另一个同类时我都会有的。

而且他的方式是从已经死亡的尸体开始，而不是自己弄死一个，直到他杀了多伊奇，这表明他要的是完全不同的东西。

是什么呢？他为尸体录像。他拍目睹尸体的人。他也拍我，很别出心裁，是的，可所有这些把我搞糊涂了。这些事儿好玩儿在哪儿呢？我看不出来——这让我无从了解韦斯的心理，找出他的规律。一般来说，以杀戮为乐的变态者之所以杀人是因为他们必须杀人，他们从杀人中获得乐趣，这我完全理解，因为我自己就是他们中的一员。可是对于韦斯，我怎么也找不到共鸣，找不到同情，也没法儿判断他下一步会去哪儿，会做什么。我有种很坏的预感：不管他下一步会怎样，我都不会喜欢——可我就是不知道那会是什么，而我也非常不喜欢这样。

我躺在床上琢磨着，或试图琢磨，因为显然德克斯特陷入了困境。我什么都想不出来。我不知道他到底要什么。我不知道他还会干什么。库尔特会出手抓我，还有萨尔格罗，当然还有永不罢休的多克斯。德博拉还在昏迷中。

从积极的方面想，丽塔给我煮了非常美味的鸡汤。她对我真好，她应该有更好的生活。她满以为自己什么都有，有我，有孩子，还刚刚去过巴黎。尽管她拥有一切，可一切远不是她想象的那样。她是狼群中的一头母羊，满眼看到的都是雪白的羊毛，可她不知道狼群正舔着嘴唇，只等她一转身，然后去做些什么。德克斯特、科迪，还有阿斯特都是魔鬼。巴黎，啊，那里的确是讲法语，跟她希望的一样。可巴黎的艺术画廊之行已经证明那里也有独特的魔鬼，叫什么来着，"詹妮弗的腿"，真有意思。我从业这么多年，居然还有事情能让我惊讶，由于这个原因，我现在想起巴黎时，竟会觉得温暖。

詹妮弗和她的腿、丽塔刚才莫名其妙的表现，以及韦斯不知所谓的勾当，生活最近真是充满了惊奇，它们全部指向一个结果：对人们来说，不管发生了什么，都是活该，是不？

这并没给我减轻多少负担，但这想法还是让人心里舒坦，所以我很快又睡着了。

第二天早上，我的头清醒多了，不好的是，想起自己身处的境况还是忍不住要晕过去，想打点行装，逃向边境，那样兴许能让我从眼下的麻烦中逃生。

不过，生活不给我们太多选择，而且大多数选择都很不招人喜欢，所以我去上班了，决定不查出韦斯绝不罢休。德克斯特一半是猎犬，一半是斗牛犬，如果你被他盯上了，你就投降算了，给大家省省工夫。我不知道能不能把这个信息传达给韦斯。

　　我到警局时略早，所以决定给自己弄点儿比较像咖啡的咖啡。我端着咖啡回到办公桌开始工作。准确地说，我坐在电脑前，瞪着屏幕，努力想着该如何下手。我已经用尽了所有能想到的线索，有些山穷水尽的感觉，这感觉我也不大喜欢。韦斯先我一步，我承认他现在有可能在任何地方，在我附近或者跑回了加拿大，我没法儿知道。尽管我相信我的大脑已经恢复正常，但这依然不能帮我理出头绪来。

　　我尽量搜集已知信息，发现我所知甚少。他会在哪儿？我不知道。大概是任何地方吧。他下一步会干什么？我不知道。大概是任何事吧。他想要什么？昨晚已经把脑仁儿都想疼了，这会儿坐在格子间里也没能给我新的灵感。我在互联网上试过了所有明显的线索，而且在 YouTube 上把自己那段视频看了一遍又一遍，超过了谦虚的人所能允许的限度。

　　在德克斯特意识海洋中被冰山覆盖的地平线上，一面信号旗远远地升上桅杆，在风中招展。我眺望远方，试图辨别那信号的意思，最后我明白了，它在说："五！"我眨眨眼，再看一遍。"五。"

　　可爱的数字，五。我努力想它是不是个质数，然后我发现我忘了质数的定义。但它此刻非常受欢迎，因为我想起来它为什么重要，不管它是不是质数。

　　韦斯往 YouTube 上放了五段视频。前三段视频都代表他展示尸体的一个场所，还有一段是德克斯特的表演，最后一段我没来得及看就被文斯叫走去现场了，它不会是另一个名为"新迈阿密"的以多伊奇的尸体为内容的广告，因为当我赶到时韦斯正在拍摄那一段。所以第五段视频是别的东西。尽管我没巴望着它能告诉我韦斯的下落，但至少会是我还不知道的东西。

　　我拿过鼠标，激动地点开 YouTube，然后点击新迈阿密网页。没有变化，那个橙色背景仍然在鲜红的大字下闪耀。右边是那五段视频，整齐地排列着，跟我上次看过的一样。

　　第五个，最下面的一个，没有显示内容，只是一片模糊的黑暗。我移动光标点击它。什么都没有，然后屏幕上从左到右划过一条横线，一阵悠长的小号声传来，熟悉得要命。一张脸出现在屏幕上，是东切维奇，他微笑着，头发蓬乱，一个声音在唱："故事是这样开始的——"声音为什么这么耳熟？

　　是《脱线家族》的主题曲。

　　欢乐得可怕的音乐跳了出来，我边看边听那声音说着："故事是这样开始的，关于一个叫亚历克斯的家伙，他很孤独，很无聊，希望生活能有所改变。"头三个尸体在东切维奇的笑脸左边显示出来，他抬眼看看，随着音乐继续微笑。尸体居然也在冲他微笑，是因为戴了那种塑料面具的缘故吧。

白线再次横贯屏幕，那声音继续说："故事是关于一个叫布兰登的家伙，他有的是时间。"一张男人的脸显示在屏幕中央——是韦斯？他约三十岁，大概和东切维奇同年，但他没有笑。"他俩一直在一起生活，直到有一天布兰登突然变成了独自一人。"三个方框在屏幕右边显示出来，逐一变得清晰，它们都很眼熟，是德克斯特影片的三个动作定格。

第一个是东切维奇的尸体被放进澡盆，第二个是德克斯特将钢锯举起，第三个是电锯斩向东切维奇。三个片段都不超过两秒，循环播放，歌曲继续放着。

韦斯伴随着歌声继续说道："我向你保证，这家伙不会有什么好运气，布兰登·韦斯会找到这家伙，你不可能逃出我的手心。是你把我逼疯的。"

欢乐的歌声变成了韦斯的吟唱："疯子，疯子，你杀了亚历克斯，我就成了，疯子。"

然后他并没有朝镜头开心地笑笑，并导向第一个广告，而是把脸凑近，充满了整个屏幕，说道："我爱亚历克斯，你把他从我身边夺走，我们的好日子才刚刚开始。说起来好笑，他当初坚持我们不该杀人。我觉得杀人才更真实……"他做了个鬼脸。"是这个词儿吗？"他短促而苦涩地笑了一下，继续往下说，"亚历克斯想到了从太平间偷尸体，那样我们就不必杀人。可是你杀了他，你也就挪开了唯一能拦着我杀人的人。"

他盯着镜头看了一会儿，然后非常柔和地说："谢谢，你是对的。很有趣。我想继续做下去。"他怪怪地笑了一下，好像觉得有趣可又没想笑出来。"知道吗，我甚至有点儿崇拜你。"

说完，屏幕变黑。

我小时候曾经为自己没有人类感情而生气。我感觉自己和人类之间有一道巨大的鸿沟，一堵我永远都感觉不到的情感之墙，我非常憎恨这样。其中，那种名叫内疚的感觉，是最普通也最有力的一种。当我听到韦斯说是我把他变成一个杀手时，我知道自己应该感到内疚。我很高兴自己没有。

不仅没有内疚，我还感到一丝轻松。冰冷的浪涛席卷过我的身体，拍打着我心里绷得越来越紧的神经。这下我彻底放松了——因为现在我知道他到底想要什么了。他想杀我。这句话并没有大声公布出来，但就是这么回事儿——下次我会要你和你的亲人的命。放松过后，紧迫感慢慢扩散到我的全身，心里的爪子在缓缓舒展。黑夜行者听到了韦斯声音中的挑衅，在给予同样的回应。

这很令人宽慰。到目前为止，黑夜行者一直都保持着安静，对那些借来的尸体不予置评，也没有理会那些变成果篮或杂物框的艺术形式。可是现在真正的危险来了，另一个猎手嗅着我们的后路，要侵占我们的地盘。这种挑衅我们不答应，一刻也不。韦斯已经发出信号，宣告他即将来临——终于，行者也从小憩中醒来，开始磨砺牙齿。我们会准备好的。

准备好什么？我不相信一时半会儿韦斯会逃跑。那么他将会干什么？

黑夜行者咝咝地说着答案，答案显而易见，我觉得蛮正当的，换了我们也会这么做。韦斯已经说得很清楚："我爱亚历克斯，你把他从我身边夺走……"所以他也会夺去我的一个亲密的人。从他放在多伊奇尸体身边的照片上看，他甚至已经告诉了我那将是谁。是科迪和阿斯特，因为那与我给他造成的损失相似——而且这样做也会将我引向他，按他的方式和条件。

可是他会怎么做？这是问题的关键——对我来说答案也很明显。目前韦斯都很简洁明了——炸房子不费吹灰之力。我相信当他觉得一旦时机来了，他的动作会很快。我知道他在追踪我，我也有理由相信他已经摸清我的日常活动规律，以及孩子们的活动规律。丽塔从学校接上他们，从安全环境进入迈阿密那个危险之地，这是最薄弱的一个环节——我还在上班，他可以轻而易举地从手无缚鸡之力、没有防备的女人手中抢走一个孩子。

我得抢在韦斯之前占据有利地形，等待他的到来。计划很简单，但不是没有风险——我有可能判断错误。但黑夜行者咝咝地叫嚣着表示同意，他极少出错，所以我决定提前下班，午饭后就走，去学校截断韦斯的计划。

在我准备一跃而起迎接敌人的挑战时，电话响了。

"嘿，哥们儿，"是凯尔·丘特斯基的声音，"她醒了，问起了你。"

Chapter
布兰登·韦斯的报复 *18*

他们把德博拉转出了重症监护室，我回头往接待处走去。

桌子后面的女人让我稍等，她神秘兮兮而又慢吞吞地在电脑上查着什么，然后接电话，又跟倚在一旁的两个护士说话。重症监护室里那种让人没法儿忍受的紧张感在这里荡然无存，取而代之的是对煲电话粥和涂指甲油的超强兴趣。终于，那女人透露说德博拉有可能在二楼的 235 病房。我谢了她，急匆匆地跑了出来。

的确是在二楼，233 病房的隔壁的确就是 235 病房。带着世间万物都很对头的感觉，我跨进病房，看见德博拉靠在床上，丘特斯基在床边，姿势倒是跟他在重症监护室时一样。德博拉身上仍然连着许多仪器，管子仍然插得到处都是，可我一进门她就睁开一只眼睛望着我，朝我含蓄地笑了一下。

"活了活了，哦。"我一边说着，一边琢磨自己这咋咋呼呼的喜悦是否恰当。我拉过一张椅子在床边坐下。

"德克斯特。"德博拉用轻柔而又沙哑的声音说道。她想再笑一下，可那笑容比第一次还糟糕，她放弃努力，闭上眼睛，头朝雪白的枕头深处沉没下去。

"她还没什么劲儿。"丘特斯基说。

"我想也是。"我说。

"那……嗯……别累着她，"他说，"医生说的。"

　　我不知道是不是丘特斯基以为我是来叫他们出去打排球的，不过我还是点点头，拍拍德博拉的手。"你醒过来可真好，老妹，"我说，"你真让我们捏了把汗。"

　　"我觉得——"她用微弱沙哑的声音说。不过她没说她觉到了什么，相反她又闭上了眼睛，也闭上了嘴，喘息着，丘特斯基靠过去在她的嘴唇之间放了一小块儿冰。

　　"来，"他说，"先别说话。"

　　德博拉把冰吞了下去，朝丘特斯基皱起了眉。"我没事儿。"她说，这当然有些夸大其词。冰块儿似乎起了作用，她再开口的时候，声音不再嘶哑得跟老鼠尾巴锉着门把手似的了。"德克斯特。"她说，声音很大，好像在教堂里高呼。她轻轻地摇摇头，我惊讶地看见一滴眼泪从她的眼角滚落，我从她十二岁起就没见她哭过。泪珠滚过她的脸颊，落在枕头上不见了。

　　"操。"她说，"我觉得真……"她那只没被丘特斯基握着的手轻轻地动了动。

　　"没事儿，"我说，"你差点儿死了。"

　　她很久都闭着眼睛没说话，之后非常轻柔地说："我再也不想干了。"

　　我看看丘特斯基，他耸耸肩。"干什么，德博拉？"我说。

　　"警察。"她说。我这才明白她在说什么，她不想再当警察了？我无比震惊，好像月亮也要辞职了似的。

　　"德博拉。"我说。

　　"没道理，"她说，"死在这儿，为什么啊？"她张开眼睛看着我，又轻轻摇头。"为什么？"她说。

　　"这是你的工作。"我说。

　　她看看我然后把头转开，又闭上了眼睛。"操。"她说。

　　"这下好啦。"门边传来一个洪亮的喜滋滋的声音，带着浓厚的巴哈马口音。"男士们请回避。"我循声望去，一位乐呵呵的胖护士进来了，开始轰我们。"姑娘要休息啦，你们老在这儿打扰，她可休息不好。"护士说。她把"打扰"说成了"打脑"，我正笑话她的口音，却没留神她轰的就是我。

　　"我才来。"我说。

　　她抱着胳膊跟座塔似的矗立在我面前。"那你得攒钱付停车费了，你还是现在走吧。"她说，"好啦，先生们，"她转向丘特斯基，"你们俩。"

　　"我？"他一副难以置信的表情。

"你。"她举起一根手指严肃地指着他,"你已经待了老半天了。"

"可我得留在这儿。"他说。

"不行,你得走。"护士说,"医生要她休息一会儿,一个人。"

"走吧,"德博拉轻轻地说。他看看她,脸上一副委屈的表情。"我没事儿,"她说,"走吧。"

丘特斯基看看护士,又看看德博拉。"好吧。"他最后说。他凑过去亲亲她的脸颊,她没躲闪。他站起来,朝我挑挑眉毛。"好啦,伙计,"他说,"我们被轰走啦。"

我们走出去的时候,护士开始使劲儿把枕头拍松,好像那些枕头很淘气似的。

丘特斯基带我朝电梯走去,我们等电梯的时候,他说:"我有点儿担心。"他皱着眉把电梯向下的按钮按了好几下。

"怎么?"我说,"你是说……大脑损伤?"德博拉想辞职的话还在我耳朵里盘旋,这话太不像她的风格了,我其实也有点儿犯嘀咕。

丘特斯基摇摇头。"倒不是,"他说,"更像心理损伤。"

"怎么说?"

他做了个鬼脸。"我不知道,"他说,"也许只是受了刺激。但她看上去非常爱哭,焦灼。不像……你知道……不像她了。"

我从来没被刺过一刀,也没失去过大量鲜血,而且我不记得曾经读过有关此种遭遇后该是什么感觉的文章。但对我来说,爱哭、着急是挺正常的反应。我还没想好怎么说,电梯门开了,丘特斯基走进去,我跟了进去。

电梯门合上,他继续说:"她一开始都没认出我是谁,她刚一睁开眼的时候。"

"我想这很正常,"我说,虽然我也没有什么把握,"我是说,她一直昏迷来着。"

"她盯着我,"他说,好像没听见我说话,"那样子就像……我也不知道怎么说,似乎是害怕我。好像她在想我是谁,我怎么会在这儿。"

坦率地说,我最近两年也老想这事儿,但现在说出来似乎不大合适。所以我只是说:"我相信过些时间——"

"我是谁,"他说,又跟完全没听见我说话似的,"我一直守着她,没离开超过五分钟。"他看着电梯面板,那上面发出声音提醒我们已经到了。"可她不知道我是谁。"

门开了，但丘特斯基没发现。

"哦。"我说了一声，希望能让他解冻。

他抬头看看我。"去喝杯咖啡吧。"他说完朝电梯门外走去，挤过三个穿浅绿衣服的人，我继续跟着他。

丘特斯基领我出了门，到了一层停车库旁的一间小餐馆，他居然飞快地插队点了两杯咖啡，也没人跟他过不去。这让我略微有了点儿优越感，显然他不是迈阿密土生土长的本地人。我端了咖啡，坐在角落里的一张小桌子旁。

丘特斯基没有看我，他什么都没看。他眼睛眨也不眨，脸上表情凝重。我想不出值得一说的话，所以我们就默默地坐了几分钟，直到他最终蹦出一句："如果她不再爱我了怎么办？"

我很清楚自己只擅长一两件事情，而给予爱情忠告毫无疑问不是我的长项。不过，显然这会儿得说点儿什么，我搜肠刮肚了一阵儿，最后说："她当然爱你。她只是刚刚遭受了一场可怕的重创——复原需要时间。"

丘特斯基看了我几秒，想等等看我还要说什么，但我没再说了。他别过脸，喝了一口咖啡。"也许你说得对。"他说。

"我当然觉得对，"我说，"给她时间让她恢复。一切都会好起来的。"

我们基本上沉默着喝完了咖啡，丘特斯基非得认为他失恋了，德克斯特则着急地瞥着时钟，已经快中午了，我得回去继续追踪韦斯，所以我喝完咖啡，起身准备走人时，觉得自己有点儿不够哥们儿。"我稍后再回来。"我说。可丘特斯基只是点点头，又绝望地啜饮了一口咖啡。

"好吧，伙计，"他说，"回见。"

金湖地区竟公然藐视迈阿密房地产法：它名字里有个"湖"字，尽管这个地方有几个湖，其中一个还紧挨着学校操场，但它看上去并不是金色的，而是混浊发绿，不过没人否认那不是湖，至少算个大池塘吧。我理解，如果叫"混浊绿潭"的话，这片房子会不好卖，毕竟开发商都精于此道，所以取了这个名字，尽管名不副实。

我到金湖时离放学还早，于是开车绕学校转了几圈，想着韦斯会隐藏在哪儿。没有迹象。东边的小路在湖旁终止，湖离学校一侧的围栏非常近，围栏由很高的铁网做成，将学校严密地围了起来，不留一点儿空隙，连湖边那一段都不例外，肯定是为了防止心怀歹意的青蛙跳上岸来。湖畔小路尽头的围栏上有扇门，不过门是被铁链锁住的，那里离操场很远。

唯一能穿过栅栏的地方就是学校正面，而这里有座警卫岗楼，警车就停在旁边。如果想在上学期间进入学校，警察或警卫会拦住你。想在上下学接送孩子的高峰时段接近学校，需要经过几百名老师、家长和关卡的阻拦，事情变得难上加难。

所以，韦斯一定会早早来这里占据有利地形。我得想出他会在哪里。我尽量用黑色邪恶的思维想象着，慢慢又绕学校一周。如果我想从学校逮个人出来，得从哪儿下手呢？首先，得在进学校之前或出学校之后，因为在上课时段进去绑架太麻烦了，那么也就是说会在前门，从当班的警察到厉害的老师，防守都聚集于此。

当然，假如你设法进了栅栏，慢慢混到人群中，所有守卫的注意力都集中在前门，事情就好办多了。但要这样，你得先经过栅栏，或者翻越它，而且不能被人发现，或者飞快地闪进学校，那样即使有人看见也不怕。

我能想到的就是，没有这样一个地点。我又绕了一圈，还是没有。围栏把大楼完全封了起来，除了正门那里。唯一的空隙是池塘。在池塘和围栏之间有一段枝条伸展的松树，不过这里离学校建筑太远了。不可能在越过栅栏后，在偌大的操场上走而不被人察觉。

我再这么绕下去就要引起怀疑了。我把车停在学校南边的街上思考着。我非常确定韦斯会在这里绑架孩子，而且就在今天下午。这个逻辑也得到了黑夜行者的热烈赞同。可是怎么弄呢？我坐定后，看着学校，有种强烈的感觉，韦斯也在做着同样的事情。他不会怀着侥幸心理穿过栅栏而祈祷不会被发现。他肯定一直在观察和记录全部的细节并制订了计划。我还剩半小时来盘算他的计划，并想出对付的办法。

当然，要想让人看不见的最好办法是彻底地暴露在别人的眼皮底下。我就是一道风景，我是这里的一部分。我在这儿修围栏，完全没必要看我一眼。

我发动汽车，慢慢绕圈，眼睛一直看着那潭碧水，感到冰凉的羽翼拍打着我的内心。我看见了——他就在该在的地方。当然，我没法儿马上停车跳出去。我得加倍小心，以免他认出我的车，因为他正严阵以待，等待着德克斯特的出现。

　　我得慢一点儿，想清楚步骤。不能指望黑色翅膀带你越过一切障碍，要看仔细，要用心记住，比如，韦斯现在背朝货车——货车停在路边，面朝围栏，围栏挡住了池塘。显然湖那一边没人可以跳出来威胁到他。

　　也就是说，德克斯特可以。

　　我慢慢开着车，非常谨慎地不引起任何人注意。我朝学校操场南面开去，开到围栏尽头，在那里路断了，前方就是湖水。我把车停在金属路栏前，在这个位置，在另一端锁住的大门前的韦斯看不见我。我下了车，几步走到介于小湖和围栏间的小径上，然后飞快向前走去。

　　远处学校大楼里传来下课铃的声音。放学了，韦斯要开始行动了。我看见他仍然蹲在门锁旁，没有看到锁头翘起，也就是说，他还得花几分钟时间，要么把锁打开，要么撬了它。不过一旦进到围栏里面，他就可以大摇大摆地沿着围栏行走，装作在检查围栏上的链条。我走到一丛树木旁边，飞快隐身进去。我小心地踏着那些小小的垃圾堆——啤酒罐、塑料汽水瓶、鸡骨头和其他让人生厌的东西——最终到了尽头，在最后一棵树前站了一会儿，确定韦斯仍然在那里摆弄门锁。货车挡住了我的视线，我看不到他，但我看到门仍然锁着。我深吸一口气，吸进一大片黑暗，让它充斥我的身体，然后，我迈进了阳光。

　　我朝右边走过去，几乎是跑着绕到货车后面，从背后接近他，安静地、仔细地感受着黑色翅膀展开并将我包围。我走到货车旁，又绕过车尾，看到了正跪在车门边的人，然后停住脚步。

　　他扭头看见了我。"怎么了？"那人说。他约五十岁，黑人，毋庸置疑，那不是韦斯。

　　"哦。"我说，带着我惯常的聪明劲儿，"嘿。"

　　"臭小子们往锁里灌了强力胶。"他说，又转回头去对付门锁。

　　"这些孩子都在想什么啊？"我礼貌地回应，但我永远都没机会弄清他们的想法了，因为从操场那边，就在正门前方的街上远远地传来一声汽车喇叭声和金属摩擦声。而在我身边，确切地说是我的脑子里，我听到一阵嗞嗞的声音在说："笨蛋！"我不清楚为什么自己不用想就知道那声音来自于韦斯撞了丽塔的车，我拔地而起，跳进围栏往操场上狂奔。

　　"嘿！"锁匠大喊，但这次我不想再顾及礼仪停下来听他要说什么。

　　韦斯当然不会撬锁——他不需要。他当然不必进入学校跟成百个好好先生和混世小魔王纠缠。他要做的只是等在外面，就好比鲨鱼藏在暗礁处，专等尼姆^①现身。

我没命地跑。操场似乎有点儿不平，不过精心修剪过的草坪能让我跑得飞快。就在我觉着自己以漂亮的姿势全速前进的当儿，我抬眼看了一下前面到底发生了什么。惨了！几乎同时，我的脚被什么绊了一下，我以相当大的冲力摔了个狗吃屎。我蜷缩成球，滚了一圈半，直到脸朝上躺在地上，后背硌在一块什么东西上。我跳起来接着跑，脚崴了，有些一瘸一拐。我隐约觉得刚才这一跤好像铲平了一个火蚁的窝。

离得近了，街上传来警笛的声音，还有惊慌的喧哗声。除了几辆扎堆儿的车和一群凑过去看着路中央的人之外，我没看清别的。我穿过栅栏小门，来到学校正门前的小路上。我得减慢速度穿过一群群孩子、老师和家长，他们都聚集在前面的接送点，我尽快地走近马路。最后一百五十英尺我又跑了起来，冲到交通堵塞、人头攒动的地方。那里两辆车狠狠地撞在了一起。一辆是韦斯的铜色本田，一辆是丽塔的车。

没有韦斯的影子。丽塔自己斜靠着车的前保险杠，脸上的表情呆若木鸡，她一手搂着科迪，一手搂着阿斯特。看到他们安然无恙，我放慢速度走了过去。她看到我以后，脸上的表情依然没变。"德克斯特，"她说，"你怎么会来这儿？"

"我正好在附近，"我说，"哎哟。"我这声叫唤不全是急中生智，我的后背恨不得爬了一百只大蚂蚁，肯定是我摔倒时粘到身上的，现在它们约好了似的一齐咬我。"你们都还好吧？"我边说边疯了似的扯下衬衫。

我将衬衫从头上拽下来，看见他们仨都表情郁闷地瞪着我。"你没事儿吧？"阿斯特说，"你当街脱衣服。"

"大蚂蚁，"我说，"我后背上都是。"我用衬衫抽打着后背，可似乎没什么用。

"一个男人开车撞我们的车，"丽塔说，"他还想把孩子们抢走。"

"嗯，我知道。"我说，身体扭成令麻花都忌妒的形状。

"你说什么？什么你知道？"丽塔说。

"他逃走了，"我们背后有个声音响起来，"溜得真快。"我在扑打蚂蚁的空隙转身，看见一个便衣警察正呼呼地喘着粗气，显然是刚追完韦斯回来。他挺年轻，

---
① 动画片《海底总动员》里的小鱼。

很健壮，身上的名牌上写着"李尔"。他停住脚看看我。"伙计，这儿可不能这么穿衣服。"他说。

"大蚂蚁，"我说，"丽塔，你帮帮我好吗？"

"你认识这人？"警察问丽塔。

"他是我丈夫。"她说着松开拉着孩子们的手，有些不情愿地帮我拍打着后背。

"哦，"李尔说，"总之那家伙朝一号公路的方向跑了，那边有一大片商店。我给总署打了电话，他们会安排人手去追捕。不过，"他耸耸肩，"他跑得可真快，尤其是在腿上扎了根铅笔的情况下。"

"我的铅笔。"科迪说着，脸上露出奇特而罕见的笑容。

"我也使劲儿地给了他裆部一拳。"阿斯特说。

我低头看着他们两个，一时间竟忘了自己背上的疼痛。他们看上去又体面又自得，老实说，我也很为他们骄傲。韦斯干了坏事儿，但孩子们干的也差不多。我的小猎手们。这让我几乎忘了背上的疼，不过只是几乎，因为丽塔正使劲儿地拍打着蚂蚁，也拍打着我的伤口，可真够疼的。

"你这儿有两个童子军啊。"李尔警官说道。他看着科迪和阿斯特，脸上一副忧心忡忡的神情。

"只有科迪是，"阿斯特说，"而且他才去了一次。"

李尔警官张了张嘴，不知说什么好，就又闭上了。他朝我转过脸说："拖车几分钟就来。急救车也会来一趟，要确定大家都没事儿。"

"我们没事儿。"阿斯特说。

"好吧，"李尔警官继续说，"要是你们想一家人待在一起，我能让交通恢复正常了吗？"

"我觉得没问题。"我说。李尔扬起眉毛看看丽塔，丽塔点点头。

"是的，"丽塔说，"当然了。"

"好吧，"他说，"联邦调查局的人可能会跟你谈话，我是说，关于绑架儿童未遂的部分。"

"哦，天哪。"丽塔说，仿佛说到这个字，事情就变成了真的一样。

"这家伙可能就是个精神病。"我说，真希望是这样。即使没有 FBI 来调查我的家庭生活，我也已经够麻烦的了。

李尔没把我的话当回事儿。他非常严厉地瞪着我。"这是儿童绑架案，"他说，

"绑架的是你的孩子。"他死死地盯了我一眼，想确保我听明白了，然后转头朝丽塔晃晃手指，"一定等急救车来检查一下。"他又转回头面无表情地看着我，"您最好穿上衣服，行吗？"然后他转身朝马路走去，挥舞着手臂疏散那些拥堵的车辆。

"好了，没了，"丽塔说着，最后拍打了一下我的后背，"把你的衬衫给我。"她拿过衬衫，使劲儿地抖着，然后递回给我。"来，你还是赶紧穿上吧。"她说。

我的头刚从衬衫里钻出来，丽塔就已经又拉住了科迪和阿斯特的手。"德克斯特，"她说，"你刚说……你怎么会……我是说……你怎么会在这里？"

我不知道怎么才能既不泄露秘密又能过她这关，可惜我此刻不能抱着头再呻吟一次。我昨天好像已经做过了这套动作。我决定说一点儿真相，不过是兑了水的真相。"是……啊……就是这家伙昨天把房子炸了，"我说，"我预感他会再来一次。"丽塔看着我。"我是说，他想抓住孩子，然后抓住我。"

"可你连警察都不是，"丽塔说着，声音里带着愤怒，好像什么基本规则被破坏了，"他干吗跟你过不去？"

"我猜是冲德博拉来的。"我说。毕竟她是真正的警察，而且她这会儿不会挑我的破绽。"就是扎她的那个家伙，当时我在场。"

"那他现在要伤害我的孩子？"她说，"因为德博拉想抓他？"

"这是犯罪心理，"我说，"跟你的心理不一样。"当然，跟我的心理一样。此刻犯罪心理正想着韦斯有可能在他的车里留下了什么。他没想到会弃车而逃，所以他的车里非常有可能留下了一些线索，能表明他要去哪儿、他的下一步行动是什么。而且，还可能有可怕的线索指向我自己。这么想着，我觉得有必要立刻检查他的车，趁这会儿李尔正忙着指挥交通，而其他警察还没赶到。

见丽塔还在眼巴巴地等我说话，我说："他疯了。我们永远没法儿知道一个疯子在想什么。"她好像相信了，我赶紧见好就收，朝韦斯的车点点头："我得趁拖车没来之前看看那家伙有没有落下重要物件。"我离开丽塔，来到韦斯那已经撞得面目全非的车前。

前座上是常见的车内杂物。口香糖包装纸扔在地上，矿泉水瓶在座位上，烟灰缸里是一把用作路费的硬币。没有切肉刀、电锯、炸弹，什么有趣的东西都没有。我正要钻进车里打开杂物箱的时候，注意到后座上有一个大笔记本。是那种画家用的速写本，本子被一根粗大的皮筋捆着，有几页脱线露出了边角。我脑海里立马响起一声："找到了！"

我爬出车，想打开后门，但门已经变形卡住了。我跪在前座上向后座探，拉出那个笔记本。不远处响起了警笛声。我从韦斯的车里出来，手里拿着笔记本，回到丽塔身边。

"那是什么？"她说。

"我不知道，"我说，"看看。"

我毫无防备地取下皮筋。一张脱落的纸飘落在地，阿斯特扑过去捡起来。"德克斯特，"她说，"这真像你。"

"不可能。"我从她手里接过那片纸。

没有什么不可能。那是张很逼真的画，非常精彩，上面是一个男人的半身像，姿势仿佛兰博，提着一只往下滴血的刀，毫无疑问——

画的正是我。

我只有几秒钟来欣赏自己的画像，紧接着是科迪说"酷"，丽塔说"让我看看"，然后救护车就来了。在接下来的混乱中，我将画像塞进笔记本，召集我的家人过去跟医务人员做简短而全面的检查，他们颇为遗憾地没有检查出四肢断裂、头颅缺失或器官错位等情形，所以只好让丽塔和孩子们走了，不过警告他们说要注意观察一段时间。

丽塔的车只是从外面看起来被撞得比较严重，一个前灯碎了，挡泥板瘪了。我将他们三个让进车里。丽塔本来是要送他们去参加课外活动的，她自己回去上班。但按照不成文的规定，如果你和孩子被一个疯子撞了是可以请假的，所以她决定带孩子们回家定定神。因为韦斯在逃，大家都觉得我最好也一起回家保护他们。所以我朝他们挥别后，疲惫不堪地走回我停车的地方。

我的脚踝一阵一阵地疼，后背上的汗水刺激着蚂蚁咬过的地方。为了分散注意力，我打开了韦斯的笔记本，边走边翻看。对于画像的震惊感已经消失，我得弄明白它的意思并分析出找到韦斯的线索。

我觉得韦斯把我理想化了，我都不记得自己有这么分明的腹肌。不过整幅画所传递出来的是一种准确的、我一直试图掩饰的气质。我得说，他捕捉到了，这简直称得上一幅杰作。

我翻翻其他页，都是些有趣的东西，画得很好，尤其是那些以我为对象的画。我确定自己没那么高贵、开心和野性，但也许这就叫艺术加工。我看看其他的画，开始有点儿明白这是怎么回事儿了，尽管被美化了，我确定自己不会喜欢，一点儿都不。

许多画面都是关于装点人体的构思，跟韦斯已经做过的一脉相承。有一幅画画的是一个有六个乳房的妇女，多出来的乳房从何而来不得而知。她戴着用火红羽毛装饰的帽子，手握马鞭，身上是我们在巴黎红磨坊看到过的服装，几乎毫无遮掩，可又让一切都显得那么迷人，镶了金片的胸罩将六个乳房勉强遮住，这情景真销魂。

下一页是一张信纸插页，我取出来展开，是一张从电脑上打印出来的古巴航空公司的时刻表，上面列着从哈瓦那到墨西哥的航班。和时刻表叠放在一起的是一张画着一个头戴草帽、手里拿着桨的男人的画。一条线穿过画面指向一排粗大的字："流亡者！"我把时刻表夹回笔记本，继续翻看。下一页是个男人，身体洞开，里面塞着雪茄和朗姆酒瓶，他被放在一辆敞篷老爷车里。

对我来说，这些图片里最有意思的是以大酒窝德克斯特为主人公的作品。我觉得这些作品比那些被开膛的画作迷人得多。看见一个精神有问题的杀人凶手的笔记本上画着自己的肖像，这可真让人陶醉，让人无法呼吸。如果这些真是韦斯本人画的，我的呼吸有可能被他永久剥夺。

这些画都是从我的视频片段中截取的，不过细节更丰富。它们被画得很准确，几乎和我从视频中看过好多遍的一模一样，几乎。有几幅画，韦斯稍稍变换了角度，好让脸露出来。

我的脸。

接在正在被大砍大伐的身体上的是我的脸。

在这些画面下面，韦斯轻描淡写地写着"PHOTOSHOP"，下面还画了线。我对摄像技术不大懂，但基本常识还是有的。Photoshop 是处理图像的软件，你可以用它来改变形象，拼凑画面。我知道 PS 是一件很简单的事儿。我也知道韦斯已经有了足够多的录像素材，我的、科迪的，还有犯罪现场傻乎乎的旁观群众的，天知道还有什么。

所以，他肯定是想修改我收拾东切维奇的视频，好让我的脸露出来。随着对韦斯的了解不断加深，了解他的技术水平后，我越发知道这对他来说是个简单的手工活儿。他会把这个视频做成置我于死地的东西。

最后一张画最吓人，是一个露出巨大的邪恶微笑的德克斯特。这应该是照着视频画的，我正朝一座大楼举起电锯，脚下的地上堆着好几具尸体，都带着韦斯对其他尸体做过的那些装饰。整幅画被双排棕榈树环绕，画面是那么灿烂辉煌，我都禁不住要热泪盈眶了。

用韦斯的思维理解，这也挺正常。拿手头现有的视频当素材，稍加修改，把我的脸放上去，再跟一座建筑放在一起。毋庸置疑，大家都会认为这是刽子手德克斯特在工作。把我扔给鲨鱼群再奉送一张大招贴画让大家欣赏，主意不错。

我走到车旁，坐进驾驶座，又把笔记本看了一遍。这些可能不过是速写，一支笔、一张纸就能完成的白日梦，可能永远没有实现的机会。但有韦斯和东切维奇用尸体做公众展示在先，又有德克斯特在最近几天成了韦斯的艺术作品对象的事实在后，梦想和现实的差距微乎其微。古有蒙娜丽莎，今有蒙娜·德克斯特。

现在韦斯要把我变成一个辉煌的公众艺术品。伟大的德克斯特，雄踞于世的巨型雕像，脚边是满地可爱的尸体，即将在晚间新闻被生动地送到您的眼前。哦，妈妈，那个举着血淋淋电锯的大个子好看男人是谁啊？哦，那是德克斯特·摩根，他们刚刚把这个可怕的人抓住。可是妈妈，他怎么在笑啊？因为他喜欢他干的活儿，小宝贝儿。你得记住，要做有意义又能让你开心的事儿。

要不了多久，由奶油德克斯特汤，用电椅特殊烹调的本日特价菜单就将赫然出现在《迈阿密先驱报》头版上。

不成，尽管很有面子，但我可不想成为 21 世纪的艺术名人。我得使尽浑身解数来拒绝这份荣誉。

怎么拒绝呢？

这是个挺正常的问题。那些画已经显示了韦斯想做什么，却没说他要做到哪步才算完，以及什么时间做、在哪儿做。

等等，地点可以确定。我又翻开最后一页，上面用彩色铅笔详细地勾画出了整个疯狂的念头。那座大楼的样子很清楚，看起来很眼熟——那两排皇家棕榈树，我肯定以前在哪儿见过，是我去过的一个地方，到底是哪儿？我盯着画面拼命思索。不是很久以前。也许是一年前。在我结婚以前？

"结婚"这个词儿让我想起来了。就是一年半以前。丽塔的同事安娜结婚，婚礼阵容无比铺排豪华，地点是在一个昂贵而古老的叫作布利克斯的酒店，它坐落在棕榈海滩。画面上的建筑物毫无疑问就是布利克斯酒店。

太棒了。现在我知道韦斯将在哪儿展开这场戏了。然后我能怎么办？我不能在今后三个月都不分白天黑夜地埋伏在饭店等候韦斯来卸下第一堆尸体。可我也不能毫无作为。他迟早会把布景搭好——也许这是另一个陷阱，只是为了把我引入棕榈海滩，而韦斯则留在此处干些别的勾当。

不像。他没法儿事先想到会在裆上被小拳头揍一拳，然后腿上插着根铅笔逃走，把他的画作遗留在此。不管意图到底是好是坏，这就是他的计划，我必须不惮以恶意揣测他的意图，尤其是跟我的声誉相关的部分。所以，唯一的问题是：他会在何时动手？唯一的答案是：马上。不过这真不具体。

没办法——我得请假去饭店等着。也就是说，我得丢开丽塔和孩子们，我不想这样，可我没办法。韦斯一向动作神速，而且一会儿一个主意，我想他此刻最可能想的是尽快做完这件事儿。这一把赌得挺大，但值得一试，如果能阻止他把我的光辉形象树立在布利克斯饭店大门前的话。

好吧，我会去，等韦斯到达棕榈海滩时，我已经先到一步。想好这些，我又翻开笔记本，最后看了一眼漂亮的卡通人物德克斯特。不过我还没来得及得意，一辆车开了过来，停在我的车旁边，一个人从车上走了下来。

是库尔特。

库尔特警探下了车，从他的车后头绕过来停了一下，看了看我，然后又回到他的驾驶座那边，不知道在干什么。我趁机将笔记本塞到座椅下。库尔特又出现了，这次他手里多了一大瓶两升装的"激浪"。他靠在车身上看着我，喝了一大口汽水，然后拿胳膊擦嘴。

"你不在办公室。"他说。

"嗯，不在。"我说。本来就是嘛，我在这儿。

"广播找人的时候，我听到是你妻子，就去你办公室找你。"他说，然后耸耸肩，"可你不在。你已经在这里了，对吧？"还好他没等我回答，因为我不知道应该怎么说。他又喝了一口汽水，再次擦擦嘴说："这个学校就是我们发现那个童子军教官的地方，是吧？"

"是的。"

"车祸发生的时候，你已经在这里了？"他说，装出一副天真而惊讶的样子，"怎么会这样呢？"

"我想来学校给丽塔和孩子们一个惊喜。"

库尔特点点头，好像觉得我说的很可信。"给他们惊喜，"他说，"是谁逼你这样的吧？"

"是啊，"我谨慎地说，"看着像。"

他喝了一大口汽水，不过这回没擦嘴，而是转过头看着主路，那边拖车已经拖走了韦斯的车。"你知道是谁要对你的妻子和孩子这么干吗？"他看也没看我问道。

"不知道，"我说，"我觉得这可能是个意外。"

"哈，"他说，这下看着我了，"意外，啧啧，我想都没这么想过。因为，你知道，这是同一间学校，那家伙在这儿被杀。而你也在这儿，所以，哈，意外？真的？你觉得？"

"我……我只是……为什么不能是意外？"我使用了练习了一辈子的惊讶表情。我现在做得蛮不错了，但库尔特好像没太被说服。

"那个叫冬瓜外壳的。"他说。

"东切维奇。"我说。

"随便，"他耸耸肩，"好像失踪了。你知道是怎么回事儿吗？"

"我为什么会知道？"我把满脸都堆上惊讶。

"他刚被保释就从他男朋友身边逃走，失踪了，"他说，"他干吗这么干？"

"我真不知道。"我说。

"你读书吗，德克斯特？"他说。他叫我名字的方式让我有点儿不安，那太像跟疑犯说话的口吻了。当然他就是这么想的，但我还是希望他没有把我当成疑犯。

"读书？"我说，"嗯，不太多，怎么了？"

"我喜欢读书，"他说，显然他换了个话题，"一次是偶然，两次是巧合，三次是故意。"

"什么意思？"我说。他提到"我喜欢读书"把我弄糊涂了。

"是《金手指》①里的话。"他说，"'金手指'对詹姆斯·邦德说：'我见过你在你不该出现的地方出现了三次，这就不是巧合。'"他抿了一口饮料，擦擦嘴，看着我。"我真喜欢那本书，看了三四遍呢。"他说。

"我没看过。"我礼貌地说。

① 007 系列间谍小说，"金手指"是杀人不见血的魔头。

"我们在这儿碰到，"他继续说，"在爆炸的房子前碰到，迄今两次。所以我该认为这是巧合吗？"

"那不然还能是什么？"我说。

他眼睛一眨不眨地看着我，然后又喝一口"激浪"。"我不知道。"他最后说，"但我知道假如是'金手指'，他会对第三次怎么说。"

"哦，那就希望没有第三次吧。"我说。这次我是真心的。

"好，"他点点头说道，用食指勾着瓶口，站了起来，"就这样。"他说完转身走开，进了车，开走了。

我刚刚勉强摆脱了多克斯警官的永恒追踪，现在又来了个库尔特。我好似中了一种咒语，痛恨德克斯特的人死了，新的生出来接替他。

此刻我无能为力。我就要成为一件伟大艺术品的主题了，这才是眼下的燃眉之急。我钻进车里，发动引擎，朝家开去。

我站在家门外敲了好几分钟门，因为丽塔从里面把门链挂上了。她蜷缩在沙发上，两个孩子一边一个被她紧紧搂着。她好像很不情愿放我进门，之后又恢复了刚才搂着两个孩子的姿势。科迪和阿斯特的表情几乎是一样的闷闷不乐。在起居室里瑟缩成一团，显然不是让人开心的共享时光的方式。

"你怎么这么久才回来？"丽塔说着把链条挂回去。

"我得跟一个警探谈话。"我说。

"可是，"她说，在两个孩子中间坐下，"我是说，我们很担心。"

"我们没担心。"阿斯特说，朝她妈妈转了下眼珠。

"因为那男人可能在任何地方出现，"丽塔说，"他可能这会儿就在外面。"尽管我们都不大相信这话，包括丽塔，我们四个还是将脑袋凑近门镜向外张望了一番。好在他不在外面，至少此刻不在我们的视野范围之内。

"求你了，德克斯特，"丽塔说，声音中充满恐惧，强烈得好似我都能闻见，"这是……这是怎么……为什么会发生这事儿？我没法儿——"她用手夸张地比画了几下，又放下了。"这事儿不能这样下去，"她说，"得停止。"

老实说，比起让这些事儿停止，我更愿意去干某些事儿，只要我抓住了韦斯，这些事儿自然就停止了。但我还没来得及想出具体的计划，门铃就响了。

丽塔的反应是立刻跳了起来，然后又坐下，把两个孩子紧紧地搂在身侧。"天哪，"她说，"会是谁呢？"

我敢确定不是魔鬼，不过我只是说了声"我来开门"，然后朝门边走去。保险起见，我趴在门镜上看了看——魔鬼的确有可能挺顽固，不过我看见的比魔鬼还可怕。

多克斯警官站在门前台阶上。

他抓着那台银色的小电脑，现在它是他的代言人。他身旁是个身穿灰色套装的精干妇女，尽管她没戴软呢帽，我也猜得出她是 FBI 的人。

看着这两位，我估量着自己可能面临的麻烦。我甚至想藏起来假装屋里没人。不过这想法只是一闪而过。我发现，有麻烦的时候，你跑得越快，被抓住得就越快。如果不让多克斯和他的新朋友进来，他们估计会带着拘捕令回来，库尔特和萨尔格罗可能也会加入他们。所以尽管不乐意，我还是调整表情，装作很惊讶很疲倦的样子，开了门。

"快点儿，浑蛋！"多克斯那愉快的男低音假声说道。他用钢手指在小小的银色键盘上戳着。

FBI 将手放在他的胳膊上阻止他，然后看着我。"摩根先生？"她说，"我们能进来吗？"她亮出证件，耐心地等我看清楚：FBI 特别调查员布伦达·雷希特。"多克斯警官主动带我来跟你谈谈。"她说。我想说多克斯真客气。

"当然，请进，"我说，然后急中生智地补充了一句，"不过孩子们刚刚受了惊吓，多克斯警官会吓着他们的。他可以在外面等吗？"

"浑蛋！"多克斯说，听上去好像在愉快地喊"邻居你好"！

"另外，他的语言比较儿童不宜。"我又补充一句。

特别调查员雷希特女士看了看多克斯。作为一名 FBI 调查员，她不会承认自己怕谁，即便是多克斯机器人。她看起来很喜欢我的提议。"没问题，"她说，"您就在这儿等一下吧，警官。"

多克斯瞪了我半天，我几乎能听见他的心里在咆哮。但他只是抬起银爪子，看着键盘，按了一个快捷键，那里是预先录好的长句。"我还盯着你呢，浑蛋！"那愉快的声音说道。

"行，"我说，"不过请您从门缝儿里盯着我，好吧？"我带雷希特进屋，等她一进来就把门关上，留下多克斯眼睛一眨不眨地盯着门板。

"他好像不怎么喜欢你。"特别调查员雷希特女士评价道。我真为她明察秋毫的观察力所折服。

"不喜欢，"我说，"我想他在为自己的不幸怪罪我。"这倒不全是假话，虽然他在失去双手、双脚和舌头之前老早就不喜欢我。

"啊哈。"她说。她似乎在琢磨这句话，不过没有再说什么。她径直走到沙发前，丽塔仍然护着科迪和阿斯特坐在那里。"摩根太太？"她说道，又出示了证件，"我是FBI特别调查员雷希特。我能问你们几个关于今天下午发生的事情的问题吗？""FBI？"丽塔说，语气中有些紧张，好似她干了坏事儿被当场抓住似的，"不过那是——怎么——好吧，当然。"

"你有枪吗？"阿斯特问。

雷希特用一种既提防又喜欢的表情看看她。"是的，我有枪。"她说。

"你拿它杀人吗？"

"只有需要的时候，"雷希特说，她看看周围，找到一把舒服的椅子，"我能坐下来问你们几个问题吗？"

"哦，"丽塔说，"对不起。我只是——是的，请坐。"

雷希特坐在椅子边缘，看看我，然后对丽塔说："跟我说一下事情的经过。"看丽塔犹豫，她继续说："你当时开着车带着孩子们朝一号公路……"

"他就……他不知道从哪儿就冒出来了。"丽塔说。

"咣当。"科迪低声加了一句。我惊讶地看着他。他面带微笑，这真让人惊讶。丽塔也难以置信地看看他，然后继续说。

"他撞了我，"她说，"我正要——在我还没——他就，他就到了门边，要抓孩子。"

"我打了他裆部一拳，"阿斯特说，"科迪用铅笔扎了他一下。"

科迪朝她皱皱眉头。"我先扎他的。"他说。

"随便。"阿斯特说。

雷希特看着两个孩子，脸上微微显得吃惊。"你俩都很棒。"她说。

"然后警察就来了，他就跑了。"阿斯特说。丽塔点点头。

"摩根先生，那么你是怎么来的？"她说，朝我转过头来。

我知道她会问这个问题，但我还没想好答案。我对库尔特说是想给丽塔和孩子们一个惊喜，这非常非常牵强，特别是调查员雷希特看起来相当聪明——她正看着我，秒针嘀嘀嗒嗒地走着，她在期待一个合理的回答，而我没有。我得说点儿什么，快点儿，可我说什么呢？

"嗯，"我嘟囔道，"我不知道你是否听说我得了脑震荡……"

我不怎么愿意回忆和 FBI 特殊调查员布伦达·雷希特的谈话，她似乎不大相信我因为身体不适所以想早点儿回家，结果却在学校停了下来，只因到了放学时间。我没法儿怪她不相信。这听上去太过牵强，但我只能想出这么多，只好这么说。

她好似也不相信我对这起车祸的看法，并不认为撞了丽塔和孩子的人是个偶尔发神经的被惹毛了的粗鲁司机，只因迈阿密交通太繁忙，喝了太多古巴咖啡。不过她相信自己也问不出别的了，所以最后她站起来看着我，脸上的表情若有所思。"好吧，摩根先生，"她说，"事情有点儿说不通，不过我看你并不打算告诉我到底是怎么回事儿。"

"真的没什么好说的，"我也许装得太无辜了，"这些事儿在迈阿密天天上演。""啊哈，"她说，"问题是，好像在你周围发生得多了点儿。"

我站起来说道："如果你了解我……"边说边送她出门。

"保险起见，这两天我们会在这儿留一名警察。"她说。这可不是什么好消息，太不是时候了。她这么说的时候，我已经开了门，看见多克斯警官站在门边，保持着跟我关上门之前一样的姿势，恶狠狠地瞪着门。我跟他俩道了再见，再关门时看见多克斯那目不转睛的怒视，跟柴郡猫[1]的邪恶版孪生兄弟似的。

FBI 的来访没能让丽塔觉得好过一点儿。她仍然搂着孩子们，仍然说着支离破碎的半句话。我尽量安慰她，一家人都坐在沙发上，直到最后科迪和阿斯特不耐烦地动来动去，实在坐不下去了。丽塔终于松开手，给他们放了一盘 DVD，自己走进厨房，开始她每天"锅碗瓢盆交响曲"的另类疗法，我则去了另外一个被丽塔叫作"德克斯特书房"的小房间，再看一遍韦斯的画册，思考些阴暗的念头。

现在非友情名单已经延伸了：多克斯、库尔特、萨拉格罗，现在又多了 FBI。

当然，还有韦斯本人。他仍然在那里，仍然想抓住我复仇。他会再向孩子们下手。从阴影里跳出来把他们抓走，这回也许得穿加厚裤子，戴着裆部护具。如果是这样，我得一直守着孩子们直到事情过去，不过这样就没法儿抓他了——尤其是如果他换新花样儿的话。要是他想杀我，跟科迪和阿斯特待在一起反而增加了他们的危险。想想他连房子都炸，肯定不在乎连累无辜。

---

① 《爱丽丝漫游奇境记》中的虚构形象。

但我在乎，我必须在乎。我担心孩子们，保护他们是我的首要职责。我意识到自己像在乎自己的秘密身份一样在乎他们的安危，这真是种奇怪的感觉。这不符合我对自己的了解和我一直以来的形象。当然我总是对伤害孩子的坏蛋们采取加倍严厉的手段，从来没想过我之所以这样做的原因。当然我对科迪和阿斯特有我的计划，不仅作为他俩的继父，更重要的是作为带领他们踏上哈里之路的领路人。

好吧，我得弄清楚韦斯下一步的计划，在他动手之前让他的行动破产。我拿起他的笔记本，再翻阅一遍那些画页，巴望着能看见我先前遗漏的什么内容，比如一个能让我找到韦斯的地址，或者一个杀人线索。但内容依然是那些，新鲜劲儿过去了，我对自己的画像也无动于衷了。我还从来没这样看过自己，看着自己被这样通过一幅一幅的图画来解读，向世界披露我的本相。

关键是这一切都说不通——这不值得让我经受这么多折磨。即便我是蒙娜丽莎我也不乐意。而且这跟创作蒙娜丽莎也差太远了。瞧瞧这最后一页，就那么懒散随意地把一堆东西画在一起，一点儿都没用心。

当然目的是把我曝光，而不是创作一件伟大的艺术品。我停下来又仔细端详别的画面内容。这么说好像有点儿太自我中心，可本来它们就是在跟我的画像抢地盘儿，而且不怎么好看。顶多算还不错，仅此而已。他们缺乏原创性，缺乏生气——即便是对死尸来说。

坦率地说，即便是我的肖像，任何一个有天分的高中生都画得出来。它们可能会被按比例放大，放到布利克斯酒店门前，尽管如此，它们跟我在巴黎看过的艺术品不是一个档次，连小画廊的也不如。当然，那里还有一个压轴节目，"詹妮弗的腿"，尽管摄影手段比较业余，但意图是在于观众的反应而不是——

德克斯特的大脑一片寂静，寂静得漆黑一片。然后一个念头浮现出来。

观众的反应。

如果你在乎的是反应，那么作品的质量不重要，重要的是刺激。如果你能捕捉到反应，比如用录像，也许你能得到专业录像技师的帮助，比如肯尼思·温布尔，他的房子被韦斯炸了。温布尔是他们中的一员，这比说他是个偶然的受害人更靠谱。

当韦斯决意开始真正的杀人游戏时，他不再去偷尸体，温布尔可能不愿意，韦斯便炸了他家，以引出宝贵的我。

但韦斯仍在拍录像，即便缺了专业助手。因为他做这些事儿的目的就是这个。

他想拍人们看到他的作品时的反应。越激烈他便越想再来一次。从童子军教官到温布尔到对我的企图。录像是最重要的。他不惜以杀人来获得效果。

难怪黑夜行者一直不出声。我们的艺术更偏向于实际操作，结果非常隐秘。韦斯不同，他想报复我，但他想做得曲折，方式是黑夜行者和我从来都不会想到的。对韦斯来说，艺术性很重要，他要能够拍摄。

我看着最后那张全彩的我矗立在布利克斯酒店门前。线条分明，你能清楚地看到周围的环境。正面呈 U 形，前门在中央，边廊向左右伸展。在正门前面有条长长的走廊，两侧是皇家棕榈树，这地方太适合让围观群众聚拢过来表现他们的大惊失色了。韦斯会带着相机隐没在人群中，拍下观众的表情。但我看着画面，觉得他应该会在那之前在侧廊租个房间，他会用一个遥控相机，焦距特别长的那种。这样他便能从远处捕捉人们看到作品展示时的表情了。

整个游戏要在他把作品搭建起来之前停止，在他到达饭店之前停止。我得弄清楚他何时登记入住。如果能找到饭店入住记录事情就容易了，可是我不能。或许有办法强取，可是我不能。这么想着的时候，我想到了一个办法。

我知道有人能。

Chapter
执行追捕计划 *19* —

　　我们坐在角落里一张小桌旁，凯尔·丘特斯基坐在我对面，这是医院一层的咖啡店。尽管我不觉得他会离开医院，但他刮了胡子，穿着件看着挺干净的衣服。他带着种好笑的表情看着我，嘴角扬起，眼睛周围浮现出笑纹，可是眼睛并没有笑，依然冷漠而机警。

　　"可笑，"他说，"你想让我帮你入侵饭店的登记系统，布利克斯酒店？"他短笑一下，"你为什么觉得我会帮你？"

　　这是个挺正当的问题。从他做过或说过的事儿来看，我其实不确定他会帮我，但以我对他有限的了解，我知道他是政府秘密组织的一员，这些人为各种以字母为代号的部门工作，跟联邦政府有着或松或紧的关系，彼此之间也盘根错节。所以，我相当肯定他有办法查出韦斯的入住登记信息。

　　但有点儿礼仪上的小问题，就是我不该打听、他也不该承认他的身份。为了过这关，我得跟他说这件事情有多么紧急，以此来打动他。我能想到的理由就是这事儿危及大侠德克斯特的安危，可我不指望丘特斯基能认同我的自我定位。他或许更买那些蠢东西的账，诸如国家安全、世界和平、他自己的生命以及肢体健全。

　　但我想到他相当在乎我妹妹，这让我有机可乘。于是我摆出一副很男人的直率表情说道："凯尔，就是这家伙捅了德博拉。"在很多表现阳刚之气的电视剧里，我都见过这幕情景。可显然丘特斯基不怎么看电视剧。他只是扬起一条眉毛说："所以？"

"所以，"我稍微迟疑了一下，回忆着电视剧中的具体情节，"他就在那里，而且，想逃出升天。啊，他可能再来一次。"

这回他的两条眉毛都扬起来了。"你说他可能会再捅德博拉一回？"他说。

这可不太顺利，跟我想象的完全不一样。我本来以为会有哥们儿义气的表示，然后我只要提出要求，表达急切，丘特斯基就会跳起来以同样的急切投入行动。可是，丘特斯基只是看着我，好像我刚刚建议他去灌肠一样。

"你怎么会不想抓住这家伙？"我说，让声音里表现出一点儿绝望。

"因为这不是我的职责，"他说，"这也不是你的职责，德克斯特。要是你觉得这家伙要入住，那就报告警察。他们有足够多的人手去抓他。你只有一个人，伙计——别误会，这可比你想象的要难一点儿。"

"警察会问我怎么知道的。"我说完就后悔了。

丘特斯基飞快地接过话题。"好吧，你怎么知道的？"他说。

即便是狡诈的德克斯特也有玩儿不转的时候，这会儿就是如此。所以，我把一直以来的克制扔到一边，说："他在跟踪我。"

丘特斯基眨眨眼。"什么意思？"他说。

"意思是，他要杀了我。"我说，"他已经试过两次了。"

"你觉得他要再试一次？在布利克斯酒店？"

"是的。"

"那你干吗不干脆待在家里呢？"他说。

丘特斯基很明显在引导谈话，德克斯特慢了好几拍，笨手笨脚，还打了满脚的泡。我已经了解到丘特斯基是个两手都硬的家伙，尽管如今一只手已经变成了铁钩，但却不是个两肋插刀二话不说就跳起来帮忙打架的人，尤其是涉及伤害他的心上人的人的时候，他就更谨慎了。显然，我打错了算盘。

不过这也让我心生疑惑：这家伙到底是干什么的？我怎么才能让他帮我？我得多狡猾才能让他按照我的意思来？或者我得跟他交代一些我并不想交代的真相？想到这个我就哆嗦不止，这可跟我一直以来奉行的准则背道而驰。可除此之外，好像没有别的办法。我得尽量诚实。

"如果我在家，"我说，"他会干出更可怕的事儿。对我，或者对孩子们。"

丘特斯基看着我，摇摇头。"你要是说想复仇我还更容易理解。"他说，"如果你在家，他在饭店，他怎么伤害你？"

有时候你得使出撒手锏，就像这会儿。带着一种从来没有过的对自己的厌恶，我拿出了那本从韦斯车里弄来的笔记本，翻到全彩那页，上面是德克斯特伫立在布利克斯饭店前面。

"像这样，"我说，"假如他不能杀了我，他就会让我作为杀人犯被逮捕。"

丘特斯基看了那幅画很久，然后轻轻吹了声口哨。"天哪，"他说，"地上这堆东西是……"

"死尸，"我说，"装饰过的，跟德博拉被刺之前调查的案子一样。"

"他干吗要这么做？"他说。

"是一种艺术，"我说，"他这么觉得。"

"嗯，可是伙计，为什么他要对你这么干？"

"德博拉被刺后，扎她的家伙被抓起来了，"我说，"而且我朝他头上踢了一脚，他曾是这个画画儿的家伙的男朋友。"

"曾？"丘特斯基说，"他现在在哪儿？"

我这会儿很想咬断自己的舌头，如果能收回刚才那个"曾"字的话。不过，话已出口，我无路可退，所以我用曾经聪明的脑子想了想，抓到了一根稻草。"他被保释，失踪了。"我说。

"他男朋友失踪了，这家伙怪你？"

"我想是吧。"我说。

丘特斯基看着我，又看看画。

"听着，伙计，"他说，"你认得这人，我也知道你相信直觉。直觉一直对我挺管用，十有九中。但这次我说不好。"他耸耸肩，"你不觉得有点儿太牵强了吗？"他点点画面，"不过，你有一件事儿对了，如果他真这么干，你肯定需要我的帮助，比你知道的多得多。"

"你什么意思？"我礼貌地问。

丘特斯基拍了一下画。"这个酒店，"他说，"不是布利克斯，而是奈西农酒店，在哈瓦那。"看着德克斯特的嘴巴张得大大的，他继续说，"你知道吧，哈瓦那，古巴那个。"

"可是那怎么可能？"我说，"我去过这儿啊，这是布利克斯酒店。"

他朝我笑着，那种有点儿恼火、居高临下的微笑我也很想试试。"你不怎么读历史，是吧？"他说。

"我不记得学过这章，你到底想说什么？"

"奈西农酒店和布利克斯酒店用的是同一幅图纸，为的是节省设计费。"他说，"它们一模一样。"

"那你怎么肯定这不是布利克斯？"

"看，"丘特斯基说，"过时的汽车，纯粹是古巴造。再看那带篷的小高尔夫球车，那是只在哈瓦那才有的东西。看左手的那些植被，你在布利克斯看不到这些。绝对只有在哈瓦那才能看到。"他扔下笔记本，身子向后靠去，"所以，我跟你说，问题已经解决了。"

"你怎么这么说？"我有点儿恼火，一是因为他的态度，二是因为我完全不明白他在说什么。

丘特斯基笑笑。"对美国人来说，去那儿太困难了。"他说，"我可不觉得他能成行。"

一枚小硬币掉下来，溅起一星小火花。"他是加拿大人。"我说。

"好吧，"他执拗地说，"他可以成行，"他耸耸肩，"可是，你也许不知道那边形势蛮紧张的，我是说，他不可能带着这些东西——"他拿手背拍一下画，"警察会蜂拥而上，就跟——"丘特斯基皱起眉，举起他那亮闪闪的银色铁钩朝自己脸上比画了一下，他在钩子戳到眼睛前及时住了手，"除非……"

"什么？"我问。

他轻轻摇摇头："这家伙挺聪明，是不是？"

"哦，"我恨恨地说，"他自己这么认为。"

"所以他应该知道，那么就是说……"丘特斯基没说下去。他摸出他那大键盘大屏幕的手机，把手机摆在桌子上他的钩子旁边，开始飞快地用手指按键，嘟囔着些"妈的，好了，啊哈"和其他响亮的音节。我看见他的屏幕出现了谷歌搜索，但隔着桌子看不清别的内容。"找到了。"他最后说。

"什么？"

他笑着，好似很为自己的聪明得意。"他们在那边搞这些节日庆典，"他说，"来证明他们多么会生活，多么自由。"他把手机推过来给我看。"跟这个一样。"

他说。

我拿过手机，读着屏幕上的内容。"国际多媒体艺术节。"我念道，继续往下看。

"三天后开始，"丘特斯基说，"不管这家伙是做什么的，幻灯片或录像剪辑之类的，警察会奉命不插手，让他们干下去。因为过节。"

"媒体会去那儿，"我说，"全世界的媒体。太棒了。"的确，这将为韦斯开绿灯，让他展示那讨厌的作品。然后他打着节日的幌子，获取他所渴望的全部注意。这对我可不那么棒，尤其是他知道我没法儿去古巴阻止他。

"好吧，"丘特斯基说，"大概会是这么回事儿。但为什么你这么肯定他会去那儿？"

这是个正当的问题。我想了想。首先我真的确定吗？我可不想再引起丘特斯基的警觉，我装作随意地静静地向黑夜行者发出问题。"我们确定吗？"我问。

哦，是的，他说道，龇着小尖牙笑了。很确定。

好吧。问题解决了。韦斯要去古巴曝光德克斯特。但我需要些比默然更有说服力的证据，画作之外的，法庭认可的。那些画倒真是有趣，比如那六个乳房的女人，已经牢牢地镌刻在我的脑海里了。

我想起画的同时，还听见"叮当"一声，非常像大钢镚儿掉在地上的声音。

有张纸夹在那里。

上面列着从哈瓦那去往墨西哥的航班。

你可以想象到，假如你刚在人家作为地标的五星级饭店前面扔了些死尸，你肯定急于离开这个地方。

我摸出笔记本，找到那张时刻表，放在桌上。"他会去那儿。"我说。

丘特斯基拿起纸摊开。"古巴航空。"他念道。

"从哈瓦那到墨西哥，"我说，"他干完之后准备逃走。"

"也许，"他说，"啊哈，有可能。"他抬头看看我，歪了一下头，"你的直觉怎么说？"

"他会去的。"我说。

丘特斯基皱起眉，又低头看看画。然后他开始点头，先是慢慢地，然后重重地。"啊哈。"他说道，然后抬起头，将时刻表扔给我，站了起来。"去跟德博拉谈谈。"他说。

德博拉躺在床上，这在意料之中。她正看着窗户，尽管从病床这里看不到什么，尽管电视里正播放着喜悦欢快的画面，可德博拉好似不为喜气洋洋的音乐和主持人的欢快语调所动。如果你仔细看她脸上的表情，你可能会说她这辈子就没有开心过，也永远不会开心。我们进来时她仍然一脸漠然，只是看了我们一眼，认出是谁，然后就掉转头去看窗户。

"她心情不太好，"丘特斯基小声地跟我说，"被袭击后有时会这样。"从丘特斯基脸上的伤疤来看，我猜他是过来人。我点点头，走到德博拉身边。"嘿，老妹。"我说着，装出一副高兴的腔调，我知道在探病时得这样。

她转过头看着我，死一般的脸上是一双空洞的蓝眼睛，我能看见她爸爸哈里的样子。我以前从哈里的眼睛中看到过这种神情，记忆的潮水从蓝眼睛深处席卷而来，将我包裹。

哈里躺在那里快死了。这个时刻对我们大家来说都很别扭，好似看着超人在氪星球诞生。他一直以来都凌驾于这些肉体弱点之上，直到一年半前他越来越虚弱，现在他快熬到头了。他躺在病床上，护士一直在偷偷给他添加止痛药到足以致死的剂量，并默默欣赏他日渐萎缩的过程。他发现并告诉了我。太好了，哈里终于准许我把这个护士当成我的第一个活人玩偶，于是我把她带到了黑暗游乐场。

第一个护士变成了我的第一滴血，被收藏到我全新的玻璃盒子里。在一场几个小时的游戏、探险和高潮之后，护士变成了一堆肉。第二天我去医院向哈里报告时，那感觉仍然让我无比享受。

我轻手轻脚地走进哈里的房间，哈里睁开眼望着我的眼睛，他看到我已经脱胎换骨变成了他一直想打造的我，这时，死亡的影子也爬进了他的眼睛。

我焦急地坐在他身边，想着他现在是真的不行了。"你没事儿吧？"我说，"要叫医生吗？"

他闭上眼，慢慢地、虚弱地摇摇头。

"怎么了？"我还在问，我觉得自己前所未有地愉快，全世界的人都该愉快。

"没怎么。"他用他那低沉的、谨慎的、奄奄一息的声音说道。他又睁开眼睛，看着我，空洞的蓝眼睛中仍然是那种目光。"你干了？"

我点点头。我的脸几乎红了，谈论这事儿挺让人难为情。

"然后呢？"他说。

"都清理好了,"我说,"我非常小心。"

"没问题吗?"他说。

"没问题,"我告诉他,然后又冲出一句,"太棒了。"我看见他脸上的痛楚,想着我或许能让他好过一点儿,于是又补充一句,"谢谢你,爸爸。"

哈里再次闭上眼睛,转过头。他喘了六七口气,一动不动地躺着,然后非常轻声地说:"我这是做了什么,哦,天哪,我做了什么……""爸爸?"我说。我从来没见过他这么说话,那么悲痛和茫然失措,这让我不安,让我把高兴忘得一干二净。他只是摇着头,闭着眼睛,再说不出别的话。

"爸爸?"我又叫了一声。

他还是不说话,只是痛苦地摇头,然后静静地躺在那里,过了在我看来无比漫长的一会儿,最后他睁开眼睛看着我,就是那副样子,死寂的蓝眼睛里是极致的绝望。"你是,"他说,"被我打造成这样的。"

"是的。"我说道,想再一次表示感谢,但他继续往下说了。

"这不是你的错,"他说,"是我的错。"我没明白他的意思,尽管多年以后,我觉得我开始明白了,可我仍希望自己当时能说点儿什么或做点儿什么,一些小小的表示,让哈里能比较开心地滑落到终极黑暗里,说一些精心斟酌的话语驱赶他的自我怀疑,让阳光再在那空虚的蓝眼睛中闪耀。

但是早过了这么多年,我知道,没有这样的话语,没有这种语言。德克斯特注定要成为德克斯特。死亡会让人变得虚弱,让人产生痛苦的念头,这些念头未必是真理——人在真正面临死亡的那一刻,都希望看到终极真理。相信我,在了解濒死的人的心理方面我是专家。如果我把这些经我的手跨越生死门槛的濒死者奇怪的心理活动和他们跟我说过的话分门别类地记录下来,那会是一本非常有趣的书。

我为哈里感到难过。但作为一个年轻的魔鬼,我不知道应该说些什么或做些什么来让他好受一点儿。

多年之后,我从德博拉的眼中看到了同样的神情,我感到的是同样的不快和无助。我只能傻傻地看着她,直到她再次转过头去注视着窗户。

"老天爷,"她看都不看我说,"别瞪着我了。"

丘特斯基坐进床另一边的椅子里。"她最近脾气不好。"他说。

"操。"她说了一句,没带任何感情,转过头看一眼丘特斯基,又望向窗户。

"听着，德博拉，"他说，"德克斯特知道是谁伤害你的。"她仍然没有看我们，只是眨眨眼。"他觉得他和我能去逮住这家伙。我们想跟你谈谈这事儿。"丘特斯基说，"看看你觉得怎么样。"

"我觉得怎么样，"她用平板而苦涩的语气说道，然后转过脸，眼中满是痛苦，连我都感觉到了，"你真想知道我的感觉吗？"

"嘿，没事儿。"丘特斯基说。

"他们告诉我说，在手术台上我已经死了，"她说，"我觉得我现在还没活过来。我不再知道我是谁，为什么，怎么会是这样，我只是……"眼泪从她的脸颊滑落，这同样让人不安。"我觉得他把我所有重要的东西都切断了，"她说，"我不知道还能不能找回来。"她又看向窗户，"我总是想哭，这不是我。我从来不哭，你知道的，德克斯特。我不哭。"她轻声重复着，又一颗泪珠顺着上次的泪痕滑落。

"没事儿。"丘特斯基又说了一遍，尽管他很清楚事实不是他说的那样。

"我觉得我以前的所有观点都是错的，"她继续说道，"我不知道如果我继续这么想的话，我还能不能回去做警察。"

"你会好起来的，"丘特斯基说，"只是需要时间。"

"去抓他，"她说，然后看着我，我熟悉的那种怒气回来了一点儿，"去抓他，德克斯特，"她说，"该做什么就做什么。"她迎着我的目光跟我对望了片刻，然后又望向窗户。

"爸爸是对的。"她说。

第二天早上，我站在迈阿密国际机场跑道旁的小楼里，手里拿着一本护照，上面的名字是大卫·马西。我身穿一件绿色的休闲衫，配以同款鲜黄色的皮带和皮鞋。我身边站着我的浸信会布列瑟伦国际教会的副住持，坎贝尔·弗里尼神父，他穿着同样雷人的服装，脸上带着灿烂的笑容，那笑容似乎能掩盖一些他脸上的伤疤。

我不是一个喜欢打扮的人，但对服饰有起码的品位。我们身上的衣服让品位不忍直视。我当然抗议过，但弗里尼神父说必须这样。"得穿得像自家人，哥们儿，"他说着在他身上那件红色运动外套上擦擦手，"这是浸信会传教士的服装。"

"咱们扮成长老会的不好吗？"我试探着问，可他摇摇头。

"我只熟悉这套，"他说，"所以咱就得扮这个。除非你会说匈牙利语。"

"伊娃·嘉宝①？"我说，但他摇摇头。

"不要总谈论耶稣，他们不这样的，"他说，"多笑笑，待人友善，你就没事儿了。"他又递给我一张纸，"这个别丢了，财政部的批准函，允许你去古巴旅行传教。"

在决定带我去哈瓦那和清晨抵达机场之间的几个小时之内，他灌输给了我一大堆信息，包括嘱咐我不能喝水，我觉得这近乎荒唐。

我仅仅来得及告诉丽塔这几句话——我得去办件急事儿，别为我担心，穿制服的警察会在前门守着直到我回来。虽然她颇为疑惑一个法医能有什么紧急事儿，但她看到的确有警车停在门前后就没有多问。丘特斯基也尽了力，他拍拍丽塔的肩膀说："别担心，我们会为你把事情办好的。"当然这话让她更疑惑了。不过总之，她觉得重要的涉及安全的事情既然已经有了安排，别的事情也会很快处理妥当的，所以她拥抱了我一下，掉了少许眼泪，丘特斯基就带着我出发了。

现在，我们一起站在机场的小楼里等待着飞往哈瓦那的航班，被略微检查之后，我们出了门朝跑道走去，手里攥着假身份证明和真机票，被挤挤攘攘的旅客簇拥着爬上飞机。

飞机是老旧的喷气式客机。座位已经磨破而且不大干净。丘特斯基，我是说，弗里尼神父坐在靠过道的座位上，但他体积庞大，所以把我挤到了窗边。去哈瓦那的一路都会这么挤，我盼着他去厕所的时候能抽空呼吸几下。我屏住呼吸，几分钟后，飞机颠簸着从跑道飞向空中，我们上路了。

好在路程不太长，我不至于被缺氧折磨太久。丘特斯基挤进走道跟空姐聊了很长时间。半小时后我们在古巴那一片碧绿的郊区跑道上颠簸着停下，这跑道铺得跟迈阿密机场有一拼，用的肯定是同一个承包商。好在轮子没给颠下来，我们被送上了一个美丽的现代机场终端，又跟它擦肩而过，最终来到一个挨着一栋陈旧的看起来像监狱前的车站似的出口前。

我们顺着自动扶梯下了飞机，进入那座矮矮的灰色建筑，里面比外面没有好多少。几个很严肃的穿着制服、留着小胡子的家伙站在里面，手握自动式冲锋枪瞪着每一个人。与此形成古怪对比的是，几台悬挂在天花板下的电视播着似乎是

———————————
① 生于匈牙利的女演员。

古巴情景喜剧的节目，歇斯底里的爆笑声令美国的同类节目相形见绌。每隔几分钟，就会有个演员喊上几句我没法儿解读的话，然后一阵音乐就会响起，盖住笑声。

我们站在队伍里，慢慢向柜台移动。从远处完全看不到那边在干什么，只知道他们要把我们分拣一下，然后送上牛车运到古拉格集中营去。丘特斯基好像不以为意，我也不好再抱怨什么，那样会显得很没风度。

队伍一寸一寸地移动，然后轮到了我们。丘特斯基没跟我说一句话，就大步走到窗口，把护照从窗口下端的小洞里塞进去。过了一小会儿，他收拾好文件，从柜台另一头消失了，现在轮到我了。

厚厚的玻璃窗后面的男人看着像旁边持枪士兵的孪生兄弟。他一言不发地接过我的护照，打开看看，又看看我，然后合上护照推给我。我还等着被审问，以为他会站起来骂我是资本主义走狗或美帝国主义纸老虎之类的，所以我被他的沉默惊呆了，站在那儿没动，直到那男人朝我晃头示意我走开。我走开了，转过屋角，朝着丘特斯基消失的方向走进领取行李的地方。

"嘿，伙计，"我走过去时，丘特斯基站在静止不动的行李传送带旁边说，"你没给吓着吧？"

"我以为会有点儿麻烦，"我说，"我是说，他们不是讨厌我们吗？"

丘特斯基大笑起来。"我想你会发现他们其实喜欢你，"他说，"他们只是受不了你的政府。"

我摇摇头。"他们分得清？"

"当然，"他说，"用古巴逻辑很容易分清。"

古巴人不喜欢美国，但喜欢美国人，这逻辑跟我每天看到和听到的不一样。不过此时传来了咔嗒咔嗒的传送带的声音，行李出来了。我们没带什么，只不过每人一个小包，里面是换洗袜子和十几本《圣经》。我们拽着行李从一个女海关官员面前经过，她跟身边的警卫聊得起劲儿，对搜查我们似乎没什么兴趣。她只看了一眼行李就让我们过去了，嘴里一直没停下聊天。于是我们自由了，我们难以置信地来到了门外的阳光下。丘特斯基叫了一辆出租车，是辆灰色的梅赛德斯，一个穿灰色制服戴同色帽子的人走出来接过行李。丘特斯基对司机说："奈西农酒店。"司机把行李扔进后备厢，我们上了车。

去往哈瓦那的高速公路坑坑洼洼，如同被废弃了的公路。我们只看到几辆出租车、一两辆摩托车和一些军用卡车在慢慢驶过，进城的一路上都是这样。然后街道突然热闹起来，汽车、自行车、成群结队的人熙熙攘攘，还有外观非常怪异的被柴油卡车拖着的汽车。这些汽车是美国汽车的两倍长，看着像字母M，两端高高的，中间部分向下倾斜，在矮了一头的中央平顶车厢相交。车上挤满了人，看起来完全不可能再多挤下一个，可我眼睁睁地看着一辆车停下，一大群人又挤了上去。

"骆驼。"丘特斯基说。我好奇地看着他。

"什么？"我说。

他朝那奇怪的汽车摆摆头。"他们管那叫骆驼，"他说，"他们会告诉你是因为汽车的形状才被叫骆驼的，但我猜是因为高峰时段车里的气味。"他摇摇头，"里面塞着四百个下班回家的人，没空调，窗户也不开，真难以想象。"

我们的车在车流中拐向一条宽阔的坐落在水边的大街。海湾另一边是个悬崖，我能看见古老的灯塔和作为防御攻势的城垛，城垛上还冒着黑烟。在我们的车和水之间是一片宽阔的侧道和一堵防海墙。波浪拍打在墙上，溅起很高的水雾。似乎人们都不在乎身上被打湿，各种年龄的人在那里活动，他们或坐或站或走，或钓鱼，或在墙头俯卧亲吻。我们经过了一些奇形怪状的雕塑，又经过一段颠簸的路面，左转拐上一座矮矮的山丘。奈西农酒店就在那里，它的正面很快将现出德克斯特傻笑的脸孔，除非我们能在韦斯之前下手。

司机在富丽堂皇的大理石台阶前停下，穿得像意大利海军上将似的看门人走出来，拍拍手，一个穿制服的门童飞奔而来，接过我们的行李。

"到了。"丘特斯基有些多余地说。海军上将拉开车门，丘特斯基下了车。我只得自己开门，因为我坐的这侧离大理石台阶更远。我下了车，迎接我的是一张张友善的笑脸。丘特斯基付了钱给司机，我们跟着门童走上台阶，进了酒店。

大堂看着好像是用跟台阶同一批的大理石刻出来的，有点儿狭窄，从前台一直伸向看不见尽头的远方。门童带我们经过一排丝绒沙发和绒绳径直来到前台，那儿的接待员好似非常高兴见到我们。

"弗里尼先生，"他说着快乐地点点头，"再次见到您真高兴。"他扬起一条眉毛，"我说嘛，您怎么会不来这个艺术节呢？"他的口音比我在迈阿密听到的要轻多了，丘特斯基好像也很高兴见到他。

丘特斯基绕过柜台去跟他握手。"你好吗，罗杰利奥？"他说，"见到你很高兴。我给你带了个新家伙。"他把手放在我的肩膀上，把我向前推了推，好像我是个正被逼着去亲奶奶的脸的孩子。"这位叫大卫·马西，是我们杰出的新人，"他说，"他特别会布道。"

罗杰利奥握了握我的手："见到您很高兴，马西先生。"

"谢谢，"我说，"你们酒店真不错。"

他又微鞠一躬，然后开始在键盘上敲击。"希望您入住愉快，"他说，"要是弗里尼先生不反对，我把两位安排到行政楼层吧，那里离早餐的餐厅近。"

"听上去不错。"我说。

"一个还是两个房间？"他说。

"这次要一个吧，罗杰利奥，"丘特斯基说，"得节约点儿。"

"当然。"罗杰利奥说。他又飞快地敲了几下，然后将两把钥匙放进信封，从柜台后递过来。"给您钥匙。"他说。

丘特斯基将手按在钥匙上，身体前倾。"还有一件事儿，罗杰利奥，"他放低声音，"我们有个朋友从加拿大来，"他说，"他叫布兰登·韦斯。"他将钥匙拉过来，原来的地方留下了一张二十美元的纸币，"我们想给他个惊喜，"他说，"庆祝他的生日。"

罗杰利奥伸出手，那张纸币跟被蜥蜴的舌头粘走似的消失了。"当然，"他说，"我马上通知您。"

"谢谢，罗杰利奥。"丘特斯基说完转身示意我跟上。我跟着他，随着给我们拿行李的门童朝大厅另一端的电梯走去。一群穿着漂亮度假服装的人在等电梯，大概是我自己疑心生暗鬼，但我觉得他们看到我们的传教士服装时都吓了一跳，不过也没办法，所以我朝他们笑笑，忍着没说些宗教箴言，比如《创世记》那章。

电梯门开了，人们拥进电梯。门童朝我们笑着说："请吧，先生们，我两分钟后到。"于是弗里尼先生和我进了电梯。

门关上了。我感到有人好奇地瞟着我的皮鞋，但没人说什么，我也就没说什么。但我不太明白为什么我俩要用同一个房间。

门开了，我们走了出来。我跟着丘特斯基向左走，又来到一个接待处，一位侍者站在一辆玻璃小推车旁。他朝我们鞠躬之后，给我们一人一只高脚杯。

"这是什么？"我问。

"古巴版'佳得乐'，"丘特斯基说，"干！"他喝干了杯子里的东西，将空杯子放回车上，我也有样学样。这饮料挺温和、甜的，有点儿薄荷味儿，我发现的确好似在三伏天喝了"佳得乐"的感觉。我将空杯子放在丘特斯基的杯子旁边。他又拿起一杯，我也跟着来。"干杯。"他说。我俩碰了一下杯，我一饮而尽。真好喝，从早上赶飞机到现在都水米未进，所以我任由自己享受一下。

我们背后的电梯门又打开了，我们的门童拉着行李出现了。"嘿，你来了，"丘特斯基说，"带我们看看房间吧。"他喝干饮料，我们跟着门童沿着走廊走去。

走到一半时，我觉得有点儿不对劲儿，我的腿突然变得跟木头似的沉重。"'佳得乐'里有什么？"我问丘特斯基。

"朗姆酒。"他说，"怎么，你从来没喝过莫吉托[①]？"

"没喝过。"我回答道。

他咕哝一下，好似忍着笑。"习惯习惯吧，"他说，"你现在是在哈瓦那。"

我跟他沿着突然变长变亮的走廊继续走。我觉得自己有点儿喝高了，不过还是挣扎着走到房间进了门。门童将行李放在一个架子上，拉开窗帘，向我们展示这间超级棒的房间：古典风格装饰；两张床，中间被床头柜隔开；浴室在房间左侧。

"真不错。"丘特斯基说，门童微笑着向他半鞠一躬。"谢谢，"丘特斯基说着递过去一张十美元的纸币，"十分感谢。"

门童笑着接过钱，边点头边应承如果有事儿，只需一个电话，他就会移山倒海完成我们哪怕是最微不足道的要求，然后他消失了。我一头扎进靠窗的那张床上。我挑这张床是因为它离我最近，但阳光从窗户直射进来，强烈得眩目，我闭上眼睛。房间并没有旋转，我也没有突然失去意识，但这么闭着眼躺在这里感觉真不错。

"十美元，"丘特斯基说，"这是这里绝大多数人一个月的工资。哗啦一下，他五分钟就赚到了。他大概是天体物理学博士毕业。"他停了一会儿，等我反应，然后又说，他的声音越来越远了，"嘿，你还好吧？"

"从来没这么好过，"我说，我的声音听起来也很遥远，"不过我得睡一分钟。"

我醒过来的时候，屋里很安静，很暗。我的嘴唇很干。我摸了一阵儿，摸到

[①] 古巴鸡尾酒。

了床头柜，接着摸到了台灯。我扭亮台灯，在光线下，我看见丘特斯基把窗帘拉上了，他却不知道去了哪儿。台灯旁有一瓶水，我抓过来拧开盖子，如获甘霖般一口气灌下半瓶。

我站起来。因为一直趴着睡，身体有些僵硬，不过除此之外感觉非常好，而且胃口大开。我走到窗边拉开窗帘，还是大白天，但太阳已经西斜，阳光没那么强烈了。我眺望着宽阔的便道旁的港口、防海墙和城垛，那里仍然挤满了人。每个人都很悠闲，他们没在走路而是在溜达，三五成群地扎堆儿聊天、唱歌，还有的像是在开导失恋的人。

海港远处一个男人套在一个巨大的救生圈中，把它当悠悠球转。再远一点儿，三艘大船喷着气驶过，不知是货船还是客轮。鸟在波涛上飞过，太阳照耀着水面。这是一幅美丽的画面，不过再美也不能当饭吃，所以我从床边的桌子上找到房间钥匙向楼下大堂走去。

前台对面的电梯旁有个非常大而且正式的餐厅。还有间酒吧。餐厅和酒吧都不错，可不是我需要的。酒吧侍者用纯正的英语告诉我地下有个快餐厅，就在大堂另一边顺着楼梯下去的地方。我也用纯正的英语谢了他，然后下了楼。

快餐厅装饰得像个电影院，我费了半天工夫才找到菜单，发现他们除了爆米花还卖别的。我点了古巴三明治，当然还点了古巴"铁"啤酒。我坐着，心中略微苦涩地思忖着闪光、摄像机以及接下来的行动。

我吃完东西走上楼梯，一时兴起，顺着大理石台阶走出饭店到了正门外面，一队出租车正在待命。我漫无目的地走过去，走上长长的便道，经过一排老式雪佛兰和别克汽车，居然还有一辆哈德逊——我从车前脸认出的。几个人靠在车旁，很高兴的样子。他们都很想载我，不过我微笑着朝远处的大门走去。前面是一堆看着像高尔夫球车的车，带着色彩鲜艳的塑料外壳。这些车的司机都比较年轻，车也不像哈德逊汽车那么讲究，但同样地都想阻止我运用自己双腿的权力。我还是设法摆脱了他们，继续往前走。

在大门口，我停住脚四处打量。前面是一条弯曲的街道，迎面不知是酒吧还是夜总会。右手边是下山的路，延伸到城垛，左手边也是下山的路，能看见街角有个电影院似的建筑，还有一排店铺。我正沉思着不知往哪儿走，一辆出租车停在我身边，车窗摇下，丘特斯基着急地从车里叫我。"进来，"他说，"来来，哥们儿。上车，快点儿。"我不知道有什么好着急的，但还是进了车，我们又回到了饭店前面，右转进了翼楼前的停车场。

"你不能在正门口这么闲逛，"丘特斯基说，"要让那家伙看见你，就没得玩儿了。"

"哦。"我说，觉得自己有点儿蠢。他当然说得对，德克斯特对白天跟踪一类的事儿毫无经验，所以我完全没想到。

"来。"他说着爬出了车，手里提着一只新皮箱。他给了司机车钱，我跟着他从侧门进去，经过几个商店，右转到了电梯。我们径直进了房间之后才开始说话。丘特斯基将皮箱扔到床上，自己跌坐到椅子里说："好吧，我们得打发掉一些时间，最好就在房间里。"他看了我一眼，好像在看弱智儿童，末了又补充道："那家伙不知道我们在这儿。"他看了我一会儿，确定我听懂之后，拿出一本皱巴巴的小册子和一支铅笔，翻开书填起了九宫格。

"你皮箱里是什么？"我有些没好气地问。

丘特斯基笑笑，用铁钩子把皮箱钩过来并打开。满满一箱子的便宜打击乐演奏用品，上面大都刻着"古巴"。

"这是干吗？"我问他。

他仍然笑着。"谁知道会出什么事儿。"他说，然后接着填那有趣的九宫格。我没办法，只得抓过另一把椅子，坐在电视机前，打开电视，开始看古巴情景喜剧。

我们安静地坐着，直到黄昏来临。丘特斯基看了一眼时钟后说："好啦，伙计，咱们走吧。"

"去哪儿？"我说。

他冲我挤挤眼。"见个朋友。"他说完后一直没再开口。他拎起新皮箱，走出门。尽管我被他挤眼的动作弄得有些不舒服，可也没办法，只好跟着他出了房间，又从侧门上了一辆出租车。

哈瓦那的街道这时更繁忙了。我摇下窗户看着、听着、闻着这座城市。这座城市给我的是千变万化经久不息的音乐，从我们经过的每一扇门后、每一扇窗里飘出。还有街头三五成群的音乐家们，他们的音乐此起彼伏，到我们进了市区后才变得稀少，可又余音绕梁，好像一直在我耳边齐唱《甘塔那美拉》。

出租车在一群群唱歌的、卖东西的甚至怪怪地在打篮球的人群中开过了一段颠簸的路。我很快就没了方向感，等出租车在路中央一个巨大的金属球前停下来时，我已经找不着北了。我跟着丘特斯基走上便道，穿过一个广场，来到路口，这是个酒店模样的地方。余晖下散发着耀眼的橙粉色，丘特斯基带我进了酒店，走过一间钢琴酒吧和一排排桌子，桌上散放着海明威的画像，画笔粗糙，像是小学生画的。

大堂尽头是部老式电梯，我们走过去，丘特斯基按了铃。等电梯的时候我看了看周围，一侧是一排架子，上面都是些烟灰缸、带柄的大圆杯和其他几样东西，全都带着欧内斯特·海明威的头像，这回的水平比学生的要稍高一些。

电梯来了，我走了过去。一个巨大的灰色铁门打开了，露出了电梯，里边是个阴沉着脸的开电梯的老头儿。丘特斯基和我走进电梯。还有几个人也在大铁门关上、手柄被扳到"启动"前挤了进来。电梯晃了一下，我们开始缓慢地向上升去，直到五层。电梯司机扳动手柄，我们猛地晃了一下，停了下来。"海明威书房。"他说。他把门拉开，其他人下了电梯。我瞥了一眼丘特斯基，他摇摇头朝上方示意一下，于是我也不动，等铁门关上，我们又上了两层。司机拉开门，我们忙不迭地道谢，走出电梯，走进一个小房间，它比电梯大不了多少，是通往顶楼的小过道。我听见附近不知哪里传来音乐声，丘特斯基挥了下手，带我朝音乐飘来的方向走去。

我们走过一个小亭，看见三人乐队在演奏《绿眼睛》①，三个男人穿着白裤子和古巴衬衫。后边靠墙是一间酒吧，左右两边是一大片沐浴在夕阳中的哈瓦那风景。

丘特斯基带着我走到一张矮桌旁，周围是几把随意放着的椅子。他把皮箱塞到桌下，我们坐了下来。"风景不错啊。"他说。

"非常漂亮，"我说，"我们来这儿看风景？"

"不，我跟你说过了，"他说，"我们要会一个朋友。"

也不知是不是开玩笑，他想告诉我的就是这些。好在侍者适时出现。"两杯莫吉托鸡尾酒。"丘特斯基说。

"呃，我就来啤酒吧。"我说。我想起早些时候莫吉托让我睡了一觉。

丘特斯基耸耸肩。"随意，"他说，"试试水晶啤酒，很不错。"

我冲侍者点点头。我信得过丘特斯基对啤酒的品位。侍者也冲我点点头，回去酒吧准备我们的饮料，三人乐队拉起了另一首曲子《甘塔那美拉》。

---

① 西班牙情歌。

　　我们刚喝了一口饮料，一个男人就来到我们的桌旁。他个子很矮，下面穿着棕色的宽松裤，上身是一件柠檬绿的古巴衬衫。他手里提了一个跟丘特斯基的箱子几乎一样的箱子。

　　丘特斯基跳起来伸出手去。"矮棒！"他喊道。我过了半晌才确定丘特斯基没犯病，他只是在用古巴口音叫着来人的名字"伊凡"。"矮棒"也伸出手，跟丘特斯基握手拥抱。

　　"卡姆贝耶！"·"矮棒"说道，我又过了半晌才想起丘特斯基现在叫坎贝尔·弗里尼神父。寒暄过后，伊凡转过头看着我，一条眉毛扬起。"哦，对，"丘特斯基说，"这是大卫·马西。大卫，这位是伊凡·爱彻利维亚。"

　　"你好。"伊凡说着握握我的手。

　　"见到你很高兴。"我用英语说，因为我不确定"大卫"是不是会说西班牙语。

　　"好了，都坐吧。"丘特斯基说着又朝侍者招招手。侍者过来拿了伊凡的单子去调莫吉托。酒来了后，丘特斯基和伊凡开始用欢快的语调说起古巴西班牙语。如果仔细听，我大概能听懂，不过他们似乎只是在回忆愉快的过去。其实即便他们在谈比回忆更严肃的事情，我也会同样理解成那样。因为夜幕降临，房檐上空是一轮巨大的橙红色的月亮，膨胀着嗜血的蠢蠢欲动的月亮。我一看到它，每一寸皮肤就都兴奋得起了鸡皮疙瘩，浑身汗毛倒竖，在德克斯特城堡的每一个角落里奔跑雀跃，箭在弦上，不得不发。

　　不过现在不是出击的时候。很不幸，今夜需要自控。我只能喝着迅速变温的啤酒，假装很喜欢听那三人演奏，一晚上都要冲"矮棒"客气地微笑，巴望着时间快点儿过去，我才能恢复真我，做个快乐的刽子手。这是个忍耐之夜，祈祷我很快就能一手拿刀，一手将韦斯擒获。

　　可此时，我只能深吸一口气，喝一口啤酒，假装欣赏景色和音乐，练练露齿而笑的技巧，德克斯特。能露几颗牙？很好。现在练练不露牙齿地笑，只移动嘴唇。要把嘴角掀起多高才不会让人看出你实际正忍受着巨大的内心煎熬？

　　"嘿，你还好吧，伙计？"丘特斯基喊道。显然我刚把脸部肌肉扯得过了头。

　　"我挺好，"我跟他说，"还行，真的。"

　　"啊哈。"他说，尽管仍然将信将疑，"好吧，要不我们还是把你送回酒店吧。"他喝干酒站了起来，伊凡也跟着站起来。他俩握手，然后伊凡坐了回去，丘特斯基拿起他的箱子，我们朝电梯走去。我回头看看，伊凡又点了一份饮料，我朝丘特斯基扬扬眉毛。

"哦，"他说，"我们不想一起离开，你知道，不想同时离开。"

我们抵达底层到了街上。我们穿过马路去叫出租车时经过一匹马，我本该留神躲开，因为动物都不喜欢我，这匹马后蹄直立起来，它的仰天长啸把我和马夫都吓了一跳。我赶紧钻进出租车，躲过了那匹马的铁蹄。

回饭店的路上我们一言不发。丘特斯基将箱子放在大腿上，看向窗外，我尽量不去听天上那轮月亮的吼叫，不过不太管用。它在美丽如画的哈瓦那夜晚上空无所不在地闪耀着光芒，那么明亮又妩媚，朝我发送着一个个奇思妙想，我却无法行动。我不能行动。我只能微笑着看回去，说着要不了多久了，很快的。

只要我能找到韦斯。

我们无惊无险地回到了房间，一路上基本没怎么交谈。"我把这东西放回屋里，"他提着皮箱说道，"然后咱们去吃饭。"至理名言。既然不能在这美妙的夜晚出去享受月光，那好好吃顿晚餐也不错。

我们坐电梯上楼，穿过走廊朝房间走去。进了屋，丘特斯基小心地将皮箱放在床上，自己坐在一旁。我发现他去楼顶酒吧时就一直随身携带着这只皮箱，我没看出有什么必要，尤其是他这么小心翼翼地对待一只皮箱。而好奇是我唯一的缺点，我决定开口问个究竟。

"那里面有什么宝贝？"我问他。

他笑笑。"没什么。"他说，"没什么值钱的。"

"那你干吗带着它们穿行整个哈瓦那？"

他用铁钩将皮箱勾过来，用手打开。"因为，"他说，"它们可不是普通玩意儿。"他将手伸进皮箱，拿出一把阴森森的自动手枪。"变！"他说。

我想起丘特斯基一路上带着皮箱穿过城市会晤"矮棒"。"矮棒"则带了个一模一样的皮箱——我们坐在那儿听《甘塔那美拉》的时候，两只皮箱就在桌子下面。

"你和你朋友调包了。"我说。

"说对了！"

这不算是我说过的聪明话之一，不过我还是挺惊讶："这是要干吗？"

丘特斯基冲我笑了一下，显得很有耐心脾气很好的样子，让我很想拿枪对着他扣动扳机。"这是把手枪，伙计，"他说，"你说它是干吗的？"

"呃，自卫？"我说。

"你还记得我们来这儿干吗吗？"他说。

"找到布兰登·韦斯。"我说。

"找到？"丘特斯基问，"你就是这么对自己说的？我们要找到他？"他摇摇头，"我们是要杀死他，伙计。你得想清楚这个。我们不能只是找到他，我们得把他干掉。我们得杀了他。不然你说我们怎么着？把他带回家送给动物园？"

"我以为在这地方杀人不行，"我说，"我是说，这儿不是迈阿密，你知道。"

"也不是迪士尼乐园。"他说。废话，我心想。"这不是郊游野餐，伙计。我们得杀了他，你最好尽快明白这个。"

"嗯，我知道，可是——"

"没有可是，"他说，"我们得杀了他。我知道你可能干不来。"

"我完全没问题。"我说道。

他显然没听见我说的话，大概对我已经有了先入为主的印象，一时半会儿扭转不了。"你不能一见血就怕，"他继续说，"血是很自然的一件事儿，虽然我们从小在'杀人是错的'的教育中长大。"

这得看谁是教育者了，我想，但我什么也没说。

"可是规定是利用规定的人制订的。而且杀人并不总是错的，伙计。"他怪模怪样地挤挤眼睛，"有时候它是你必须要做的事儿。有时是对方罪有应得。你要是不做，会有很多人死，或者他会先杀了你。在我们这件事儿上，它两样都占了，是不？"

虽然此刻坐在哈瓦那的酒店房间里，听着我的毕生信条从我妹妹的男朋友嘴里说出来是件挺怪异的事情，但我这会儿发自内心地再次感谢哈里，他真是个超越时代的先行者，而且他讲述这个道理时的方式让我不觉得自己在干什么见不得人的事情。可我对用枪不感兴趣。这方式看上去不对头，就好比在教堂前洗礼用的圣水池里洗袜子。

可丘特斯基显然很开心。"华尔沙，九毫米。真棒。"他点点头，又把手伸进皮箱，拿出第二把手枪。"咱俩一人一把，"他说着将一把枪扔了过来，我条件反射地接住，"你能扣动扳机吗？"

不管丘特斯基怎么瞧不起我，我当然知道要握着手枪的哪一头。毕竟我成长于警察家庭，我天天都跟警察打交道。可我不喜欢枪——太冷冰冰，也缺乏真正的优雅。可他扔过来的仿佛不是枪，而是挑战，我不能就此认输。我一气呵成地将子弹上膛，并照哈里教我的那样做出瞄准的姿势。"真不赖，"我说，"你想让我朝电视射击吗？"

"留着打坏蛋吧，"丘特斯基说，"假如你行的话。"

我将枪往床上一丢。"你真打算这样？"我问他，"我们等韦斯入住后就跟他摊牌？是在大堂还是在早餐厅？"

丘特斯基难过地摇摇头，好像他刚才在教我系鞋带可我就是学不会一样。"伙计，咱们不知道这家伙什么时候出现，也不知道他会干什么。他甚至可能会先发现我们。"他扬起两条眉毛看着我，好像在说："哈，没想到吧，你？"

"所以我们一看到他就把他毙了？"

"我的意思是，你得随时准备好，任何情况都会出现。"他说，"最理想的情况是，我们把他弄到什么僻静的地方下手。不过我们得先准备好。"他用铁钩拍拍皮箱，"伊凡还给咱们带来了其他几样东西以备不时之需。"

"比如地雷？"我说，"还是火焰投射器？"

"是些电子玩意儿，"他说，"最尖端的监视设备。咱们跟踪他，监听他——有这玩意儿咱们可以在一英里以外听见他的动静。"

我很想领略这些玩意儿的妙处，但这些妙处很难对韦斯的胃口，而且对于丘特斯基的追捕计划来说，我希望这也不是至关重要的。反正他这套詹姆斯·邦德式的做法让我不大舒服。也许是我不对，但我真心感激自己前几十年的人生有多么幸运。我只需小心经营几次尖峰时刻和我自己心里的饥渴欲望，不必对付这些尖端科技，也无须编织花哨模糊的情节，不必挤在这异国他乡的酒店房间，玩味这些不确定性还有火焰喷射器。我只需开开心心地杀人。尽管跟这些高科技装备比起来，我的把戏显得原始草率，但它却不玩儿花样儿、童叟无欺。不用像这样等得肝肠寸断。丘特斯基把整件事儿弄得一点儿意思都没有了。

可是，是我请他帮忙的，现在是请神容易送神难。没办法，我只能尽量装出很愉快的样子来。"真棒，"我一边说一边兴致勃勃地笑着，可那笑容连我自己都骗不过，"咱们什么时候动手？"

丘特斯基从鼻子里哼了一下，将枪放回皮箱，然后用钩子把箱子推给我。"等他来了，"他说道，"现在先放到壁橱里。"

我接过箱子，准备把它放在柜子里。我刚要开柜门，忽然感到远处有翅膀扇动的声音，我僵住了。什么？我无意地问。除了微弱无声的一记推搡，一个提示，什么都没有。

我伸手探进皮箱，摸到那把荒唐的手枪，然后一手提枪，一手去摸壁橱门。我打开壁橱门，下一刻呆呆地看着那个昏暗的空间，等着被黑色的羽翼庇护。这不可能，这很超现实，这是梦中才会有的情景——可是我盯着看了半晌，不得不告诉自己这是真的。

是罗杰利奥，丘特斯基那个在前台工作的朋友，他本该告诉我们韦斯何时登记入住的。但显然他不再能告诉我们什么了。从紧紧勒住他脖子的皮带以及他的舌头和眼睛鼓出来的样子判断，他显然已经死了。

"怎么了，伙计？"丘特斯基说。

"我估计韦斯已经登记入住了。"我说。

丘特斯基从床边连滚带爬地赶到壁橱前。他看了一眼后说："操。"他伸手过去号脉，我觉得真没必要，可这也许是必行的程序吧。他当然没摸到什么脉搏，咕哝道："真操蛋。"他摸出一些常见的零碎物品，钥匙、手绢、梳子、一点儿纸币。他仔细看了看纸币。"二十块加拿大元，"他说，"好像谁付了他点儿小费吧？"

"你说韦斯？"我说。

他耸耸肩。"你还认识别的杀人的加拿大人？"

这问题问得挺好。既然全国曲棍球比赛的赛季已经结束了好几个月，我只能想到一个人——韦斯。

丘特斯基从罗杰利奥的外套口袋里拿出一个信封。"是了，"他说，"865 房间，韦斯先生。"他将信封递给我，"我猜这是个饮料券。打开吧。"

我从信封里拿出两张椭圆形的卡片。没错，那是两张酒店赠送的饮料券，这个酒店附属的著名酒吧。"你是怎么知道的？"我说。

丘特斯基停下翻检的动作，站起身来。"怪我，"他说，"我告诉罗杰利奥说，韦斯的生日到了，罗杰利奥估计想代酒店表示一下殷勤，赚点儿小费。"他举起那张二十加元纸币。"为了一个月的工资，"他说，"这不怪他。"他耸耸肩。"是我的错，现在他死了，我们的麻烦大了。"

尽管他没把话说透，我已经明白了。韦斯知道我们在这里，我们却不知道他的踪迹，也不知道他的目的，而且现在我们的壁橱里还多了具尸首。

"好吧。"我说，有些庆幸能借助他的见识，"那咱们现在怎么办？"

丘特斯基皱着眉。"首先，我们得去查查他的房间。他估计已经跑了，可是还得查查，万一我们漏过什么就太蠢了。"他朝我手里的信封点点头，"我们知道他的房间号了，而他未必知道我们已经知道。他要是还在这里，那我们就得干掉他。"

"如果他已经不在了呢？"我说。我也有种感觉，罗杰利奥是韦斯留给我们的临别赠礼，韦斯自己已经一溜烟跑了。

"要是他不在房间里，"丘特斯基说，"或者即便他在自己房间里，我们把他弄了出来，不管哪种情况，我都得遗憾地宣布，伙计，咱们的假期已经结束了。"他冲罗杰利奥的尸体点点头，"他们迟早会发现这个，那麻烦就大了。我们得赶紧走。"

"那韦斯怎么办？"我说，"他要是已经跑了呢？"

丘特斯基摇摇头。"他也得跑路，"他说，"他知道我们跟着他，等他们发现了罗杰利奥的尸体，会有人想起他们曾经一起——我认为他已经走了。为以防万一，我们还是得查查他的房间，然后赶紧离开古巴，越快越好。"

显然快马加鞭赶回家执行第二计划是目前最好的选择。"好吧，"我说，"咱们走。"

丘特斯基点点头。"好样儿的，"他说，"拿好枪。"

我拿出那把冰冷的笨家伙，塞进我的裤子皮带，又将那件难看的绿外套拉下来盖住它。丘特斯基关上壁橱门，我们朝走廊走去。

"把'请勿打扰'的牌子挂在门上。"他说。这主意好，证明我没小瞧他的经验。这会儿要是有女侍进来清洗衣架可真让我们难为情。我将提示牌挂好，然后我们一起走向楼梯。

在灯火通明的楼顶追踪某人真是种非常非常陌生的感觉，没有月亮将银辉倾洒在我的肩头，没有饥渴的闪亮刀锋，没有后座传来的黑夜行者那愉快的嘶叫，什么都没有，除了丘特斯基那沉重的脚步声，一只是真脚，一只是金属替代物，还有我们的呼吸声。我们找到消防门，顺楼梯走上八楼，到了 865 房间。房间正如我想象的那样，能看到饭店前方，非常适合架起相机。我们静静地站在门外，丘特斯基用钩子举起手枪，另一只手摸出罗杰利奥的万能房卡。他将房卡递给我，朝门点点头，小声数道："一、二、三。"我将房卡插进去，转动门把手，退后一步，丘特斯基猛地冲进去，手里高举着枪。我跟着他，也举起了枪。

我断后，丘特斯基踢开浴室门，接着是壁橱，然后他垂下手，将手枪塞回裤子口袋。"在那儿。"他看着窗旁的桌子说。一只大果篮放在桌上，我觉得有点儿巧合，让我想到韦斯曾经拿这些水果干的事情。我走了过去，真好，没有看到内脏或手指。只是几个杧果、木瓜之类，还有一张写着"节日快乐。奈西农酒店敬上"的卡片，没什么异常，但足以让罗杰利奥被杀了。

我们看看抽屉和床下，什么都没有。除了那只果篮，房间空荡荡的，跟德克斯特的内心一样。

韦斯走了。

Chapter
最后一场好戏 20

　　从韦斯那空空的酒店房间出来，进了电梯，丘特斯基一边把枪塞进皮箱，一边一再嘱咐我要表现得正常些，别着急也别害怕，等我们进了大堂时，我已经矫枉过正地看上去很百无聊赖了。我确定丘特斯基也是这副模样。

　　总之，我们溜达着穿过大堂，边上不管谁看我们，我们都朝人家微笑。我们溜达着出了门，走下台阶，走过穿着海军上将制服的门童，溜达着下了马路牙子，上了他为我们招来的出租车。我们将缓慢愉快的节奏延续到了出租车里，因为丘特斯基吩咐司机带我们去埃尔莫罗城堡。我冲他扬扬眉毛，他只是摇摇头，我只得在一旁兀自狐疑。据我所知，埃尔莫罗城堡没有地下通道。那儿是哈瓦那最火的旅游胜地，绝对充满了镜头和防晒霜的气味。可我还是把自己假装成丘特斯基，像他那样想了一下，也就是说，我老谋深算地合计了一下，结果，真让我想到了。

　　那里是个旅游胜地，如果最坏的事情发生，我们就在人群中逃走消失，谁要是想找到我们就要费点儿劲儿了。

　　所以我踏实地坐回到座位上，欣赏月光下的沿途风光，琢磨着韦斯现在到底在哪儿、下一步要干什么。他自己可能也不知道。这让我稍微舒服了一点儿，不过还是没让我真正开心起来。

　　天上是一轮清冷的月亮，它那柔弱的笑声将静电的火花灌注在我体内，并噼啪作响，让我在黑夜中血脉偾张，我想马上去划开我能找到的头一个两足动物。也许这只是缘于韦斯溜走给我带来的挫败感，但这种冲动非常强烈，到埃尔莫罗去的一路上我得死死咬住下唇才忍得住。

司机在通往堡垒的入口处把我们放下来，那儿有一大堆等着看夜晚表演的游客，还有不少小摊贩正在搭建帐篷。一对穿着夏威夷花衬衫和短裤的老夫妇爬进我们刚刚下来的出租车。丘特斯基走到一个小摊旁，买了两罐绿色罐子的冻啤酒。"来，伙计，"他说着递给我一罐，"咱们边走边喝。"

先是溜达，现在是徜徉。我觉得有点儿头晕。不过我还是边啜饮着啤酒边跟着丘特斯基走了一百码，走出了人群。我们又在一个卖纪念品的小摊旁停下脚，丘特斯基买了两件正面印着灯塔的 T 恤衫，还有两顶印着"古巴"字样的帽子。我们朝马路尽头走去。然后他懒洋洋地朝四下里看看，把啤酒扔进垃圾桶说："好吧。看着不错。这边来。"他悠闲地朝一栋位于两座旧建筑物之间的大楼走去，我跟着他。

"好吧，"我说，"现在干吗？"

他耸耸肩。"换衣服。"他说，"然后我们去机场，赶第一班飞机走，不管去哪儿，然后回家。哦，这儿，"他说着摸向皮箱，拿出两本护照。他翻开，递给我一本，"德里克·米勒，行吗？"

"行，有什么不行。挺好听的。"

"可不，"他说，"比德克斯特好听。"

"也比凯尔强。"我说。

"凯尔？"他举起自己的新护照。"是加尔文，"他说，"加尔文·布林克尔。不过你可以管我叫加尔。"他开始往外掏外套口袋里的东西，然后把它们塞进裤子口袋。"我们现在得把外套扔了。我本来希望能有工夫从头到脚换一套。不过目前这样多少也能改观一点儿。穿上这个。"他说着递给我一件 T 恤衫和一顶帽子。我满怀感激地脱下那件雷人的绿外套，套上新 T 恤衫。丘特斯基也如法炮制，然后我们一起走出胡同，把浸信会传教士的行头塞进垃圾桶。

"好啦。"当我们又走回入口处的时候，丘特斯基说道。那里有几辆出租车在等着。我们钻进了第一辆，丘特斯基跟司机说了声"何塞·马蒂机场"，车子便载着我们绝尘而去。

去往机场的路上，情形和来时没什么两样。基本没有什么别的车，除了出租车和几辆军用车。司机把车开得好似在驾校钻杆练习，不过夜里开车稍微有些艰难，因为道路没有照明，所以他不是每次都能成功。有好几次都把我们颠坏了，最终算是毫发无损地到了机场。这回司机将我们放到漂亮的新机场入口，而不是来时那个古拉格办公楼。丘特斯基直奔离港显示屏而去。

"去坎昆的飞机三十五分钟后起飞。"他说，"棒极了。"

"你的詹姆斯·邦德皮箱怎么办？"我问道，想着过安检的时候可能有点儿麻烦，因为里面都是枪支弹药以及天晓得其他什么东西。

"别担心，"他说，"在这儿。"他朝一排存储柜走去，塞了几枚硬币，将皮箱放了进去。"好啦。"他说。他将柜门砰地一下关上，拿走钥匙，大步朝墨西哥航空公司的柜台走去，半路上又将钥匙扔进一只垃圾桶。

排队的人很少，我们迅速买好了飞往坎昆的机票。除了头等舱没别的座位了，不过我们从共产主义阵营死里逃生本来是有权享受加价服务的。和蔼的年轻姑娘告诉我们现在正在登机，我们得加快速度，于是我们照办，出示了一下护照，付了没几个钱的出境费。我以为护照多少会有点儿麻烦，可完全畅通无阻。跟那相比，出境费完全无伤大雅，尽管我心里觉得这概念很荒唐。

我们是最后登机的乘客。我打赌如果不是买了头等舱，空姐一定不会朝我们笑得这么甜。他们甚至送了我们一杯香槟以感激我们登机迟到。等他们关闭了通道，将客舱门关好，我想我们大概是真的逃出升天了，于是享受起了香槟，也不理会肚子还是空的了。

在机场里，丘特斯基去安排我们接下来的返程机票，我坐在一个闪闪发亮的餐馆里吃着香酥饺。

"坎昆到休斯敦，休斯敦到迈阿密，"他说着递过来机票，"我们早上七点到家。"

在塑料椅子上睡了大半夜，最后看到迈阿密的时候，我从来没像此刻这样思乡心切。朝阳照耀着跑道，飞机最终降落在迈阿密国际机场。我从人头攒动、推来搡去的人群中感受到了归家的温暖，最终，我们上了机场大巴去长期泊车场取车。

我按丘特斯基的要求，把他在医院放下，好让他跟德博拉会合。他爬出车，犹豫了一下，还是将头伸回车门说道："抱歉没解决问题，伙计。"

"是的，"我说，"我也是。"

"你要是还需要我帮忙解决这事儿就跟我说，"他说道，"你知道，万一你找到这家伙又下不了手，我能帮忙。"

我对这事儿不觉得有什么下不了手，不过他能想到替我动手，不得不说还是挺周到的，我谢了他。他点点头，说道："我当真的。"然后关上车门，一瘸一拐地朝医院走去。

我则逆着上班的车流朝家开去，到家还是没赶上丽塔和孩子们出门。我冲了个淋浴，换了衣服，冲了一杯咖啡，烤了点儿面包，然后就出门上班去了。

路上繁忙时段已经过去，不过还有不少车辆，在停停走走的路上我有充足的时间思考，不过我不大喜欢我思考出来的结论。韦斯仍然在逃，我有理由认为他不会改变主意就这么放过我而去找下一个人的麻烦。他仍然跟着我，很快会找到别的办法，要么杀了我，要么让我生不如死。而我此刻除了等待没别的可做——要么等待他动手，要么等待好主意像馅儿饼一样从天上掉下来砸在我头上。

最终我到了办公室，要是我原本期待大家热情欢呼迎接我凯旋的话，那我可要大失所望了。文斯·增冈正在实验室里，我进去的时候他抬眼看了看我。"您这是去哪儿了？"他问，语调中充满谴责。

"我挺好，谢谢。"我说，"我也很高兴见到你。"

"这儿都忙疯了，"文斯说，显然没有理会我的话，"外籍劳工的事儿。另外，昨天有个浑蛋杀了他老婆和他老婆的男朋友。"

"这可真糟糕。"我说。

"他用的是锤子，要是这样你觉得好玩儿的话。"他说。

"听上去不好玩儿。"我说，心里加了一句，除非是对那个人。

"本来需要你帮忙的。"他说。

"被人民需要的感觉可真好。"我说。他假模假样地看了我一会儿，转过了头。

这天接下来的时间没好多少。我去了锤子凶案现场。文斯说得对，那真是一团糟。已经干了的血溅得两面半墙、沙发和一大块原本是米黄色的地图到处都是。我听一个把门的警察说，那男人现在被拘了，已经认罪，还说他当时也不知道自己是怎么了。这没让我心情好多少，不过看到正义能发挥一次力量还是件挺美好的事儿。工作将我的注意力从韦斯身上转移开了一点点。有事儿可忙总是好的。

一想到韦斯可能也是这么想的，我的心情就又变坏了。

我忙忙叨叨，韦斯也是一样。丘特斯基帮我查出他上了一架飞往多伦多的飞机，离开哈瓦那时正好是我们到达哈瓦那机场的时间。不过那之后他干了什么，用电脑是查不出来了。

我心里有个声音在眼巴巴地念叨着，兴许他就此罢休在家踏实待着了，可这细小的声音被一阵雷鸣般的大笑盖住了，这笑声盖住了其他细碎的念头。

我干了几件能想到的芝麻绿豆大的小事儿：我上网违规操作查了他的底细，又追踪了他的信用卡消费记录，不过全都是在多伦多。我又追踪到韦斯的银行账户，他提了几千块现金，接下来几天就没动静了。

我知道提现对我来说不是什么好事儿，不过我想破头皮也想不出他能拿那笔钱对我做什么。绝望之际我又去了他的 YouTube 网页。让人震惊的是，他的"新迈阿密"页面完全不见了，那些小窗口也没影儿了。取而代之的是一片肃穆的灰色背景，上面是一张颇为吓人的照片，显示一个长相讨厌的男人的裸体，私处被打了马赛克。下面写着："施瓦兹克格勒只是开始。好戏还在后头。"

任何以"施瓦兹克格勒只是开始"开始的对话走向，没有哪个精神正常的人会喜欢。不过这名字听上去很熟悉。当然，我是不会留下一个悬而未决的疑难问题的，于是我动用了谷歌搜索。

施瓦兹克格勒原来叫鲁道夫，奥地利人，认为自己是艺术家。据说为了证明这点，他分次一点点切下了自己的阳具，且全程录像。这个艺术壮举空前成功，他再接再厉，直至最终死于艺术创作。我读着想起来了，他是巴黎一个群体的偶像，就是给我们展出了无与伦比的"詹妮弗的腿"的那拨人。

我不大懂艺术，但我喜欢留着我的身体器官。到目前为止，尽管我费了挺大劲儿，韦斯表现得也挺惜命的。不过我看出来了，这种艺术表达大致对他很有诱惑力，而且他会做得更过分。这倒不奇怪。要是有别人的身体供你创作，不会让你觉得疼，那何必还用自己的身体呢？你的艺术生涯也会因此更长久一点儿。我挺赞成他的这个正常想法，我深信自己将很快看到他艺术创作的下一个阶段，而且会在跟我近在咫尺的地方。

接下来的一个星期，我又查了几回 YouTube 网页，不再有什么变化，加上工作开始变得忙碌起来，整件事儿好像只是一个让人不愉快的回忆。

家里也没好多少。一个警察一直留守门边等着孩子们放学回家。尽管他们都挺有礼貌，不过他们的存在本身就增添了紧张气氛。丽塔变得有些心不在焉，好似一直在期待一个很重要的长途电话，这让她原本很棒的厨艺大失水准。我们一周里已经剩了两回菜了，在我们以前的小家里这是闻所未闻的。阿斯特好似也恢复了怪僻性格，而且打我认识她以来，她头一次表现得沉默寡言，和科迪一起坐在电视机前把她喜欢的碟翻来覆去地看，每次跟我们说话都不会超过两三个字。

科迪呢，奇怪的是，他是唯一一个表现出活力的人。他兴致很高地期待着下一次的童子军活动，即便这意味着他得穿上他不喜欢的制服短裤。不过当我问起他是怎么忽然转变了态度的时候，他承认说，这只是因为他想看到新的童子军教官也会死去，而这回他一定能自己发现点儿什么。

这个礼拜就这么过去了，周末也没能轻松一点儿，星期一早晨周而复始地来了。尽管我买了一大盒面包圈带到办公室，运气也没能变得有什么不同，除了活儿更多以外。自由城那边的一起枪击案浪费了我好几个小时。一个十六岁的孩子死了，从溅血形状看，很明显他是被一辆行驶中的汽车中飞来的子弹射中的。不过"明显"对警察调查来说是远远不够的，所以我在艳阳下汗流浃背地忙活了半天，干的是和体力活差不多的差事，就为把那些表格填好。

到我又能回到办公室那个小格子间时，我的人工假面上已经是大汗淋漓，我只想洗个澡，换上干爽的衣服，再切一两个罪有应得的家伙。自然这想法让我迟钝的大脑立刻就想到了韦斯，可又什么都干不了，只有欣赏着自己身上的汗味儿。于是我又点开了他的 YouTube 网页。

这下我发现那里有一个全新的小图片在网页底端等着我。

小图片的名字叫作"德克斯特的好戏"！

这种情况下你别无选择。我点击了图片。

先是一片模糊的虚影，然后喇叭声变成庄严的音乐，跟高中毕业典礼演奏似的。然后是一系列图片："新迈阿密"里的尸体、插入围观者的表情镜头。韦斯声音响起，听着跟魔鬼版的新闻播报员似的。

"几千年来，"他吟诵道，"各种各样可怕的事情在发生，"屏幕上是那些尸体戴着塑料面具的近景，"人们都在问一个同样的问题：为什么我会在这里？答案一直都是一样——"一张仙童花园的观众特写，表情迷惑不解，惊疑不定，韦斯梦游般的旁白再度响起，"我不知道。"

拍摄技巧很拙劣，跟以前那些完全没法儿比，我不想这么挑剔，毕竟韦斯的才华表现在别的方面，而且他刚刚失去了他的左膀右臂，他们都擅长编辑。

"于是人们转向了艺术，"韦斯继续拿捏着很庄严肃穆的腔调说，屏幕上是一幅没有四肢的躯干的照片，"艺术给了我们更好的答案……"慢跑的人在南海岸发现了尸体，伴之以韦斯招牌式的尖叫。

"可是传统艺术的表达方式挺有限，"他说，"传统手法，比如绘画、雕刻，在形式和实际体验之间有一个隔阂。我们艺术家的使命是消除这些隔阂……"柏林墙倒塌，观众欢呼的图片。

"所以像克里斯·波顿和大卫·聂鲁达等人开始了一场实验，他们把自身变成了艺术的一部分——于是隔阂消失了！不过这还不够，因为对一般观众来说——"画面上又出现一个观众恍惚的表情，"一堆陶土还是某个疯子艺术家，两者没有什么分别，隔阂还在那里！真让人失望！"

韦斯的脸出现在屏幕上，摄像头摇晃了一下，可能是他在边说话边调位置。"我们需要立竿见影的效果。我们得把观众也变成过程的一部分，隔阂才能真的消失。我们需要一个更好的答案来回答严肃的问题，比如：'什么是真理？痛苦的起源是什么？'而最重要的问题是——"说话间，德克斯特在洁白的浴缸里手刃东切维奇的视频出现了，"如果他也变成艺术的一部分，而不是仅仅作为艺术家，那德克斯特会怎么做呢？"

这时，一声没听过的尖叫传来——是被捂住嘴巴后的叫声，可是听起来异常熟悉，不是韦斯的，而是我以前听过的却不知道究竟的声音。韦斯又出现在屏幕上，瞥着他的斜后方，微笑着说："不过我们倒可以回答最后一个问题，对吧？"他拿起照相机，从自己脸前晃过，猛地对准了背景。镜头渐渐聚焦，我明白为什么那尖叫声那么熟悉了。

是丽塔。

她侧卧着，双手被绑在背后，双脚在踝部被绑住。她愤怒地挣扎着，发出又一声被闷住的怒吼。

韦斯大笑起来。"观众就是艺术品，"他说，"你会成为我的杰出之作，德克斯特。"他微笑着，尽管这回不是假笑，不过不算好看。"这会是一场纯粹的……艺术双人踢踏舞。"他说完，屏幕变黑。

他抓走了丽塔——我很清楚我该跳起来，抓过气枪，咆哮着跳下高高的松树开始一场厮杀——可我浑身感到一阵奇怪的平静，我只是呆呆地坐了好久，琢磨着他会把她怎么样，最后发现，不管怎样，我都得做些什么。我深吸一口气，准备站起来走出办公室。

可我一口气都还没喘完，脚还没踩到地板，身后就有一个声音传来。

"那是你妻子，对吧？"库尔特警官说。

我看到自己转过身。他就在门边站着，离我几英尺远，足以看到和听到一切。我躲不开他的问题。

"是的，"我说，"那是丽塔。"

他点点头："那个看着也像你，在浴缸里的那个。"

"那个……我……"我结巴着，"我不认为是我。"

库尔特又点点头。"是你。"他说。我无话可说，也不想听自己再结巴，所以只是摇摇头。

"那家伙绑架了你的妻子，你就这么坐着？"他说。

"我正要站起来。"我说。

库尔特歪了一下头。"这家伙不喜欢你吧？"他说。

"看上去是的。"我承认。

"你为什么这么觉得？"他说。

"我告诉过你，我伤了他男朋友。"我说。这话即使在我听来都很牵强。

"哦，可不是嘛，"库尔特说，"那家伙失踪了。你还是不知道他去哪儿了，是吧？"

"不知道。"我说。

"你不知道。"他歪了下头说，"因为浴缸里那个不是他，他旁边拿着锯的那个家伙也不是你。"

"不是，当然不是。"

"可这家伙觉得是，因为那看上去很像你，"他说，"所以他抓了你妻子。跟对等交易似的，对吧？"

"警探，我真不知道他男朋友在哪儿。"我说。这是真话，考虑到海浪、水流和海洋腐食动物的习惯。

"哈，"他说，脸上是一副沉思的表情，"所以他就这么干了，把你妻子变成了某种艺术，是吧？因为……"

"因为他疯了？"我试探地说。这话也是真的，但不意味着能打动库尔特。

显然他没被打动。"啊哈，"他看上去有点儿不相信，"他疯了。还真像这么回事儿。"他点点头，好像想说服自己。"好吧，我们在对付一个疯子，他抓了你妻子。现在怎么办呢？"他朝我扬起眉毛，好像在说他等着我想出一个妙招儿。

"我不知道，"我说，"我猜我得把这事儿向上报告。"

"报告，"他说着，点点头，"向警方报告。因为上次你没报告，被我指出来了。"

智力一般是个好东西，但我必须承认我还是喜欢那个以前被我当作白痴的库尔特多一些。现在我知道他不是白痴，我必须一边小心翼翼地注意自己的措辞，一边忍着拿椅子砸他头的冲动。不过好椅子挺贵，我还是忍着吧。

"警探，"我说，"这家伙抓了我妻子，也许你还从来没结过婚——"

"两次，"他说，"不灵。"

"哦，可是对我还灵，"我说，"我得把她完好无损地救回来。"

他盯着我看了半天，最后说："这家伙是谁？"

"布兰登·韦斯。"我说，不知道这意味着什么。

"那只是他的名字，"他说，"他到底是谁？"

我摇摇头，不很懂他的意思，更不确定自己是否愿意告诉他。

"不过你认得这家伙。那些把州长给气坏了的绚丽尸体都是他干的吧？"

"我很肯定是他干的。"我说。

他点点头，看看他的手，我忽然发现他这回没勾着一大瓶"激浪"。一定是都被这可怜的家伙喝光了。

"要是能捉住这家伙就好了。"他说。

"是的。"我说。

"大家都能开心。"他说，"对职业有好处。"

"我想是的。"我拿不准我到底该不该拿椅子砸他。

库尔特拍了一下手。"好吧，"他说，"咱们去抓他。"

这主意真棒，很斩钉截铁，可是我发现有一个小问题。"去哪儿？"我说，"他把丽塔弄到哪儿去了？"

他朝我眨眨眼。"什么？他不是已经告诉你了吗？"他说。

"我不觉得。"我说。

"好啦，你不看电视的吗？"他说，听上去跟我刚刚虐待了小动物似的。

"不怎么看。"我承认，"孩子们一天到晚看卡通。"

"他们广告都做三个礼拜了，"他说，"艺术双人踢踏舞大赛。"

"什么？"

"大会堂举行的艺术踢踏舞比赛。"他说着，听上去也像广告了，"来自北美和加勒比海的两百多位顶尖艺术家都汇聚一堂。"

我感觉到自己嘴巴蠕动着想说什么，但什么都没说出来。我眨眨眼又试了一下，还没等我说出什么，库尔特就朝门口一摆头说："来吧，咱们去抓他。"他朝后退了一步。"然后再说为什么浴缸边那家伙看着那么像你。"

这回我终于站到了地板上，准备出发——就在此时，我的手机响了。我习惯性地应答。"你好。"我说。

"摩根先生？"一个年轻而疲倦的女声问道。

"我是。"我说。

"我是梅根，课外活动的老师梅根，你知道，带科迪和阿斯特一起上课的。"

"哦，是的。"我说着，心里开始紧张。

"现在大概是六点五分吧，"梅根说，"我现在得回家了，因为我今晚要上会计课，嗯，七点。"

"哦，梅根，"我说，"我能为你做什么？"

"我刚说了，我得回家。"她说。

"好吧。"我说，很希望能穿过电话线把她甩到她家去。

"可是你的孩子，"她说，"我是说，你妻子一直没来接他们。所以他们还在这儿。只要有小孩在，我就不能走。"

这听上去是个很好的规定——尤其说明科迪和阿斯特双双平安，没被韦斯弄走。"我去接他们。"我说，"二十分钟后到。"

我挂了电话，看见库尔特眼巴巴地看着我。"我的孩子，"我说，"他们的妈妈一直没去接他们，所以我得去。"

"现在？"他说。

"是的。"

"你现在要去接他们？"

"没错。"

"啊哈，"他说，"你还想救你妻子吗？"

"我觉得能那样最好不过。"我说。

"所以你要先接孩子，再去救妻子，"他说，"而不是逃出这个国家，或是什么的。"

"警探，"我说，"我想救我妻子。"

库尔特看看我，然后点点头。"我先去大会堂。"他说着，转身走出门去。

科迪和阿斯特每天课后活动的公园离家只有几分钟车程，但离我的办公室就远了。我赶到的时候已经过了二十几分钟，因为那时正是高峰期，我能赶到就不容易了。不过我有足够的时间琢磨到底丽塔那边发生了什么事儿。我惊讶地发现自己很希望她能平安。我已经开始习惯她了。我希望库尔特已经做了我的后援，找人把韦斯抓走，营救了丽塔，让她像电视上演的那样裹着毛毯喝咖啡。

但这么一来，我想到一件有意思的事儿，接下来的路上我一直都在想这件事儿并为之深深担忧。如果他们真抓住了韦斯，把他带到了警局，开始讯问，该怎么办？比如他们会问，你为什么这么做？更重要的问题是，你为什么对德克斯特这么做？万一他特没品地和盘托出怎么办？

如果库尔特在韦斯胡说的基础上，加进他自己对我产生的怀疑，还有他从录像上看见的东西，那事情就对德克斯特太不利了。

如果我能自己抓住韦斯就好多了，事情就能在手起刀落之后变得简单，既满足了自己，也满足了黑夜行者。可我此刻别无选择——库尔特已经在我身边听见了一切，我只能听之任之。

看上去这事儿越来越像是必须去法庭解决了。想象着德克斯特穿着橘黄色囚犯背心，戴着脚镣，我一点儿都不喜欢这幅画面，橘黄色是我的不祥颜色。而且被指控谋杀肯定是我通往幸福之路的巨大障碍。我对我们的司法系统不抱幻想。我在工作岗位上天天都目睹着，我很肯定我比它强，除非他们当场捉住我。不过即便是起诉也会把我的行为放在显微镜下检查，那样我的余兴节目就真的泡汤了，即便我最终被证实无罪。

可是我能怎么办呢？我的选择非常有限。要么让韦斯开口，可那样我会有麻烦。要么阻止他开口，我还是一样有麻烦。我别无他法。德克斯特在暗夜之中，正在遭受灭顶之灾。

所以，当我在公园前停好车时，我满腹心事。老好人梅根还在那儿，一手一个牵着科迪和阿斯特，急得不断倒换着双脚，恨不得马上甩开他们冲向让人兴奋的会计课。他们见到我都用各自的方式表达了高兴之情，这让我把韦斯忘了有三四秒钟。

"摩根先生？"梅根说，"我真得走了。"我终于听见她说了整句话，还挺不适应，我只来得及点点头，从她手中接过科迪和阿斯特的手。她冲向一辆小小的旧雪佛兰，迅速发动，隐没于夜晚的车流中。

"妈妈呢？"阿斯特问。

我希望可以有种很人性化的方式告诉孩子们他们的妈妈被杀人凶手弄走了，不过我实在想不出那是什么，于是我说："坏人把她绑架了。就是那个撞你们车的人。"

"我用铅笔戳了的家伙？"科迪问。

"是的。"我说。

"我打了他的裆部。"阿斯特说。

"你应该再使劲点儿，"我说，"就是他弄走了你们的妈妈。"

她朝我做了个鬼脸，表示她对我的无趣很失望。"我们现在去救她吗？"

"我们去帮忙，"我说，"警察现在在那儿呢。"

他俩看着我，好像我疯了。"警察？"阿斯特说，"你派警察去了？"

"我得来接你们。"我惊讶地发现我在为自己辩解。

"所以你就让那家伙溜了，那样他就只能去坐牢了？"她问。

"我没办法，"我突然觉得我是在法庭上，而且已经认输了，"有一名警察也发现了，再说我得来接你们。"

他俩交换一下沉默而又丰富的表情，然后科迪转过头。"你现在带我俩去吗？"阿斯特问。

"啊。"我说。可是我没法儿带他们去捉韦斯。我知道他只对我感兴趣，只要我不出现，好戏就不算开演。我不大信库尔特能捉住他，这太危险。

阿斯特好像听见了我的想法，她说："我们已经胜了他一次。"

"那次他完全没防备你俩，"我说，"可这次他会注意了。"

"这次我们除了铅笔还有别的。"阿斯特说，她话里的冷酷语气温暖了我的心房，可是不行，还是不行。

"不成，"我说，"这太危险了。"

科迪嘟囔着："保证。"阿斯特翻了个白眼儿，吐了口气。"你只会说我们什么都干不了，"她说，"除非你教我们。我们让你教，可你什么都不让我们干。现在我们有机会学些真东西，你又说太危险。"

"真的太危险。"我说。

"那你做危险事情的时候，我们该做什么呢？"她问，"万一你救不了妈妈，你俩都回不来了呢？"

我看看她，又看看科迪。她正看着我，下嘴唇哆嗦着，科迪则沉着脸一言不发，我再次张嘴想说点儿什么，可又什么都说不出。

就这样，我开车去了大会堂，后座上是两个非常兴奋的孩子。我稍微超了速。我们在第八街下了 95 号高速公路，在布里克尔大街上了去往大会堂的路。停车场车很多，没地方停车了，显然很多人都看了电视台广告，知道这场艺术踢踏舞大赛。在这种情况下再浪费时间找车位就太傻了，我刚打算像警车似的停在人行道上，就一眼看见库尔特的警车停在那里。我把车停在他的旁边，将警察局停车证面朝上放好，转身冲着科迪和阿斯特。

"跟着我，"我说，"没经过我的同意不许自由行动。"

"紧急情况除外。"阿斯特说。

想想他们最紧急情况时的表现，的确不错。另外，我估计紧急情况这会儿应该已经发生过了，所以我说："好吧，紧急情况除外。"我打开车门。"来吧。"我说。

他们一动不动。"怎么了？"我说。

"刀。"科迪轻轻地说。

"他要刀。"阿斯特说。

"我不会给你们刀。"我说。

"那有紧急情况怎么办？"阿斯特问，"你说我们可以在紧急情况下采取行动，可你什么都不给我们！"

"你不能举着刀在人堆里走。"我说。

"可我们不能什么都不带就走。"阿斯特坚持道。

我长长吐出一口气。我打开杂物箱，拿出一把飞利浦改锥递给科迪。毕竟，人生充满妥协。"拿着，"我说，"只能给你这个。"

科迪看看改锥，又看看我。

"这比铅笔强。"我说。他又看看他姐姐，然后点点头。"好。"我说，又摸着去开门，"走吧。"

这回他们跟着我走上便道，然后朝大门走去。可是还没走到大门，阿斯特又死死地站住了。

"怎么了？"我问她。

"我要尿尿。"她说。

"阿斯特，"我说，"我们真得快点儿了。"

"我特别想尿尿。"她说。

"五分钟后行吗？"

"不，"她说，拼命摇头，"我现在得马上去。"

我重重地叹了口气，想着蝙蝠侠跟罗宾是不是也会遇到同样的问题。"好吧，"我说，"快点儿。"

我们在大厅一侧找到洗手间，阿斯特跑了进去。科迪和我在外面等着。他换着手握着改锥，最后握成一个比较自然的锥子尖朝前的姿势。他看看我，我点点头，阿斯特又跑了出来。

"好啦，"她说，"走吧。"她跑过我们，冲进大厅，我们跟着她。一个胖乎乎戴大眼镜的男人想收我们每人十五块钱的门票，我给他看了我的警察局证件。"小孩儿呢？"他问。

科迪已经举起他的改锥，不过我示意他收回去。"他们是证人。"我说。

那男人一副不服气的表情，他又看一眼科迪的改锥，只好摇摇头。"好吧。"他说着重重地叹了口气。

"你知道其他警察去哪儿了吗？"我问他。

他继续摇着头。"只有一个警察，"他说，"如果有其他警察，我肯定知道，因为他们都会这么冲进去不给我门票。"他微笑着，说明的确是在挤对我们，又朝我们挥手示意，"去欣赏表演吧。"

我们进了大厅。有几个展厅看上去的确是跟艺术有关——雕塑、绘画等，还有很多其他很前卫的很难称为艺术的东西。最先映入眼帘的怎么看都只是一堆落叶和树枝，以及一只空啤酒罐滚落一旁。两三个电视屏幕，一个上面是一个胖男人坐在马桶上，另一个是一架飞机撞进大楼。可这里没有韦斯、丽塔和库尔特。

我们走到大厅另一头又转过来打量每一个通道。有很多出口，可都没有丽塔。我开始怀疑我是不是高估了库尔特的智力。我盲目地相信他的判断，认为韦斯在这里，万一他错了怎么办？如果韦斯在另一个地方正开心地雕刻着丽塔，而我则在这里呆呆地看着艺术品，试图了解我永远不懂的人类灵魂。我该如何是好？

科迪停住脚步，定睛注视。我转身看他在看什么，也呆住了。

"妈妈。"他说。

的确是丽塔。

一组十几个人正聚集在大厅远远一角的大型平面电视屏幕下，屏幕上是丽塔的面部特写。她的嘴巴被堵住了，眼睛拼命地大睁着，她恐惧地拼命晃着头。我还没来得及拔脚，科迪和阿斯特就已经抢先去救他们的妈妈了。

"等一下！"我朝他们喊，可他们不理会，我只得跟着他们跑起来。黑夜行者一声不吭，我为科迪和阿斯特都快急疯了，想象着韦斯会随时从背后朝他们跳过去，另外，我也不想气喘吁吁、满头大汗地跟韦斯遭遇。可孩子们就这么朝丽塔冲过去，让我没有别的选择。我加快脚步，他们已经穿过人群，跑到他们妈妈出现的屏幕下。

丽塔被绑着，嘴被堵着，旁边是一把电锯。锯刃挨着她的脚踝，显然下一步她将被推向轰鸣的锯齿。桌子前方的胶带上写着："谁能拯救我们的亲人？"下面还有一句，用粗体字写着："请勿打扰演员。"旁边是一列玩具火车，一节一节的车身上写道："情节剧的未来。"

最后我看到了库尔特——不过这真不是个让人欣慰的画面。他瘫坐在墙角，脑袋耷拉在一边。韦斯给他戴了顶老式道岔工的帽子，一条粗重的电缆捆着他的胳膊。他腿上是一个牌子，牌子上写着"半导体"。他一动不动，不知道是死了还是只是昏迷。当时的情况让我来不及判断。

我挤进人群，模型火车再次开过时，我又听见了韦斯事先录好的每隔几秒一次的招牌尖叫。

可我还是没看见韦斯——我挤进人群后，电视屏幕上的画面变了，变成了我的脸。我疯了似的转身找镜头，我找到了，它被安装在展厅另一边的墙上。我还没来得及转回身，就听见一阵哨音响起，一条结实的渔线凌空飞过，紧紧套在我的脖子上。这一瞬间我想到，这可真妙，他也用渔线，我的绝招之一。然后我双膝跪倒，脸朝前摔在了韦斯的作品前方。

当脖子上被套着绳套时，你肯定对其他一切都不在乎了，你会很快听不见也看不清。尽管我仍能感觉到脖子上的力道稍微松了些，可那没能让我恢复神志。我摔倒在地板上，忘了如何呼吸，远远听见有个女人的声音在喊："这么做不对，得制止他们！"我心怀感激地想，总算有人要制止这一切了，然后又听到那声音说："嘿，你们这两个小孩！这是艺术品！走开！"我这才明白那人是要制止科迪和阿斯特毁坏展品解救妈妈。

空气穿过我的喉咙，我突然觉得喉咙无比酸痛。韦斯松开了绳套，举起了摄像机。我粗重地喘着气，一只眼看见他正转身拍摄着群众。我又喘口气，喉咙很痛，可感觉好多了，光线和思维都随着呼吸回来了，我挣扎着单膝跪起，同时看向周围。

韦斯正举着摄像机对准观众外围的一个女人，就是那女人吼着科迪和阿斯特，让他们不许打扰。她五十多岁，穿着很时髦，这会儿还在吼着让他们上一边儿去，别碰艺术品，还让人去叫保安。让大家欣慰的是，孩子们没理她。他们把丽塔从桌子上解救下来，尽管她的双手和双脚仍被绑着，嘴也被堵着。我站起来，还没能朝他们走半步，韦斯又收紧了绳套，这让我重新看到了午夜的太阳。

我模模糊糊地听见扭打的声音，脖子上的绳套再度变松，我听见韦斯说道："小杂种，这回休想！"我听见一声脆响和一记拳打的声音，我眼前的世界又稍微恢复了光亮。我看见阿斯特躺在地板上，韦斯挣扎着要从科迪手里夺过改锥。我伸手拉松绳套，好让我能喘口气，可紧接而来的剧烈咳嗽差点儿把我自己咳晕过去，眼前又是一片昏暗。

等我再度恢复呼吸，我张开眼睛看见科迪也躺在了地板上，就在阿斯特身边，在离电锯不远的地方。韦斯站在他们身边，一手拿着改锥，一手举着摄像机。阿斯特的腿抽搐着。韦斯朝他们走近，举起改锥，我踉跄着爬起，想去阻止他，可我很清楚来不及了，我眼前发黑，只能清楚地感觉到自己的无助。

就在千钧一发之际，韦斯正幸灾乐祸地看着两个孩子，而德克斯特正无比缓慢地挣扎着向前，丽塔纵身跃入了画面——她的双手仍被绑着，嘴仍被堵着，可那并不妨碍她狠狠地撞到韦斯身上，把他推到离孩子们远一些的便道上，让他直直地朝电锯倒下去，趁他踉跄的当儿，丽塔又撞了他一次，这下他被自己的脚绊倒摔了下去，举着摄像机的手臂比画着，试图不要倒在轰鸣转动的电锯上——他差一点儿就成功了，就差一点儿。

韦斯的手碰到了桌子边缘，但他摔倒的惯性让他的身体朝电锯滑了过去。一阵摩擦的噪音伴随着一道血雾飞上空中，韦斯的前臂、那仍然抓着摄像机的手被一齐切了下来，飞出去砸到了玩具火车的轨道上。观众惊呼着，韦斯慢慢站直，看着自己手臂前端血液汩汩涌出。他看看我，好像要说什么，然后朝我迈了一步，又看看自己喷射着血液的手臂，又朝我迈了一步。然后，他好像踩到一段看不见的台阶那样慢慢摇摆着跪倒在离我几英尺远的地方。

这当儿，我一边拼命撕扯着绳套，一边担心着孩子们，怕他们看见这血流如注、恶心讨厌的场面。我就站在那里，韦斯抬眼最后看了我一眼。他的嘴唇翕动着，可什么都没有说出来。他缓慢而认真地摇着头，似乎怕自己的头也掉下来摔到地板上。他直视着我的眼睛，谨慎而清晰地说了一句："多拍点儿照片。"然后他虚弱地笑了一下，脸朝下倒在自己的血泊里。

我退后一步，抬眼看着周围。电视屏幕上，玩具火车继续开着，撞进韦斯的手臂断肢依然握着的摄像机上。车轮空转了一下，然后翻车了。

"太棒了，"人群前方那个时髦的女人说道，"真是太棒了。"

迈阿密急救服务很出色，一部分原因是他们经常有练习的机会。不过好在他们没费太大劲儿去救韦斯。他在他们赶到之前基本上已经把血流光了。在丽塔疯狂的逼迫下，救护队又花了宝贵的两分钟检查科迪和阿斯特，韦斯则永远地隐入了艺术史的黑暗篇章中。

急救队检查科迪和阿斯特的工夫，丽塔急得团团乱转。科迪眨眨眼想伸手去摸改锥，阿斯特则抱怨嗅盐的味道太恶心。我放下心来，知道他们不会有事儿了。不过他们肯定有轻微的脑震荡，这真让我有家庭的归属感。这么年轻就继承了我的衣钵。他们被送去医院接受二十四小时的观察。"保险起见。"丽塔当然也跟着去了，为了保护他们免遭医生的毒手。

他们走了以后，我站起来，看到两个急救员朝韦斯的尸体摇摇头，然后转向库尔特。

韦斯看上去很安详，很舒坦。脸非常苍白，跟死了一样。当然他的确死了，可是——他在想什么？我从来没在死人脸上看到这种表情，这甚至让我有点儿不安。他干吗觉得满意？也许只是他的面部肌肉给我的错觉？不管怎样，我的沉思被一阵忙乱的脚步声打断，我转身看过去。

特别调查员雷希特在离现场几英尺以外的地方停下，面无表情，好似戴了副职业面具。不过即便如此，仍然不能完全隐藏她脸上的震惊和苍白的神色。

"是他？"她用一种跟表情很搭配的声音说。我还没来得及回答，她又清清喉咙说："是他差点儿绑架了你的孩子？"

"是的，"我说，然后拼命让我庞大的大脑恢复正常运转，"我妻子证实是他，孩子们也这么说。"

雷希特点点头，眼睛直勾勾地盯着韦斯。"好吧。"她说。我不知道她是什么意思，但这似乎是个好的意思。我希望这表示 FBI 将放弃对我的关注。"他呢？"雷希特朝墙角那边的库尔特点头示意。急救人员正在结束他们的检查。

"库尔特警官比我先到。"我说。

雷希特点点头。"门口收票的人是这么说的。"她事先已经询问过有关人员，这不是什么好兆头，我提醒自己得打起精神小心回话。

"库尔特警探，"我谨慎地说，让自己看起来像是在尽力控制情绪——我得承认我的声音被绳套弄得很嘶哑，这挺有帮助，"他先到这里。在我之前，我想是他，是他为了保护丽塔，牺牲了自己的生命。"

我觉得那声啜泣有点儿过头了，所以我止住了啜泣，但我自己都被声音中的男人感情打动了。可是特别调查员雷希特却没有。她又看了看库尔特的尸体，然后是韦斯，然后是我。"摩根先生——"她说，声音中有一丝职业化的怀疑。但她没说下去，只是摇摇头，走开了。

如果世上有公道，任何神明都会认为这一天对我来说足够公平了。可是事情不是这样。我正转身想要离去，迎面碰上了伊斯利尔·萨尔格罗。

"库尔特警探死了？"他说，退后一步，眼睛一眨不眨。

"是的，"我说，"嗯，在我赶到之前。"

萨尔格罗点点头。"是啊，"他说，"证人也这么说。"

从一方面说，证人跟我说法一致是件好事儿，但这也说明他已经问过证人了，也就是说，他的头一个问题是，死人的时候，德克斯特在哪儿？我琢磨着一些激烈的情感表达或许能让我脱身，我挪开视线说道："我应该早点儿赶来的。"

萨尔格罗沉默了半晌。"我觉得你不在场其实再好不过了，"他最后说，"对你，对你妹妹，和你去世的爸爸都好。"

"啊？"我说着。以萨尔格罗的智慧，我这一声更让他确信我什么都明白。

"这会儿没有证人……"他停下来，脸上的表情好像眼镜蛇在练习微笑。"没有活着的证人，"他说，"能证实眼前发生的这些事儿，以及前因后果。"他肩膀微微动了一下，好似在耸肩。"这样的话……"他没说完，好似在暗示下面的话是"我只好自己出马杀了你"或者"那我只好逮捕你"，甚至是"到此为止吧"。他看了我良久，又重复一遍："这样的话……"这次他的语气好像是在问话。然后他点点头，转身离去，只留下他如炬的目光在我的眼前萦绕。

这样的话……

也就是说，让我开心的是，这事儿就到此为止了。人群前方的那个时髦太太原来是伊莱恩·登纳泽塔博士，她是世界当代艺术的重要人物。她绕着现场转圈拍起了宝丽来照片，最后不得不被警察制止并带离。不过她后来发表了一些照片并引用了韦斯拍的一些录像带，配以文字说明，这使得韦斯在同类拥趸中小小地出了一下风头。至少他的"多拍些照片"的遗愿实现了。问题解决了总是件好事儿，对不？

库尔特警探运气真不错。办公室八卦说他已经错过了两次升迁的机会，我想他是希望凭着这次单枪匹马擒拿凶手而立功受奖，他真的做到了。上级决定用他的英勇事迹给这一团糟的局面挽回些声誉，于是库尔特成了英雄。他被追认为救人英雄并得到晋升。

库尔特的葬礼我当然出席了。全警局的人都在，穿着制服，甚至连德博拉也在。她身穿蓝色警服，看上去分外苍白，毕竟库尔特是她的搭档，至少规定是这样的，所以她理应出席。医院不大情愿，但看在她快要出院的分儿上，他们没再阻止。她当然没掉眼泪——在装样子方面，她一直都没我的技巧好。但当棺木被放到地下时，她看上去恰当地显得很庄严，我也尽量做出一样的表情。

我觉得自己装得挺不错，不过多克斯警官不这么认为。我看见他在人群中瞪着我，好像他认定我是掐死库尔特的人，这真荒唐，我从来没掐死过谁。我的意思是，我会偶尔甩个绳套，但那都是为了娱乐——我不喜欢那种身体接触，用刀要利落得多。当然了，库尔特被宣布死亡，德克斯特重获自由，那感觉还是非常之爽，可我真的没干什么。我说过，问题解决了总是件好事儿，对不？

生活又恢复了原样。我上班，科迪和阿斯特上学。库尔特葬礼后两天，丽塔去看了医生。那夜她把孩子们送上床，在我身边的沙发上坐下，将头靠在我的肩膀上，从我手里把遥控器拿过去。她关上电视，叹了几口气，最后，我被这神秘感弄得受不了了，问道："出了什么事儿吗？"

"没有，"她说，"什么坏事儿都没发生。我是说，我不觉得这是坏事儿。要是你也不……嗯……不这么想的话。"

"我干吗要这么想？"我说。

"我不知道，"她说，又叹了口气，"只是，你知道，我们从来没谈过这事儿，现在……"

"现在怎么了？"我说。这真让我受不了。我经历了这么多事儿，可还得忍受这种没头没脑的车轱辘话，我快变得不耐烦了。

"现在，嗯，"她说，"医生说我一切正常。"

"哦，"我说，"那真好。"

她摇摇头。"尽管……"她说，"你知道。"

我不知道。而且她认定我该知道，这对我真不公平，于是我就这么说出来了。她清了半天喉咙，又结巴了好几回，最后终于告诉了我。我的反应是跟她一样失去了言语的力气，唯一能说出的是一个老笑话里的包袱，我知道这不是抖包袱的时候，可我还是忍不住说了，我听见德克斯特的声音从老远老远的地方喊起来：

你说你有了什么？！

（第2季完）